Jacquelyn Frank écrit de la romance depuis l'âge de treize ans. Elle a une quinzaine de romans publiés à son actif, qui lui ont permis d'être classée dans la prestigieuse liste des auteurs à succès du *New York Times*. Ex-enseignante, elle milite pour la maîtrise de la lecture et de l'écriture. Selon elle, rien n'est plus valorisant que l'imagination, et rien n'est plus tragique que l'illettrisme.

Du même auteur, chez Milady :

Le Clan des Nocturnes :
1. *Jacob*
2. *Gideon*

www.milady.fr

Jacquelyn Frank

Gideon

Le Clan des Nocturnes – 2

Traduit de l'anglais (États-Unis) par Hélène Assens

Milady

Milady est un label des éditions Bragelonne

ISBN : 978-2-8112-0836-3

Bragelonne – Milady
60-62, rue d'Hauteville – 75010 Paris

E-mail : info@milady.fr
Site Internet : www.milady.fr

Remerciements

Cette fois, je voudrais témoigner toute ma gratitude à une entité en particulier : les éditions Kensington.
À chaque service, groupe ou individu qui a joué un rôle dans la création de la série *Le Clan des Nocturnes* telle qu'elle existe aujourd'hui et à l'avenir, merci pour tout ce que vous avez fait.
Je souhaiterais remercier notamment le service commercial qui a assuré la sortie de *Jacob*, avec un tirage impressionnant pour un premier roman. Vous êtes des gens incroyables et je vous dédie ce livre, sa beauté et son succès. Chaque fois que vous verrez ce roman ou le tome précédent dans les rayons d'un magasin, vous devriez éprouver l'immense fierté d'un travail non seulement bien fait, mais magnifiquement accompli.
Et Kate : tu es une idole, ma supportrice suprême et l'âme de cette série. Tu me dorlotes, me gâtes et me grondes si nécessaire, mais jamais tu ne doutes de moi ou de mon travail.
Juste pour que tu saches que j'ai conscience d'être la plus chanceuse des femmes au monde.
Merci à vous tous.

Prologue

« Nous devons redoubler de vigilance, car le temps est proche. À l'ère de la rébellion de la Terre et des Cieux, quand Feu et Eau ravageront les plaines, le plus ancien de tous reviendra, prendra femme, et engendrera le premier enfant de l'élément Espace, camarade du premier enfant de l'élément Temps, né des exécuteurs… »

La Prophétie perdue des démons

Durant un long moment, le vampire aux yeux bleu nuit observa le démon d'un air pensif. Il avait des pupilles noires légèrement ovales, aux contours juste assez étranges pour susciter la curiosité de son interlocuteur, et le pousser à s'approcher insensiblement, afin de les examiner d'un peu plus près, de s'abîmer en elles comme dans une toile bien tissée. Puisque le démon silencieux n'était pas sujet à une telle tentation, le regard insistant du vampire n'avait d'autre but que de chercher à déchiffrer ses intentions.

Faisant preuve d'une patience et d'une clémence qui ne lui ressemblaient guère, le vampire s'enfonça de nouveau dans son fauteuil, et posa avec désinvolture une cheville sur son genou. Comme à l'accoutumée, le démon attendait l'instant opportun pour commencer à parler de ce qu'il avait en tête, de ce qui l'avait conduit dans le repaire du vampire. C'était toujours une bonne chose qu'il pèse avec autant de soin ses paroles, songea ce dernier, car lorsque l'Ancien s'exprimait, c'était souvent pour assener des vérités brutales à la personne avec qui il conversait. Cette caractéristique avait beau être admirable, elle n'était pas aussi agréable qu'on pouvait l'escompter, en particulier quand le démon se faisait le messager des bouleversements majeurs que connaîtraient les Nocturnes.

Dès la nuit des temps, bien avant que les mortels ne se répandent sur la terre comme une pandémie ayant échappé à tout contrôle, les Nocturnes avaient existé. Les civilisations des ténèbres. Ceux qui se prélassaient au clair de lune et dormaient ou s'abritaient du soleil lorsque ses rayons ardents tentaient d'atteindre leur peau ou leur esprit sensibles. Les clans avaient couru parmi les bêtes sauvages de la Nature, et leurs dons étaient enracinés en elle, les reliant au sol, aux créatures libres et au magma qui palpitait en son cœur. Et même si à l'heure actuelle les mortels constituaient de loin la population dominante, les Nocturnes étaient encore là. Les civilisations des ténèbres avaient été préservées, chacune possédant ses propres traditions et coutumes, et chacune s'étant fait une place dans ces lieux qui demeuraient isolés et en général trop inhospitaliers pour les humains. Certaines s'étaient adaptées et vivaient à présent en marge de leurs sociétés, imitant ou jouissant des mœurs des mortels… ou d'un simulacre soigné. Presque tous les clans avaient veillé à élaborer des lois ou des croyances pour encadrer les rapports de leurs membres avec les êtres humains.

Le temps n'avait pas coupé les liens que les Nocturnes entretenaient avec la lune et le soleil. Des erreurs et des ennemis avaient sérieusement éclairci leurs rangs, et pourtant ils avaient survécu… discrètement, sans que la plupart des mortels ne soupçonnent leur existence, cherchant des moyens de vivre en harmonie dans un monde changeant. Mais le monde n'en était ni à sa première ni à sa dernière évolution, et toujours les Nocturnes danseraient sous la lune et dormiraient à l'abri du soleil.

— Cela fait bien longtemps que je ne t'ai vu, Gideon, fit remarquer le vampire.

Doté de l'humeur fantasque de son peuple, il choisit subitement de ne plus attendre que le démon soit prêt à parler.

— Je n'escomptais pas ta visite, ajouta-t-il.

Gideon arracha son froid regard argenté du rare et délicat lait de zèbre qu'il faisait tournoyer dans son verre avec nonchalance. Ce lait exotique, ainsi que d'autres semblables, avait l'effet de l'alcool sur les démons. Ce qui prouvait que, même si les Nocturnes ressemblaient beaucoup aux mortels, et en général à ceux d'allure respectable et dotés d'une très grande beauté, des différences sensibles existaient sur le plan chimique et physiologique. Des différences qui permettraient à un œil non averti de les identifier comme des êtres surnaturels, s'ils décidaient de les montrer.

Cependant, les Nocturnes faisaient preuve d'une extrême prudence en la matière. Même le plus petit soupçon de mythe ou de mystère pouvait rendre les humains excessivement zélés. Craindre ce qui était plus puissant qu'eux était dans leur nature, un défaut qui ne disparaîtrait pas tant qu'ils n'auraient pas mûri en tant qu'espèce.

Bien qu'il ait lui-même des traits exceptionnellement fascinants, le vampire fut frappé, comme chaque fois, par l'impression que les yeux de mercure en fusion du démon le transperçaient. Le visage de Gideon, aristocratique et perpétuellement jeune, ne laissait deviner en rien qu'il avait vécu plus d'un millénaire, contrairement à ses yeux. Par contraste avec sa peau hâlée, ceux-ci semblaient d'autant plus saisissants.

Il avait également des cheveux d'un argent incroyablement pur, assez longs pour lui effleurer la clavicule, et retenus en arrière par une mince lanière de cuir tanné. Chez les humains, cette couleur serait un signe de vieillesse, mais le vampire savait que Gideon était né ainsi et que, malgré cela, il ne paraîtrait jamais plus de trente-cinq ans. Peut-être qu'on lui donnerait presque la quarantaine, si on tenait compte de son regard.

— Si tu t'es senti offensé, Damien, je te présente mes excuses, dit le démon d'un ton distant, sa voix aux riches intonations retentissant dans la vaste pièce.

Damien balaya cette idée d'un claquement de langue accompagné d'un geste de sa main fine et élégante.

— Nous avons traversé les âges, Gideon. Nous avons appris depuis longtemps à ne pas nous offusquer quand l'un d'entre nous se retire pour une raison ou une autre. (Il plissa ses yeux indigo en regardant le démon assis en face de lui.) Mais je reconnais être intrigué par ce qui motive ta visite après tout ce temps.

— J'ai bien peur qu'elle ne soit pas aussi courtoise que j'aurais pu le souhaiter, répondit Gideon. Je suis venu te délivrer une mise en garde.

— Une mise en garde ?

Damien haussa ses sourcils au tracé harmonieux.

— Oui. En tant que membre le plus ancien de mon espèce s'adressant au plus ancien de la tienne.

Damien accueillit l'hommage que lui rendait Gideon par cette distinction en inclinant la tête avec grâce.

— En dépit des grandes différences qui existent entre nos communautés, Gideon, nous nous sommes tous deux toujours trouvé de nombreux points communs.

— Et c'en est un autre qui m'amène à ta porte à présent. Un ennemi commun.

À cette révélation, le vampire se redressa, soudain tendu.

— Des nécromanciens.

Ce n'était pas une question. Ils avaient tous deux vécu trop longtemps pour ignorer ce qui importait à chacun.

— Bon sang, cracha Damien, qui se leva brusquement pour arpenter son vaste salon. J'aurais dû m'en douter. J'aurais dû sentir que quelque chose clochait !

— Comment ça ? demanda Gideon en arquant un sourcil inquisiteur.

— Gerard a disparu. J'avais supposé qu'il devait être allé en terre, comme le fait régulièrement mon peuple, mais Gerard venait juste de sortir d'un sommeil d'un siècle, et cela m'a donc paru étrange qu'il y retourne si rapidement.

— Il est toujours possible que ce soit le cas.

— Possible, convint-il, mais il n'est pas le seul à manquer à l'appel, et tu sais aussi bien que moi qu'il n'est guère probable qu'il s'agisse d'une coïncidence. As-tu la moindre idée du nombre de sorciers auquel nous avons affaire cette fois ?

Le vieux vampire s'immobilisa et serra les poings ; le mépris manifeste que lui inspiraient les humains qui pratiquaient la magie noire et empoisonnaient l'existence des Nocturnes depuis des siècles flamboya dans ses yeux féroces.

— Quel imbécile j'ai été d'espérer que, comme on n'avait plus vu de nécromanciens au cours du siècle dernier, on en avait été complètement débarrassé, poursuivit-il. Encore maintenant cela heurte mon intelligence d'en parler.

— Tu n'as pas été plus ou moins stupide que nous autres, dit Gideon d'un ton sinistre. Je suis le plus ridicule de tous.

Le démon demeura silencieux l'espace d'un long battement de cœur, et les sens surnaturels de Damien vibrèrent distinctement lorsqu'il perçut vaguement ses pensées troublées. Par respect, cependant, il n'envisagerait jamais de sonder Gideon pour les connaître.

— Outre le retour de ces nécromanciens, poursuivit Gideon d'une voix égale qui ne laissait rien transparaître de ses émotions, nous avons découvert que les druides existaient toujours.

— Les druides ?

Voilà une nouvelle qui surprenait véritablement Damien. Il les croyait disparus depuis près d'un millénaire. Leur résurrection paraissait un millier de fois plus improbable que celle de ces maudits nécromanciens. Damien était loin d'ignorer que démons et druides avaient autrefois été engagés dans une terrible guerre, et l'histoire relatait que les vainqueurs avaient éradiqué les vaincus jusqu'au dernier.

— Comment as-tu obtenu cette information ? demanda-t-il, intrigué.

— Je les ai rencontrés. Ce sont des hybrides, en partie d'origine druidique, en partie humains. Il semblerait que les druides se soient cachés parmi les mortels depuis des siècles, afin d'échapper à leurs persécuteurs démoniaques.

— Et se soient reproduits avec eux, ajouta Damien, comprenant soudain. Et ils sont suffisamment purs pour posséder des aptitudes, même après tout ce temps ?

— La pureté… (Gideon réprima un sourire.) Il faut croire que la pureté est moins puissante que la fusion de ces espèces-là. Seules deux druidesses sont actives pour l'heure, et toutes deux sont sous la protection des démons, en plus d'être très convoitées. (Il inclina légèrement la tête.) Dans l'ensemble.

— Je n'ai pas encore rencontré de civilisation qui n'ait connu des évolutions brutales. Il fallait s'y attendre. Du moins, elles ne sont pas opprimées.

— La guerre est oubliée depuis longtemps. Les plus âgés d'entre nous qui pourraient toujours nourrir du ressentiment contre les druides ont péri, et de telles émotions puériles sont derrière moi à présent.

— Je n'en doute pas, convint Damien sans arrière-pensée.

— La première druidesse est la compagne de notre exécuteur, l'autre celle du plus jeune frère de ce dernier. La première… Elle est puissante d'une façon surprenante. D'une façon dont pour l'instant je n'ai pas le loisir de discuter. Sa sœur s'éveille à ses aptitudes bien plus lentement, mais j'ai des raisons de présumer qu'elle sera tout aussi exceptionnelle. Il est également manifeste que d'autres suivront.

Damien rejoignit son fauteuil, et s'assit en prenant tout son temps, défroissant ses élégants vêtements sombres tandis qu'il réfléchissait. Il prêtait toujours la plus grande attention à la manière dont ses interlocuteurs parlaient, formulaient leurs phrases. Gideon lui avait déjà avoué lui cacher délibérément certaines informations, mais le prince vampire sentait que cette histoire recelait d'autres profondeurs qui promettaient d'être passionnantes et dangereuses.

— Je suppose que tu surveilles ces… hybrides ? L'idée de créatures dotées de pouvoirs déambulant librement dans notre monde n'est pas pour me plaire. L'égarement des nécromanciens est déjà suffisamment inquiétant, sans parler des Nocturnes guère honorables qui sont parmi nous.

— Je suis étonné que tu poses une question aussi évidente, fit remarquer Gideon d'un ton serein.

Il prit une petite gorgée de sa boisson, et la fit rouler un moment sur sa langue pour en savourer le bouquet.

— Je trouve parfois du réconfort à énoncer ce qui me préoccupe simplement pour être rassuré. Je sais que tu feras le nécessaire. Et plus encore, je suppose, vu le passé que tu partages avec les druides.

Damien leva son propre verre, et examina d'un air songeur le liquide rubis qu'il contenait.

— J'ai toujours pensé que leur éradication avait été une décision malheureuse, Gideon. Mais c'était une époque, si je m'en souviens bien, où nous autres vampires étions cupides au point de nous réjouir à l'idée que démons et druides s'entre-tuent, nous permettant ainsi de devenir plus puissants. Même si j'étais jeune alors, je me rappelle qu'on considérait en ce temps que nous n'avions pas à nous ingérer dans vos affaires, et réciproquement.

— Peut-être que si vous l'aviez fait, en l'occurrence, beaucoup de souffrances auraient été évitées, avança Gideon.

Le vieux démon s'exprima d'un ton neutre, mais Damien était trop sage et trop âgé pour ignorer l'importance que ces paroles avaient pour ce dernier.

— La guerre pèse lourdement dans la mémoire de chacun de nous, Gideon, dit le vampire doucement. Moi-même, poussé par un ennui et une impulsivité juvéniles, j'ai levé mon peuple contre le tien, il y a quatre siècles.

— Je te suis reconnaissant de tes efforts pour m'absoudre, Damien ; néanmoins, il vaut mieux que tu dépenses ton énergie à d'autres fins.

Il posa son verre sur la table à ses côtés ; le son du cristal heurtant avec fracas le verre richement sculpté indiqua qu'il ne se sentait pas aussi calme et détaché qu'il voulait le laisser paraître.

— J'ai pleinement conscience d'avoir une part de responsabilité dans les atrocités que nous avons commises contre les druides, poursuivit-il, ainsi que de ce qu'il en a coûté aux miens. Peut-être qu'une petite partie de mon absolution repose entre les mains de ceux qui marcheront sur les traces des deux druidesses, mais mes péchés sont bien trop grands pour être aisément pardonnés.

— Nul péché qui pèse sur une âme durant un millénaire n'est trop grand pour être pardonné, Gideon. (Ses yeux indigo s'assombrirent un peu plus.) Du moins, c'est ce que j'espère à titre personnel.

Gideon ne contredit pas de nouveau le vampire. Tous deux portaient un nombre considérable de crimes sur leurs épaules, et aucun ne pouvait se résoudre à anéantir ne serait-ce qu'une fraction des espérances de l'autre. Étrange qu'au bout de tout ce temps ils soient encore capables d'espérer. Le démon avait toujours soupçonné, néanmoins, que l'espoir était une sorte de mécanisme de défense. Gideon était une créature cynique, de la tête aux pieds, ce que nul le connaissant un minimum ne contesterait, mais on serait peut-être un peu surpris de découvrir qu'une partie de lui s'accrochait encore à la possibilité d'une absolution. Il n'était pas homme à s'expliquer sur ses actes ni à s'en excuser. Il était le plus vieux et le plus puissant des démons, et cette distinction s'accompagnait du privilège de faire pratiquement tout ce qui lui chantait. Pour avoir atteint un âge aussi avancé, on estimait qu'il savait ce qui était le mieux.

Quel meilleur exemple que sa présence dans le repaire du prince vampire, assis en face de lui. Parmi les siens, Damien occupait une position semblable à celle de Gideon. Même si vampires et démons n'étaient pas ennemis, ils n'étaient pas non plus de grands amis. Au sein de leurs espèces respectives, certains ne se toléraient guère, et d'autres encore cherchaient activement à se nuire. Mais cela avait été vrai de différentes sociétés, depuis la nuit des temps. Une paix parfaite ne serait pas envisageable tant que le libre arbitre et l'ignorance opiniâtre existeraient dans le monde, même pour des êtres d'une telle longévité, si puissants et si renommés pour leur vive intelligence et leurs raisonnements subtils.

Des défauts auxquels ils avaient chacun fait référence comme étant leurs aspects plus « humains ».

— Et pour en revenir à ta question précédente, Damien, nous ne connaissons pas le nombre précis de nécromanciens auxquels nous avons affaire cette fois. Cependant, au vu de nos dernières confrontations avec eux et des interrogatoires auxquels on a pu les soumettre, on peut supposer que leurs rangs grossissent dans l'ombre depuis un moment déjà.

— Y a-t-il eu des invocations ? demanda Damien avec nervosité.

L'invocation, le fait pour un nécromancien d'enlever un démon et de le retenir prisonnier en ayant recours à la magie la plus ignoble, constituait le sort le plus horrible que pouvait connaître l'espèce démoniaque. Une fois capturé par ce procédé, en dépit de toute son intelligence, de tout son raffinement, de sa puissance et de sa maîtrise de soi, celui-ci se transformait en un monstre hideux et pratiquement stupide… en l'image même du démon que se faisaient en général les mortels. Sans doute était-ce cette métamorphose à laquelle avaient assisté les nécromanciens au cours des siècles qui était à l'origine de cette représentation dans les légendes humaines. Tout mythe contenait parfois davantage qu'une once de réalité.

Les Nocturnes en étaient la preuve vivante.

— Plusieurs, répondit Gideon d'un air sinistre. Il m'est d'ailleurs impossible d'expliquer les répercussions que cela a engendrées.

— Et c'est inutile. Les nécromanciens s'en tiennent rarement aux démons, comme tu le sais. Nous ne tarderons assurément pas à trouver les cendres des miens au soleil, transpercés d'un pieu, sans parler des restes sanglants de lycanthropes et d'autres Nocturnes.

— Si cela peut t'apporter une consolation, depuis l'enlèvement de la sœur de notre roi, que nous avons retrouvée saine et sauve, nous n'avons pas eu connaissance de nouvelles invocations, dit Gideon. Les nécromanciens sont demeurés silencieux.

— Le silence peut se révéler aussi menaçant que les actes, souligna Damien d'un ton songeur.

Il fit tinter de sa main ornée de bagues le bord de son verre en cristal, comme s'il s'agissait d'un instrument aux notes aiguës.

— Je suis d'accord. C'est une espèce arrogante, que ces humains qui tâtent de la magie noire. Ils ne restent pas longtemps tranquilles. Juste le temps de rassembler leurs forces. C'est pourquoi je suis venu te prévenir, Damien. Je sais qu'ils reviendront, et nous devons tous nous y préparer.

— Je t'en suis reconnaissant. Je ne manquerai pas d'avertir mon peuple.

Chapitre premier

— *Siddah* ! *Siddah* Legna !

Magdelegna tourna la tête lorsque la voix aiguë l'appela ; elle eut à peine le temps de jeter un coup d'œil derrière elle que déjà un petit corps lui fonçait dans les jambes, la faisant presque tomber. Elle se retourna en riant et vit le petit être qui se cramponnait à ses jupes de gaze comme si sa vie en dépendait.

— Daniel ! Tu me tires les cheveux, le réprimanda-t-elle.

Avec douceur, elle libéra sa chevelure légèrement ondulée des doigts du garçon qui s'agrippait à ses genoux et en rassembla la masse couleur café entre ses mains avant de la faire passer par-dessus son épaule pour mieux la protéger de cet accueil enthousiaste.

— Maman est terriblement en colère contre moi. Ne la laisse pas me donner la fessée, s'il te plaît !

Legna soupira, et écarta son neveu pour pouvoir se mettre à son niveau.

— Ta mère est ma sœur, mon petit cœur, mais ça ne m'autorise pas à m'opposer à ce qu'elle te punisse quand tu as été vilain. À vrai dire, quand j'étais petite et que j'avais été vilaine, comme ta mère est l'aînée de mes sœurs, elle me corrigeait aussi.

La démone tenta de réprimer un sourire lorsque le visage du garçonnet prit une expression désespérément horrifiée. Elle sentit la compassion l'envahir en ne se souvenant que trop bien de la sévérité de sa sœur.

— Bon, il me semble me rappeler que tu m'as déjà suppliée de te protéger il n'y a pas deux jours. Tu t'es encore attiré des ennuis ?

— Mais, tante Legna, tu es ma *Siddah*. Tu peux lui dire de ne pas me donner la fessée.

— Daniel, c'est parce que je suis ta *Siddah* que je devrais encourager ta mère à te punir. Lorsque le moment viendra pour moi de te former, je me montrerai intransigeante avec toi. Je te promets, mon petit cœur, d'être un professeur très exigeant. Et ma première leçon est que tu dois faire face aux conséquences de tes erreurs. Comme tous les grands hommes.

— Mais je ne suis pas un homme. Je suis un petit garçon. Je n'ai que six ans.

— C'est vrai, reconnut Legna en hochant la tête. Mais combien de fois m'as-tu dit vouloir devenir un homme aussi fort et courageux que ton oncle ? Tu prétends être un jour le roi de tous les démons, comme Noah. N'est-ce pas ? (Elle attendit qu'il acquiesce à contrecœur.) Alors, quel genre de roi ferais-tu si tu fuyais la responsabilité de tes propres méfaits ?

— Je suppose que je ne ferais pas un très bon roi, répondit Daniel d'une voix chevrotante.

Il baissa ses immenses yeux bleus pour que sa tante ne voie pas les larmes qui les baignaient.

— Mais je n'ai pas fait exprès d'être vilain, ajouta-t-il.

Legna soupira de nouveau, prise de pitié pour son neveu précoce.

— Je le sais bien. Je crois sincèrement qu'au fond de ton cœur tu désires être un gentil garçon.

— On ne peut qu'espérer que mon fils apprenne un jour à écouter son cœur, fit-on remarquer d'un ton pince-sans-rire depuis la porte de l'arboretum.

Legna se releva de toute son impressionnante hauteur, et sourit à sa sœur Hannah qui entrait dans la pièce pour soulever du sol son petit garçon polisson, qu'elle installa sur ses épaules.

— Mais pour le moment, et tant qu'il s'obstinera à céder à ses impulsions espiègles, comme se cacher sous la table du Grand Conseil pendant une séance, il doit recevoir sa punition.

— Oh, Daniel, tu n'as pas fait ça.

Legna fit les gros yeux à l'enfant, dont les joues potelées prirent une éclatante couleur écarlate.

— Je ne l'ai pas fait exprès. Je jouais juste à cache-cache avec oncle Noah.

— Oui, eh bien, peut-être que la prochaine fois avant de commencer une partie tu devrais en informer ton oncle, histoire d'éviter qu'il s'en aperçoive à ses dépens, hein ? Maintenant, tu retournes à la maison et tu te mets au lit, où tu réfléchiras à ton comportement jusqu'au retour de ton père. Puis tu en parleras avec lui, parce que, de toute évidence, ce que je peux te dire n'a aucun effet sur toi.

Hannah reposa son fils par terre et lui donna une légère tape sur les fesses pour le pousser du bon côté.

— Allez, file. Va trouver ta *li-li-ni* et rentre à la maison.

Elle déploya un instant ses sens aiguisés, à la recherche de la nourrice de l'enfant.

— Elle est dans la nursery avec tes sœurs, lui indiqua-t-elle. Peut-être que si tu es sagement couché quand je reviendrai, je ne raconterai pas à ton père à quel point tu as été vilain.

— Oui, maman, promit Daniel, la voix et le visage aussi bas et contrits qu'on pouvait l'espérer de la part d'un petit garçon.

Il sortit de l'arboretum en traînant les pieds, et jeta à sa tante un dernier regard suppliant avant d'errer dans la grand-salle, cherchant manifestement à gagner du temps.

— Daniel, j'ai vu des escargots avancer plus vite, le réprimanda Hannah, qui ne s'était même pas retournée et savait pourtant ce que sa progéniture tentait de faire.

Legna s'émerveillait des instincts maternels de Hannah. La patience apparemment infinie de sa sœur tenait d'autant plus du miracle que Daniel était l'avant-dernier d'une fratrie de six. Les deux femmes attendirent qu'il ait disparu en haut de l'escalier principal, en bonne voie de rejoindre sa *li-li-ni*, avant d'échanger des regards amusés.

— C'est un sacré numéro, ma sœur, constata Legna.

Elle rit doucement en s'intéressant de nouveau au petit bonsaï qu'elle avait commencé à tailler avec une persévérance remarquable.

— J'espère que tu as prévu de laisser passer quelques années avant d'accroître ta famille comme tu en exprimes si souvent le désir. Je ne pense pas que je pourrais être la *Siddah* d'un autre de tes enfants.

— Je ne t'imposerai jamais ça, ma sœur, répliqua Hannah en riant. J'ai bien peur que Daniel et Eve suffisent à t'occuper pour le siècle à venir. Console-toi à l'idée qu'ils ont plus de six ans d'écart. Et Noah est aussi leur *Siddah* à tous les deux. Tu n'assumeras pas leur formation seule. Personne ne le doit jamais.

— Ça me facilitera la tâche, à condition que je sois encore sous le toit de notre frère quand le moment viendra pour toi de nous les confier.

Cela retint l'attention de Hannah, et la démone, dont les cheveux châtains parsemés de mèches rousses étaient si semblables à ceux de Noah, s'approcha pour toucher l'épaule de sa sœur.

— Legna, essaies-tu de me dire que tu envisages de quitter la demeure de notre frère ? Serais-tu malheureuse ici ?

— Malheureuse ? Noah est le roi, l'homme le plus vénéré parmi son peuple, ainsi que l'un des plus puissants démons de feu de toute notre histoire. Tu sais parfaitement que, malgré l'instabilité de son élément fondamental, il est très affectueux et attentionné, son pouvoir et ses responsabilités le rendant incroyablement à l'écoute des autres. Je suis occupée ici, je lui sers de châtelaine et je suis une précieuse diplomate à sa cour. Jamais je ne pourrais être malheureuse chez lui.

— Bon, pas malheureuse, alors. Mais peut-être… insatisfaite ? s'enquit Hannah, qui posa les doigts sous le menton de sa cadette pour l'inciter à la regarder dans les yeux. Legna, j'ai beau ne pas être une démone d'esprit ni une grande empathe comme toi, je connais suffisamment bien ma sœur pour savoir quand elle est troublée.

— Vraiment, tu te trompes, Hannah, insista Legna en s'écartant.

Elle se concentra de nouveau sur l'arbre qu'elle n'arrêtait pas d'observer sans l'avoir encore taillé depuis le début de leur conversation.

— Il ne me manque rien ici, reprit-elle, et je n'éprouve aucun désir irrésistible de partir. Mais il s'écoulera cinq ans, à peu de choses près, avant qu'Eve atteigne l'âge d'être formée, et davantage encore avant qu'arrive le tour de Daniel. Beaucoup de changements peuvent se produire, même dans ce court laps de temps. Je ne faisais que réfléchir tout haut. Il n'y a pas de quoi en faire toute une histoire.

Hannah renifla bruyamment, indiquant par là le peu de cas qu'elle faisait des assertions de sa benjamine, mais Noah entra alors dans l'arboretum.

— Hannah, je te promets que si tu ne prends pas en main ce petit chenapan que tu as engendré, je vais m'en charger.

— Noah, je t'en prie, tu sais que Daniel ne pensait pas à mal. Ce n'est qu'un enfant, protesta la mère pour défendre son fils.

Elle tenta de balayer le sujet comme s'il n'importait pour aucun d'eux, oubliant vite qu'elle avait été tout autant excédée que lui.

— Hannah…, commença Noah d'un ton aussi proche de la remontrance qu'il l'osait, conscient que le tempérament impétueux de sa sœur égalait le sien.

Legna se tourna pour les regarder tour à tour ; comme à l'accoutumée, elle se demandait lequel des deux démons se mettrait le premier en colère, comme cela leur arrivait souvent lorsqu'ils s'affrontaient. Heureusement, les démons de feu étaient rares. Malheureusement, leur élément était assez instable pour qu'on en rencontre deux au sein de la même famille.

Il incombait souvent à Legna, l'empathe et la diplomate accomplie, de discerner assez rapidement qui s'apprêtait le plus à s'échauffer, pour désamorcer le conflit. Hannah et Noah s'aimaient profondément, néanmoins l'affection qu'ils se portaient était en général plus forte lorsqu'ils ne se trouvaient pas dans la même pièce, et bien plus encore lorsqu'ils ne défendaient pas des positions antagonistes dans un bras de fer.

— Hannah, ton fils a pu entendre des propos perturbants, dit Noah.

Il changea de tactique, énonçant plutôt une légère mise en garde qui parlait à l'instinct maternel développé de la démone.

— De quoi s'agit-il, Noah ? demanda-t-elle aussitôt.

Portant la main à sa gorge, elle tira avec nervosité sur le ravissant collier de rubis que lui avait offert son mari lors de leur nuit de noces. Elle n'était pas du genre à paniquer facilement, néanmoins ce geste trahissait à coup sûr son inquiétude.

Chacun des trois démons qui se tenaient dans l'arboretum luxuriant avait pleinement conscience des troubles qui avaient commencé à empoisonner l'existence des Nocturnes. Legna avait elle-même été victime de ces événements lorsqu'elle avait été invoquée par quatre nécromanciens qui avaient voulu lui voler ses pouvoirs. Sans l'intervention divine de la Providence et les aptitudes naissantes d'une amie druidesse, Legna serait morte. Ou pire. La peur de Hannah était bien fondée, dans ces circonstances.

— Pour l'instant nous n'avons pas de nouveaux éléments, Hannah, alors ne te tracasse pas trop. Cependant, poursuivit Noah, nous étions en train de discuter des mesures à prendre, dans l'éventualité où nous aurions encore affaire aux nécromanciens. Inutile de te dire qu'entendre les exécuteurs et les guerriers débattre des meilleures tactiques pour nous débarrasser de cette menace n'est pas vraiment préconisé pour des oreilles de six ans.

— Oui, tu as raison, mon frère. Je suis désolée. Je vais aller trouver Daniel tout de suite.

— Hannah.

Noah la saisit par le bras quand elle le dépassa d'un pas rapide, et la tourna vers lui avec douceur pour faire tendrement glisser un doigt sur sa joue et déposer un baiser chaleureux sur son front.

— J'aime mon neveu, tu le sais. Je m'inquiète pour lui. Je n'ai pas voulu être dur.

— Tu es le roi, Noah. T'inquiéter pour nous tous relève de ton devoir. Et je n'ignore pas qu'il s'agit d'un lourd fardeau, en ce moment. Je vais m'occuper de Daniel.

— Et à l'avenir, je regarderai sous la table du Conseil avant de commencer nos séances, ajouta-t-il en lui décochant un clin d'œil malicieux qui la fit rire.

Hannah embrassa son frère, puis les contours de son corps sculptural se brouillèrent soudain et elle tournoya jusqu'à se transformer en volutes de fumée qui se faufilèrent prestement hors du château par un espace ouvert dans l'un des hauts vitraux de la grand-salle.

Noah se tourna pour faire face à sa plus jeune sœur, et haussa un sourcil avec une certaine suffisance. Legna arqua un sourcil à son tour et esquissa quelques applaudissements.

— Et moi qui craignais que tu n'apprennes jamais l'art de la diplomatie, fit-elle remarquer en réprimant un sourire. Il ne t'aura fallu que les deux siècles et demi de ma vie. Davantage, en fait. Tu en avais quelques-uns d'avance.

— C'est drôle que tu ne sembles te rappeler que je suis ton aîné que quand cela t'arrange, ma sœur, railla-t-il.

Il tendit la main pour lui tirer les cheveux comme il le faisait depuis qu'elle était petite.

— Eh bien, je peux dire en toute franchise que c'est la première fois que je te vois renoncer à une bonne dispute avec Hannah. Je commençais à me demander si tu étais vraiment mon frère. Un imposteur peut-être…

— Legna, fais attention. Tu sèmes les graines de la discorde, se moqua-t-il en lui tirant de nouveau les cheveux.

Elle se retourna pour lui donner une tape.

— J'ignore comment tu as convaincu le Conseil que tu étais suffisamment mûr pour être roi, Noah ! Tu es un vrai gamin ! (Elle se tortilla pour s'éloigner de lui.) Et je te jure que si tu me tires encore les cheveux comme une petite brute, je vais te mettre au lit et te raser le crâne !

Noah leva aussitôt les mains en signe de reddition, et éclata de rire quand Legna s'empourpra d'exaspération. En dépit de toute sa grâce et de son raffinement, elle était parfaitement capable de mettre à exécution chacune de ses menaces.

— Je suis sérieuse, Noah. Tu as tout de même sept cents ans. On pourrait s'attendre à ce que tu te comportes en conséquence.

— Legna, ces derniers mois je n'ai pas arrêté de me comporter comme quelqu'un de mon âge. Tu es la seule auprès de qui je peux me laisser aller. Je crois fermement que nous ne devrions jamais complètement renoncer à notre âme d'enfant.

Il se rapprocha suffisamment pour repousser une mèche qu'il avait dérangée, l'affection qu'il éprouvait pour elle brillant distinctement dans ses yeux.

— Et, ajouta-t-il, tant que tu continueras à me faire me sentir jeune, je m'assurerai que tu n'oublies jamais que tu l'es aussi, petite sœur.

Legna lui sourit avec douceur, et s'avança pour déposer un baiser chaleureux sur sa joue, lui manifestant à son tour tendresse et soutien. Elle l'avait taquiné, mais elle le regretta soudain, consciente qu'il portait depuis très longtemps tout le poids des besoins impérieux de leur espèce. Elle lui permettrait de tirer ses cheveux jusqu'aux derniers si cela pouvait lui procurer un peu de sérénité et de joie pour compenser le stress et les devoirs qui l'accablaient.

— Il ne se passe pas un jour sans que tu me tiennes ce genre de propos, mon frère.

Elle s'interrompit le temps d'écarter la main de Noah de son visage pour la serrer entre les siennes.

— En fait, tu as été particulièrement attentionné au cours de ces cinq derniers mois.

— Je ne vois rien à redire à ce qu'un frère montre à sa sœur adorée l'ampleur de son affection, répliqua-t-il en se laissant guider hors de la serre envahie par la brume.

— C'est vrai. Et tu t'es toujours beaucoup soucié de mon bien-être au long des années, reconnut-elle. Néanmoins, Noah, depuis l'invocation…

Celui-ci s'arrêta net, et arracha brusquement sa main à la sienne.

— Je ne souhaite pas en parler.

Sa voix descendit de plusieurs octaves, son ton bas, sinistre, dissimulant une rage glacée.

— C'est terminé. Les monstres qui ont osé t'enlever sont morts. Tu ne risques plus rien et c'est tout ce qui compte.

— Qui espères-tu protéger en refusant d'en parler ?

Legna l'affronta soudain, ayant enfin l'impression d'avoir éludé le sujet pendant suffisamment de temps.

— Moi ? Comme tu l'as dit, je ne risque plus rien maintenant, alors à quoi bon ? Tu songes encore à te cacher derrière Isabella, celle grâce à qui je n'ai pas été transformée ? « Nous devons protéger Isabella. Isabella est un miracle de la nature. Isabella, l'exécutrice, et ses précieux pouvoirs hybrides d'humain et de druide ! » Oh, ne divulguons pas le fait qu'elle m'a sauvée, ou ça donnerait de faux espoirs à d'autres, et pourrait bien mettre notre Bella en danger.

Legna ne se contentait plus d'être sarcastique à ce stade, ses yeux gris-vert lançant des éclairs de frustration.

— Noah, il n'y a personne d'autre ici que toi et moi. Personne ! Je veux que tu me regardes et que tu me dises pourquoi tu évites cette discussion alors que nous sommes seuls.

— Legna.

Noah s'interrompit, et garda le silence pendant qu'un combat intérieur avait lieu derrière ses yeux qui pouvaient rivaliser avec ceux de sa sœur en termes d'expressivité autant que de couleur.

— Les mots ne décriront jamais de façon satisfaisante l'immensité de la perte que j'ai éprouvée ce jour où tu t'es volatilisée juste sous mes yeux. Je me suis juré en cet instant que si par miracle je te retrouvais saine et sauve, je ne permettrais jamais plus que ton existence soit menacée. Si je refuse d'en discuter avec toi, c'est parce que je ne supporte pas de revivre la souffrance de cet instant, pas plus que je ne peux nourrir la terreur que ça se reproduise sans en être terrassé. (Il leva enfin les yeux, et rencontra son regard fixe.) Cette famille, de même que ce royaume, ne peut fonctionner avec un roi paralysé par une peur et une souffrance d'une telle envergure. Je te prie de ne plus aborder ce sujet dorénavant, Magdelegna. Si ce n'est pour ta propre sécurité et celle de ceux qui seraient concernés, alors pour ma tranquillité d'esprit.

Legna resta silencieuse un moment, ses sens naturels détectant la profonde détresse de Noah, le cœur palpitant au rythme des battements à peine précipités du sien. L'effroi de son frère était palpable, et si étranger. Il était l'homme le plus courageux et le plus inébranlable qu'elle ait jamais connu, et le sentir miné par cette émotion la bouleversa. Mais elle fut encore plus secouée en s'apercevant qu'il lui cachait quelque chose.

De fait, c'était comme s'il lui mentait. Même si elle n'avait pas été capable de comprendre ce qu'il ressentait, la légère dilatation de ses pupilles ainsi que la brusque accélération de son pouls et l'augmentation soudaine de sa tension artérielle l'auraient trahi. Et l'angoisse sous-jacente qu'elle percevait sans mal finissait de lui ôter tout doute.

Elle ne s'en offusqua pas, car il avait toujours éprouvé ce besoin fraternel de la protéger, indépendamment de son âge ou de la puissance qu'elle acquérait. Il avait parfaitement conscience qu'elle était plus qu'assez forte pour percer même le terrible bouclier qu'il avait érigé devant ses émotions pour lui en interdire l'accès. Il se contentait d'espérer que cette dissimulation mineure de la vérité lui échapperait, en raison de l'amour qu'elle lui portait. Ou peut-être en raison de celui qu'il lui portait.

— Noah, dit-elle doucement de sa magnifique voix destinée à calmer l'esprit de ceux sur qui elle en faisait usage.

Elle tendit la main pour toucher les cheveux de son frère à l'endroit où ils bouclaient sur son front, ce contact l'aidant à se connecter aux synapses embrasées de son cerveau, là où de trop nombreuses pensées se bousculaient. Elle s'introduisit en lui, son pouvoir l'enveloppant d'un sentiment lénifiant, atténuant ses craintes pour la sécurité de sa sœur, renforçant sa confiance inébranlable en sa capacité à protéger ceux qu'il servait, comme cela avait été le cas cinq mois plus tôt.

Noah laissa la présence réconfortante de Legna l'envahir et l'apaiser. Il s'était opposé à ses tentatives jusque-là, se sentant bien trop coupable des dangers auxquels elle avait été exposée pour accepter d'aller mieux. Il avait voulu que la peur et la culpabilité le tourmentent, dans l'espoir de parvenir ainsi à découvrir le moyen de les protéger des invocations, une recherche en cours presque depuis la nuit des temps. Mais tout ce qu'il en avait retiré, c'était d'être épuisé et à bout de patience. Il était prêt pour l'absolution de Legna.

— Tu ressembles tant à père, murmura-t-elle, sa voix s'insinuant dans l'âme de son frère comme un baume puissant. J'étais si jeune, pourtant je n'ai jamais oublié à quel point… à quel point il me semblait toujours si grand. Si fort, si protecteur. Je n'avais jamais peur quand il était là. Tu as beau dire que j'étais trop petite pour l'avoir véritablement connu, grâce à nos souvenirs à tous les deux, je le sens de tout mon être.

L'émotion qu'elle fit remonter à la surface submergea tant Noah qu'il la prit dans ses bras, et la serra tout contre lui pour lui exprimer sa gratitude. C'était exactement ce qu'il avait besoin d'entendre, et même s'il n'ignorait pas que ses extraordinaires dons d'empathe y étaient pour beaucoup, il lui en était reconnaissant.

— Legna, soupira-t-il, bouleversé, comme j'aimerais que mère puisse voir à quel point tu es devenue belle et puissante.

Les yeux de Legna s'embuèrent tant elle était émue, et elle étreignit Noah avec force. Elle était trop jeune pour se rappeler grand-chose de ses parents, mais elle s'était toujours bien mieux souvenue de leur père que de leur mère, qui n'était guère plus qu'un fantôme dans son esprit. Noah l'avait connue pendant des siècles, assez longtemps pour être en mesure d'abreuver Legna d'anecdotes la concernant. Il en avait fait autant avec leur père, après que ce dernier avait été invoqué dans l'année qui avait suivi la disparition de leur mère. L'exécuteur avait été obligé de l'éliminer sous sa forme de transformé, mais jamais Noah ne l'avait tenu pour responsable de cette pénible nécessité. À l'instar de nombreux autres sujets qui l'affectaient bien trop profondément, cependant, Noah refusait de parler du décès de leurs parents.

Les démons étaient immortels, ce qui signifiait surtout qu'ils avaient une grande longévité. Ils étaient aussi assez difficiles à tuer, ce qui augmentait leur espérance de vie déjà étendue. Alors, lorsqu'ils perdaient un proche, c'était en général de mort particulièrement violente, ce qui laissait des marques sur les âmes de ceux qui restaient. Noah n'avait jamais accepté de dire à Legna, qui n'était qu'une fillette à l'époque, comment leur mère avait péri, et toutes les autres sources potentielles d'informations autour d'elle connaissaient son souhait et gardaient le silence avec une fermeté équivalente.

En revanche, elle se rappelait très bien le jour où son père avait été invoqué par un maudit nécromancien. Elle savait que Noah s'en souvenait, lui aussi. C'était certainement pour cette raison qu'il avait été aussi secoué par le drame du dernier Samhain. Elle n'avait pas besoin de lire les souvenirs émotionnels rattachés au moment où il l'avait vue se volatiliser pour comprendre à quel point cet événement devait l'avoir effrayé. Elle avait eu peur elle aussi. Tant qu'elle vivrait, elle n'oublierait jamais la souffrance et la terreur de cet instant.

Mais tandis qu'elle l'incitait à échanger des souvenirs en se servant de ses aptitudes empathiques – elle lui transmit ceux qu'elle avait conservés de leur père et choisit avec soin ceux qu'il possédait de leur mère –, ils prirent conscience qu'ils étaient devenus très semblables à leurs parents. C'était réconfortant et apaisant, et cela leur réchauffa le cœur.

— Tu étais l'ange de père, lui dit-il.

— Et toi, celui de mère. Je lis dans ton cœur à quel point elle te faisait te sentir exceptionnel.

— Le jour de ma naissance, elle a juré que je serais roi. Père se moquait d'elle. Quelle mère ne nourrit pas les rêves les plus fous pour son enfant ? (Noah écarta la tête pour regarder le joli visage de sa sœur.) Mais je crois qu'elle le savait vraiment. Et qu'elle savait aussi qu'elle ne vivrait pas pour t'élever. Elle m'a fait promettre de te protéger par-dessus tout. Au moins une fois par semaine elle me rappelait que je devais tenir cette promesse.

— Et c'est ce que tu as fait, souligna Legna. Je ne le dis pas juste pour te réconforter, alors cesse de penser ça. C'est toi qui as senti l'importance du lien qui unissait Jacob à Isabella lorsqu'elle est arrivée parmi nous, même si à ce moment-là elle ne semblait être qu'une mortelle désirant sincèrement nous aider. C'est toi qui lui as permis d'accéder à la bibliothèque, sans tenir compte de l'indignation du Conseil. Et c'est comme ça qu'elle a trouvé *La Prophétie perdue des démons*. Nous avons découvert l'existence des hybrides de druides et d'humains, et qu'ils étaient indispensables à notre survie en tant qu'espèce. Grâce à toi, Jacob s'est autorisé à tomber amoureux d'elle, à la demander en mariage.

» Grâce à toi encore, frère adoré, qui t'es généreusement proposé pour célébrer en personne la cérémonie, j'avais les mains sur ses épaules la nuit où j'ai été invoquée, il y a cinq mois. Sans ce contact, Isabella n'aurait jamais été attirée avec moi dans la prison du pentacle, elle n'aurait jamais utilisé ses pouvoirs pour en atténuer les effets et empêcher que je me transforme en un monstre que Jacob aurait été obligé de traquer et d'éliminer.

— Non, murmura-t-il.

Il rapprocha le front de Legna de ses lèvres, lui communiquant son désespoir à travers les mains qu'il avait posées sur sa tête.

— Ne parle pas de ça. Mon cœur se brise rien que d'y penser.

Cela l'aurait anéanti.

Legna, son adorable sœur chérie, prisonnière de la magie perverse d'un pentacle qui aurait détruit sa beauté, son âme même, la transformant en l'image du démon que les humains s'attendaient à voir. Elle aurait été changée en un monstre qu'on aurait chassé et tué pour protéger à la fois les mortels vulnérables et les démons. Cela aurait suffi à le remplir d'amertume pour le reste de sa vie, une perspective effrayante pour un homme qui se trouvait à la tête d'une espèce entière. Il savait qu'il existait une différence de taille entre les humains normaux et ceux qui tâtaient des sciences occultes et devenaient des nécromanciens, mais s'il avait perdu Magdelegna, il n'était pas sûr qu'il aurait pu continuer à les distinguer.

— Mais tout s'est bien terminé, insista Legna en lui serrant les mains pour le réconforter. Tu dois cesser de ruminer ces pensées sinistres, Noah, pour vivre l'instant présent. Je vais bien, réaffirma-t-elle en exerçant une autre petite pression pour ponctuer ses paroles.

Noah hocha la tête, et finit par sourire, ses yeux s'éclaircissant jusqu'à être d'une couleur jade cendré alors qu'il acceptait sa sollicitude.

—Oui. Tu vas bien. Et tu es en bonne santé.

Il lui prit les mains, lui fit écarter les bras en grand et l'observa avec attention.

—Je me demande parfois pourquoi personne n'est venu me réclamer ta main, poursuivit-il. Peut-être est-ce parce que, comme Bella pour Jacob, c'est un druide qui doit ravir ton cœur. Les chances pour que tu connaisses une imprégnation sont soudain devenues tangibles. Merveilleuses. Tu peux maintenant le voir par toi-même, tout comme je le voyais quand mère et père étaient en vie. Personne ayant jamais passé du temps en présence de Bella et Jacob ne pourrait ignorer le miracle que représente un tel amour, à quel point ce profond lien spirituel peut être enrichissant. Jacob est un autre homme. Je ne l'ai jamais vu si heureux et comblé, tandis que Bella est rayonnante. Je me surprends à les envier.

—Je sais.

Legna esquissa un doux sourire à la mention du nom de sa nouvelle amie et du bonheur qu'elle avait trouvé auprès de Jacob l'exécuteur.

—On n'a plus vu d'imprégnation dans notre société depuis… eh bien, franchement, je ne crois pas pouvoir m'en souvenir, avoua-t-elle. D'ailleurs, j'ai toujours pensé qu'il s'agissait d'un conte de fées qu'on racontait aux petites filles. C'était avant que je comprenne que mère et père étaient imprégnés. Si seulement je… si seulement j'avais tes souvenirs. Si seulement je me rappelais la profondeur de leur amour. Quand tu en parles ça a l'air si beau, et maintenant que je vois Jacob et Isabella, et la passion qu'ils éprouvent l'un pour l'autre, je le regrette encore plus.

— Eh bien, gloussa Noah, on racontait ces contes de fées aux petits garçons aussi, mais il me semble qu'on retenait plutôt le fait que c'était la plus incroyable expérience sexuelle connue au monde.

— Noah !

Legna le réprimanda en le poussant doucement, mais elle fut prise d'un fou rire malgré elle.

— Je crois que j'ai dû y penser une fois ou deux moi-même, ajouta-t-elle. Ne désespère pas. Deux imprégnations en une seule semaine en octobre dernier est de bon augure pour toi, mon frère.

— Je ne peux que l'espérer, déclara-t-il.

Quand il lui décocha un clin d'œil coquin, sa sœur fut obligée de faire claquer sa langue et de rouler des yeux, exaspérée.

— Tu es incorrigible ! Et tu te demandes pourquoi tes nièces et tes neveux sont impossibles ?

Noah éclata de rire, secouant la tête. Il prit alors conscience que Legna avait une fois de plus trouvé le moyen de détourner la conversation pour l'amener sur un tout autre sujet. Elle avait toujours eu cette habitude. Legna ne parlait jamais d'elle, sa nature empathique la poussant toujours à mettre ses propres besoins et émotions de côté pour aider les autres.

— Tu marques un point, ma chère. Je suis irrécupérable et ce n'est pas étonnant que personne ne veuille de moi. De toute façon, je suis bien trop occupé pour me lancer en quête d'une démone ou d'une druidesse qui me convienne, en dépit de tous les avantages alléchants. En plus, faire la cour, tout ce sentimentalisme absurde… Je laisse volontiers ce genre de crétineries aux exécuteurs. Les minauderies et les déclamations de sonnets leur correspondent bien plus qu'à moi.

Legna lui donna un coup de coude dans les côtes pour le punir de la manière irrévérencieuse dont il parlait de Jacob et Isabella. Avant de rencontrer la jeune femme, l'exécuteur avait été un solitaire, brûlant d'être accepté et aimé, alors que sa position le stigmatisait. Habitué à être méprisé comme un mal nécessaire, il avait véritablement découvert le bonheur le jour où il avait littéralement rattrapé Isabella au vol. Noah aimait le taquiner en lui disant qu'il était « perdu » et « fou d'amour », mais Legna savait que son frère était heureux pour lui. Et qu'il était d'autant plus ravi que le couple mettrait un bébé au monde d'ici un an, le premier enfant né de l'union d'une druidesse et d'un démon en plus d'un millénaire.

Parfois, cependant, Legna ne pouvait se départir du sentiment que Noah se moquait avec une jovialité excessive et faisait trop d'efforts pour dénigrer l'imprégnation à coups de bons mots. Elle était une empathe, elle était sa sœur et elle avait des yeux. Elle pouvait voir ce qu'il pensait lui dissimuler avec le plus grand soin. Les nombreuses fois où ils avaient invité les exécuteurs au palais, quand Bella et Jacob étaient assis, leurs têtes sombres baissées ensemble, dégageant tant d'amour et de désir charnel, elle avait surpris le regard gris-vert si semblable au sien les observer avec convoitise.

— Eh bien, pour ma part je serais bien contente de te voir aussi « atteint » que Jacob, railla-t-elle d'un ton neutre en lui décochant un de ses beaux sourires espiègles. Mais pour l'heure, tu m'as fait me rappeler que j'ai un rendez-vous et que je suis en retard. (Elle se dressa sur la pointe des pieds pour l'embrasser sur la joue.) Tu devrais faire un somme, tu as l'air fatigué.

— Je ne suis pas un vieillard qui a besoin de dormir au beau milieu de la nuit, répliqua Noah, indigné. La lune vient à peine de s'élever dans le ciel.

— Comme tu veux, Noah. Ce n'était qu'une suggestion. Pardonne-moi d'avoir froissé ton amour-propre chatouilleux.

Elle se moquait de lui ; reculant de plusieurs pas, elle écarta les bras et exécuta une profonde révérence avec toute la grâce dont elle avait hérité de ses gènes démoniaques. L'instant d'après, d'un mouvement rapide du poignet, elle explosa en un petit nuage de soufre et de fumée, et se téléporta avant que Noah ait pu réagir.

— Sale gamine ! hurla-t-il aux hauts plafonds à l'intention de sa sœur, même s'il était persuadé qu'elle ne pouvait plus l'entendre.

Il s'approcha de la cheminée, y alluma un grand feu d'une infime pensée et s'assit dans son fauteuil préféré.

— Un somme, grommela-t-il tout bas. Je peux donner ou prendre de l'énergie d'un claquement de doigts ! annonça-t-il avec fierté à la pièce vide. Je n'ai pas besoin de sommeil au beau milieu de la nuit comme un bébé. Je vais lui apprendre le respect à cette fille, un de ces jours.

Un terrible bâillement interrompit le cours de ses ruminations. En en prenant conscience, il rit d'un air penaud. Après avoir jeté un coup d'œil autour de lui et interdit l'accès à sa demeure de quelques pensées, il s'installa plus confortablement dans son fauteuil et s'accorda le luxe de fermer les yeux.

Chapitre 2

Isabella se retourna en regardant par-dessus son épaule lorsqu'elle sentit la pression atmosphérique de la pièce changer en émettant un petit bruit sec distinct. Elle reconnut immédiatement l'identité de son invitée, avant même que la fumée se dissipe. Bella poussa un cri de joie, posa son arrosoir sur le rebord de la fenêtre et s'élança dans le nuage de soufre qui persistait encore pour serrer dans ses bras son amie qui venait d'arriver.

— Legna !

— Bella, je suis si heureuse de te voir, s'exclama la démone en l'étreignant avec chaleur, prenant garde à ne pas écraser le ventre arrondi de la petite druidesse.

Elles se comportaient comme si elles ne s'étaient pas vues depuis une éternité, alors que ça faisait à peine une semaine. Sans doute était-ce parce que Bella était si contente d'avoir l'occasion de discuter avec une autre femme que son allégresse se communiquait à l'empathe. Parfois Legna se retrouvait transportée par l'enthousiasme des autres, ce qui ne la dérangeait pas. C'était l'une des émotions les plus agréables qui puissent la submerger.

Isabella s'écarta en riant pour observer son amie, et rejeta la tête en arrière ; son épaisse chevelure de jais brilla comme des plumes de corbeau et tomba en cascade le long de son dos. Bella arrivait à peine à l'épaule de Legna et paraissait minuscule à côté de cette dernière, qui mesurait près d'un mètre quatre-vingts. Tous les démons étaient grands. Bella se plaignait souvent d'attraper un torticolis en leur parlant, mais Legna avait remarqué que la druidesse ne semblait jamais avoir mal au cou quand elle devait lever le visage pour embrasser son compagnon.

— Quelle menteuse tu fais, l'accusa Bella sans conviction. J'ai l'air de porter un petit ballon de basket sous ma robe. Je ne suis enceinte que depuis cinq mois et j'en ai déjà assez de marcher comme un canard.

— Eh bien, sans vouloir te saper le moral, je te rappelle que ce bébé est à moitié démon. Pour nous, cinq mois correspondent à peine au premier trimestre.

— Bon, merci de me le rappeler, mais tu n'es plus mon amie. Volatilise-toi d'ici tout de suite, ordonna Isabella en la foudroyant du regard, les mains sur les hanches en une posture faussement indignée.

Magdelegna gloussa et se déplaça avec la grâce fluide qui la caractérisait pour passer un bras réconfortant autour des épaules de la druidesse.

— Et pour couronner le tout, soupira Bella avec nostalgie en prenant Legna par la taille, il faut que tu aies une ligne parfaite.

— Allons, allons, la réprimanda la démone d'un ton apaisant. Comment va Jacob ?

Elle guida Bella vers le douillet coin salon installé près d'une magnifique fenêtre dont les vitraux reproduisaient la faune et la flore d'une forêt. L'empathe perçut le soin avec lequel cette œuvre avait été réalisée, vit l'attention portée aux détails ; l'ensemble était vraiment époustouflant. La lumière de la lune traversait le verre, projetant des couleurs argentées sur les deux amies tandis qu'elles s'asseyaient sur des canapés confortables qui se faisaient face.

— Occupé.

Isabella soupira bruyamment, cherchant à retenir ses lourds cheveux derrière son oreille avec des doigts impatients.

— Je devrais l'aider. Je suis censée être sa partenaire. C'est écrit noir sur blanc… ou… à vrai dire, il s'agit plutôt d'un manuscrit d'un beige grisâtre avec un peu de rouge…

Bella s'interrompit brusquement, puis grogna, agacée de s'apercevoir qu'elle avait trouvé le moyen de digresser.

— Ce que je veux dire, c'est que cette extraordinaire *Prophétie perdue des démons* que j'ai découverte me désigne comme celle qui changera le destin de tout votre peuple en travaillant aux côtés de Jacob. Au lieu de quoi, je suis coincée ici à voir et à ressentir de loin tout ce qui lui arrive. Ça craint vraiment. (Elle leva les jambes, qu'elle croisa pour s'asseoir en tailleur.) Écoute-moi bien, s'il me donne un seul ordre de plus en utilisant ce mot en « F », je demande le divorce avant même que nous ayons fini de nous marier.

— « Ce mot en "F"… » ? Bon, Bella, comme d'habitude je ne te suis plus. Quel mot en « F » ?

— Ouais, « F »… comme dans « femme ». Beurk ! Il n'arrête pas de dire ou de penser des trucs en prenant des grands airs, et termine ses phrases par « femme », comme s'il s'agissait d'une sorte de sésame l'autorisant à me commander.

Lorsque Bella remarqua que son amie ne s'était pas départie de son expression perplexe, elle déforma son visage, son attitude et sa voix en une imitation troublante de Jacob.

— « Je ne veux pas que tu chasses dans ton état, femme. M'accompagner est trop dangereux pour toi et le bébé, femme. J'ai informé Elijah qu'on interrompait les séances d'entraînement jusqu'après la naissance, et ne t'avise pas de discuter, femme, parce que ma décision est prise. » (Isabella s'enfonça de nouveau dans le canapé en poussant un soupir de frustration.) Bouh ! C'est tout simplement odieux et tellement… autoritaire ! Tu comprends que la lune de miel est finie quand tu passes de « mon amour », « ma petite fleur » et « mon cœur » à juste « femme ».

Legna réprima son envie de rire. Son amie parvenait toujours à l'amuser avec ses sarcasmes. Elle avait le don de se cacher derrière ses traits d'esprit et son humour. Elle disait des choses qui de toute évidence la perturbaient, mais elle les tournait si bien en dérision que quiconque ne la connaissant pas penserait qu'il ne s'agissait que d'un petit numéro comique.

Legna ne s'y laissa pas prendre.

— Voyons, Bella, tu sais que Jacob t'adore. Il cherche tout simplement à te protéger. Il vénère littéralement le sol que tu foules.

— Ha, ha ! s'exclama Bella d'un ton pince-sans-rire. Un démon de terre qui vénère le sol. Pas mal. Vraiment pas mal.

— Allez, ça suffit maintenant. Sérieusement. En tant que démon de la terre, Jacob est très proche de la nature. De nous tous, c'est lui qui en sait le plus sur la vie et la mort, et sur la façon dont la nature se renouvelle et choisit de se perpétuer. Le respect qu'elle lui inspire transcende en lui tout autre sentiment, excepté peut-être l'amour qu'il te porte. Mais c'est aussi un chasseur aguerri, capable de capturer n'importe quelle proie en faisant appel aux sens des plus grands prédateurs. Le lien qui l'unit aux bêtes sauvages est si profond qu'il a une connaissance intuitive des dangers qui rôdent dans les herbes hautes.

» Que ça te plaise ou non, Bella, tu es vulnérable en ce moment. Je sais que tu es puissante, mais dans quelle situation se trouverait Jacob si, pendant ton travail, par quelque circonstance sinistre, tu étais en danger, retenue prisonnière ou même mortellement blessée ? Des dizaines de scénarios me viennent à l'esprit, et Jacob peut en imaginer bien plus, avec ses quatre siècles d'expérience en tant qu'exécuteur. Tu n'es exécutrice que depuis cinq mois ; il a quatre cents ans de métier derrière lui, sans compter un siècle de guerres contre les vampires et trois contre les lycanthropes... Nous connaissons une période de paix inhabituelle en ce moment, troublée seulement par les nécromanciens, mais tout peut arriver, et tu es très importante à ses yeux.

» Et de toute manière, quel mâle qui se respecte ne s'inquiéterait pas pour sa compagne bien-aimée qui porte son enfant... un enfant qui sera le premier en son genre ? Les ADN démoniaque et humain ne se sont jamais combinés avant. Oui, tu es également à moitié druidesse, mais quand même... Je peux comprendre que Jacob soit préoccupé... et se montre un peu trop prudent.

— Bon. (Isabella se mordilla les ongles avec nervosité.) Peut-être que ça ne me dérangerait pas autant si j'étais vraiment sa femme.

Elle partit d'un rire empreint d'ironie, car l'imprégnation constituait un lien bien plus profond que ne le seraient jamais des formules solennelles. Elle savait que Legna en avait conscience, elle aussi.

— Il nous reste encore un mois à patienter avant de pouvoir terminer notre cérémonie nuptiale qui a été si brutalement interrompue. Si ma sœur me traite une fois de plus de « petite dévergondée de la famille qui s'est fait engrosser en dehors des liens sacrés du mariage », je vais être obligée de l'assassiner et de me débarrasser du corps dans un champ.

— Bella, la réprimanda Legna, qui pouffa tout bas à cause du ressentiment de son amie. Je t'assure que Corrine est loin d'être un parangon de vertu depuis qu'elle est imprégnée à Kane. Ils sont venus tous les deux au palais pour que je leur donne un cours de méditation, et j'ai été retenue quelques minutes de plus que prévu. Eh bien, le temps d'arriver au salon, j'ai senti… (Elle baissa la tête et s'empourpra imperceptiblement.) Disons qu'il n'aurait pas été sage d'entrer.

— Tu n'es pas sérieuse ! (Durant quelques secondes, Bella regarda l'empathe bouche bée.) Dans le château de Noah ? Le siège du gouvernement qui voit aller et venir des démons toute la nuit ?

— Au moins ils ont fermé les portes du salon, précisa Legna en riant. Elle ronge son frein en attendant Beltane autant que toi, crois-moi. (Elle massa le genou de son amie pour la réconforter d'un geste très efficace.) En plus, tu sais que tu es la partenaire à vie de Jacob dans tous les domaines qui comptent. Pour lui, tu as été sa femme dès l'instant où vous vous êtes touchés pour la première fois.

— Eh bien, je pense qu'il va falloir réformer cette loi démoniaque selon laquelle les mariages n'ont lieu qu'à Beltane et Samhain, rouspéta la druidesse. Ça commence vraiment à nuire à ma réputation. Mettons…

Elle claqua des doigts, soudain inspirée, ses yeux violets pétillant de malice.

— Il me semble me souvenir que tu es… euh… la cousine du roi ? Non, non, ce n'est pas ça. (Elle fit mine de réfléchir en se tapotant le menton de l'index.) Mmm, ah oui ! Sa sœur ! s'exclama-t-elle comme si elle ne le savait pas. Toi, tu devrais certainement pouvoir l'inciter à aborder le sujet avec le Grand Conseil.

— Bella, qu'est-ce que tu peux être bête. (Legna éclata de rire.) Si seulement j'avais ce genre d'influence sur mon cher frère. Mais ce n'est pas le cas. Pas plus que tu n'en as sur Mère Nature et ses desseins quant à la durée de ta grossesse.

— Voilà que tu remets le sujet sur le tapis ! s'offusqua Bella.

Elle poussa un cri d'exaspération théâtral qui arracha un soupir patient et un sourire amusé à Legna.

— Bon, au point où j'en suis, je serais heureuse d'arriver à une moyenne entre la durée d'une gestation humaine et les treize mois de celle des démons. Tout, absolument tout, est préférable à treize mois.

— Que t'a dit Gideon ? demanda Legna.

Elle ne put s'empêcher d'éviter le regard de Bella en mentionnant le nom du puissant médecin. Elle fit mine de s'intéresser à sa longue robe, dont elle défroissa la soie turquoise, caressant du bout des doigts les riches broderies dorées qui dessinaient des entrelacs.

— Est-ce qu'il te suit toujours personnellement ? ajouta-t-elle.

— Oui. En fait, ce détail seul suffit à m'inquiéter. (Bella laissa échapper un profond soupir.) J'ai discuté avec Hannah, et elle m'a dit qu'aucune de ses six grossesses n'avait été surveillée d'aussi près. Et certainement pas par le médecin le plus vénérable et le plus hautement qualifié de toute l'histoire démoniaque. On prétend que Gideon en a plus oublié sur l'art de guérir que tout ce que les autres praticiens réunis n'en apprendraient jamais.

— Eh bien, peut-être que Gideon ne redouble de vigilance que parce qu'une druidesse et un démon ne se sont pas unis depuis longtemps. Et, oui, je suis convaincue que le fait que tu es à moitié humaine rend ton cas unique, mais je suis aussi certaine qu'il ne cherche qu'à faire preuve de prudence. Tu connais son franc-parler. Si tu avais des raisons de te faire du mauvais sang, ce n'est pas lui qui te les cacherait.

— C'est vrai. Il en informerait tout au moins Jacob si quelque chose le préoccupait, tu ne crois pas ? Jacob et moi n'avons pas de secrets l'un pour l'autre, avec notre aptitude à partager nos pensées.

— Je dois admettre, Bella, lui avoua Legna, que même si je suis une démone d'esprit, je suis très reconnaissante de n'être capable que de lire les émotions, contrairement à mes homologues masculins qui peuvent échanger leurs pensées comme vous le faites Jacob et toi. Je peux t'affirmer que je n'aimerais pas savoir tout ce que pensent les autres. Fais-moi confiance, connaître tout ce qu'ils ressentent se révèle parfois bien assez pénible. Et quant au fait que Jacob puisse lire tes pensées, j'ignore comment tu le supportes. Je ne suis pas sûre que j'apprécierais que quelqu'un ait accès à mes méditations les plus intimes. Je suppose que je m'approche le plus de ce phénomène avec Hannah et Noah. Nous avons toujours éprouvé avec force les besoins, les désirs et la… douleur de chacun d'entre nous. Mais je te jure qu'il existe certaines choses qui m'ont traversé l'esprit que j'espère que Noah n'apprendra absolument jamais.

Legna haussa plusieurs fois les sourcils d'un air espiègle, ce qui fit rire Bella.

— C'est un souhait qui m'est familier, déclara cette dernière en hochant la tête. Cela dit, la franchise et la sincérité que nous partageons Jacob et moi a quelque chose de réconfortant. Et…

Elle s'interrompit, tandis qu'une pensée chaleureuse, magnifique lui adoucissait les traits, et sa peau, tel du satin pâle, s'empourpra légèrement.

— Mon amour, mon compagnon vit en moi en permanence, Legna. Je ne suis jamais tout à fait seule, même quand il tente de me laisser des moments d'intimité. Et ça ne me dérange même pas. Une partie de moi a conscience que, pour le restant de ma vie, je ne connaîtrai jamais plus la solitude. Mieux encore, je ne me sentirai jamais esseulée. C'est une certitude que je ne saurais décrire. Ma sœur ne fait que commencer à s'en rendre compte par elle-même. J'ai essayé de l'aider, mais je ne parviens jamais à le lui expliquer de manière adéquate.

— Il ne manque rien à la description que tu en donnes, Bella, lui avoua l'empathe d'une voix basse brisée par l'émotion.

Le bonheur doux-amer qu'elle éprouvait pour son amie brillait dans ses yeux.

— Corrine met bien plus de temps que moi à prendre possession de ses pouvoirs. Gideon pense que le processus est retardé car elle a frôlé la mort.

Elle frissonna au souvenir de sa sœur étendue sur son lit, à l'agonie, blême et hâve en raison de toute l'énergie qu'elle avait perdue. Un druide n'était investi de ses pouvoirs que lorsque son compagnon démoniaque entrait en contact avec lui pour la première fois. Quand Corrine et Kane s'étaient rencontrés, personne ne s'était aperçu qu'elle était une druidesse, destinée à rester auprès de lui et à dépérir sans l'énergie dont il l'abreuvait.

— Gideon dit que restaurer son lien avec Kane a nécessité du temps. Il a comparé ce phénomène à des lésions cérébrales, quand le cerveau doit établir de nouvelles connexions pour compenser les dommages qu'il a subis. (Bella secoua la tête.) Je la regarde se débattre, et je me sens si impuissante. Je voudrais qu'elle soit aussi heureuse que moi. Je voudrais que son pouvoir se déclare pour qu'elle sache ce dont nous avons hérité. En tant qu'être rationnel, je comprends que cela sera long, mais en tant que sœur – une sœur enceinte qui plus est –, j'ai envie de hurler aux Parques : « Allez, ça suffit maintenant ! » Elle a déjà tellement souffert.

— Elle a fait beaucoup de progrès. Elle a l'air en bonne santé et ne se fatigue plus aussi vite, souligna Legna d'un ton apaisant.

— C'est aussi ce que dit Gideon, mais il a ajouté qu'elle pourrait faire d'autres rechutes et que nous devrions nous y préparer. Il a expliqué que son traumatisme avait fragilisé son accession à ses pouvoirs. Mais tu le sais. C'est pour ça que tu lui enseignes la méditation et des techniques de concentration. C'est sur sa prescription.

— L'étendue des connaissances de Gideon ne cessera jamais de m'ébahir. C'est le seul démon au monde à avoir vécu du temps des derniers druides. Même si cela remonte à plus d'un millénaire, il se souvient encore avec précision des liens qui les unissent aux démons, et des mécanismes de guérison de cette espèce qu'il pensait éradiquée. Et dire qu'il n'était lui-même qu'un simple néophyte à cette époque.

— Oui. C'est vraiment impressionnant. (Isabella se pencha en avant et baissa la voix.) Mais Gideon porte un grand poids sur la conscience pour avoir participé au massacre des druides. Je crois qu'il s'en veut d'avoir manqué de jugement, même si le monde entier était particulièrement brutal alors et qu'il ne faisait lui-même que suivre les ordres des aînés.

— La guerre n'a jamais de sens lorsqu'on en étudie les séquelles un millier d'années après. Qu'il ait survécu en dépit de tous les morts, de toutes les invocations et de tous les bouleversements mondiaux d'un millénaire témoigne de sa force. Un millier d'années. (Legna secoua la tête de stupéfaction.) Même les démons qui ont dépassé leur cinquième siècle d'existence éprouvent des difficultés à concevoir une telle éternité.

Isabella acquiesça en s'enfonçant de nouveau dans le canapé et caressa son ventre rond.

— Alors, tu es sûre qu'il me le dirait s'il s'inquiétait pour le bébé ?

— Absolument, affirma Legna avec un bref signe de tête. Gideon a beau présenter certains traits de personnalité que je ne comprends pas, ni même n'apprécie, pour être honnête, il est d'une franchise admirable, quoique parfois un peu brutale. Sans compter que Jacob ne tolérerait aucun secret, ce que Gideon respecterait. Leur amitié est encore très tendue, même si Gideon a enfin repris une vie normale, et réintégré sa place au sein du Grand Conseil. Néanmoins, ce n'est pas l'hostilité latente de Jacob qui l'amènerait à garder le silence s'il estimait nécessaire de parler.

— Je sais, dit Bella doucement. Je ne pense pas que Jacob ait digéré le manque de respect que Gideon m'a témoigné au début de notre relation.

— Mais il serait bête d'éconduire le médecin le plus qualifié de l'histoire démoniaque quand il se propose de surveiller la grossesse de sa compagne bien-aimée, souligna Legna. Et Jacob n'est pas stupide. Malgré ses instincts d'imprégné qui le poussent à se méfier des hommes qui t'approchent d'un peu trop près, il considère que ta santé passe avant tout. Il ne s'autoriserait pas à y faire obstacle, pas même si le Prince Charmant en personne devait s'occuper de toi.

Isabella rejeta la tête en arrière et rit à gorge déployée, l'étincelle de malice qui brillait dans les yeux de l'empathe ne lui ayant pas échappé. Legna restait d'une indifférence remarquable face au pouvoir des démons mâles qui l'environnaient nuit après nuit, siècle après siècle. Ce qu'Isabella avait apprécié dès l'instant où elle l'avait rencontrée.

Le courage de son amie avait servi de modèle à Bella, l'incitant à taper du poing sur la table et à défendre ses droits et son point de vue avant même que sa propre aptitude à absorber et à utiliser les pouvoirs de ceux qui l'entouraient ne se soit révélée. Les autres démons avaient appris à la respecter bien avant d'avoir été forcés de s'incliner devant l'étendue de sa terrifiante capacité à rendre complètement impuissant n'importe quel Nocturne, toutes espèces confondues.

Par chance, c'était grâce à ce même pouvoir qu'au cours de la cérémonie de son mariage avec Jacob elle avait été invoquée en même temps que Legna, ce qui lui avait permis d'annuler les effets nuisibles du pentacle dans lequel elles avaient été enfermées ensemble.

Même si cette expérience avait été extrêmement pénible, Isabella serait éternellement reconnaissante d'avoir contribué à sauver son amie de la transformation.

Entre autres choses, cela aurait anéanti Jacob que d'être amené à traquer la sœur de son roi, d'être obligé de la supprimer avant qu'elle ne s'en prenne à qui que ce soit. Son sens du devoir indéfectible ainsi que le respect et l'affection qu'il vouait à Noah lui auraient dicté la conduite à suivre, mais il n'avait aucune complaisance pour ses échecs et il se serait reproché de ne pas avoir réussi à sauver celle qui représentait tant aux yeux de l'homme qu'il considérait autant comme son frère que comme son monarque.

Personne ne comptait plus pour Isabella que Jacob. Peut-être pas même sa sœur Corrine, qu'elle aimait pourtant de tout son cœur. Jacob était son âme sœur, et elle serait profondément affectée s'il devait jamais éprouver une souffrance d'une telle ampleur. Pire encore, cette responsabilité aurait pu incomber à Isabella, destinée par cette vieille prophétie qu'elle venait de découvrir à chasser les transformés. Si ses aptitudes spéciales avaient été inscrites dans son code génétique dès sa naissance, c'était uniquement à cette fin ; ses dons étaient demeurés à l'état latent, insoupçonnés, dans l'attente du jour où son chemin croiserait enfin celui de Jacob.

Ce dernier avait vécu la situation intenable de devoir appliquer la loi à ses amis. Il avait même parfois dû les éliminer lorsque la magie noire des pentacles en avait fait des monstres. Mais Isabella était d'une nature tellement plus douce et sa fonction d'exécutrice était si nouvelle pour elle ; elle n'avait pas encore été confrontée à l'horreur de supprimer un démon transformé qu'elle avait un jour connu et apprécié.

Ne pas en être capable le moment venu constituait sa plus grande peur, et Legna eut aussitôt conscience du poids qui pesait sur le cœur de son amie tandis que celle-ci envisageait cette éventualité. Elle n'avait pas cherché à s'immiscer dans son intimité, mais son pouvoir, à l'instar de celui de Bella, fonctionnait en permanence, et c'était de tenter de le contenir ou de le bloquer qui lui demandait un effort. Elle avait été trop détendue pendant leur conversation et avait perçu par inadvertance les émotions profondes de Bella.

Legna ne se démonta pas, et ne s'ouvrit pas à la druidesse de la connaissance qu'elle avait de ses craintes. Isabella était à moitié humaine et accoutumée à plus d'intimité que les démons. Legna avait fini par comprendre que le comportement inconvenant des amis de Jacob la dérangeait au plus haut point.

En fait, celui qui l'offensait le plus était Gideon. Il n'attendait jamais qu'on l'autorise à aller et venir, malgré le nombre de fois où Bella s'était mise en colère contre lui. Il était dans la nature de l'Ancien de croire que sa façon de penser était appropriée et que celle de l'humaine ne reposait sur aucun fondement. Après tout, il avait survécu au passage du temps et à bon nombre de menaces plus impressionnantes que l'exaspération d'une druidesse hybride.

À ce moment-là, comme invitée par les réflexions de Legna, une étrange lumière argentée étincela dans la pièce, puis clignota, aussitôt remplacée par le corps de l'éminent médecin.

D'instinct, Legna sauta sur ses pieds. Chaque fois que l'Ancien et elle se trouvaient au même endroit, elle ne pouvait s'empêcher de se tenir sur la défensive. Ils nourrissaient tous deux une vieille hostilité l'un pour l'autre, issue d'un bref moment d'égarement et de paroles pénibles. Un moment que Legna ne parvenait pas à oublier, en dépit de sa propension naturelle au pardon, d'autant que Gideon niait constamment la façon dont il s'était déroulé.

Gideon n'était pas exactement dans la pièce. C'était sa projection astrale, qui permettait au démon de matière de se déplacer rapidement. Sous cette forme, il percevait et ressentait tout ce qui l'entourait. Sa seule limite était alors son incapacité à utiliser ses pouvoirs de guérison innés, ce qui le rendait, dans une certaine mesure, impuissant. Mais Legna avait appris à ne jamais sous-estimer les plus âgés des siens. Il semblait que, plus ils vivaient longtemps, plus ils devenaient forts et maîtrisaient de ruses. Elle n'écartait pas la possibilité que le vénérable Ancien possède toute aptitude dont elle pouvait concevoir l'existence.

—Legna, la salua-t-il froidement.

Il inclina sa tête argentée avec respect, avant de poser un instant sur elle ses yeux couleur d'étoile.

—Tu as l'air en forme, ajouta-t-il.

—Je vais bien, merci, dit-elle avec la même cordialité.

Gideon se tourna vers Bella, à qui il adressa également un léger signe de tête.

—Exécutrice. Tout va bien, je suppose ?

—Oui. Tout irait encore mieux si tu réussissais à faire entrer dans cet immense esprit qui est le tien le concept de frapper à la porte, lança-t-elle d'un ton sardonique, ne s'attendant manifestement pas à ce que cela se produise de sitôt.

—Je ne me rappelle pas que Legna ait frappé, fit remarquer l'Ancien avec désinvolture.

À ces mots, les deux femmes échangèrent des regards interloqués avant de river leurs yeux accusateurs sur lui.

—Depuis combien de temps exactement es-tu là, Gideon ? demanda Legna avec brusquerie, son irritation échappant à son contrôle pour se répandre autour d'elle en un tourbillon d'émotion tangible.

— De toute évidence, depuis assez longtemps pour savoir que tu n'as pas frappé, répliqua-t-il, pas le moins décontenancé du monde.

Ce qui semblait parfaitement logique pour lui mit les deux femmes dans tous leurs états.

— Tu veux dire que tu as flotté dans ma maison pendant tout ce temps ? À nous espionner ?

— Pas vraiment. Je suis arrivé un instant à peine avant Legna, et quand elle est apparue j'ai eu l'amabilité de vous laisser quelques minutes pour bavarder avant de vous déranger.

— Punaise, mais tu es trop gentil, s'exclama Bella avec aigreur. Il ne t'est pas venu à l'esprit que notre conversation était personnelle et que c'était extrêmement impoli de l'écouter ?

— Non.

Legna et Bella poussèrent chacune de longs soupirs d'exaspération face au haussement d'épaules désinvolte du démon.

— Je ne me souviens pas que votre conversation ait eu quoi que ce soit de particulièrement personnel, ajouta Gideon en les regardant tour à tour de ses yeux vifs comme s'il tentait de déchiffrer une énigme absurde. Votre irritation manifeste n'a pas de sens.

— Ouais, rétorqua Bella d'un ton sec. Elle n'en a pas… pour toi. (Elle capitula visiblement, et écarta ce sujet de la main.) Alors, qu'est-ce qui me vaut ce plaisir ?

Legna n'entendit pas tout de suite la réponse du médecin. Elle avait les oreilles qui bourdonnaient encore d'indignation. La dernière chose qu'elle aurait jamais souhaitée en un million de millénaires était que Gideon la voie prendre sa défense, justifier son comportement et porter aux nues l'immensité de ses talents et sa majestueuse sagesse. Il était déjà d'une arrogance si exaspérante ! Mais il avait fallu qu'il rôde sous sa forme astrale invisible, et l'écoute assurer son amie de ses compétences ; à coup sûr pendant tout ce temps il avait bu ses paroles comme du petit-lait.

Gideon posa sur elle ses yeux où brillait une étrange lueur argentée ; Legna fut parcourue d'un frisson sinistre, presque comme s'il venait juste d'entrer dans le secret de la rancœur qui animait ses ruminations. *C'est une illusion*, se rappela-t-elle. Une ruse déconcertante dont il se servait constamment pour rester en position de force. Il semblait toujours disposer d'un plein sac de ces subtils stratagèmes psychologiques, mais elle était une démone d'esprit qui s'approcherait de l'envergure d'une aînée d'ici un demi-siècle environ, et il faudrait qu'elle soit bien niaise pour ne pas les reconnaître.

Elle tourna le dos à l'implacable regard de mercure et écarta Gideon de ses pensées, ainsi que toute la conversation qu'il avait avec Isabella. Elle croisa les bras sur son ventre plat et, d'une démarche gracieuse, se déplaça dans un doux bruissement de soie pour regarder par la fenêtre, embrassant du regard la côte anglaise en bas de la falaise à travers un écran de vitraux colorés. Il lui était aisé de se connecter et se déconnecter de la majeure partie de son pouvoir, mais au final ses instincts étaient innés, et son esprit semblait toujours à l'affût d'informations. Fermer véritablement toutes les profondeurs de ses aptitudes extrasensorielles requérait un effort énorme de sa part, pourtant c'est ce qu'elle entreprit, s'aidant du fracas des vagues qui déferlaient sur le sable et les rochers comme d'un métronome pour entrer en méditation. Elle n'avait pas le choix. Elle devait se couper entièrement de son environnement, car chaque fois qu'elle était en présence du médecin, ses sens étaient submergés. Elle savait qu'il disposait de puissantes barrières mentales. Face à son attitude détachée, impassible, n'importe qui pouvait voir que toutes ses émotions étaient enfermées dans une prison à laquelle il ne se souciait pas le moins du monde d'accéder, semblait-il.

Comme Legna était une empathe, un tel vide aurait dû se révéler troublant, mais reposant. Or ce n'était pas le cas. L'énergie de Gideon lui faisait l'effet de tentacules qui tentaient de s'agripper à elle, telles des vrilles qui s'élançaient et se cramponnaient à son corps presque à lui faire mal avant de la lâcher. Chaque fois que le contact s'établissait, des impulsions lui bombardaient l'esprit avec des images et des impressions qu'elle n'avait aucun espoir de comprendre. C'était comme une surcharge électrique, qu'elle ne ressentait avec personne d'autre. Jacob, Noah, Elijah…, d'autres membres du Conseil, tous si puissants à leur manière, mais dont aucun n'était doté de cette forte présence frémissante qui faisait vibrer sa psyché comme des notes dans du cristal. Le cristal volait en éclats lorsque le son qui le faisait tinter entrait en résonance avec lui. C'était ce qu'elle ressentait lorsqu'elle demeurait trop longtemps en sa compagnie. Alors elle ne s'approchait jamais de lui si elle pouvait l'éviter et s'éclipsait toujours au plus vite de la pièce dans laquelle il se trouvait. Elle ne supportait pas l'idée que le pouvoir de Gideon puisse l'affecter à ce point.

Cette nuit-là, cependant, il lui était impossible de s'échapper avec élégance. Isabella avait besoin d'elle.

L'inquiétude accélérait les battements du cœur de la druidesse tandis que le désir ardent que Legna reste s'inscrivait clairement dans son esprit. Alors la démone s'y résigna ; elle ne s'éloigna pas trop afin de rassurer Bella et se concentra sur la marée pour se réconforter.

Gideon observa Legna qui regardait la côte par la fenêtre. Il percevait les modifications brûlantes qui avaient lieu dans son métabolisme, la rougeur de sa peau qui s'intensifiait sous l'effet de ce qui était manifestement de l'irritation. Il savait qu'il l'avait encore offensée, mais il s'était depuis longtemps résigné au fait qu'il en serait toujours ainsi. C'était une femme excessivement têtue, qui s'obstinait à penser et à se comporter d'une façon qui semblait totalement absurde à son esprit plus logique et rationnel. Ce qui avait empiré, avait-il remarqué, depuis l'arrivée de la druidesse parmi eux. Isabella disait tout haut et pratiquement sans réserve ce qu'elle ressentait, sans se préoccuper du respect que sa position ou celle de bien d'autres leur valaient d'habitude. Elle était jeune et avait été élevée comme une humaine ; qu'elle ait des mœurs immatures et quelque peu barbares était inévitable. Sans compter que leur culture lui était étrangère, ce qui rendait son attitude pardonnable, en quelque sorte. Legna n'avait pas pareille excuse. Elle avait grandi parmi les démons et connaissait tous leurs protocoles et les attentes de leur société envers elle.

Gideon poursuivit sa conversation anodine avec Isabella tout en continuant à observer la démone. Au cours des huit années durant lesquelles il s'était retiré du monde, les pouvoirs et les aptitudes de Legna avaient crû de façon incroyable. Les démons passaient souvent par d'importantes phases de développement au cours de leur vie, une série de poussées de croissance presque adolescentes, et elle avait atteint l'âge adulte depuis suffisamment peu de temps pour être encore concernée. Néanmoins, Gideon ne se rappelait pas avoir vu la force d'un démon faire un tel bond depuis… eh bien, depuis la jeunesse de son frère. Leur patrimoine génétique les y prédisposait, certes, mais Noah était un démon de feu. Les démons rattachés à cet élément volatil évoluaient selon des règles propres, car ils pouvaient puiser de l'énergie dans des sources extérieures. Les démons d'esprit constituaient une classe jeune, dont le premier-né venait tout juste de les quitter à l'âge de quatre cent cinq ans. Depuis Lucas, ils avaient commencé à se faire plus nombreux. Les grandes lignes de leur développement avaient été définies bien avant la naissance de Legna.

Le médecin savait également que l'empathe avait suffisamment conscience de l'accroissement singulier de ses pouvoirs pour feindre d'être plus faible qu'elle ne l'était. C'était quelque chose qui l'intriguait, et il était curieux de connaître les raisons qui la poussaient à nier des aptitudes aussi remarquables. Il l'avait observée de près au cours de ces cinq derniers mois, depuis qu'il était revenu de sa retraite et qu'elle avait été invoquée. Néanmoins, l'hostilité persistante de la démone à son égard le maintenait à distance, l'empêchant d'établir un diagnostic complet de son état métabolique. Tout comme elle lisait les émotions, Legna se servait des facultés de son esprit pour ériger autour d'elle des barrières impénétrables, assez solides pour tenir en échec même les formidables pouvoirs de Gideon.

Ce n'était qu'une partie de l'obstacle, cela dit. L'autre résidait au sein même de Gideon. Dès qu'il s'agissait de Legna, il se retrouvait contraint d'éviter tout acte qui, si elle le percevait d'une façon ou d'une autre, risquait d'être vécu comme une intrusion… un viol. Il avait commis cette erreur une fois par le passé, et ne risquait pas de la réitérer. En dépit de ce que pensaient Isabella et Legna, il était parfaitement capable d'apprendre de ses erreurs… quand il le décidait.

Gideon reporta son attention sur Isabella, et remarqua la nervosité avec laquelle elle caressait le ventre distendu qui abritait son enfant. Il avait été au courant de ses peurs et de ses inquiétudes avant même de surprendre sa conversation avec Magdelegna. Cependant, contrairement à ce que croyait cette dernière, il était tout à fait en mesure de garder ses pensées pour lui lorsqu'il estimait que cela valait mieux pour ses patients. Il était incapable de mentir, même s'il y voyait la moindre utilité. Connaître le fond de ses préoccupations au sujet des centaines de problèmes susceptibles de se manifester au cours de sa grossesse n'apaiserait guère Isabella et pourrait potentiellement avoir des conséquences malheureuses. Alors il n'en dévoilait rien, et n'offrait ni réconfort infondé ni vérités effrayantes. Il la laisserait continuer à tirer ses propres conclusions, tant que son anxiété n'atteindrait pas des proportions nuisibles à sa santé. Sans le savoir, en affirmant qu'il possédait un caractère franc, Legna avait rendu service à la fois à la future mère et à son médecin.

— Je ne vois pas d'intérêt à venir en personne cette semaine, apprit-il à Isabella. Néanmoins, si tu as besoin de quoi que ce soit ou si tu éprouves la moindre inquiétude, n'hésite pas à me contacter immédiatement.

Gideon prit le temps d'effectuer un dernier examen visuel de la femme enceinte ; du bout des doigts, il lui effleura le menton pour qu'elle tourne la tête légèrement sur le côté tandis qu'il inspectait son pouls et sa tension artérielle d'un coup d'œil. Il passa rapidement la main sur son ventre, puis recula avant que l'exécuteur ne sente qu'un autre homme avait touché sa compagne et apparaisse en un tourbillon de poussière tourmenté. Jacob ne s'était pas caché de la possessivité qu'il éprouvait envers Isabella. Cela se produisait parfois lors d'une imprégnation, en fonction de l'élément auquel était rattaché le démon et de sa personnalité. L'affinité de Jacob avec la nature le prédisposait tout particulièrement à des accès de comportement territorial. Comme il était capable de se refréner en cas de nécessité absolue, cela ne devenait pas trop préjudiciable. Quant à Bella, elle ne perdait pas même un instant à s'inquiéter de futilités telles que la jalousie. C'était probablement l'âme la plus confiante que Gideon ait jamais rencontrée, d'une jeunesse optimiste et d'une candeur parfois si plaisantes, alors même qu'elles la rendaient vulnérable aux futures souffrances inhérentes à l'appartenance à leur espèce.

Gideon venait juste de reculer à une bonne distance de la petite druidesse quand un violent tourbillon de poussière balaya la pièce et se ramassa en tournoyant pour prendre la forme de l'exécuteur. Jacob était un homme au pouvoir terrifiant, ce qui, malgré son corps mince et athlétique, irradiait de toute sa personne. Il pouvait manipuler de formidables forces de la nature, jusqu'à la pesanteur même, d'une seule pensée. Après les démons de feu, ceux de terre étaient les plus puissants. C'était pour cette raison qu'il avait été choisi pour traquer les renégats de sa propre espèce. Les profondeurs implacables du regard furibond qu'il riva sur le médecin en disaient long sur ce qu'être obligé de chasser et parfois même de supprimer ceux qu'il avait un jour considérés comme ses amis l'avait rendu capable de faire. Gideon et Jacob ne s'étaient affrontés qu'une seule fois. Ce qui avait suffi à leur inspirer un respect salutaire pour leurs aptitudes respectives, ainsi qu'à instaurer entre eux une tension sous-jacente qui ne disparaîtrait peut-être jamais.

— Gideon, le salua Jacob avec froideur.

L'exécuteur se déplaça en un clin d'œil pour envelopper sa compagne bien-aimée de son étreinte protectrice. Lorsqu'il baissa les yeux sur le visage d'Isabella, il s'adoucit de cette façon remarquable à laquelle Gideon pensait ne jamais s'habituer. Le médecin éprouva presque du soulagement quand Jacob reposa sur lui son regard pratiquement hostile.

— Je croyais que nous avions convenu que tu m'avertirais avant de venir voir Isabella, poursuivit-il d'un ton si égal qu'il en était d'autant plus menaçant.

— Je m'attendais à ce qu'Isabella te prévienne elle-même. Après tout, c'est elle qui est reliée en permanence à ton esprit. Pas moi.

— Et tu es capable de te projeter devant moi avant d'apparaître auprès d'elle tout aussi aisément.

— Tu étais en chasse, Jacob. J'ai décidé de te laisser terminer ton travail en paix. Ce n'était censé être qu'une visite rapide. Et comme tu peux le constater, nous sommes bien chaperonnés.

Gideon désigna d'un geste Legna qui, d'une manière singulière, avait réussi à se faire totalement oublier. Même Isabella sembla prendre soudain conscience que son amie lui était complètement sortie de la tête. Cependant, cette dernière adressait à présent un sourire apaisant aux personnes tendues à l'autre bout de la pièce.

— Jacob, c'est un plaisir de te voir.

Jacob afficha un large sourire, et hocha la tête.

— Comment va Noah ?

Legna arqua brusquement les sourcils.

— N'étais-tu pas avec lui au Conseil ?

Elle regarda tour à tour les deux exécuteurs, puis Gideon.

— J'avais cru comprendre que Noah avait siégé au Conseil avec vous au début de la nuit, pour discuter de la menace que représentent les nécromanciens.

— Oui, c'est exact. Mais il a été… perturbé, après avoir découvert Daniel sous la table, expliqua Jacob.

— Et il s'est accroché avec la conseillère Ruth, comme d'habitude, ajouta Isabella en roulant des yeux, traduisant ainsi les sentiments que lui inspirait l'acariâtre aînée. Et comme nous tous. Je te jure, cette femme me donne des ulcères. (Elle serra Jacob contre elle pour se réconforter.) Je crois qu'elle en veut toujours à Jacob pour la mort du compagnon de sa plus jeune fille. C'est injuste. Comment aurait-on pu le savoir avant ?

Legna se redressa soudain, le souffle coupé par les fortes émotions qui jaillissaient de Jacob et l'assaillaient. Elle prit alors conscience qu'il ne s'était jamais pardonné cette vie perdue.

Avant l'arrivée de Bella parmi eux, le premier devoir de Jacob avait été de s'assurer que démons et humains ne se mêlent pas ; il avait été persuadé, comme chacun d'eux pendant des milliers d'années, que ces derniers étaient trop fragiles pour survivre à la passion d'un démon. Durant les lunes sacrées, les pleines lunes de Beltane en mai et de Samhain en octobre, les démons étaient sujets à une explosion mystique de compulsions sexuelles. On pensait qu'à l'origine cela servait à perpétuer leur espèce mais, à cause de la témérité des démons, les druides destinés à les soulager en devenant leurs compagnons avaient tous été massacrés. Alors avec le temps leur folle lubricité avait échappé à toute mesure, les poussant parfois même à enfreindre la loi, en dépit de tous leurs codes moraux et de toute leur maîtrise de soi.

Même Gideon, le puissant, l'invulnérable Gideon, avait été atteint. L'exécuteur avait dû traquer ceux qui tentaient de transgresser leurs règles, il avait dû les châtier, et protéger les humains et même d'autres Nocturnes de cet irrépressible penchant animal qui dominait les siens. Lors du dernier Samhain, alors qu'ils découvraient qui était vraiment Bella, Jacob avait empêché Mary, la fille de Ruth, de séduire un humain et l'avait sévèrement punie, comme l'exigeait l'infraction commise. Ce faisant, l'exécuteur n'avait pas eu conscience que ce mortel était en fait en partie druide, voué par le destin à être imprégné à Mary. Il ne s'était absolument pas douté que leur brève rencontre avant son intervention avait réveillé les gènes druidiques latents chez la future victime. Comment en aurait-il été autrement ? Seul un démon parmi eux était assez âgé pour connaître la véritable nature des druides, et Gideon ne s'était jamais attendu à ce qu'une population de Nocturnes exterminée se soit croisée avec les humains.

Ces gènes étrangers devenaient dominants et reprogrammaient l'ADN pour le faire passer de celui d'un simple mortel à celui d'un druide naissant. Dès lors, l'existence du druide dépendait de l'énergie élémentaire de son compagnon démoniaque, tout comme ce dernier avait besoin de l'amour du druide et de sa capacité à le soulager durant les lunes sacrées. Une fois uni par une imprégnation, le démon ne craignait jamais plus l'exécuteur, et son couple voyait son bonheur et sa puissance se développer, à l'instar de ce qui arrivait à Jacob et Isabella.

Malheureusement, le compagnon de Mary, séparé de la démone néophyte qui avait été gardée sous surveillance jusqu'à la fin de Samhain, avait pâti de la privation de son énergie, et avait péri avant que Jacob ait pu rectifier son erreur.

Jacob n'avait eu aucun moyen de s'en douter, pourtant Ruth ne le lui pardonnait pas. Pire, Jacob refusait lui-même de se le pardonner. Il ne supportait pas qu'un crime ou une injustice ne soient pas réparés. C'était ce qui faisait de lui l'exécuteur merveilleusement compétent qu'il était. Il était inestimable pour le frère de Legna. Mais c'était aussi ce qui le rendait si intransigeant envers lui-même lorsqu'il sentait qu'il avait failli.

Legna savait que ce n'était qu'une question de temps avant que la nature douce et aimante d'Isabella le guérisse de sa culpabilité. En ce moment même la druidesse lui communiquait des pensées réconfortantes. Legna ressentit un étrange serrement au cœur tandis qu'elle absorbait le tourbillon de l'amour que les exécuteurs éprouvaient l'un pour l'autre. Elle prit alors conscience que, si les remarques ironiques de Noah sur leur relation cachaient une part de vérité, cette vérité s'appliquait à elle aussi. Elle les enviait. Une soif déchirante obscurcie par une pointe de jalousie malveillante. Elle se détourna de nouveau, honteuse, submergée par ses propres émotions pour une fois, et dissimula son visage aux regards indiscrets alors que des larmes inexplicables lui brûlaient les yeux.

Elle devait être fatiguée, se dit-elle, tentant de dissiper la souffrance qui continuait à vibrer en elle. Elle se sentait idiote. Elle se réprimanda pour s'être laissé affecter comme une jeune néophyte n'ayant pas encore appris à contrôler ses pouvoirs et émotions. Elle essuya ses yeux humides avec violence, puis se tourna vers les autres.

— Isabella, nous nous reverrons bientôt. J'ai négligé de régler une affaire et je dois me dépêcher de m'en occuper avant l'aube.

Elle ne serra même pas son amie dans ses bras pour lui dire au revoir ni ne salua les hommes présents dans la pièce. Avec un mouvement rapide de son élégante main, elle se téléporta dans un éclair de lumière et un petit nuage de soufre.

— Elle devient douée, fit remarquer Jacob, cette sortie singulière lui faisant oublier ses propres pensées. Elle n'est pas encore une aînée, mais elle laisse de moins en moins de traces derrière elle chaque fois que je la vois se téléporter. Elle est forte pour quelqu'un de si jeune.

— Pour ceux d'entre nous qui considèrent avoir près de deux cent cinquante ans comme « jeune ».

Bella rit, et se pelotonna plus étroitement sous le bras possessif de Jacob.

— Comparée à vous, les gars, je suis un nourrisson !

— Une néophyte, ma petite fleur, rectifia Jacob d'une voix tendre en lui déposant un baiser affectueux sur le front.

— Je crains de devoir aussi prendre congé, annonça Gideon, préoccupé par le départ précipité de Legna.

Il avait perçu quelque chose chez l'empathe qui ne lui semblait pas très clair, mais était potentiellement alarmant sur le plan physiologique. Ce n'était rien de plus qu'une impression, ses pouvoirs étant affaiblis du fait de sa forme astrale. Néanmoins, cela avait attiré son attention, et il éprouvait le besoin impérieux d'en parler à Legna. Cela l'inquiétait. S'il avait appris une chose au cours de sa longue vie, c'était que ses instincts le trompaient rarement.

— À l'avenir, Jacob, je ferai preuve d'une plus grande prudence avant de m'approcher de ta compagne. Toutes mes excuses.

Esquissant un signe de tête, Gideon disparut dans un éclatant jet de lumière argentée.

Jacob et Isabella échangèrent des regards perplexes. Mais après quelques instants, Bella commença à laisser errer ses yeux sur le corps de son compagnon, et la nature de ses pensées changea considérablement.

— Tu veux faire l'amour à un ballon de basket ? proposa-t-elle avec un sourire sensuel.

Jacob rejeta la tête en arrière et éclata de rire, tous ses souvenirs douloureux aussitôt envolés, ne faisant pas le poids face au clin d'œil espiègle de sa bien-aimée.

Chapitre 3

Legna se matérialisa dans sa chambre, seul le petit bruit sec habituel de l'air qui se déplaçait annonçant son arrivée. Néanmoins, Noah saurait qu'elle était rentrée. En plus d'être son frère, il était sensible à la proximité de toute source d'énergie. Legna s'approcha de son lit et s'y assit avec lenteur, expirant profondément pour évacuer les tensions. La protection offerte par la demeure de Noah la réconfortait même si, parfois, elle se surprenait à partager le désir de Bella de disposer d'un peu de répit, de quelques précieux moments d'intimité.

Elle n'ignorait pas que c'était un souhait étrange de sa part, car les démons considéraient l'intimité comme une notion humaine dépassée. À quoi servaient les secrets parmi des créatures qui, quel que soit l'élément auquel se rattachaient leurs aptitudes, avaient une sorte de sens inné pour identifier immédiatement la nature d'une situation donnée ? Noah, par exemple. Lors de grandes occasions le palais pouvait être envahi d'invités, une centaine ou plus, pourtant il distinguait chacune de leurs empreintes énergétiques, l'endroit où ils se trouvaient et ce qu'ils faisaient. La perception des émotions de Legna était tout aussi étendue. Elle savait, même sans le chercher délibérément, qui se disputait, qui riait, qui faisait l'amour et qui était soûl comme une grive. Les démons avaient tous eu une longue vie, ils avaient tout vu et commis des actes bien plus embarrassants ou blâmables. Qu'y changeaient des murs ou le fait de frapper à une porte ? Une philosophie que Gideon avait de toute évidence faite sienne. Sauf qu'il avait tendance à oublier le respect qui commandait d'habitude que l'on ne franchisse pas certaines limites n'importe quand.

N'empêche, être seule dans ses pensées, dans ses actions… Cette idée avait un côté attirant. Pourquoi séduisait-elle Legna à ce moment-là de sa vie, elle l'ignorait. C'était le cas, voilà tout. C'était une idée absurde, elle le savait. Le monde regorgeait de Nocturnes, et la notion humaine d'intimité n'était qu'une illusion, fruit d'une divine méconnaissance.

N'empêche…

Elle était fébrile, et ce n'était plus qu'une question de temps avant que d'autres, en plus de sa sœur et de son frère, ne commencent à le percevoir. Traditionnellement, lorsqu'un démon était particulièrement nerveux ou malheureux, il était introduit auprès d'un groupe de mentors qui le bombardaient d'attentions et lui offraient une aide psychologique. On pensait que les démons dépourvus de but et d'une solide conscience d'eux-mêmes pouvaient être dévoyés. Ils formaient une espèce trop puissante pour se permettre d'être en proie à des émotions capricieuses, qui les rendraient vulnérables à des influences potentiellement négatives. Les démons considéraient que l'un des objectifs les plus importants de leur existence était de se soutenir les uns les autres.

Enseigner la méditation à Corrine, par exemple. Jeune et désorientée, elle se rétablissait à la suite de la terrible privation qui lui avait presque coûté la vie et avait ôté celle du compagnon de Mary ; qui laisserait une telle âme égarée sans assistance ? Ce serait barbare. Les *Siddah* en étaient une autre illustration. Tout démon avait pour devoir de devenir l'équivalent de ce que les humains appelaient un parrain ou une marraine. Tous les adultes et les aînés élevaient les enfants de leurs proches, faisant preuve de l'autorité qui manquait parfois aux parents. Bien sûr Legna était la *Siddah* de deux de ses neveux. Cependant, en plus de ce rôle qu'elle n'avait pas encore eu l'occasion d'assumer, et à l'instar de nombre de démons d'esprit et de matière, elle servait de mentor aux âmes insatisfaites de ceux qui avaient perdu leur boussole intérieure.

Était-elle, à son tour, tombée dans cette troublante catégorie ? Ou son voyage vers cet état désincarné ne faisait-il que commencer ? Curieusement, elle soupçonnait que l'attention et la présence constantes qui suivraient tout aveu de nervosité seraient précisément le contraire de ce qu'elle désirait.

Elle se sentait ainsi depuis l'invocation. C'était venu peu à peu, presque à son insu. Puis elle s'était mise à avoir des accès de colère, ce qui ne lui était presque jamais arrivé auparavant. Les deux premières fois étaient excusables, étant donné ce qu'elle avait vécu, mais la troisième ? La quatrième ? Cela ne lui ressemblait tellement pas que c'était un miracle qu'elle n'ait pas déjà été prise en charge par des mentors. D'un autre côté, elle s'était donné du mal pour dissimuler ses emportements, en diminuer l'importance d'une façon dont probablement seul un démon d'esprit habile était capable, recourant à ses facultés et à sa voix apaisante pour abuser et charmer les plus puissants. Mais ces légères manipulations des émotions des autres et de la perception qu'ils avaient de son irascibilité s'accompagnaient de culpabilité, de remords et du sentiment de faire mauvais usage de ses dons. Ce qui ne faisait qu'accentuer sa confusion. Les démons s'excusaient rarement de ce à quoi ils employaient leurs aptitudes. À quoi bon posséder un pouvoir pour ne pas s'en servir ? Et elle était d'accord. Il n'y avait pas lieu de s'excuser de les utiliser, à moins d'enfreindre les limites de la loi ou certains codes déontologiques ou moraux.

Elle mentirait en prétendant que ces modifications de sa personnalité et de sa vision des choses ne l'effrayaient pas. Il ne se passait pas une nuit sans qu'elle se demande si Bella l'avait aussi bien protégée qu'ils l'avaient tous pensé quand elle avait été invoquée. Avant Legna, un seul démon avait jamais réchappé d'un pentacle de nécromanciens. L'issue en avait été tragique, la malheureuse créature n'ayant pas tardé à sombrer dans la démence, attaquant ses semblables, se comportant de manière hystérique et perverse. La sauver n'avait donc servi à rien, puisque Jacob avait été obligé de supprimer cette âme tourmentée, en fin de compte.

Et si c'était ce qui lui arrivait sournoisement à elle aussi ? Peut-être était-elle idiote et arrogante de se croire l'unique démone à être jamais sortie complètement indemne d'une invocation ? Si c'était le cas, ne pas confier ses craintes à quelqu'un comme elle l'aurait dû faisait-il d'elle une lâche ?

Legna se remit debout, se frotta les mains comme pour les réchauffer et arpenta le tapis richement tissé qui habillait le sol de pierre ; ses escarpins en soie produisaient à peine un murmure et la fine étoffe des pans extérieurs de sa robe flottait dans la brise qu'elle créait en se déplaçant.

Lorsqu'elle prit conscience de ce qu'elle faisait, elle s'arrêta net et leva les yeux au ciel le temps de se ressaisir. Puis elle rejoignit la fenêtre et ouvrit les rideaux pour contempler les pelouses et les jardins qui s'étendaient à perte de vue devant le majestueux château. Noah avait manifestement choisi une demeure qui lui rappelait l'époque à laquelle il était né. Comme lui, elle s'était toujours sentie plus à l'aise dans un tel cadre que dans les maisons plus modernes.

L'aube commençait à poindre et Legna aurait dû être fatiguée, elle aurait dû se préparer à se coucher pour la journée dans la chambre baignée de soleil. Elle jeta un coup d'œil au magnifique lit à baldaquin derrière elle, et s'avança pour toucher les lourdes tentures de tapisserie qu'elle avait confectionnées plusieurs dizaines d'années auparavant. Tous ceux qu'elle avait aimés alors, dont la plupart étaient encore vivants, figuraient dans les scènes qui y étaient représentées. Elle effleura des doigts l'image d'un démon jovial aux cheveux sombres, qui revenait souvent dans l'œuvre.

Lucas.

Son *Siddah*, son mentor. Celui qui était tout autant devenu un père pour elle que Noah, après la disparition du leur. Elle n'avait jamais manqué d'hommes forts dans sa vie, et elle avait adoré chacun d'eux. Ils lui avaient tant appris, l'avaient façonnée en la rendant telle qu'elle était devenue, trouvant le juste équilibre entre conseils et liberté, entre sévérité et plaisir.

Et à présent, tout comme ses parents, Lucas était mort. Elle ferma les yeux, secoua la tête pour tenter de chasser les dernières visions qu'elle avait eues de lui. Son cher Lucas, prisonnier d'un pentacle en face d'elle, qui vomissait son secret le plus précieux, son nom de pouvoir, pour que le monde entier l'entende et s'en serve contre elle. Et, trahison suprême, son pauvre corps et sa pauvre âme pervertis en ceux d'un monstre amoral.

Cette nuit-là, Legna avait compris ce que haïr une autre créature signifiait vraiment. Elle ne s'en était jamais crue capable, mais cela lui avait fait l'effet d'un venin doux-amer rongeant chacune de ses cellules, brûlant sous sa peau jusqu'à ce qu'elle soit sûre de suer la vilenie par tous les pores. Cela lui était tombé dessus dès l'instant où elle avait enfin mis la main sur l'un des quatre sorciers responsables de la métamorphose qui avait coûté la vie à son cher Lucas. Elle avait été gouvernée par la rage et, pour la première fois de sa longue existence, avait donné libre cours à sa nature animale.

C'était cette partie instinctive d'elle-même qui l'avait poussée à refermer les doigts sur la gorge de la nécromancienne qui avait osé chercher à l'enfermer avec son mentor. La prédatrice qu'elle abritait en son sein avait refusé d'arrêter, l'avait encouragée à plonger dans la psyché de l'humaine, à lui faire vivre un enfer mental implacable jusqu'à ce que cette créature abjecte meure, épouvantée par la perversion de son propre esprit.

Ce n'était pas d'avoir découvert qu'elle était capable de prendre une vie qui avait effrayé Legna, mais d'avoir levé le visage vers la nuit en hurlant et d'en avoir éprouvé un plaisir si intense. En cet instant, elle avait eu l'impression de n'avoir jamais connu un tel ravissement, et elle avait mis des heures avant de commencer enfin à descendre de son petit nuage. Son euphorie avait mis des jours à se dissiper complètement. Le moins qu'on puisse dire était qu'elle avait été en manque après. En fait, elle n'était pas certaine d'être jamais parvenue à surmonter le vide qui avait suivi. Avait-elle tellement aimé tuer ? Ou était-ce l'idée de vengeance qui l'avait exaltée ? En tant que démone, elle n'avait jamais été portée à croire qu'il fallait éviter de se défendre ou même de se venger, tant qu'on respectait scrupuleusement les lois de son peuple. Et pourtant elle avait été énormément perturbée par les conséquences de son acte, et cinq mois plus tard rien n'indiquait que son état s'améliorait.

Legna s'arracha brusquement à son introspection lorsqu'elle eut soudain la chair de poule. Elle releva la tête et déploya autour d'elle ses aptitudes sensorielles, tel un voile ondoyant, pour tenter d'identifier ce qui s'approchait.

Car on venait à elle. Elle en était certaine.

À peine avait-elle formé cette pensée que l'air se déplaça, repoussé par l'apparition du corps imposant de Gideon au milieu de la pièce. Elle ne perçut aucune odeur de soufre, comme elle en laissait en général derrière elle, et en déduisit que le démon d'esprit qui avait transporté le médecin était un aîné, plus fort et plus habile qu'une adulte comme elle.

L'arrivée de l'Ancien à ce moment précis troubla Legna au plus haut point. S'il existait quelqu'un parmi les siens capable d'expliquer les changements qui se produisaient en elle, c'était probablement Gideon. Et, bien sûr, elle aimerait mieux brûler en enfer que de lui demander un service aussi personnel. Et pourtant il était bien là, comme appelé par ses pensées, dans cette attitude si pleine d'assurance qui le caractérisait, et terriblement élégant dans les vêtements surannés immaculés qu'il préférait souvent aux tenues plus modernes de sa garde-robe. En l'occurrence, il était vêtu de blanc de la tête aux pieds, avec pour seule touche de couleur des broderies argentées qui étaient exactement de la même teinte que ses cheveux. Il portait des hauts-de-chausses, taillés dans une douce étoffe semblable au coton, qui lui allaient comme une seconde peau et disparaissaient dans des bottes de cuir d'un brun très clair. Elles lui arrivaient juste au-dessous du genou, de sorte qu'on aurait pu croire qu'il s'apprêtait à monter à cheval. Comme à l'accoutumée, il avait enfilé une chemise de soie aux longues manches qui descendaient de ses épaules extrêmement larges en formant des plis jusqu'aux manchettes, dont la fine dentelle reposait contre le dos de ses mains puissantes et parfaitement manucurées. Seul son pouce était orné d'une chevalière, une boucle en argent de la forme du sceau des médecins.

Legna détourna les yeux avant de commencer à détailler mentalement avec une trop grande précision la façon dont la dentelle de sa chemise était négligée sous sa gorge et bâillait au niveau de la clavicule. Disons que Gideon arborait fièrement les habits de son époque ; et il les portait très bien. Il combinait les différentes modes masculines du millénaire d'une manière qui reflétait parfaitement la personne qu'il était et la façon dont il avait conduit sa vie. Ce qui ne faisait que renforcer sa présence caractéristique, ainsi que son assurance.

— Gideon, dit-elle d'une voix égale, inclinant la tête avec un minimum de respect. Qu'est-ce qui t'amène dans mes appartements alors que l'aube est si proche ?

L'homme fascinant qui lui faisait face demeura silencieux et promena son regard d'argent sur elle avec lenteur. Legna sentit presque son cœur s'arrêter de peur, et dressa aussitôt toutes les barrières physiques et mentales qu'elle pouvait pour l'empêcher d'analyser son état de santé.

— Je ne te sonderais pas sans ta permission, Magdelegna. Les démons de matière qui deviennent des guérisseurs ont des codes de déontologie comme n'importe qui.

— C'est drôle, fit-elle remarquer, j'aurais pensé que tu aurais estimé indigne de toi de t'abaisser à demander une quelconque autorisation.

Il plissa légèrement les yeux, et Legna regretta de ne pas avoir le courage de le scruter subrepticement à sa façon. Elle était assez douée pour dissimuler son passage à travers les émotions et la psyché des autres, mais Gideon ne ressemblait à personne. À côté de lui, elle était à peine une néophyte.

Comme Gideon avait déjà relevé une fois la récente propension de Legna aux sarcasmes, ce qui l'avait irritée encore plus qu'elle ne l'était d'habitude, il ne céda pas à son envie de la réprimander.

— Je suis venu m'assurer que tu vas bien, Magdelegna. Je suis inquiet.

Legna arqua les sourcils et afficha un petit sourire froid et railleur pour masquer les battements soudain précipités de son cœur.

— Et qu'est-ce qui pourrait t'amener à penser que tu devrais te faire du souci pour moi ? demanda-t-elle avec morgue.

Gideon prit encore son temps pour répondre, et lui adressa un autre de ses implacables regards scrutateurs dans l'intervalle. Legna soupira d'exaspération, croisa les bras sous la poitrine et fut à deux doigts de taper du pied.

— Tu n'es pas en paix, petite, expliqua Gideon doucement.

Le timbre profond de sa voix résonna en elle, lui procurant de nouveau l'impression d'être aussi fragile que du cristal, de n'attendre que le moment où il produirait la note dissonante qui la ferait voler en éclats. Sa respiration s'accéléra, malgré ses efforts pour rester calme. Elle ne voulait pas lui donner le plaisir d'avoir raison.

— Tu te fais des idées, Gideon. Je n'ai que faire de tes inquiétudes, et je ne t'ai d'ailleurs rien demandé. Maintenant, si tu n'y vois pas d'inconvénient, j'aimerais me coucher.

— Dans quel but ?

Legna éclata d'un rire cinglant.

— Pour dormir, bien sûr.

— Tu n'as pas trouvé le sommeil depuis plusieurs jours, Legna. Qu'est-ce qui te fait penser que tu pourrais y arriver aujourd'hui ?

Legna se retourna vivement, et porta son regard et son attention vers la fenêtre, tentant de faire le vide dans sa tête. Il n'était pas un démon d'esprit, mais elle le savait capable de percer à jour son état émotionnel simplement en analysant la façon dont elle réagissait sur le plan physiologique à son observation. Elle se mordit la lèvre avec violence, furieuse d'avoir l'impression de n'être qu'une enfant, comme il n'arrêtait pas de le répéter au cours de leurs conversations. « Petite », qu'il disait. Ça lui plairait à lui, si elle l'appelait « vieux schnock décrépit » ?

Cette pensée lui apporta une pointe de satisfaction mesquine. Peu importait que Gideon ait l'air aussi vif et vigoureux que n'importe quel démon entre trente et mille ans. Ou que son teint superbe lui donne un charme et une aura de pouvoir que nul ne pouvait approcher. Tout ce qui importait était qu'il ne la considérerait jamais comme une égale, et que par conséquent, du point de vue de Legna, elle avait parfaitement le droit de lui rendre la pareille.

Gideon regarda attentivement la jeune démone en face de lui, et s'efforça de comprendre les modifications physiologiques qui se succédaient rapidement en elle, chacune aussi curieuse que la précédente. Qu'est-ce qui chez elle, se demanda-t-il, ne cessait de le déconcerter ? Elle ne réagissait jamais comme il s'y attendait, et pourtant il la savait être d'une extraordinaire intelligence. Elle le traitait toujours avec un mépris à peine contenu, alors qu'elle n'avait jamais un mot dur pour personne. Il s'y était presque accoutumé depuis leur première altercation, mais là c'était différent, bien plus complexe qu'une simple rancœur. Gideon n'avait pas rencontré d'énigme depuis un bon nombre de siècles, ce qui expliquait peut-être qu'elle continuait à le fasciner, malgré le dédain qu'il lui inspirait manifestement.

— Il n'est pas anormal, déclara-t-elle enfin, de connaître des périodes d'insomnie dans sa vie. Ce n'est certainement pas ça qui t'a poussé à accourir dans ma chambre, à chercher à m'imposer une sollicitude qui me révolte.

— Magdelegna, ton obstination à me témoigner de l'hostilité me laisse perplexe. Lucas ne t'a-t-il donc pas appris à respecter tes aînés ?

Legna virevolta soudain, et son indignation explosa avec une telle violence que l'air autour d'eux tourbillonna, exerçant une pression sur Gideon.

— Ne t'avise jamais plus de parler de Lucas de cette manière irrévérencieuse ! Tu m'as comprise, Gideon ? Je ne le tolérerai pas !

Elle vint se placer juste devant lui ; la fureur de la démone était si intense qu'elle le fit presque reculer.

— Tu me demandes de respecter mes aînés, mais ce que tu veux dire c'est que je dois respecter ceux qui me sont supérieurs, n'est-ce pas ? Es-tu si imbu de toi-même que tu aies besoin que je me prosterne devant toi en faisant des courbettes comme quelque néophyte rétrograde ? À moins que nous ne devions rétablir les courtisanes dans notre société. Tu aurais alors le plaisir de me revendiquer et de m'obliger à tomber à genoux, à m'incliner bien bas en signe de déférence pour ton éminence virile !

C'est précisément ce qu'elle fit. Sa robe se gonfla autour d'elle tandis qu'elle s'agenouillait avec grâce devant lui, si près que ses genoux touchèrent le bout de ses pieds. D'un mouvement majestueux, elle ramena les mains sur le côté et baissa la tête jusqu'à effleurer du front le cuir de ses bottes, ses cheveux se répandant comme un flot de soie sur les chevilles du médecin.

Contrairement à son habitude, l'Ancien en resta sans voix, gagné par une sensation des plus étranges alors qu'il contemplait la nuque dénudée de Legna, l'élégant arrondi de son dos. Cédant à une impulsion, il s'accroupit et glissa la main sous le rideau de sa chevelure aux reflets miel pour lui caresser la joue. Le feu de sa colère lui irradia dans les doigts, et il sut l'émotion qui la brûlait bien avant qu'elle relève le visage vers lui.

— Cela vous convient-il, mon seigneur Gideon ? chuchota-t-elle d'un ton féroce, les yeux lançant des éclairs de jade et d'acier.

Gideon scruta son visage intensément, parcourant du regard la courbe aristocratique de ses hautes pommettes, ses lèvres sculpturales incroyablement pleines, ses grands yeux accusateurs abrités derrière des cils extraordinairement épais. Il lui prit le menton entre le pouce et l'index, caressant du bout des doigts sa joue empourprée.

— Tu aimes vraiment te moquer de moi, lui murmura-t-il, si proche que son souffle lui effleura le visage.

— Pas plus que tu ne sembles apprécier faire montre de condescendance envers moi, répliqua-t-elle sèchement, haletant de rage.

Gideon accueillit cette dernière pique d'un clignement de ses paupières aux longs cils noirs. Ils se regardèrent droit dans les yeux, chacun paraissant attendre que l'autre se détourne.

— Tu ne m'as jamais pardonné, dit-il soudain, d'une voix douce.

— Te pardonner ? (Elle rit avec amertume.) Gideon, tu n'es pas assez important pour que je t'accorde mon pardon.

— Ton amour-propre est-il si fragile, Legna, qu'une offense insignifiante soit irréparable ?

— Arrête de me parler comme si j'étais une enfant capricieuse ! cracha-t-elle, faisant mine de rejeter la tête en arrière avant de constater qu'il la tenait fermement. La façon dont tu m'as traitée n'avait rien d'insignifiant. Je ne l'oublierai jamais, et ne suis pas près de le pardonner !

Gideon l'empoigna par les épaules et la releva lorsqu'il se redressa de toute sa hauteur. Il la déséquilibra par mégarde, et elle dut s'appuyer contre lui pour éviter de chanceler davantage. Ses douces rondeurs frôlèrent son torse musclé l'espace d'une seconde seulement. Une sensation qu'il ne parvint pas immédiatement à définir s'insinua en lui, et il fronça ses sourcils argentés avec perplexité. Néanmoins, il se trouvait dans une position trop instable pour perdre du temps à analyser une impression aussi fugace, alors il l'écarta de ses pensées et tint Legna à bout de bras.

— Legna, je n'ai pas à t'expliquer les difficultés que nous connaissons tous durant les lunes sacrées. Et plus particulièrement à Samhain. Je n'ai jamais cherché à te faire du mal. Je m'en veux encore de ne pas avoir su me maîtriser cette nuit-là.

— Oh, je n'en doute pas, cracha-t-elle, luttant contre les larmes embarrassantes qui lui brûlaient les yeux. Comme ça a dû être horrible pour toi de t'apercevoir que tu avais profané l'extraordinaire respectabilité due à ton grand âge avec le baiser d'une enfant.

Elle s'arracha à son étreinte avec violence et lui tourna le dos en portant la main à ses lèvres tremblantes pour tenter de réprimer un sanglot. Elle perdit son combat contre ses larmes, et fut submergée par la honte en les sentant couler sur ses joues empourprées.

Ils avaient à peine parlé de cette nuit, qui remontait tout juste à neuf ans, principalement parce que Legna ne pouvait guère rester plus de cinq minutes dans la même pièce que lui. Mais leur manque de communication s'expliquait surtout par l'exil que Gideon s'était imposé durant les huit dernières années, lorsqu'il avait dû subir le châtiment de l'exécuteur pour avoir suivi une humaine. Cet incident avec la mortelle avait eu lieu à Samhain, exactement un an après la discorde qui avait éclaté entre Gideon et Legna, ce qui n'avait fait que renforcer le sentiment d'humiliation de la démone.

Et elle se rappelait cette nuit, cette lune, tout cet épisode, avec la même acuité que si c'était arrivé cinq minutes plus tôt.

Elle avait été fébrile cette pleine lune-là, d'une façon très similaire à ce qu'elle ressentait depuis peu. Mais comme on pouvait l'escompter, en cette nuit sacrée sa nervosité avait été décuplée. Alors que des nuages obscurcissaient l'astre nocturne brillant, elle avait fait les cent pas dans les jardins pour se réchauffer, attendant avec impatience que Noah sorte du Conseil. Elle avait espéré qu'il pourrait lui changer les idées, l'empêcher de devenir folle à force de tourner en rond. Mais tandis qu'elle errait dans les longs labyrinthes de buissons sculptés, elle était tombée sur Gideon. Elle avait été surprise, car elle n'avait absolument pas perçu sa présence, d'autant plus que le Conseil avait été en séance et que ce dernier faisait partie du triumvirat, qui réunissait les trois voix les plus fortes.

Il se tenait là, le visage levé vers la lune, comme un loup sur le point de lui hurler son adoration. Son corps puissant était figé, les muscles bandés, prêt à faire face à tout ce qui croiserait son chemin. Les sens de Legna s'éveillèrent soudain, et elle fut submergée par les émotions qui irradièrent brusquement de l'Ancien, d'ordinaire serein. Il maîtrisait tout juste ses désirs effrénés, qui la percutèrent telle une vague violente, lui coupant le souffle.

Alors Gideon se retourna, d'un mouvement si rapide qu'elle le distingua à peine. Tout à coup, elle se retrouva écrasée par sa présence, son pouvoir, son corps remarquablement vigoureux. Elle n'eut aucun espoir d'ériger ses défenses habituelles confrontée à une influence aussi enivrante. De toute façon, il était trop tard. Les émotions à l'état brut de Gideon s'insinuaient déjà en elle, y rencontraient une résonance. Elle se les appropria d'une manière dont elle ne s'était jamais crue capable.

—Magdelegna.

Il prononça son nom d'une voix aux accents profonds, avides. Elle entendit même le grognement guttural songeur qui lui échappa dans un souffle. Sa voix s'adressait à la fébrilité archaïque qui s'était emparée d'elle cette nuit-là.

Elle plissa les yeux et le toisa avec lenteur, sans avoir conscience du caractère aguicheur et sensuel de son attitude.

Gideon perçut aisément l'afflux du sang de Legna lorsque son pouls s'accéléra. Il vit sa peau s'empourprer de désir pendant qu'elle dévorait des yeux son corps imposant avec intrépidité et une curiosité patente. Elle fit un pas dans sa direction, léger ondoiement de sa silhouette élancée, féminine. Il s'aperçut alors qu'elle ne mesurait que quinze centimètres de moins que lui, qu'à cette distance elle était proportionnellement à son échelle, et il sut aussitôt qu'elle s'emboîterait parfaitement à lui si seulement il abolissait l'espace qui les séparait. Son parfum flottait dans l'air nocturne immobile, masquant les odeurs automnales piquantes qui les entouraient de toute part, un parfum singulier d'épices sucrées et de musc éthéré.

Ensorcelé par le caractère unique de cette senteur, Gideon inclina légèrement la tête pour l'aspirer à pleins poumons. En un clin d'œil, il tendit la main pour agripper Legna par la nuque, et l'attirer à lui avec une violence telle que leurs sternums se heurtèrent. Elle était grande, pourtant Gideon dut se pencher pour approcher son visage du sien. Il la tenait avec fermeté, l'empêchant de tourner la tête de tout autre côté que celui correspondant à ses souhaits. Il se baissa jusqu'à effleurer du nez la courbe de son cou de cygne.

Legna sentit le souffle précipité de Gideon sur sa peau sensible, et ne put retenir le frisson qui la parcourut pas plus que le gémissement instinctif qui fit vibrer ses cordes vocales. Ses sens furent bombardés par le désir farouche de l'homme fort qui l'enfermait dans une étreinte si possessive. Même si, en tant qu'empathe, cette émotion ne lui était pas inconnue en raison de tous les couples qui s'étaient adonnés aux plaisirs de la chair autour d'elle, elle n'avait jamais rien ressenti de semblable en tous ses siècles d'existence. Elle n'avait même jamais rêvé d'une intensité si irrésistible.

Il lui releva les cheveux et en porta les mèches soyeuses à ses lèvres, sur lesquelles il les fit passer avec lenteur, tout en lui sondant l'âme du feu de son regard.

—Magdelegna, répéta-t-il, prononçant son nom comme s'il s'était agi d'un ordre.

Il se rapprocha brutalement d'elle, et elle eut une conscience aiguë de la façon dont il réagissait à sa proximité. Un flot de lave en fusion s'insinua dans tout son corps lorsqu'elle comprit l'effet qu'elle lui faisait, se concentra en d'étranges îlots de désir en des endroits tout aussi intrigants.

—Je pourrais te faire éprouver des sensations dont jamais aucune femme n'a rêvé, lui promit-il.

Sa voix douce aux accents si envoûtants créa un tourbillon d'émoi au plus profond de l'âme de Legna tandis qu'il glissait sa main libre sur la courbe de sa taille, puis, avec hardiesse, sur la cambrure de ses reins. C'était comme s'ils se connaissaient déjà parfaitement et que rien, de leurs pensées à leurs gestes, de leurs émotions à leurs corps, de sa virilité à lui à sa féminité à elle, ne recelait plus de secrets pour eux.

La respiration de Legna s'accéléra alors qu'il la toisait d'un regard ardent qui, partout où il le posait, la brûlait. Il mit la main sous le renflement de son sein et en caressa subrepticement la peau sensible d'une façon qui la transporta. Elle gémit doucement, rejetant la tête en arrière jusqu'à exposer complètement sa gorge. Aussitôt, il lui lâcha les cheveux pour envelopper de la main l'attirante étendue qu'elle lui offrait, recueillant dans ses doigts les vibrations des plaintes sourdes qu'elle poussait. Puis ses lèvres remplacèrent ses doigts. Le souffle chaud de Gideon sur son cou la fit frissonner de la tête aux pieds. Il l'effleura de sa bouche en un prélude magique à ce qui suivrait.

L'envie de la sentir contre la sienne la submergea soudain. Ses lèvres commencèrent à la picoter et elles se gorgèrent de sang, comme pour lui signifier son désir. Tout à coup il rapprocha sa bouche de son visage et la sonda de son intense regard de mercure.

—Neliss…, *murmura-t-il, revenant à l'élégance de leur ancienne langue.* Neliss ent desita.

Beauté des âges.

Il l'embrassa enfin, et elle l'accueillit avec un gémissement enthousiaste d'encouragement. Comme transpercée par des éclairs de lumière blanche qui la laissèrent à la fois faible et tendue, elle se cambra alors qu'il cherchait avec insistance à la soumettre. De ses lèvres lascives il l'explora à un rythme soutenu, avec douceur, sans agressivité. Legna songea confusément qu'elle s'était attendue à ce qu'il se montre un peu moins tendre dans son impatience. Elle percevait des émotions impétueuses irradier de lui comme l'éclat de la lune derrière lui. Cependant, la nature approfondie de son baiser lui ressemblait. Attentionné, méthodique et empreint d'une suprême assurance, il examinait ses lèvres avec lenteur et dans les moindres détails. Lorsque, finalement, il lui effleura la lèvre inférieure de la langue, ce fut une caresse de velours, sensuelle et humide. Legna entrouvrit la bouche et laissa échapper un petit cri de plaisir.

Pour la première fois elle ferma les yeux, pour se soustraire à l'intensité du regard pénétrant de Gideon qui l'atteignait même à travers ses cils baissés. Il voyait et voulait voir si loin en elle, que c'était comme si elle se trouvait déjà nue devant lui. Sa main sur ses côtes la brûla, tant la chaleur corporelle de l'Ancien était élevée, et tout le corps de Legna s'embrasa.

Lorsqu'elle gémit de douloureuse volupté, Gideon s'introduisit enfin entre ses lèvres écartées, et leurs deux langues s'enroulèrent immédiatement. Legna leva les mains, fit remonter ses doigts fins le long de son dos, jusqu'à ses épaules, pour s'agripper à lui avec la légèreté d'un papillon mais la puissance d'un titan. Ce contact seul arracha un grognement sourd à Gideon, son plaisir décuplé par la saveur de sa bouche, chaude et sucrée, comme du nectar réchauffé par le soleil, et il se sentit comme une abeille poussée par l'instinct à la butiner. Tout son corps se durcit, comme du métal liquide plongé dans de l'eau, sensation tout autant érotique que douloureuse. Cela faisait si longtemps qu'il n'avait pas désiré une femme, lunes sacrées ou pas. Les besoins sexuels étaient une chose, une fonction physiologique qu'il pouvait maîtriser mieux que tout autre démon, le contrôle de la matière étant l'art dans lequel il excellait depuis un millénaire. Son désir pour Legna était différent, une émotion qui dépassait son domaine de compétence.

Pour Legna, le baiser de Gideon reflétait parfaitement la personne qu'il était. Intrépide, assuré et d'une honnêteté brutale. Son excitation irradiait de tout son corps tandis qu'il se collait délibérément à elle, frottait les hanches contre les siennes, pour qu'elle perçoive l'effet qu'elle avait sur lui. Puis son baiser commença à se faire plus violent. Gideon cédait à sa nature démoniaque. Legna s'en aperçut lorsqu'il se mit à l'embrasser avec voracité, subjugué par l'animal qui faisait partie intégrante de son être. C'était ce que voulait Legna. Elle n'aurait pas supporté sa douceur un instant de plus. L'influence torride de la lune la dominait, demandait plus. L'exigeait.

Alors elle l'aguicha, recourant à toutes les ruses féminines imaginables. Elle poussa un gémissement sourd, sensuel, et se laissa submerger par ses émotions jusqu'à ce que son gémissement se multiplie en une série de halètements de plaisir douloureux. Elle posa les mains sur son torse, les fit remonter sur ses épaules avant de les plonger dans ses cheveux. Elle lui rendit son baiser avec la même assurance dont il faisait preuve et, l'empoignant fermement par la nuque, elle introduisit la langue dans sa bouche pour mieux le goûter.

La réaction de Gideon fut immédiate. Il la saisit par la taille, la souleva du sol et l'enlaça. Sa poitrine sensible comprimée contre le torse d'acier du démon, son ventre plat collé contre les muscles du sien, ses hanches effleurant les siennes, elle sentit la pression insistante de son érection. Le monde commença à tanguer autour d'elle, disparaissant dans un vortex de sensations vertigineuses, et elle se perdit dans ses émotions. Il continua à l'embrasser presque avec brutalité, comme s'il avait traversé un désert privé de contacts physiques et qu'elle était brusquement devenue sa seule oasis. Legna ignorait alors l'exactitude de la métaphore qui flottait dans son esprit.

Ce fut à cet instant précis que Gideon s'écarta soudain d'elle, la repoussa avec une violence telle qu'elle manqua de peu de tomber à la renverse. Il proféra tout un tas de jurons, utilisant un terme dont elle n'était pas sûre de connaître toutes les acceptions mais dont le sens lui apparut clairement. Elle était trop secouée pour réagir, et la confusion la submergea lorsqu'elle tenta de comprendre ce qu'il faisait.

Il pesta de nouveau, se blâma, la réprimanda.

— C'est de la folie, affirma-t-il d'une voix rauque.

Il se passa la main dans les cheveux, ce qui indiquait l'état de rare agitation dans lequel il se trouvait.

— Tu es une enfant ! Rien qu'une enfant ! Je suis plus fort que ça. Je ne céderai pas à cette ridicule impulsion démente. Je le refuse !

Il venait à peine de prononcer ces mots qu'il s'était déjà retourné et s'enfuyait à la vitesse surnaturelle d'une créature capable de disposer comme elle l'entendait de son corps.

Il l'avait laissée seule, insultée et humiliée au-delà de toute mesure. Elle s'était effondrée par terre, trop abasourdie pour pleurer, alors que les paroles de Gideon retentissaient en heurtant avec brutalité sa fierté féminine, son amour-propre délicat. Et après cet incident, tout juste un an plus tard, il avait suivi une femme qui n'était même pas de son espèce, et ne s'était arrêté que parce que Jacob l'avait obligé à renoncer à cette humaine qui ne s'était doutée de rien.

Alors non, elle ne lui avait jamais pardonné. Et jusqu'à cet instant, elle n'avait jamais versé de larmes sur l'affront qu'il lui avait infligé.

Gideon l'observait avec attention, voyant qu'elle était bouleversée mais n'ayant pas la moindre idée de la conduite à adopter. Il se sentait complètement démuni face aux émotions d'une femme. Il n'était pas un démon d'esprit, après tout. Il avait conscience d'avoir mal géré la situation au départ, mais comme il n'avait jamais su comment réparer l'offense qu'il lui avait faite, il avait espéré que le ressentiment de Legna s'atténuerait avec le temps et que les choses redeviendraient comme avant. C'était une erreur de jugement qui, alors qu'il était à ce moment même confronté à ses conséquences, lui causait le même remords cuisant que les actes dont il s'était rendu coupable avec une telle arrogance durant les guerres druidiques. Il avait commis de graves méfaits alors, et, manifestement, bien qu'on aurait pu penser qu'en un millier d'années il aurait appris à éviter ce genre d'erreurs, il avait réitéré.

Gideon se rapprocha d'elle, et Legna sentit la chaleur de son corps dans son dos. Elle était toujours stupéfaite qu'une chaleur presque humaine semble émaner de l'Ancien en dépit du fait que la température des démons était normalement inférieure de cinq degrés à celle des mortels. Néanmoins, elle la perçut nettement, ce qui ne fit que la troubler davantage.

— Je souhaite que tu partes, dit-elle d'une voix tendue, le regard rivé sur le magnifique jardin qui s'étendait en contrebas de la fenêtre.

L'aube était arrivée, teintant le ciel de rose et d'orange, ses douces couleurs réfléchies par chaque feuille brillante de rosée de tous les arbres en vue. Elle aurait dû se trouver dans son lit, confortablement installée pour la journée, détendue, emportée dans des rêves à des lieues de la souffrance ou des larmes humiliantes.

— Je ne partirai pas, Magdelegna.

Legna tressaillit. Elle aurait voulu qu'il cesse de se servir ainsi de son prénom en entier. Cela lui rappelait avec une trop grande netteté le timbre fascinant qu'avait eu sa voix lorsqu'il avait cherché à la séduire, toutes ces années auparavant.

— Bien, répliqua-t-elle d'un ton amer, libre à toi de rester.

Elle leva la main et la tourna de ce petit mouvement rapide qui l'aidait à se concentrer sur sa destination. Avant qu'elle ait pu commencer à se téléporter, le médecin lui saisit fermement le poignet. Legna regarda avec fureur les doigts élégants qui l'enserraient et se retourna enfin pour faire face à leur propriétaire.

— Comme d'habitude, tu es déterminé à parvenir à tes fins sans tenir compte de mes sentiments, Gideon, l'accusa-t-elle avec véhémence. Tu es insensible et cruel. Tu n'as aucune raison de me retenir et je n'ai aucun désir d'être en ta compagnie. Retire-toi, lui ordonna-t-elle froidement, ou je vais demander à mon frère et aux exécuteurs de s'en charger pour toi.

— Tes suppositions sont inexactes, Legna. J'ai de très bonnes raisons de te retenir.

L'Ancien relâcha un peu son étreinte, et ils purent baisser leurs mains, toujours jointes, entre eux. Legna savait cependant qu'il resserrerait les doigts en un instant si jamais elle faisait mine de se dégager.

— Et j'ai dans l'idée que tu ne tiendrais pas à ce que ces raisons soient divulguées, même à tes amis, les exécuteurs.

— Tu racontes n'importe quoi, rétorqua Legna d'un ton méprisant. Je n'ai rien à cacher.

— Ah, non ?

Il haussa un sourcil argenté en guise d'avertissement, laissant à peine le temps à Legna de reculer, de s'enfoncer aussi loin qu'elle le pouvait dans l'embrasure dure de la fenêtre. Le démon la suivit aisément dans sa retraite, leurs corps se frôlant presque.

— Legna, lui murmura-t-il à l'oreille.

La caresse du souffle de Gideon sur son cou envoya un frisson enflammé courir sur sa peau.

— Je vois ce que tu tentes de nous dissimuler. Le pouvoir que tu prétends ne pas posséder. Des choses sur toi que tu ignores probablement toi-même. Tu as beaucoup changé au cours de cette dernière décennie, mais pourtant tu as décidé de ne pas mobiliser toutes tes aptitudes. Peut-être, chuchota-t-il, repoussant distraitement ses cheveux de son oreille, que Noah aimerait savoir pourquoi sa sœur se comporte ainsi. Personnellement, ça m'intrigue.

— T'ai-je déjà dit à quel point je te méprise ? cracha-t-elle. Si tu veux soutirer des informations, engage un détective privé.

Elle s'efforça de ne pas prêter attention à la chaleur singulière qui tourbillonna en elle au contact des doigts de Gideon.

— J'ai toujours préféré puiser mes renseignements aux meilleures sources, lui apprit-il, faisant de nouveau glisser son regard le long de son corps.

Cela la troublait, chaque fois qu'il faisait ça. Elle avait conscience qu'il ne s'agissait que d'un examen médical et qu'il l'observait probablement sur un plan purement biologique, mais sous le feu de son regard de mercure elle avait toujours l'impression que son intimité de femme était mise à nue.

— Si je réponds à tes questions, concéda-t-elle finalement, toutes ses peurs balayées par l'envie irrépressible de s'écarter de lui qui l'envahit soudain, me laisseras-tu tranquille ?

— Je crains que cela dépende de tes réponses, Legna.

— Mais ça restera confidentiel ? insista-t-elle, les yeux assombris par la méfiance.

— Il me semblait que nous en avions déjà discuté.

— Tu ne me réponds jamais clairement ! s'écria-t-elle avec véhémence. Tu tiens des propos obscurs pour pouvoir ensuite te comporter comme tu l'entends et détourner tes propres paroles comme ça t'arrange. Tu es soumis au code déontologique des médecins, Gideon, mais je sais parfaitement bien que tu es aussi lié à celui du Conseil. En cas de conflit d'intérêts, c'est d'abord ce dernier que tu respecteras.

— Legna, dit Gideon doucement.

En percevant l'étrange gravité qui imprégnait sa voix égale et profonde, la démone sentit la quiétude l'envahir.

— Ma préoccupation première est, et a toujours été, la santé de ceux que je sers. Peu importe qui ils sont, peu importe ce que cela implique pour moi de parvenir à les guérir.

Il glissa un doigt sous son menton pour qu'elle relève la tête et qu'il puisse plonger ses yeux dans les siens.

— Si tu as besoin que je te promette sans détour que notre échange demeurera confidentiel, alors c'est d'accord. Tout ce que tu me diras restera entre nous.

— Tu ne diras rien à Noah ?

— Regarde-moi, Legna. Regarde-moi avec tout ton pouvoir et tu verras que je ne te mens pas. Je ne parlerai de toi à personne. Ni à Noah, ni à Jacob, ni à qui que ce soit d'autre. Pas sans ton autorisation. Je te le jure, Legna, je n'ébruiterai pas plus notre conversation que je n'ai parlé de cette nuit entre nous. (Il prit le temps de fouiller du regard son visage surpris.) Quoi que tu penses de moi, poursuivit-il, je n'ai jamais, de toute ma longue vie, manqué à ma parole.

Elle le croyait. Pas seulement parce qu'il s'était ouvert à son examen, l'invitant à rechercher quelque éventuel motif caché, mais parce que l'inquiétude pour son bien-être qu'elle discernait dans ses yeux d'argent était réelle. La caresse distraite de ses doigts sur sa joue était empreinte d'une véritable sollicitude. La promesse de Gideon était de la plus pure sincérité.

Legna se détourna de son regard pénétrant, soudain épuisée, aussi fatiguée qu'elle aurait probablement dû l'être après tant de jours sans repos.

— C'est d'accord, accepta-t-elle enfin.

Momentanément satisfait, Gideon lâcha son poignet et recula, permettant à Legna de respirer et de se détendre.

— Il me faut te prévenir que je suis d'un tempérament franc, déclara-t-il doucement. Je t'ai entendue l'expliquer à Isabella, mais étant donné les sentiments que je t'inspire, il me semble nécessaire de te le rappeler afin que tu ne t'en offusques pas davantage que tu ne l'es déjà.

— Je t'en prie, répliqua-t-elle dans un rire, roulant des yeux, je ne pense pas que les choses puissent encore empirer.

Gideon ne partageait pas son avis, mais il déduisit de sa réponse qu'elle avait saisi le sens de ses propos.

— J'ai remarqué que tu essayais de dissimuler la véritable étendue de tes aptitudes, dit-il. Pourquoi ?

— Parce que je... (Legna se mordit la lèvre inférieure avec anxiété.) Je crois que ce n'est pas normal pour une démone d'esprit adulte de posséder des dons aussi avancés. Il me reste une bonne cinquantaine d'années avant de devenir une aînée, pourtant je me suis aperçue que certains de mes pouvoirs semblaient s'être développés de façon prématurée. (D'un air distrait, elle ramassa sa lourde chevelure entre ses mains.) Je ne souhaitais pas attirer l'attention sur moi.

— Alors, j'ai raison de supposer que tu peux te téléporter sans laisser un sillage de soufre et de fumée derrière toi, comme les aînés accomplis ?

— Oui. Comment l'as-tu su ?

— Tu as manifestement besoin de te concentrer pour produire ces résidus qui masquent le perfectionnement de ton aptitude. J'ai remarqué qu'il te fallait quelques secondes de plus pour te téléporter quand, avant ça, ta vitesse avait augmenté. J'en ai conclu que tu mettais un peu plus de temps pour réfléchir à ce que tu faisais. Et je n'aurais pas dû être capable de t'arrêter, tout à l'heure. J'ai beau être rapide et fort, Legna, tu ne te laisses plus facilement distraire depuis longtemps. Ton mouvement du poignet n'est plus guère qu'une habitude, ainsi qu'une façon, je crois, de te rappeler d'user de ce camouflage. Je devrais aussi préciser que je t'ai vue une fois te téléporter d'urgence en oubliant complètement d'ajouter cet... écran de fumée.

Legna rougit et, consternée, baissa les yeux sur le tapis, faisant glisser la pointe de son escarpin sur une zone élimée. Elle pensait avoir fait attention, et que Gideon n'ait eu aucun mal à percer à jour son petit manège la contrariait.

— Alors, est-ce que ça fait de moi une sorte de mutante ?

— Il est bien trop tôt pour établir un diagnostic aussi formel, la réprimanda-t-il en lui prenant la main pour la conduire au centre de la pièce. Je dois effectuer un examen approfondi, Legna, et j'aurai besoin de ton entière coopération.

Legna soupira avec impatience et, exaspérée, mit les poings sur les hanches d'une façon qui s'inspirait visiblement de la druidesse Isabella.

— J'ai dit que j'étais d'accord, non ?

— Tes remarques acerbes n'ont pas lieu d'être, Magdelegna. Je préviens tout le monde avant d'entreprendre une analyse de cette nature en raison de son caractère très intime. Je serai amené à te toucher, par exemple. Cela ressemble beaucoup à un contact mental, sauf que là je me sers autant de mes mains que de mon pouvoir. Si nécessaire, je projetterai mon corps astral en toi. Tu n'auras alors plus de secrets pour moi sur le plan biologique.

Legna déglutit, et sentit son cœur palpiter d'angoisse à l'idée d'être si vulnérable face à lui. Mais elle commençait à se lasser de ses faux-semblants et de la peur qui les sous-tendait.

— Eh bien, tant que tu ne me tripotes pas là où tu n'as rien à faire, lança-t-elle.

Lorsque Gideon arqua les sourcils, Legna prit conscience de la façon dont ses paroles pouvaient être interprétées. De nouveau, sa peau hâlée s'empourpra.

— Tu vois ce que je veux dire, ajouta-t-elle, incapable de le regarder pour quelque raison ridicule. Ne t'approche pas de mon esprit. Je sais que tu es assez puissant pour déchiffrer les synapses du cerveau.

— Je ne le fais que très rarement, car cela me demande beaucoup d'efforts et se révèle parfois un peu douloureux pour moi. Sans compter que l'introduction de mon pouvoir dans le réseau cérébral peut avoir une incidence sur la mémoire.

— C'est précisément ce que je voulais dire.

Gideon ne répondit pas et commença à marcher autour d'elle, analysant du regard son corps dans les moindres détails. Il remarqua immédiatement qu'elle avait tendance à avoir une respiration précipitée ces derniers temps. Il n'ignorait pas la formation que suivaient les démons d'esprit, et encore moins que Legna s'était toujours enorgueillie de son tempérament doux et paisible, si semblable au sien, et qui se caractérisait par une propension à ne jamais parler ou agir inconsidérément. Les empathes et les télépathes de leur espèce affichaient souvent un calme et une sérénité absolus. Récemment, chaque fois que Gideon l'avait rencontrée, Legna avait semblé plus émotive, ou du moins avait laissé ses émotions transparaître d'une façon qui ne lui était plus arrivée depuis qu'elle avait atteint l'âge adulte. L'altercation qu'ils venaient d'avoir avait finalement décidé Gideon à intervenir. Pourquoi lui dévoilait-elle à présent, tout à coup, à quel point les événements de cette nuit-là l'avaient blessée ? Oh, il s'était douté qu'elle n'avait pas apprécié son comportement maladroit, mais elle ne le lui aurait jamais avoué.

Il s'arrêta dans le dos de Legna et s'approcha d'elle. Il eut conscience qu'elle fermait les yeux et s'efforçait d'apaiser sa respiration, de réguler son pouls qui s'emballait, en ayant recours à une technique de méditation. Le changement qui eut lieu dans son métabolisme fut rapide et remarquable. Elle contrôlait de manière impressionnante à la fois ses fonctions volontaires et involontaires, ce qui indiquait là encore à quel point ses facultés avaient progressé.

Gideon rassembla les cheveux soyeux de la démone et les fit passer par-dessus son épaule. Il plaça ensuite la main sur sa nuque, enveloppant de ses doigts son cou fin, et se rapprocha encore. Il ferma les yeux ; non que ce soit nécessaire, mais cela l'aidait à se concentrer. Aussitôt il déploya ses aptitudes sensorielles ; pour commencer il descendit le long de sa colonne vertébrale et se répandit dans son système nerveux.

Il perçut le courant électrique qui se produisit en lui et l'analysa. Legna était un peu trop stressée et avait une conscience aiguë de son environnement, ce qui était compréhensible étant donné l'anxiété que lui inspirait cet examen. Il s'introduisit plus avant dans ses nerfs et ses synapses, mesurant les substances chimiques qui régulaient la douleur, les réflexes et la conduction. Sans réfléchir, il posa le front contre la tête de la démone, lui caressant le cou et les épaules de son souffle régulier. Il la sentit frissonner, mais de l'intérieur, et sa réaction le submergea, l'obligeant à frissonner à son tour. Interloqué, Gideon rouvrit les yeux. Il n'avait plus connu ce genre de réponse depuis ses années d'adulte. Il avait appris depuis longtemps à ne pas être affecté par les impulsions nerveuses des patients qu'il examinait. Il fronça les sourcils mais s'attela de nouveau à sa tâche, s'enfonçant profondément dans son système nerveux pour accéder cette fois au niveau cellulaire. Il sonda chaque faisceau de fibres nerveuses l'un après l'autre, l'inspectant de la dendrite à l'ADN. En même temps, il fit glisser ses mains sur les épaules de Legna, le long de ses bras.

Il écarta les doigts lorsqu'il les fit remonter vers sa clavicule et s'introduisit dans ses poumons et dans son cœur. Ce dernier palpita de manière incertaine, puis se mit à battre à un rythme rapide sans commune mesure avec celui qu'il avait un instant plus tôt. De nouveau, Gideon fut submergé par un afflux de sensations et ses propres battements cardiaques s'accélérèrent soudain pour s'aligner sur ceux de Legna en une parfaite synchronisation. Le médecin inspira brusquement et résista à l'envie de s'écarter, de se fermer à ces anomalies. Ce n'était rien de bien grave, vraiment. Rien de dangereux. C'était juste une singularité. Mais celle-ci continua à affecter Gideon. La respiration de Legna devint précipitée, et la sienne en fit autant. La température corporelle de la démone augmenta de façon inhabituelle, envoyant une vague de chaleur tourbillonner dans les cellules de Gideon.

Il s'éloigna vivement d'elle, perturbé au point d'avoir besoin d'un moment pour recouvrer son calme. Il baissa les yeux sur ses mains, surpris de découvrir qu'elles tremblaient.

— Quelque chose ne va pas ?

Il releva aussitôt la tête. Elle s'était retournée pour lui faire face, la peau colorée d'un magnifique rose corail qui aurait pu faire partie des teintes de l'aube qui paraissait de l'autre côté de la fenêtre. Elle était d'une beauté remarquable. C'était ce qu'il avait toujours pensé, mais en cet instant il émanait d'elle une profondeur dont il n'avait pas eu conscience auparavant. C'était une sorte de charme magnétique, un attrait qui éveillait une résonance en lui, comme un murmure qui faisait vibrer ses nerfs, aiguisant la perception déjà aiguë qu'il avait de la présence de la démone.

— Non, répondit-il distraitement. Je ne sais pas, se corrigea-t-il en reculant encore d'un pas.

— Gideon, tu m'inquiètes, dit-elle d'une voix basse qui n'était guère plus qu'un chuchotement.

— Il n'y a pas de quoi, je te l'assure. Tout a l'air d'aller bien jusqu'ici. Je viens juste de commencer l'examen approfondi.

— Alors pourquoi t'es-tu arrêté ?

Pourquoi, en effet ? Il ne pouvait guère lui expliquer ce qu'il ne comprenait pas lui-même. Mais il était un membre ancien de leur puissante espèce, le seul en son genre. Il pouvait certainement absorber ou contourner ces anomalies mineures jusqu'au moment de les intégrer dans son analyse finale. Il était plus que jamais persuadé que ce qui arrivait à Legna était bien plus complexe qu'il n'y paraissait. L'explication, néanmoins, serait moins aisée à trouver qu'il ne l'avait cru.

— J'ai eu besoin d'un instant pour me ressaisir, lui apprit-il finalement. Je suis prêt à poursuivre.

— D'accord, dit-elle avec circonspection comme si sa réponse ne l'avait pas totalement convaincue.

Quoi qu'il en soit, elle commença à se retourner sans protester.

— Non. (Il l'arrêta d'une main sur l'épaule.) Reste face à moi.

Elle obéit, rejetant ses cheveux par-dessus son épaule pour qu'il n'ait pas à s'en charger pour elle. Elle ne referma pas les yeux, mais l'observa attentivement. Il plia et déplia les doigts avant de la toucher. Cette fois, il posa les mains sur sa taille. Il fit glisser ses paumes sur la soie de sa robe, sur l'arrondi de ses hanches. Legna n'était pas mince selon les critères humains. Elle alliait avec majesté une haute stature gracieuse, des rondeurs extrêmement féminines et un corps juste assez musclé. Les humains qui fréquentaient des démones sans avoir conscience qu'elles n'étaient pas des leurs les comparaient souvent à des déesses ou à des Amazones. Gideon n'avait pas de mal à comprendre pourquoi. Legna ferait de l'ombre à n'importe quelle femme, toutes espèces confondues.

Il s'aperçut qu'il se laissait distraire et secoua doucement la tête pour se ressaisir. Il porta son regard sur le chemin qu'il suivait des mains, des hanches de Legna à la courbe prononcée de sa taille qui remontait en s'élargissant jusqu'à ses côtes. Immédiatement, il discerna ses organes internes. Il les examina méticuleusement et découvrit qu'ils étaient aussi sains que ceux des démons de son jeune âge. Apparemment, même si ses aptitudes s'étaient développées avant l'heure, son corps n'avait pas emprunté la même voie. Les démons étaient parfois touchés par un mal terrible qui provoquait un vieillissement prématuré. Gideon était soulagé que Legna n'en soit pas atteinte. Il s'agissait de l'une des rares maladies qui pouvaient entraîner la mort des leurs. Les médecins n'étaient pas parvenus à en déterminer les causes, et n'avaient donc pas pu encore y trouver de remède. Heureusement, aucun cas n'avait été signalé depuis cent trois ans.

Il fit redescendre ses mains le long du même chemin et se rapprocha de Legna lorsqu'il referma les doigts sur ses hanches. La démone eut le souffle coupé et se crispa de manière inattendue. D'instinct, Gideon la tint avec fermeté, pour ne pas rompre le lien profond qu'il installait.

— Ne bouge pas, murmura-t-il.

— Désolée…, dit-elle d'une voix où transparaissait une angoisse qu'il ne remarqua pas.

Gideon examina rapidement sa musculature puis se faufila avec une infinie douceur dans la complexité de son appareil reproducteur. Soudain Legna poussa un hurlement, lui frappa le torse et l'empoigna par la chemise, tremblant de la tête aux pieds. Cette fois Gideon accorda son entière attention à sa réaction. Il observa ses yeux écarquillés, dont les pupilles se dilatèrent sous son inspection, sa bouche esquissant un cri silencieux.

— Qu'est-ce que tu fais ? demanda-t-elle, la respiration haletante.

— Rien, lui assura-t-il, ses pensées confuses se reflétant sur son visage. Je ne fais que poursuivre l'examen. Qu'est-ce que tu ressens ?

Legna était incapable de mettre des mots sur ce qu'elle éprouvait. Elle avait l'impression que tout son corps se remplissait de lave en fusion, comme du magma qui se déversait en elle pour se concentrer sous la main que Gideon venait de poser sur son bas-ventre. Alors, étant une empathe, elle le lui décrivit de la façon la plus efficace qu'elle connaissait. Elle lui transmit ses sensations, avec force et fermeté, sans le prévenir et sans son autorisation, exactement comme elle les avait reçues.

En un instant, Gideon passa de la maîtrise d'un examen froid à une explosion de désir qui lui coupa littéralement le souffle. Il agrippa le ventre de la démone, froissant la soie de sa robe dans son poing.

— Legna ! s'écria-t-il d'une voix rauque. Qu'est-ce que tu fais ?

N'ayant apparemment plus conscience de sa présence, cette dernière ferma les yeux et rejeta la tête en arrière, luttant pour respirer. Il se pencha au-dessus d'elle et vit sa peau s'empourprer et ses muscles se contracter sous l'afflux incroyablement rapide d'une chaleur aphrodisiaque. Et à mesure que celle-ci s'intensifiait en elle, elle s'intensifiait en lui. Legna avait créé une boucle entre eux, un circuit fermé qui ne commençait nulle part, ne se terminait nulle part. Ne faisait que les traverser à n'en plus finir.

— Arrête, ordonna-t-il d'un ton rude et désespéré tandis qu'il s'efforçait de s'éclaircir les idées et de contrôler les impulsions qui déferlaient en lui. Legna, arrête !

La jeune démone laissa retomber sa tête en avant, et ouvrit les yeux pour l'observer par-dessous ses cils baissés, avec le regard prédateur et capricieux d'une chatte.

Une chatte en chaleur.

Chapitre 4

Gideon resta cloué sur place, davantage immobilisé par le regard de chasseresse de Legna que par ses mains qui l'agrippaient. Soudain, les neuf longues années qui séparaient cette nuit de Samhain de celle-ci s'évanouirent. Tout ce qu'il avait ressenti lorsqu'elle était tombée sur lui par hasard, en cette pleine lune singulière, resurgit dans sa mémoire, précisément les mêmes souvenirs et émotions sur lesquels il avait refusé de se pencher depuis. La solitude, la souffrance, un appétit brutal sans commune mesure. Ces sensations l'avaient assailli sans relâche, avaient tourbillonné en lui, année après année, de plus en plus violentes, menaçant sa santé mentale. Il en avait éprouvé de la colère, un sentiment de faiblesse et de tromperie. Il avait appris à se maîtriser et à contrôler son environnement pendant un millénaire. Il était le démon le plus puissant de leur histoire. Comment cet instinct primitif et trivial pouvait-il l'affecter comme s'il était une sorte de têtard cosmique qui barbotait sans but dans un limon originel ?

Puis Legna s'était soudain tenue devant lui, tout comme en cet instant, et tout avait changé. Il n'avait plus été question que de chaleur, de désir et de la soif d'une jeunesse et d'une beauté taboues qu'il avait toujours admirées entre toutes. Sans compter qu'elle l'avait alors observé de ce même intense regard félin. Un regard si séduisant, si puissant et empreint d'une détermination si manifeste. Legna avait une volonté prodigieuse, mais il n'avait jamais mesuré à quel point avant qu'elle en fasse usage sur lui.

Et à présent, la résolution brûlante de la démone le transperçait de nouveau, ses yeux verts tels des joyaux tandis qu'elle toisait avec lenteur, scrupuleusement, sa valeur de mâle. Ce regard décidé envoya des flammes lui lécher la peau. Une excitation dix fois plus forte que celle que les lunes sacrées lui avaient même jamais inspirée rugit en lui. Cela faisait des siècles qu'il n'avait plus montré d'intérêt pour les créatures du sexe opposé. Après avoir vécu une existence aussi longue que la sienne, on avait tendance à transcender les besoins physiques du corps, que ce soit par des aspirations plus intellectuelles ou du fait que, peu importait la variété des partenaires, l'acte charnel n'offrait plus la moindre nouveauté et un sentiment routinier s'installait.

Du moins, c'était ce qu'il avait pensé jusqu'à la nuit où il s'était perdu dans les yeux aguicheurs de Legna. Il l'avait mis sur le compte de la lune, mais cette faiblesse s'était confirmée plus tard, lorsqu'il s'était surpris à arpenter les couloirs du palais bien plus souvent que nécessaire, à toujours guetter la jeune démone lorsqu'elle glissait d'une pièce à l'autre, apparemment indifférente à sa présence, ne restant jamais plus d'une minute à la fois à sa vue.

Il avait lutté contre lui-même toute cette année-là, et quand Samhain s'était dangereusement profilé, il s'était délibérément soustrait à l'influence de Legna. Il avait su au fond de lui qu'elle constituerait une tentation trop grande pour qu'il y résiste, et il avait refusé de lui imposer sa volonté alors qu'il aurait été sous l'emprise d'une folie passionnée.

Il avait pensé que la distance le sauverait. Mais elle l'avait détruit, l'avait laissé vulnérable à n'importe quelle femelle qui aurait éveillé le plus petit intérêt en lui. Et cette femelle avait malheureusement été une humaine. Une simple et fragile mortelle qui n'aurait jamais survécu à l'accouplement avec un démon.

Impossible de décrire la honte qu'il avait ressentie lorsque l'exécuteur l'avait surpris sur le point d'enfreindre la plus sacrée de leurs lois. Il n'avait eu d'autre recours que de s'enfermer dans une retraite profonde, de s'exiler loin de tout et de tous ; c'était ainsi qu'il avait passé les huit dernières années.

Gideon était réapparu, de façon assez ironique, lors du précédent Samhain, quand Legna l'avait appelé et attiré à ses côtés d'une pensée. Afin qu'il vienne au secours de Jacob, l'exécuteur qui l'avait puni, et ce à juste titre, alors grièvement blessé. Gideon avait cru que, puisqu'il avait été capable de se comporter normalement et de se maîtriser parmi les siens au cours de cet épisode instable, alors son combat contre la folie devait être terminé. Il s'était dit qu'il pouvait reprendre une vie normale sans danger, ses conflits intérieurs surmontés, vaincus.

Comme il avait eu tort.

Il savait à présent qu'il n'avait pas appris à résister aux charmes de Legna, en fin de compte. Il ne le pourrait jamais. Pas tant qu'elle aurait ces yeux séduisants où brillait la détermination d'une chasseresse perspicace et rusée.

Gideon plongea le regard dans ses yeux avides, et la résolution qui émanait d'eux résonna en lui sur un plan primitif, dans la partie de lui qui avait été conditionnée par ses instincts à l'aube des temps, quand les mâles de son peuple étaient apparus pour la première fois. À l'instar de ceux de nombreuses espèces, leur rôle était d'attirer les femelles, mais celui de ces dernières était de les choisir si et seulement s'ils leur convenaient plus que tout autre. Ce fut à cet instant que Gideon comprit que son examen s'était transformé, à un niveau subconscient, en une parade nuptiale rituelle, engendrant des actions et des réactions en chacun d'eux d'une façon totalement inattendue.

Legna releva la tête avec lenteur lorsque le regard vif-argent de Gideon se posa sur son visage ; ses cheveux glissèrent dans son dos et sur ses épaules, bouclèrent au niveau de ses hanches et de ses cuisses comme des tentacules. Elle saisit la main qu'il appuyait encore sur son bas-ventre, l'éloigna et la lâcha, poussant un grognement sourd provocateur. Elle afficha un sourire érotique et sortit le bout de la langue pour s'humecter longuement les lèvres, faisant un pas sur sa droite sans se presser. Un mouvement d'une poésie séduisante, sa robe ondulant sur sa silhouette souple telle une vague.

— C'est toi qui es à l'origine de tout ça, l'accusa-t-elle tout bas.

Gideon prit conscience qu'elle avait raison, dans une certaine mesure. Ils éprouvaient indéniablement une attirance mutuelle depuis très longtemps, leur esprit, leur comportement et leur fierté les ayant empêchés de l'explorer. Mais lorsqu'il avait déployé son pouvoir dans le corps sain de Legna, il avait sans le vouloir déclenché une réaction en chaîne qui avait balayé les barrières mentales qu'ils avaient érigées pour se protéger l'un de l'autre, les fusionnant sur le plan strictement biologique. Puis la démone avait projeté son pouvoir en lui, complétant le cycle, les liant l'un à l'autre en une boucle irrésistible.

— J'ai peut-être commencé, mais tu as pris la relève, Magdelegna, lui dit-il en l'observant attentivement tandis qu'elle faisait un pas, puis un autre, se mettant tout doucement à tourner autour de lui.

Gideon se tint parfaitement immobile, ce qui n'était pas aisé étant donné que tout son être vibrait de désir. Pourtant, il ne la quitta jamais des yeux.

Elle semblait évaluer ses paroles tout comme elle contemplait son corps. Gideon n'avait jamais connu une sensation primitive semblable de toute sa vie. C'était d'une telle puissance que tout souvenir des excitations sexuelles qu'il avait éprouvées au cours de sa longue existence s'en trouva terni.

Elle était remarquable.

Elle était une créature à la beauté originelle.

Legna se rapprocha du mâle qui se dressait au milieu de sa chambre : elle avait une conscience si aiguë de la moindre terminaison nerveuse qui courait dans son corps terriblement excité qu'elle se demandait pourquoi elle ne hurlait pas déjà. Comme elle était toujours reliée à Gideon, tant mentalement qu'à travers l'union de leurs aptitudes, les pensées, émotions et désirs de ce dernier faisaient à présent partie d'elle. Elle n'ignorait pas ce qui leur arrivait, mais cela ne l'effrayait pas. Le pouvoir ancien du médecin vibrait en elle, la traversait comme une décharge électrique de grande amplitude circulant dans un circuit fermé continuel. C'était divin. Mortel.

Cela lui était égal, car elle savait sans l'ombre d'un doute qu'il était autant sous son charme qu'elle sous le sien. Ils avaient tous deux un caractère dominateur mais, contrairement à lui, elle n'avait pas eu conscience du sien, jusque-là.

Elle sourit, son visage révélant une image magnifique du péché.

— Tu m'as repoussée, lui rappela-t-elle.

Elle s'approcha pour lui effleurer le biceps, et le muscle sous la soie douce de sa chemise se contracta en guise de réponse. Elle remonta ses doigts sur son épaule, et son contact aérien se fit plus audacieux quand elle les fit s'aventurer sur son dos large, puis redescendre le long de sa colonne vertébrale. Elle referma un bref instant la main sur sa fesse ferme, avant de s'éloigner.

— Je sais, dit-il d'une voix dure.

Il la suivit de son regard couleur d'étoile tandis qu'elle revenait se placer en face de lui.

— Je me suis comporté comme un imbécile. Je me suis montré coupable de l'arrogance dont tu m'as accusé.

L'entendre le reconnaître lui fit du bien. Sa satisfaction se reflétait sur ses traits alors qu'elle s'avançait vers lui presque à le toucher. Il baissa les yeux sur sa bouche pulpeuse, submergé par la soif de la goûter. Il se souvenait de sa saveur exotique, qui avait affolé ses papilles comme le miel le plus fin. Mais comme il était évident qu'elle tenait à mener la danse, il ne chercha pas à assouvir ses appétits.

Legna sentait les désirs de Gideon et la façon dont il se maîtrisait, la laissant prendre l'initiative. Elle en éprouva du plaisir, et son intérêt pour lui n'en fut que plus grand. Il était dans un état de vive excitation, et son odeur enveloppait la démone comme les senteurs d'une pluie tropicale. Elle ferma les yeux, respira profondément, emplissant ses poumons de son parfum. Gideon grogna tout bas en percevant l'émoi de Legna qu'elle projeta en lui. Il serra les poings le long de son corps, s'interdisant de l'enlacer. Elle rouvrit les yeux et il fut abasourdi en découvrant qu'ils étaient devenus un stupéfiant reflet des siens. Il n'avait pas d'explication cohérente à proposer. Il était bien trop ensorcelé par la démone pour même avoir envie d'essayer.

Legna leva les mains pour les poser sur son torse et inséra deux doigts dans la bande de lacets entrecroisés qui maintenaient sa chemise fermée, les défaisant avec des gestes si rapides et légers qu'il ne s'en aperçut que lorsqu'elle glissa les mains entre les pans ouverts et caressa ses muscles bien dessinés, mettant sa peau en feu.

— Magdelegna, chuchota-t-il, de toute ma vie je n'ai jamais rencontré une créature aussi belle que toi.

Ce compliment lui fit plaisir, et elle était si étroitement reliée à lui qu'elle sut qu'il disait la vérité. Gideon était un être franc, tant qu'il n'était pas question de ses propres torts. À présent qu'il avait accepté les sentiments que lui inspirait Legna, il ferait tout pour qu'elle ne puisse les ignorer.

— Tu es parvenu à me résister durant toutes ces années, fit-elle remarquer d'un ton songeur.

— J'ai vécu un véritable enfer, lui assura-t-il avec sincérité.

Elle se pencha tout près de lui pour lui murmurer à l'oreille, la voix empreinte d'un reproche presque imperceptible.

— Tu as préféré traquer une humaine plutôt que de me rejoindre.

— J'essayais de te protéger.

Il respira à fond, les sens envahis par le parfum de Legna, mélange d'épices sauvages et, encore, d'une note musquée aérienne.

— Cet épisode avec l'humaine n'est que le résultat d'un accès de folie et d'un malheureux concours de circonstances. Je ne voulais pas me servir de toi pour assouvir mes pulsions sexuelles alors que je ne me contrôlais plus. Tu ne méritais pas que je te fasse subir un acte si barbare, Legna. Je nous aurais tous deux humiliés si je t'avais utilisée de cette façon.

— Tu m'as humiliée dès l'instant où tu m'as traitée d'enfant, Gideon, répliqua-t-elle sèchement, enfonçant les ongles dans sa peau pour lui signifier la souffrance qu'il lui avait infligée.

— Les paroles d'un lâche, avoua-t-il d'une voix rauque. Je ne maîtrisais plus rien en ta présence, Legna, et cela me terrifiait.

— Et es-tu encore terrifié par ce que tu éprouves en ma présence, Gideon ?

— Oui. (Il lui effleura la joue du dos de la main.) Pas une fois je n'ai soupçonné l'existence d'un sentiment aussi intense. C'est une leçon d'humilité de découvrir au bout d'un millénaire qu'il nous reste des choses à apprendre… qu'il y a encore des êtres capables de nous surprendre.

Elle sourit et ferma les yeux, s'abandonnant à la chaleur et à la tendresse de sa caresse. Gideon brûlait tout entier de désir pour elle, comme si son corps et son esprit renfermaient une énergie trop grande pour être contenue bien longtemps.

— Maintenant dis-moi, murmura-t-il, ce que tu vas décider. Vas-tu me quitter, Indirianna ?

Entendre prononcer son secret le plus précieux, son nom de pouvoir, fit l'effet à Legna d'une centaine de doigts qui la caressaient, s'insinuaient au tréfonds de son être, lui coupant le souffle de plaisir.

— Tu connais mon nom, s'étonna-t-elle, stupéfaite de constater qu'elle n'était pas terrifiée.

Les noms par lesquels les démons se désignaient entre eux n'avaient qu'un rôle pratique et étaient choisis en hommage aux personnages représentés dans la Bible. Ils n'avaient rien à voir avec les noms de pouvoir. Le fait de connaître le nom de pouvoir d'un démon permettait d'exercer une influence sur lui. Ces noms constituaient aussi l'élément essentiel d'une invocation. S'il détenait celui d'un démon qu'il avait emprisonné, un nécromancien pouvait l'obliger à faire n'importe quoi. C'est pourquoi c'était le secret le mieux gardé, aucun démon n'osant même le confier à son compagnon de crainte que ce dernier soit amené à s'en servir contre lui.

— Dis mon nom, répliqua-t-il, enveloppant de la main son long cou gracile.

Cette fois, c'est lui qui lui chuchotait à l'oreille.

— Dis-le.

— Je ne le connais pas, répondit-elle, la respiration incroyablement haletante.

— Si, tu le connais. Je le sens. Tu n'as qu'à le chercher à l'intérieur de nous.

« Nous » était le terme approprié, car il leur était presque impossible en cet instant de discerner auquel d'entre eux appartenaient leurs pensées.

Comme Gideon était le plus âgé d'eux tous, personne ayant eu connaissance de son nom de pouvoir ne pouvait être en vie. Ses parents étaient morts. Ses *Siddah* étaient morts. Si Legna découvrait son nom, les conséquences seraient d'une gravité inconcevable. Il mettrait son existence même entre ses mains. Il placerait tout son pouvoir à sa portée, lui offrirait les moyens de le soumettre totalement. Legna tenta de s'écarter de lui, incapable de supporter le poids de ce qu'il lui proposait. Mais Gideon s'était assuré d'avoir les mains sur elle et la tenait à présent avec fermeté.

— Je ne peux pas, chuchota-t-elle en commençant à trembler. Personne ne devrait le connaître. Personne. Je ne suis pas assez forte pour le garder, Gideon. N'importe quel démon d'esprit mâle pourrait me l'extorquer !

— Tu es plus forte que tu ne le crois, *Neliss*.

— Pas assez. S'il te plaît, ne me demande pas ça.

Elle le poussa, se lança en arrière, se servant du poids de son corps pour essayer de se dégager. Il la maintint un instant, scrutant son expression paniquée.

— Un jour, dit-il tout bas.

Il ouvrit les mains et la libéra.

Elle recula en trébuchant, porta une main à sa poitrine, sur laquelle elle appuya comme si elle tentait de l'empêcher de se soulever et s'abaisser ainsi, péniblement. Il s'approcha une dernière fois d'elle, lui releva le visage avec douceur, d'un doigt sous le menton.

— Tu as fait ton choix, n'est-ce pas ?

Elle ne feignit pas de ne pas comprendre. Une grande partie de lui vibrait encore dans son esprit alerte. Elle prit conscience qu'il existait un nom pour qualifier ce qui venait de se passer entre eux. Dorénavant, il était imprégné à elle, pour l'éternité, et réciproquement. Même s'ils ne s'étaient pas physiquement unis de la façon la plus intime qui soit, chacun avait laissé sa marque sur l'autre. Legna sentait déjà les changements qui s'étaient opérés en elle. Son odeur s'était modifiée, à jamais mêlée à celle de Gideon. Ses pensées étaient remplies des images des siennes. Le pouvoir de Gideon faisait à présent partie du sien.

— Ai-je jamais eu le choix ? demanda-t-elle, tout le corps tremblant sous le choc de cette prise de conscience.

— Tu sais très bien que oui.

Il avait raison. Elle ne voulait pas le reconnaître, mais la décision lui avait appartenu, même si la nature et le destin l'avaient fortement influencée en éveillant en elle la prédatrice et ses désirs très distinctifs.

— Je t'ai choisi, Gideon, affirma-t-elle dans un souffle. Et tu m'as choisie. Mais comment est-ce possible ?

— C'est rare, Legna, je sais. L'imprégnation entre deux démons se produit peut-être une fois tous les deux ou trois siècles. Mais tu sens que c'est bien réel, non ? C'est en toi, comme c'est en moi. Pour l'éternité.

— Mais… Isabella et Jacob… Corrine et Kane. Je pensais que la prophétie disait que nous devions trouver nos compagnons au sein des druides.

— Peut-être est-ce parce que nous avons toujours été censés trouver notre âme sœur parmi les druides, qu'il est si rare que deux démons soient imprégnés. Mais il n'y a pas de vérité absolue, Legna. Pendant des siècles les démons sont tombés profondément amoureux même sans imprégnation, seuls les plus chanceux ayant le bonheur de vivre une telle expérience. Tu m'étais destinée. Je le comprends maintenant avec une incroyable clarté. La raison pour laquelle je ne m'en suis pas aperçu avant me dépasse.

Gideon prit alors conscience qu'il connaissait aussi l'origine des transformations apparemment étranges qui avaient eu lieu en Legna. Leur union avait en fait débuté neuf ans plus tôt. C'étaient les traces de lui-même qu'il avait laissées en elle lors de leur brève et torride rencontre qui avaient accéléré son développement. Il l'avait rendue plus forte, les caractéristiques de son propre métabolisme s'étant mêlées à celui de la démone. Ce qui expliquait qu'il se soit adapté à son système neurovégétatif pendant son examen. Elle avait déjà commencé à faire partie de lui, tout comme il avait commencé à faire partie d'elle. Ils avaient été trop perdus dans leurs émotions conflictuelles pour s'en rendre compte.

— Gideon, j'ai peur.

Son aveu ne le surprit guère. Il avait ressenti la même chose. C'était pour cette raison qu'il ne l'avait pas empêchée de s'écarter de lui. Pour cette raison qu'il n'allait pas céder à la soif qui l'étouffait et qu'il lui accorderait du temps pour qu'elle l'accepte indépendamment de l'ensorcelant désir physique qu'ils partageaient.

— Je sais, dit-il doucement.

La main apaisante de Gideon sur sa joue aida Legna à se ressaisir, à calmer la violence de ses émotions.

— Tu es si puissant, Gideon. Tu es l'Ancien le plus vénéré de toute la société démoniaque, présente et passée. Comment est-il possible que je… Tu avais raison, souffla-t-elle. Comparé à toi, je suis une enfant. Que puis-je bien avoir à t'offrir qui justifierait cette imprégnation ?

— Une ascendance illustre. Une intelligence complexe et fascinante. La beauté des âges.

Il se pencha vers elle, la bouche toute proche de la sienne.

— Une imprégnation n'a pas à être justifiée, chuchota-t-il. Elle se produit, c'est tout.

Gideon franchit l'infime distance qui les séparait, et s'empara de ses lèvres comme si c'était la première fois depuis une éternité. Aussitôt il fut enivré par la chaleur et les sensations que lui procura ce baiser, ainsi que par la passion immédiate avec laquelle Legna y répondit.

Elle l'acceptait avec un tel enthousiasme, sans aucune réserve alors même qu'elle le craignait. L'appétit qu'elle lui inspirait lui enflamma de nouveau le cœur, si tant était qu'il ait jamais cessé. Il lui transmit ce qu'il ressentait, et accueillit en lui le petit cri de surprise qui lui échappa alors. Le baiser de Gideon se fit brutal et il lui agrippa la tête avec délicatesse lorsqu'elle l'embrassa avec avidité, tous deux emportés toujours plus loin dans le choc brûlant des saveurs et de leurs langues. Elle était de l'ambroisie pure, de la nourriture pour les dieux, et des pointes de désir lui transpercèrent les entrailles. *Se maîtriser ?* C'était elle, et elle seule qui le dirigeait. Il prit soudain conscience de ce que devaient éprouver ceux qui faisaient les frais de son pouvoir. Ce qu'il recevait de Legna était électrique, puissant, un baume salutaire qui apaisait la solitude qu'il s'était imposée.

De douces impressions envahirent les pensées de Legna. Elle sentit que Gideon comprenait ce que son âge et son isolement lui avaient valu de solitude. Elle eut mal pour lui, et le désir qu'il lui inspirait se teinta de compassion, tandis qu'il se laissait submerger par sa présence, son contact et son baiser. Elle entendit des mots passionnés, aussi vieux que le monde lui-même, tourbillonner dans son esprit. La voix de Gideon, même dans sa tête, était si riche, séduisante et ténébreuse tandis qu'elle flottait dans ses pensées, l'encourageait, la rassurait, lui décrivait de façon à la fois crue et poétique l'effet que lui faisait son baiser.

Lorsqu'il s'écarta enfin, ils avaient tous deux des yeux brillants comme des guirlandes de Noël et ils eurent le plus grand mal à reprendre leur souffle.

Mais Gideon s'obligea à reculer loin d'elle, même s'il ne cessa jamais de la regarder droit dans les yeux.

— Tu as peur, dit-il d'une voix rauque. Tu as besoin de temps. Je ferai de mon mieux pour te le donner, *Neliss, Nelissuna*. Ma toute belle.

En entendant ce petit nom romantique, Legna se sentit défaillir sous l'effet d'une centaine d'émotions qui émanaient à la fois de lui et d'elle.

— Mais, poursuivit-il avec une réticence manifeste, Beltane approche à grands pas et je serai absolument incapable de me comporter en gentleman en cette lune sacrée. Aucun couple imprégné ne peut résister au puissant appel de cette nuit de fécondité et de renaissance.

— Je sais. Je me souviens des histoires, chuchota-t-elle, son cœur battant si vite qu'il aurait dû avoir explosé dans sa poitrine. Je te suis reconnaissante de tout le temps que tu me laisseras, Gideon. Je… je perçois combien tu souffres en ce moment même à cause de… de ce que tu te refuses.

— C'est notre douleur à tous les deux, Legna, tout comme il s'agit de notre désir commun. Je ne peux que remercier le ciel que nous ne soyons pas au mois de Samhain. Ç'aurait été une torture insupportable. Comme ça l'a été durant presque toute cette décennie.

Elle hocha la tête et tendit la main pour toucher son visage séduisant, en ressentant soudain le besoin, à présent qu'elle était libre de le faire. Il ferma les yeux et respira profondément pour tenter de se maîtriser. Elle avait conscience que même une caresse aussi insignifiante avait de grandes répercussions en lui. Cela la stupéfiait. La fascinait.

Il rouvrit alors les yeux ; des flammes blanches y dansaient.

— Envoie-moi chez moi, Legna, demanda-t-il, la voix rauque de désir.

Elle acquiesça d'un signe de tête en se penchant pour s'emparer de nouveau de sa bouche en un bref baiser territorial, et lui érafla la lèvre inférieure en s'écartant. C'était une blessure superficielle, qu'il pouvait guérir en un clin d'œil. Mais il n'effacerait pas la marque qu'elle avait laissée sur lui, et ils le savaient tous deux.

Finalement, elle recula, ferma les yeux et se concentra pour se représenter sa demeure dans ses pensées. Elle était allée des dizaines de fois dans son salon, toujours accompagnée de Noah. Elle connaissait bien sa bibliothèque, sa cuisine, même les terres de son domaine isolé. Elle aurait pu le téléporter dans n'importe lequel de ces lieux.

Mais alors qu'elle commençait à se concentrer, l'image d'une pièce sombre et élégante qu'elle n'avait jamais vue auparavant lui emplit l'esprit. Des boiseries d'ébène sculptées à la main s'élevaient jusqu'à un vaste plafond, d'immenses fenêtres aux vitraux élaborés déversaient une lumière colorée dans toute la pièce comme si une multitude d'arcs-en-ciel y avaient élu domicile. Tout convergeait vers un gigantesque lit dont la couleur de la courtepointe n'était pas discernable sous le flot éclatant des rayons de l'aube. Elle sentit la chaleur du soleil, qui ne demandait qu'à choyer tout occupant fatigué durant son sommeil. C'était une chambre magnifique, et elle sut sans l'ombre d'un doute que c'était celle de Gideon et qu'il avait partagé cette image avec elle. Si elle l'envoyait là, ce serait la première fois qu'elle téléporterait quelqu'un dans un endroit où elle ne s'était pas d'abord rendue elle-même. La capacité à téléporter quelqu'un dans un lieu à partir de sa représentation prise dans l'esprit d'un autre était une aptitude avancée d'aîné.

— Tu peux le faire, l'encouragea-t-il doucement avec une conviction qui imprégnait chacune de ses pensées.

Legna soutint son regard encore un long moment puis, d'un mouvement rapide du poignet, le fit disparaître de la pièce dans un petit bruit sec dû au déplacement d'air. Elle poussa un soupir émerveillé, sachant au plus profond d'elle-même qu'il était réapparu dans sa chambre, sain et sauf, la seconde d'après. Legna se retourna pour observer son lit et se demanda comment elle parviendrait jamais à trouver le sommeil.

— Nelissuna… *va te coucher. Je t'aiderai à dormir.*

La voix de Gideon la submergea, la réchauffant, la réconfortant d'une façon qu'elle n'avait pas crue possible. C'était là le lien que Jacob et Isabella partageaient. Pour le reste de leur vie, chacun serait dans le secret des pensées les plus intimes de l'autre. Elle prit conscience que, parce qu'il était le plus puissant, il était probable qu'il réussisse à maîtriser les siennes, peut-être même à lui dissimuler des choses… du moins, jusqu'à ce qu'elle apprenne à mieux contrôler sa nouvelle aptitude. Après tout, elle était une démone d'esprit. Comprendre les rouages de leurs esprits complexes relevait pour elle de l'inné.

Elle retira ses escarpins et fit glisser les manches de sa robe de ses épaules pour la faire tomber en un doux murmure d'étoffe. Elle ferma les yeux, évitant de baisser le regard sur elle ou de le porter vers la glace, ayant une conscience aiguë des yeux de Gideon derrière les siens.

Son rire viril vibra à travers elle, lui donnant la chair de poule.

— *Ainsi, tu es tout à la fois timide et intrépide…*, dit-il d'un ton amusé alors qu'elle se réfugiait en vitesse sous les couvertures. *Tu es une source de contradictions et de surprises, Legna. Mon monde connaît un nouveau départ.*

— *Comme si vivre plus d'un millénaire n'était pas assez long?* répliqua-t-elle.

— *Bien au contraire. Sans toi, c'était beaucoup, beaucoup trop long. Endors-toi,* Nelissuna.

Et un instant après avoir reçu cette pensée, elle ferma les yeux, les paupières si lourdes qu'elle n'aurait pu faire autrement même si elle l'avait voulu.

Juste avant de s'endormir, elle songea qu'elle devait absolument dire à Isabella qu'elle s'était peut-être trompée sur ce que partager son esprit avec un autre signifiait.

La nuit était tombée depuis longtemps lorsque Legna émergea du sommeil dans lequel Gideon l'avait plongée avec une grande efficacité. Elle resta dans l'obscurité de sa chambre un long moment, appuyée au rebord de la fenêtre, le visage tourné vers le ciel étoilé.

Sans qu'elle puisse se l'expliquer, tout lui semblait incroyablement différent. Les odeurs, les bruits, le silence. Tout lui paraissait plus tangible, plus réel. C'était une sensation impressionnante pour quelqu'un qui avait vécu toute sa vie en voyant loin au-delà des apparences. Elle était nue face à l'air froid nocturne qui lui caressait la peau, une expérience sensuelle, excitante. Un sourire aux lèvres, elle se dirigea vers son armoire pour se choisir une tenue.

Legna avait toujours porté un soin particulier à sa façon de s'habiller; ses vêtements et son style étaient assez caractéristiques, toujours féminins et reflétant sa grâce singulière. Néanmoins, cette nuit-là elle était obligée de prêter encore plus d'attention à sa toilette. Inutile d'être un génie pour comprendre pourquoi, et elle ne put s'empêcher d'éclater de rire en tournoyant devant sa glace pour admirer les pans de sa lourde robe de satin. C'était une robe longue, qui retombait par-dessus une épaule dans le style d'une toge grecque, puis était resserrée au niveau de la taille et descendait en formant les plis d'une traîne de satin rubis strié de fils d'argent lui rappelant les yeux de Gideon.

Elle rougit un peu en se contemplant dans la glace, ayant soudain conscience qu'il se trouvait de nouveau derrière ses yeux, et la voyait exactement comme elle se voyait.

— Tu pourrais au moins me prévenir, dit-elle tout haut, arquant un sourcil désapprobateur vers son reflet.

— *Et me priver de cette facette de ta personnalité ? Jamais de la vie.*

Legna sourit et se rapprocha du miroir.

Le souffle coupé, elle s'examina plus attentivement et porta la main à sa joue, abasourdie.

— Mes yeux ! s'écria-t-elle.

— *Mes yeux*, confirma-t-il.

C'était la stricte vérité. Les iris couleur de mercure de Gideon s'étaient intégrés à son reflet, remplaçant le mélange de gris et de vert des siens. Elle poussa un soupir résigné, supposant que dans la mesure où elle ne pourrait sans doute rien y changer, elle devrait s'y faire.

— J'imagine que tu ne vas pas apparaître, arborant soudain des cheveux couleur café ? demanda-t-elle pleine d'espoir.

— *Non, ma douce, c'est très improbable.*

— Eh bien, c'est une situation des plus injustes ! s'exclama-t-elle d'un ton exagérément irrité. En principe on ne peut parler d'échange que lorsque deux choses sont permutées. Jusqu'ici, si je te vois en moi, je ne vois rien de moi en toi. C'est terriblement tyrannique. Ça te ressemble bien.

Il ne répondit pas, seule une agréable impression de rire flottant dans son esprit. Étrange, mais elle prit alors conscience qu'elle ne l'avait pratiquement jamais entendu rire avant. Elle fut étonnée de constater à quel point son rire lui semblait naturel. Il avait toujours été si sérieux, si…

—*Maître de lui.*

—Si tu n'y vois pas d'inconvénient, abstiens-toi d'exprimer mes pensées personnelles, le gronda-t-elle d'un ton sarcastique et hautain.

Gideon resta silencieux et, décochant un sourire triomphant vers la glace, elle rejeta sa longue tresse par-dessus son épaule et glissa hors de la chambre. Elle descendit rapidement l'escalier de marbre blanc qui conduisait directement à la grand-salle, la traîne de sa robe ondulant telle une bannière brillante derrière elle. Elle franchit d'un bond les dernières marches, manquant de percuter Noah dans sa hâte. Son frère la rattrapa par la taille et la reposa à ses côtés, lui évitant ainsi de trébucher.

—Noah ! s'écria-t-elle à bout de souffle, prenant appui sur lui pour recouvrer son équilibre. Je suis désolée, je ne t'avais pas vu.

—Voilà qui est manifeste, la taquina-t-il en retour, l'embrassant sur la joue comme elle l'avait fait. Tu as l'air pressé. Tu as eu une panne d'oreiller, c'est ça ?

—Je… suppose. Oui.

Legna baissa les yeux et le lâcha, évitant son regard tandis qu'elle défroissait ses jupes qui n'en avaient pas le moindre besoin.

Tout à coup Noah releva la tête, ses aptitudes sensorielles jetant des étincelles autour d'eux comme de l'acier frotté contre du silex.

— Qu'y a-t-il ? demanda Legna.

— Je… (Il hésita une longue minute.) Je ne suis pas sûr. J'avais l'étrange impression que Gideon était là.

Legna ne put s'en empêcher, elle dut se détourner pour dissimuler la rougeur révélatrice qui lui brûlait les joues. Son geste attira l'attention de Noah, qui plissa les yeux en l'observant.

— Legna ? Est-ce que Gideon est ici ?

— Pas que je sache. Je viens juste de me réveiller, tu as oublié ? Je dois filer.

Elle se dressa sur la pointe des pieds pour l'embrasser en vitesse puis, en un clin d'œil, se rendit hors de sa portée et se dirigea vers l'entrée principale.

Cependant, Noah n'était pas contre étendre sa portée. Legna fut obligée de s'arrêter avant d'atteindre son but lorsqu'un mur de chaleur, juste assez chaud pour lui donner l'équivalent d'un coup de soleil, s'abattit sur la porte. La démone poussa un soupir consterné et, les mains sur les hanches, se retourna pour faire face à son frère.

— Très bien, qu'est-ce que c'est ? Une assignation à résidence ?

— Si tu décides de l'appeler ainsi, décréta Noah d'un air distrait en s'approchant de sa sœur pour l'examiner plus attentivement. Qu'est-ce qui se passe, Legna ? J'ai la drôle d'impression d'être exclu d'une sorte de complot farfelu. À coup sûr, c'est la maudite femme de mon exécuteur qui t'aura encore entraînée là-dedans.

— Drôle d'impression ou pas, mon très cher frère, tu vas devoir faire beaucoup mieux que ça si tu veux m'obliger à rester assez longtemps en place pour en avoir le cœur net !

Et d'un rapide mouvement du poignet elle disparut ; le bruit sec produit par la modification de la pression atmosphérique causa des élancements dans les sinus de Noah. *Elle l'a fait exprès*, se dit-il, sa voix intérieure reflétant son exaspération tandis qu'il se frottait l'arête du nez. Celui qui avait déclaré que les démons de feu étaient les plus puissants de leur espèce était un imbécile fini. Certes, il était l'un des plus destructeurs des siens, mais Legna était libre de ses allées et venues, et elle le savait. Elle n'avait jamais à endurer quoi que ce soit si elle n'en avait pas envie. Elle pouvait se déplacer n'importe où en un clin d'œil. Et pour couronner le tout, elle était capable de lui apprendre ce qu'il ressentait bien avant qu'il en prenne lui-même conscience. Et il ne s'agissait là que de ses aptitudes innées. Son intelligence et son aisance pour déchiffrer les psychés et les civilisations lui conféraient encore un avantage indéniable.

— C'est une bonne chose qu'elle soit dans notre camp, n'est-ce pas ?

Noah sursauta et se retourna pour faire face au démon qui était apparu sans un bruit dans son dos.

— Jacob ! Tu viens de me voler dix ans de ma vie, s'exclama-t-il.

— Seulement dix ? Je dois perdre la main.

Jacob détourna le regard de son roi pour le poser du côté où s'était trouvée Legna. Il indiqua cet endroit d'un signe de tête.

— Qu'est-ce qui s'est passé ?

— Je n'en ai pas la moindre idée, mais je commence à avoir l'impression d'être le seul à ne pas savoir ce qui peut bien se tramer dans sa propre satanée maison.

— Une situation fâcheuse, vu que tu es le roi, commenta Jacob en réprimant un sourire quand Noah le foudroya du regard. Ce n'est que mon opinion, cela dit. Je vais peut-être demander à ma « maudite femme » ce qu'elle en pense.

Noah eut l'amabilité de ne pas cacher sa grimace.

— Tu as entendu ça, hum ?

— Et par conséquent…, insinua Jacob.

— Elle aussi, termina Noah d'un ton exagérément peiné. Pardonne-moi, Bella. Je crois que je suis juste de mauvais poil.

— Elle dit qu'elle te pardonnera dès qu'elle aura besoin d'un baby-sitter.

— Tu sais, je pense que tu ferais mieux d'aller faire respecter certaines de mes lois avant que je commence à réfléchir aux différentes façons de te mettre le feu au cul, déclara le roi d'un air mauvais, son regard noir on ne peut plus sérieux.

— C'est mon intention, mais je dois trouver Gideon. Où est-il ?

— Comment le saurais-je ? demanda Noah d'un ton maussade.

Il s'approcha du feu et s'enfonça dans la seule chose dans la pièce qui ne le contrariait pas : son fauteuil favori.

Jacob le suivit, une expression perplexe sur le visage.

— Attends un instant, Noah, tu veux dire que Gideon n'est pas ici ? N'était pas là ?

— Non. Qu'aurait-il fait ici ? Aucune réunion du Conseil n'est prévue cette nuit. Et en dépit de…

Il s'interrompit, levant brusquement les yeux vers Jacob.

— Pourquoi pensais-tu qu'il était là ?

— Parce que je connais son odeur. Celle-ci et sa présence sont très caractéristiques, comme tu en as bien conscience.

— Oui, je sais, répliqua Noah d'un air songeur. C'est drôle, mais j'aurais pu jurer avoir moi-même perçu son énergie il n'y a pas cinq minutes. Il était peut-être dans le coin. Legna n'a rien dit à ce sujet quand je le lui ai demandé. (Il se renfonça dans son fauteuil et haussa les épaules.) Quelle qu'en soit l'explication, ce n'est sans doute pas important.

Jacob acquiesça dans un murmure même s'il ne semblait pas entièrement satisfait.

— Eh bien, je dois le trouver. Je viendrai te voir plus tard.

— Jacob, il y a un problème ? Isabella va bien ?

— Je l'espère. Elle ne se sent pas bien aujourd'hui. C'est peut-être normal pour une humaine, mais comme maintenant elle est en général aussi résistante aux maladies courantes que nous, elle est inquiète. Je me suis dit que Gideon pourrait apaiser ses craintes.

Noah ne remarqua pas la grimace qui déforma le visage de son ami et qui lui aurait indiqué les protestations indignées qui fusaient dans son esprit. L'âme sœur de Jacob s'offusquait à grands cris parce que ce n'était certainement pas elle qui s'était inquiétée et avait insisté pour aller chercher le médecin.

— Dis-lui que j'espère qu'elle va aller mieux, déclara Noah d'un ton qui ne laissait aucun doute sur l'affection qu'il portait à la jeune femme. Sois patient, mon vieil ami. Elle entre en terrain inconnu. Incarner l'Ève d'une espèce entière peut se révéler particulièrement effrayant.

— Ne t'en fais pas. Je ferais n'importe quoi pour le bonheur de ma Bella. Y compris pousser les gens à en faire autant, répondit Jacob.

Il était sincère, bien sûr, mais il espérait que ses paroles apaiseraient un peu l'orgueil froissé de quelqu'un d'autre.

— Je suis sûr que Gideon va apprécier, affirma Noah en riant.

Jacob afficha un large sourire, et modifia la pesanteur pour s'élever dans les airs.

— Si tu rencontres Gideon avant moi, pourrais-tu lui demander de passer voir Bella ?

— Bien sûr. Dis-lui de ma part de commencer à se comporter comme une vraie druidesse sinon je...

Il s'interrompit brusquement lorsque l'exécuteur lui fit un violent geste de la main en lui décochant un regard de mise en garde. Ce fut un peu trop tard, cependant, à en juger par l'expression peinée de Jacob.

— Tu peux dire adieu à ton invitation à notre mariage, marmonna-t-il. Et je crois que la mienne ne va pas tarder à subir le même sort.

— Je le croirais si je n'étais pas censé le célébrer et si tu n'étais pas le père de son enfant qui deviendrait alors illégitime, répliqua Noah d'une voix forte, s'adressant manifestement à la personne qui échappait à sa perception immédiate.

— Aïe ! Bon sang, Noah ! grommela Jacob en se massant les tempes quand le hurlement frustré de Bella résonna en lui. Tu veux bien te rappeler que je dois la retrouver à la maison après ?

— Désolé, mon ami, répondit Noah en gloussant, n'ayant pas l'air contrit le moins du monde. Maintenant, file, exécuteur. Va chercher Gideon et occupe-toi de ta magnifique et charmante compagne. N'oublie pas de lui dire que je la trouve ravissante et que sa grossesse la fait rayonner comme une pierre précieuse.

— Noah, si tu n'étais pas mon roi, je te tuerais pour ça.

— Oui, eh bien, vu que je suis ton monarque, ces dernières paroles auraient pu te valoir d'être arrêté pour trahison. Heureusement pour toi, Jacob, tu es celui qui t'aurait arrêté, et la femme qui a également le pouvoir de le faire va certainement te punir bien mieux que moi quand tu rentreras chez toi.

— Tu es trop bon, Sire, répliqua Jacob d'un ton ironique.

— Merci. Maintenant va-t'en, avant que je commence à m'étendre sur le manque de respect que ta petite femme à la langue bien pendue semble avoir engendré au sein de mes jusqu'alors loyaux sujets.

Jacob savait manifestement quoi lui rétorquer, mais il eut la sagesse de s'abstenir malgré ses yeux pétillants. Un instant plus tard, il se transforma en un tourbillon de poussière qui disparut par une haute fenêtre du château, laissant Noah seul.

Chapitre 5

Bella se leva du canapé sur lequel on lui avait demandé de rester assise et se frotta les mains avec anxiété en arpentant le tapis. Blagues et moqueries mises à part, Jacob s'efforçait de demeurer très proche de ses pensées. Elle aurait menti en prétendant que sa présence ne la réconfortait pas, même s'il était en ce moment même en train de la sermonner sur son incapacité continuelle à lui obéir. En l'occurrence, à rester assise et à essayer de se détendre.

— J'ai juste mal à la tête et quelques nausées, Jacob, déclara-t-elle tout haut à la pièce vide. Je ne comprends pas ce qui t'a pris de vouloir déranger Gideon.

— On n'est jamais trop prudent, Bella. Et je sens que tu as besoin d'être rassurée. Même si tu affirmes le contraire.

— Eh bien, je ne sais pas ce qui m'inquiète le plus : ne pas être très en forme ou voir comment tu réagis. S'il ne s'agit que de ballonnements ou quelque chose comme ça, Gideon va me massacrer. Non, il va nous massacrer tous les deux.

— Tu es libre de penser ce que tu désires, mon amour. Je vais en avoir pour un moment. Tu veux bien t'asseoir et te reposer, s'il te plaît ?

Isabella hocha la tête, et même s'il ne pouvait pas la voir, Jacob perçut qu'elle acquiesçait. Elle le laissa sortir de son esprit et, pelotonnée à une extrémité du canapé, appuya la tête contre le dossier avec lassitude jusqu'à ce qu'elle commence à fermer irrésistiblement les yeux.

Alors même qu'elle allait s'endormir, elle entendit frapper à la porte.

Legna apparut sur le seuil. Comme son amie ne l'attendait pas cette nuit-là, elle aurait la courtoisie de frapper. Elle s'assura que le démon qui hantait son esprit avait bien conscience de ses bonnes manières. Peut-être qu'ainsi il en apprendrait un peu sur les bienséances humaines.

—*Je n'y compterais pas,* Nelissuna.

— *Tu permets ? J'apprécierais d'avoir au moins un minimum d'intimité pendant que je parle avec mon amie.*

—*L'intimité est une marotte humaine, Legna. Tu as trop fréquenté la druidesse et elle a déteint sur toi.*

—*C'est mon amie. Je l'aime beaucoup et lui dois tant. Si ça te pose un problème…*

—*Ne me menace pas, Legna. Tu perds ton temps.*

— *Tu vas t'en aller, oui ou non ?* lança-t-elle.

—*Si j'ai le choix… non.*

— *Très bien, laisse-moi t'expliquer ça autrement… Va-t'en ou c'est moi qui vais te faire partir. Et ne t'imagine pas que je n'en suis pas capable ou que je bluffe. Imprégnée ou pas, je suis une démone d'esprit et je vais trouver le moyen de te déloger. Je suis toujours un individu malgré toute cette situation, et je tiens à ma liberté.*

—*Je vois. Eh bien, si tu avais l'intention d'insister, je ne comprends pas pourquoi tu t'es donné la peine de me le demander au départ.*

—*Je ne t'ai rien demandé. En tout cas, pas la première fois. Et la seconde c'était juste… oh, peu importe ! Tu vas continuer encore longtemps à tout prendre au pied de la lettre ? Parce que, laisse-moi te le dire, c'est terriblement casse-pieds. Et ne t'avise surtout pas d'ajouter quoi que ce soit sur l'influence qu'a Bella sur moi !*

— *Loin de moi cette idée. Passe un bon moment,* Nelissuna.

Aussi simplement que cela, elle le sentit glisser hors de son esprit. Il faisait déjà tellement partie d'elle, se fondant dans son être même, qu'elle ne pouvait être certaine qu'il n'avait plus du tout accès à ses pensées. Était-ce même possible pour des compagnons imprégnés de couper le lien intrinsèque qui unissait leurs esprits ? L'avait-on jamais tenté ? L'avait-on jamais désiré auparavant ? Tout cela était encore trop nouveau. Il lui faudrait du temps pour mettre de l'ordre dans tout ce qu'elle ressentait, sans compter qu'elle devrait gérer l'effet qu'aurait le pouvoir de l'Ancien sur ses propres aptitudes.

Mais une partie de Legna comprenait que le renoncement au secret de ses pensées ainsi que des yeux argentés constituaient un bien faible prix à payer pour la puissance qui promettait de lui revenir.

Elle frissonna, perturbée par cette idée intéressée, avant de la chasser, choisissant de ne pas s'attarder dessus. Elle ne laisserait rien de tout cela l'intimider.

Legna leva la main et frappa à la porte d'Isabella.

Jacob atteignit la demeure de Gideon en un temps record, propulsé à une vitesse extraordinaire par son inquiétude pour Isabella. Il se faufila dans le presbytère par une fenêtre ouverte et se retransforma en démon dans un rapide tourbillon de poussière.

Il parcourut des yeux la pièce où il se trouvait, percevant la forte présence de sa proie du moment. Il n'avait pas remis les pieds dans le domaine du médecin depuis des années et fut surpris de constater à quel point l'endroit lui semblait encore familier même s'il se sentait toujours mal à l'aise avec son ancien ami, incapable d'écarter complètement les ressentiments qui s'étaient élevés entre eux. Mais le bien-être d'Isabella passait bien avant le sien, et elle avait besoin de Gideon.

— Jacob.

L'exécuteur, qui avait déjà remarqué l'arrivée de l'Ancien dans la pièce, se retourna en entendant prononcer son nom.

— Gideon, je dois t'accaparer un moment.

— Bien sûr. Ta compagne ne va pas bien ?

— Je ne pense pas que ce soit sérieux, mais elle est très nerveuse et je crois qu'elle s'en rend malade. Même s'il est rare qu'elle l'admette ouvertement, elle s'inquiète énormément et, je dois l'avouer, son imagination, qui est si fertile, peut aussi se révéler une malédiction pour elle en ce moment. Elle a besoin d'être rassurée. Aucun autre médecin ne pourra s'en charger, car elle ne fait confiance qu'à toi, et à personne d'autre, en ce qui concerne sa grossesse.

— C'est bien compréhensible. Je lui ai dit de ne pas hésiter à m'appeler, et ce ne sont pas des paroles en l'air. Elle constitue ma plus grande priorité.

Jacob demeura silencieux un instant, à méditer sur ce que la réponse de l'Ancien lui inspirait et à le concilier avec tout le ressentiment qu'il éprouvait pour lui.

— Alors je t'en suis reconnaissant, déclara-t-il enfin en inclinant brièvement la tête avec respect.

— Je vous aide de bon cœur. Viens, allons…

— *Gideon !*

Ce cri soudain résonna si fort à travers l'esprit de Gideon qu'il grimaça brusquement, rejetant la tête sur le côté et portant instinctivement la main à son front alors que la douleur s'étendait à son œil gauche, à sa joue et à son cou. Il eut vaguement conscience de la réaction surprise de Jacob face au tableau inconcevable qu'il devait présenter, mais il tourna ses pensées vers l'urgence de l'appel de Legna, qui survenait si vite après qu'elle l'avait congédié.

— *C'est Isabella ?* s'enquit-il.

L'endroit où se trouvait Legna et le but de la visite de l'exécuteur lui avaient permis d'arriver rapidement à cette conclusion.

— *Oui. Elle est par terre. Gideon, il y a tellement de sang !*

Gideon leva les yeux vers Jacob alors que ce dernier pâlissait visiblement malgré son teint naturellement hâlé. Apparemment il venait juste d'apprendre à son tour la détresse de sa compagne.

— Par le sort miséricordieux, souffla-t-il.

— Jacob, reste où tu es, lui intima l'Ancien.

— Hors de question ! s'exclama-t-il aussitôt, faisant un pas menaçant vers lui en laissant éclater sa fureur. C'est ma femme, Gideon, et tu n'as aucun ordre à me donner !

— Jacob, Legna est avec Bella, dit Gideon avec fermeté, et elle peut nous téléporter tous les deux bien plus vite que nous ne pourrions les rejoindre par tes moyens.

— Legna ? s'étonna Jacob d'un ton railleur. Elle n'est pas assez forte pour nous porter aussi loin.

— Si. Je t'en prie, fais-moi confiance et arrête de protester, le temps nous est compté.

Ces derniers mots réduisirent au silence l'exécuteur affolé, qui hocha la tête et recula, cessant de le menacer physiquement.

— *Legna, tu peux le faire.*

— *Non ! Pas deux à la fois ! Pas sur une telle distance !*

— *Tu vas y arriver. Maintenant que je fais partie de toi, tu peux tout accomplir. Ma douce, tu es bien plus forte que tu ne l'imagines. Tu l'as toujours été, même avant que je pose la main sur toi. Le destin ne me donnerait pas une compagne faible.*

Elle ne répondit pas et Gideon sentit qu'elle rassemblait son énergie après avoir fait taire ses doutes. Apparemment, l'état de Bella était assez grave pour l'obliger à essayer, et la fierté l'envahit en la voyant endosser ses responsabilités et le croire sur parole… ainsi qu'avec une bonne dose d'espoir.

Jacob regarda le monde se resserrer devant lui, faisant l'expérience du phénomène visuel qu'on connaissait lorsqu'on était téléporté par un démon d'esprit. C'était comme si Legna pliait deux endroits de l'espace jusqu'à ce qu'ils se touchent, donnant l'impression que passer du point A au point B était aussi facile que de faire un pas.

La modification de la pression atmosphérique provoqua des élancements dans les sinus des deux démons qui venaient d'apparaître dans le salon d'Isabella, les désorientant l'espace d'une seconde.

La première impulsion de Gideon fut de se précipiter auprès de sa patiente, mais au même moment son nouvel attachement à une autre femme réclama son attention. Il perçut la vague de faiblesse et de nausées qui submergea Legna. Il se retourna directement de son côté et la rattrapa de justesse, avant de l'allonger par terre avec douceur.

— Occupe-toi de Legna, demanda-t-il à Jacob. Il faut qu'elle récupère vite.

Gideon savait que Legna n'avait besoin que d'un peu de temps pour renouveler son énergie, c'est pourquoi il n'hésita pas à la confier aux bons soins de Jacob. Ce dernier, qui avait posé les yeux sur sa compagne blessée, ne se montra pas aussi rationnel. Il ne tint pas compte de ce que Gideon lui disait, alors que chaque fibre de son être lui hurlait de rejoindre sa femme, qui gisait dans la mare chaude grandissante de son propre sang. Jacob traversa la pièce en un clin d'œil, écrasant sous ses bottes des éclats de verre et autres débris. Gideon ne prêta pas davantage attention au chaos qui les entourait alors qu'ils accouraient vers Isabella.

Gideon entra en relation avec le corps inerte et désarticulé de la petite druidesse, et fut immédiatement frappé par le fait qu'elle semblait encore plus frêle sans la vivacité qui émanait d'elle d'habitude. Elle ressemblait à un pauvre moineau mort, comme si une voiture s'était engouffrée dans le salon et l'avait percutée à toute vitesse. Le médecin s'aperçut que Jacob faisait mine de lui prendre la main, avant de se raviser en voyant les égratignures et les brûlures qui lui zébraient la peau. Bien qu'elle soit inconsciente, l'exécuteur ne supporterait pas de lui causer même la plus infime douleur. Alors il posa un genou à terre près d'elle, le dos du poing contre ses lèvres, comme réprimant la rage qui montait en lui et rendait ses yeux d'un noir uniforme.

Gideon toucha le front d'Isabella, l'enveloppant entièrement de sa paume, et, sans s'arrêter à la peau froide de son visage blême, il s'enfonça rapidement dans les profondeurs de son corps. Aussitôt il fut submergé par les alarmes de la druidesse, ses défenses naturelles et ses aptitudes de guérison, qui fonctionnaient déjà, l'attirant vers ses blessures. Mais en dépit de la vitesse à laquelle les Nocturnes guérissaient, aucun d'entre eux n'aurait pu se remettre d'un tel traumatisme sans une intervention extérieure.

De toute évidence, quelqu'un avait agressé la petite exécutrice. Elle était couverte de bleus de la tête aux pieds, comme si on l'avait jetée de tous côtés, telle une poupée de chiffon dans la gueule d'une bête féroce. Sa peau, brûlée par endroits, indiquait aussi qu'elle avait reçu des décharges électriques qui l'avaient transpercée aussi efficacement que des balles. C'étaient les caractéristiques d'une agression par des nécromanciens. L'odeur de chair carbonisée saturait l'atmosphère, soulignée par celle, métallique, du sang.

Malgré sa grossesse, il était manifeste qu'Isabella s'était battue comme une lionne. Les blessures sur ses mains et ses bras montraient qu'elle s'était défendue avec acharnement tandis que la pièce avait été saccagée au cours de l'affrontement. Restait à savoir comment, si un nécromancien, ou toute autre créature dotée de pouvoirs, était à l'origine de ce drame, celui-ci avait pu déjouer son impressionnante aptitude à atténuer ou voler les pouvoirs des autres.

Cette question pouvait attendre. Gideon se concentra sur sa tâche. L'essentiel du sang provenait du fœtus, ou plutôt du placenta qui nourrissait le minuscule être grandissant dans le ventre de la druidesse. Même si elle gisait dans une flaque de ce précieux liquide, Gideon parvint à estimer plus précisément la quantité perdue depuis l'intérieur de la jeune femme que par un examen visuel. C'était sérieux, et l'hémorragie empirait. S'il pouvait guérir ses blessures, il ne pourrait remplacer son sang sans aide. Alors même qu'il commençait à lui prodiguer les premiers soins, il tint à mettre l'exécuteur au courant de la situation.

— Jacob, dit-il doucement, elle a un besoin vital de sang.

— Donne-lui le mien, répondit-il aussitôt en tendant le bras.

— Non. Tu es un démon, Jacob. Vos groupes sanguins ne sont pas compatibles. Et d'autant moins qu'elle est en partie humaine.

— Il n'y a que des démons ici, Gideon. Qui peut lui en offrir si ce n'est son mari ?

Gideon releva la tête, rencontrant son regard éperdu, prenant conscience de la peur qu'il devait éprouver.

— Sa sœur, Jacob. Corrine est la seule autre hybride parmi nous et, par chance, elle fait partie de sa famille. Ce qui suffit à faire d'elle une donneuse potentielle. Si ce n'est pas tout à fait le cas, je pourrai l'arranger. Mais nous devons faire vite ou je perdrai Isabella et son bébé.

— Tu ne la perdras pas, non ! rugit soudain Jacob en se redressant, fou de rage et de désespoir, les poings serrés. Tu m'as compris, médecin ? poursuivit-il d'une voix rauque, transpirant la brutalité et la douleur alors qu'il tremblait de tout son corps. Si elle meurt…

Manifestement il lui était même impossible de formuler cette pensée. Il retomba à genoux, sa souffrance si vive qu'il était incapable de se maîtriser.

Juste à cet instant, Legna revint à elle en inspirant brusquement, et redressa le buste d'un seul mouvement rapide. Son esprit vulnérable avait été assailli par les émotions de Jacob, ce qui lui avait fait reprendre conscience comme si elle avait subi un électrochoc. Elle lutta pour respirer, haletant et s'étouffant, laissant échapper des larmes et un unique sanglot déchirant exactement comme l'exécuteur. Legna n'avait jamais éprouvé une telle angoisse de toute sa vie. Elle avait l'impression qu'on lui arrachait l'âme, comme si elle assistait impuissante à la mort de son esprit. Même une invocation n'était pas comparable à cette dévastation.

Puis elle perçut une légère caresse dans sa tête, douce, apaisante, régénérante. Elle leva les yeux pour rencontrer ceux de Gideon à travers le voile changeant des larmes étincelantes qui tremblaient sur ses cils. Il avait un regard assuré, calme, et qui irradiait la confiance qu'il avait en elle. C'était précisément le point d'ancrage qu'il lui fallait pour commencer à se protéger de l'assaut mental involontaire de Jacob.

Gideon lui accorda plusieurs secondes pour se ressaisir. La souffrance disparut de ses yeux, remplacée par la quiétude, tandis que ses protections s'élevaient autour d'elle avec une force impressionnante. À l'expression légèrement abasourdie de Legna, Gideon comprit qu'elle était elle-même stupéfaite par leur puissance.

— Legna, je voudrais que tu fasses venir Corrine, dit-il doucement.

Grâce au lien qui les unissait, sa requête se répéta simultanément dans l'esprit de la démone, lui évitant de hausser la voix par respect pour la peine de Jacob.

Elle ne se décontenança pas, seul un instant de doute leur volant leur précieux temps cette fois. Elle bondit sur ses pieds, ce qui attira même l'attention de Jacob. L'exécuteur passa la main sur son visage humide et leva les yeux vers la belle démone, ébahi et incrédule.

Puis plein d'espoir.

Aussi puissant que soit Jacob, il ne pouvait se déplacer qu'à une certaine vitesse. Corrine et Kane vivaient entre l'Angleterre et New York. En ce moment, Corrine était dans cette ville, de l'autre côté de l'océan. Il n'aurait jamais été capable de la ramener à temps pour sauver sa femme. Et trouver un autre démon d'esprit assez fort pour le faire leur aurait pris des heures. Mais alors que l'empathe fermait les yeux, respirant si profondément qu'il en demeura fasciné une longue minute durant, il comprit qu'elle s'apprêtait à accomplir cet exploit remarquable… un tour de force même pour un aîné.

Jacob se releva rapidement lorsqu'il la vit serrer les poings, tremblant de tout son corps sous l'effort qu'elle fournissait. Il n'osa pas la toucher au risque de la déconcentrer, mais resta à ses côtés, prêt à intervenir dans l'éventualité des lourdes séquelles qu'elle subirait certainement si elle réussissait. Un moment plus tard, il sentit un frisson courir sur sa peau, lui donnant la chair de poule. Puis une violente rafale explosa au centre de la pièce, projetant ses cheveux en arrière avec presque la force d'un ouragan. Cela dura une seconde, et soudain Corrine se tint devant eux, l'air abasourdie et à deux doigts de hurler. Les démons avaient l'habitude d'être brusquement arrachés à leurs occupations pour une raison ou pour une autre ; ce qui n'était manifestement pas le cas de l'ancienne humaine.

Legna vacilla sur ses jambes un instant, puis s'effondra de nouveau. Son teint hâlé devint d'un beige terreux et elle s'évanouit en poussant un soupir rauque qui fit frissonner Jacob alors qu'il la rattrapait pour l'allonger par terre avec douceur, avant de s'agenouiller près d'elle. Les questions fusèrent dans sa tête et une gratitude incommensurable l'envahit, mais il les chassa tandis qu'il vérifiait le pouls et la respiration de Legna. Vider ses réserves de pouvoir non seulement rendait un démon vulnérable, mais était aussi potentiellement dangereux. Comme précédemment, l'empathe n'était plus protégée des émotions qui faisaient rage dans la pièce, et ces dernières pouvaient blesser ou submerger son esprit, au point de la laisser dans un état complètement comateux.

Lorsqu'il en prit conscience, Jacob s'écarta d'elle. Il n'était pas en mesure de contrôler sa détresse en ce moment et, en touchant la démone, il ne faisait que faciliter l'accès à sa psyché.

Dès l'instant où Corrine aperçut Isabella étendue dans son propre sang, elle réagit avec une rapidité dont seul un être cher était capable. Elle glissa sur le sol imbibé, s'agenouilla dans le liquide poisseux, poussa Gideon sans ménagement et souleva la tête de sa sœur pour la poser délicatement sur ses genoux.

— Bella, chuchota la jeune femme en sanglotant.

Ses longs cheveux roux se répandirent autour de la druidesse inconsciente comme un rideau protecteur lorsque Corrine se pencha pour l'embrasser sur le front.

— Oh, ma puce, dans quoi t'es-tu fourrée cette fois-ci ? demanda-t-elle d'un ton empreint d'un mélange de tristesse et d'exaspération.

— Corrine, donnez-moi votre main, dit Gideon avec calme en lui présentant sa paume.

Comme Corrine vivait parmi les démons depuis presque aussi longtemps que sa sœur et savait parfaitement qui était Gideon, elle n'hésita pas. Le médecin lui avait déjà sauvé la vie ; elle devait croire fermement qu'il sauverait aussi celle de Bella. Gideon referma les doigts autour du poignet fin qu'elle lui tendit, et fit de même avec celui de Bella. Il commença la transfusion sans utiliser d'aiguille, prélevant rapidement des poches de globules rouges chez une jeune femme pour les donner à l'autre. Elles étaient suffisamment compatibles pour qu'il n'ait à opérer que des ajustements mineurs à ces cellules vivifiantes. C'était aussi bien ainsi. Dans son état, Isabella n'aurait pas supporté qu'on modifie beaucoup plus son métabolisme sans que cela ait des répercussions sur son fœtus déjà durement éprouvé. La druidesse reprenait des couleurs et Gideon entendit Jacob se remettre à respirer pour la première fois depuis le début de la transfusion. Corrine était légèrement plus pâle, remarqua-t-il en lui lâchant le poignet pour qu'elle puisse s'adosser à son beau-frère.

Gideon avait paré au plus pressé et il put enfin s'asseoir et souffler un peu. Il en profita pour se pencher sur la prodigieuse souffrance qu'endurait Jacob. À présent qu'il faisait lui aussi partie d'un couple imprégné, il se demanda s'il ressentirait des bouleversements aussi forts. Comme il n'était pas émotif, cette éventualité le perturbait. Il s'enorgueillissait de sa nature calme et réfléchie. Devenir l'esclave de ses émotions pourrait gravement fausser son jugement.

Il chassa ces pensées, mais ne put s'empêcher de jeter un coup d'œil à Legna, qui était toujours prostrée, tandis qu'il posait de nouveau la main sur Isabella afin de poursuivre le processus de guérison. Sa compagne était simplement épuisée ; le fait d'être complètement vidée de son énergie aurait pu se révéler dangereux s'il n'avait pas été présent. Alors même qu'il s'occupait de la druidesse, à un autre niveau de conscience il transférait sa propre énergie à Legna, la plongeant dans un profond sommeil réparateur.

Gideon accorda alors toute son attention à Bella et entreprit de soigner méticuleusement chaque blessure, une tâche qui aurait nécessité un talent et une dépense d'énergie décourageants pour tout autre que lui. Il ne prit pas la peine de demander à Jacob l'autorisation de la toucher, le laissant gérer ça seul, conscient de ses priorités. Il adopta la position qui convenait le mieux à ce qu'il s'apprêtait à faire, une posture gynécologique classique, et se glissa entre les jambes de Bella, ses cuisses meurtries reposant sur les siennes, de façon à avoir un accès direct à son bébé. Cette manipulation redressa tout le corps de la jeune femme, lui apportant un soulagement. Il parcourut son ventre des mains, écartant sa chemise ensanglantée, dévoilant les vilaines ecchymoses et les longues entailles qui le couvraient.

— Oh, mon Dieu, souffla Corrine d'une voix étranglée par l'horreur.

La cible de cette agression était claire. Lorsque Jacob posa ses yeux d'un noir glacé sur sa compagne, Corrine l'empoigna par la chemise, de toute évidence pour le retenir, l'empêcher d'agir sous le coup de la rage tout en le réconfortant. Gideon ferma les yeux et se concentra sur la lésion la plus grave de Bella. Recoller le placenta constituait une priorité et nécessiterait un effort soutenu. Le sang qui imbibait le jean de la druidesse rougissait le pantalon blanc du médecin, accentuant la réalité de ce qui se déroulait sous les yeux des proches de Bella. Corrine se mit à pleurer et cette fois c'était Jacob qui la tenait. Comme Gideon ne pouvait rien faire pour soulager leur détresse, il s'attela simplement à sa tâche. Il leur dirait plus tard comment allait le bébé et comment il interprétait toutes les blessures de la druidesse. Bella ne s'était pas battue, elle n'avait fait que se protéger. Chaque os brisé, chaque lacération, même la position dans laquelle ils l'avaient trouvée racontaient l'histoire d'une jeune mère qui s'était recroquevillée sur elle-même, protégeant son enfant de toutes ses forces pendant qu'on la rouait de coups de pied pour la réduire à ce petit tas tout cassé.

Gideon poursuivit le processus de guérison. Le sort de la Destinée était la perpétuité, songea-t-il non sans respect. La divinité, elle-même une femme, avait prêté à la petite druidesse son sort. Ainsi, elle autorisait Gideon à les soigner, elle et le bébé, à temps pour les sauver tous deux de conséquences irréparables.

La Destinée… et Magdelegna.

Si elle n'était pas venue voir Bella à cet instant précis, il aurait été bien trop tard lorsque Jacob et lui seraient arrivés par leurs propres moyens. Gideon avait conscience que la druidesse devait sa vie principalement à l'intervention de la Destinée, d'autant plus que Legna et lui n'étaient imprégnés que depuis quelques heures. S'il n'avait pas insisté pour examiner la démone ce matin-là, il n'aurait jamais entendu ses appels désespérés. Elle n'aurait peut-être même pas pensé à l'appeler, son jugement ayant été susceptible d'être faussé par la rancœur qu'elle éprouvait à son encontre.

Gideon comprenait que Legna avait fait un grand sacrifice cette nuit-là, et tout ça pour l'amour que lui inspirait cette jolie petite femme qui resterait à jamais non seulement la première en son genre mais, d'après lui, également la plus exceptionnelle. Quant à savoir dans quelle mesure cette dernière opinion appartenait en fait à Legna, il l'ignorait, mais grâce à leurs consciences unies il avait une vision plus claire de son point de vue et du respect qu'elle portait à Bella.

Aussi puissant qu'il soit, et même si ses aptitudes étaient anciennes et perfectionnées, il lui fallut néanmoins une bonne heure avant de pouvoir s'asseoir sur les talons et souffler un coup sans que sa respiration serve à insuffler une énergie revigorante à la druidesse.

— Jacob, dit-il finalement en se tournant pour rencontrer son regard inquiet, elle dort maintenant.

Elle est, désormais, hors de danger. Ses propres processus de guérison s'occuperont de ses bleus et autres coupures superficielles. Je ne peux rien de plus pour elle. Seuls le repos et le temps finiront de la remettre d'aplomb.

Gideon était fatigué, ce que Jacob ne manqua pas de constater au gris terne de ses yeux. Que leur plus grand médecin soit éreinté montrait à quel point la situation avait été grave.

— Mets-la au lit, lui indiqua l'Ancien. Elle et le bébé vont bien.

Il s'interrompit pour jeter un coup d'œil autour de lui pour la première fois.

— On croirait qu'elle s'est battue avec acharnement, dit-il, remarquant que les murs avaient brûlé et que tous les objets à proximité avaient été lancés à terre. Mais c'est faux.

— Comment ça ? demanda Jacob en le regardant s'écarter avec douceur de Bella.

Il l'allongea avec précaution, chacun de ses gestes empreint d'une compassion infinie. Jacob avait toujours été déconcerté de voir que le médecin, d'une nature froide et détachée, se transformait en une incarnation de la tendresse et de la sollicitude lorsqu'il soignait ou touchait une créature blessée. C'était presque comme s'il réservait la puissance de ses sentiments pour pouvoir s'en servir afin de guérir.

— Là...

Gideon releva le menton d'Isabella alors que son compagnon approchait. La tête de la jeune femme roula sur le côté sans difficulté ; il n'aurait pas pu la réveiller même s'il s'était montré plus brutal, car il l'avait plongée dans un sommeil dont elle ne sortirait qu'une fois complètement rétablie. Gideon repoussa les cheveux noirs emmêlés qui lui couvraient la gorge, dévoilant deux marques de piqûre bien espacées sur son cou.

— Qu'est-ce que c'est ? s'écria Jacob avec virulence en tendant la main pour les toucher.

— Ça ressemble à la morsure d'un vampire ! s'exclama Corrine, son regard émeraude bouleversé.

— Non… je ne crois pas…

Jacob leva les yeux vers Gideon avec impuissance.

— Tu as combattu dans les guerres vampiriques. As-tu déjà entendu parler d'un vampire qui prenait le sang d'un autre Nocturne ?

— Non. C'est quelque chose de tabou. Et j'ai vu des morsures de vampires. Leur bouche contient plus que deux canines et d'habitude l'empreinte de toute leur dentition reste visible pendant plusieurs heures.

— Sans compter que tout son sang est répandu par terre et sur nos vêtements. Non. Il s'agit d'une tentative pitoyable pour nous induire en erreur. (Gideon secoua la tête, perplexe.) Et puis la peau est brûlée au niveau des trous, qui ne sont pas profonds. Pour une agression de vampire, cette blessure semble bien inoffensive.

— Oh !

Le cri de Corrine qui se penchait pour effleurer les marques suspectes attira leur attention.

— Je sais ce que c'est ! Toutes les New-Yorkaises le savent ! C'est un Taser !

— Un « Taser » ? demanda Gideon.

Comme les démons vivaient sans technologie, et que Gideon ne se mêlait jamais aux humains, ce dernier n'avait jamais eu vent de cette arme. Mais Jacob si.

— Je pense que tu as raison, Co'.

— Mais pas un de ces modèles par contact direct, cela dit, ajouta Corrine. Plutôt un de ceux à longue portée qui lancent des sortes de dards équipés d'un barbillon qui s'accroche à la cible pendant que le courant est conduit à travers un fil électrique. On s'en sert dans les prisons.

— Mais pourquoi un nécromancien… ?

Jacob s'interrompit, répondant de toute évidence à sa propre question mentalement.

— Pour annihiler les aptitudes de Bella, déclara Gideon en accord avec la conclusion à laquelle l'exécuteur était manifestement parvenu. Quand on lui a tiré dessus, elle a dû être paralysée, tandis que la souffrance causée par une telle décharge électrique a dû la mettre dans l'incapacité de faire appel à son pouvoir. Bella ne peut utiliser ses aptitudes si elle est submergée par la douleur.

Il regarda Jacob d'un air froid et implacable.

— Tu ferais mieux de prévenir Elijah pour qu'il enquête là-dessus, poursuivit-il. Capturer les nécromanciens relève de son domaine de compétence et de sa responsabilité, pas de la tienne, quand bien même ta soif de vengeance te pousserait à t'en occuper toi-même. Ta place se trouve au côté de Bella. Elle a besoin de ta présence, de ta force, et de te savoir en sécurité. Il va falloir du temps avant qu'elle ait suffisamment repris ses esprits pour nous raconter ce qui est arrivé. Et encore plus longtemps si tu ne suis pas à la lettre mes instructions à ce sujet.

» Lorsqu'elle se réveillera, elle ne devra recevoir aucune visite ni sortir de son lit. Tu pourras l'interroger pour Elijah si nécessaire. Son système immunitaire sera très fragile pendant quelque temps. Même si les démons souffrent rarement des maladies les plus courantes, cela ne signifie pas qu'ils n'en portent pas les agents pathogènes. Elle est encore en partie humaine, et cette agression va la priver de ses pouvoirs et la rendre vulnérable un moment. Un peu comme quand vous étiez malade, Corrine, sauf qu'elle se rétablira plus vite.

» Emmène-la en lieu sûr. Choisis-le le plus près possible d'ici et ne modifie pas sa structure moléculaire, Jacob. Je lui prodiguerai d'autres soins demain et viendrai la voir souvent au cours de la semaine, alors fais-toi à cette idée. Tout devrait bien se passer tant qu'elle ne revit pas un traumatisme de cette importance. Je te suggère de demander à Elijah de poster des guerriers pour sa protection, surtout lorsque tu pars chasser. Et quand je parle d'alitement complet, je suis sérieux, Jacob. Je sais à quel point elle peut être têtue. Assure-toi qu'elle comprenne bien. Interdiction de soulever du poids, de se baisser, de faire du ménage, de cuisiner, aucun effort physique jusqu'à nouvel ordre.

Gideon ne perdit pas une seconde pour voir si Jacob avait compris ses recommandations. Il se dirigea aussitôt vers Legna et s'agenouilla à ses côtés. Il prit sa main inerte, l'enveloppant dans la sienne, tout en repoussant de son front plusieurs mèches qui s'étaient échappées de sa tresse.

— *Nelissuna*, lui murmura-t-il dans le creux de l'oreille.

Il plongea son pouvoir en elle en vitesse, vérifiant de nouveau son état de santé par une mesure de précaution qui dénotait certainement une attitude excessivement protectrice. Mais elle devenait sa moitié, il n'était donc pas surprenant qu'il se comporte ainsi, songea-t-il avec une froide objectivité. Elle était épuisée, et tout ce qu'il pouvait faire pour l'instant était la laisser dormir.

Il glissa les mains sous elle pour la hisser délicatement dans ses bras. Il se releva alors d'un seul mouvement, la démone ne pesant rien pour lui. Il sentit sa tête rouler doucement contre son épaule, son visage chaud appuyé contre son cou. Il en éprouva une douleur dans la poitrine, qui l'obligea à prendre conscience que l'état de Legna le perturbait un peu plus qu'il ne l'avait escompté. Peu importait qu'il sache qu'elle allait bien. Ce qui comptait, c'était qu'elle avait enduré un stress et des désagréments immenses, principalement à cause de lui.

Leur imprégnation allait se révéler un peu plus compliquée qu'il ne l'avait d'abord cru. Alors qu'il finirait probablement par maîtriser ses inquiétudes pour la santé de sa compagne, il espérait sincèrement ne pas souffrir de la possessivité maladive contre laquelle se débattait Jacob. C'était valable pour Legna aussi. Il ne pensait pas pouvoir supporter une compagne possessive. Gideon ne pouvait que se réconforter à l'idée qu'elle était une professionnelle de la gestion des émotions et avait étudié cet art presque toute sa vie. Et elle ne semblait pas non plus être du genre à se complaire dans la jalousie.

Ce territorialisme était en terrible contradiction avec la nature des démons. La plupart éprouvaient le besoin, presque instinctif, d'établir un contact physique pour exercer leurs dons, et constituaient une espèce particulièrement affectueuse. Assurément, tous les démons se montraient possessifs une fois unis, mais c'était un trait de caractère qu'ils parvenaient à maîtriser au même titre que n'importe quelle autre émotion irrationnelle. Gideon comprenait aussi que la possessivité de Jacob envers Isabella était unique en raison de la façon dont s'était déroulée sa vie. Celle-ci n'avait pas été facile, marquée par l'ostracisme des siens que lui avait valu sa position. Il était aisé de voir pourquoi il gardait son trésor si jalousement.

— Gideon, je vais me réfugier chez Noah, dit Jacob en soulevant Bella au-dessus de son lit de débris et de violence. Je peux prendre Legna avec nous.

— Je préférerais que tu nous emmènes Legna et moi au presbytère, répliqua Gideon. Isabella a besoin de calme et de repos, tout comme Legna. Je ne pense pas que ce sera longtemps possible si leurs chambres se trouvent sur le même palier.

— Argument reçu, convint Jacob. Corrine, tu veux bien veiller sur elle ? Et est-ce que tu es en relation avec mon frère en ce moment ?

La jeune femme acquiesça d'un signe de tête.

— Il est juste là, répondit-elle.

Elle porta la main à sa tempe pour indiquer que Kane avait assisté aux derniers événements grâce à ses dons de télépathe. Cette façon de communiquer était l'équivalent masculin de l'empathie de Legna.

— Il est très inquiet pour toi et Bella, poursuivit-elle. Il dit…

Elle s'interrompit pour se concentrer sur la voix de son compagnon dans son esprit.

— Il s'apprête à se téléporter chez Elijah afin de l'informer en ton nom de l'agression de Bella. Il va également prévenir Noah. Après quoi il viendra ici pour monter la garde avec moi en attendant ton retour et l'arrivée des guerriers.

— Merci, Co'. Et remercie aussi mon petit frère de ma part.

— Considère que c'est fait, lui assura-t-elle gentiment. Maintenant, dépêchons-nous d'installer Bella dans son lit. Je resterai à son chevet jusqu'à ce qu'on parte pour le château de Noah. Kane et moi séjournerons en Angleterre pour te soutenir.

Sous le regard vigilant de Corrine, Jacob borda Isabella dans son lit à l'étage, puis redescendit auprès de Gideon. Il se tint devant l'Ancien un long moment, le visage reflétant sa gratitude. Gideon l'accepta d'un signe de tête silencieux. Jacob tendit alors la main pour toucher les deux autres démons, qu'il mit en état d'apesanteur avant de les faire s'envoler tous les trois par la porte en direction de la demeure du médecin. Jacob était tellement préoccupé par la santé de sa femme que la requête de ce dernier d'emmener Legna chez lui ne le fit pas ciller. L'exécuteur, si observateur en temps normal, n'avait même pas prêté attention à ce qu'impliquaient les aptitudes accrues de la démone et le changement de la couleur de ses yeux. Gideon lui en était reconnaissant. Il souhaitait passer plus de temps avec la compagne qui lui était destinée avant que les autres commencent à émettre des opinions sur leur union.

Chapitre 6

Jacob éprouvait un tel besoin de retourner auprès de sa femme qu'il ne s'attarda guère, laissant Gideon et Legna au presbytère.

Gideon porta avec précaution sa promise en haut de l'escalier et entra dans la chambre dont il lui avait envoyé une image le matin même. Cependant, elle semblait différente dans la pénombre. La lumière de la lune projetait les couleurs des vitraux dans la pièce, les rendant nettement plus sombres et inquiétantes que le tableau réconfortant et féerique qu'elles offraient durant la journée. Mais cette ambiance était plus au goût de Gideon, et il espérait qu'elle plairait aussi à Legna.

Il s'était toujours adonné à son inclination pour les objets à la beauté sans pareille. Sa demeure était un musée qui reflétait cette facette de sa personnalité. Comme la plupart des créatures d'une grande longévité, il avait rassemblé d'extraordinaires œuvres d'art et antiquités au cours des siècles. Sa collection, cependant, consistait en un riche assortiment de pièces uniques en leur genre.

Alors qu'il posait Magdelegna sur son lit, les raisons pour lesquelles elle avait été choisie pour être sa compagne lui apparurent avec une incroyable clarté. Même dans son état d'épuisement total, elle constituait une vision merveilleuse. Il s'assit près d'elle avec précaution ; mais comme il ne souhaitait pas la réveiller, il la replongea dans un sommeil profond.

Il tendit la main pour lui toucher la joue, un motif lavande en forme d'étoile projeté de la fenêtre se reflétant sur sa peau encore pâle. Sans réfléchir, il fit descendre ses doigts le long de sa gorge. Il s'autorisa à ressentir le désir qui monta en lui. C'était une sensation vive, aussi aiguisée qu'une lame de rasoir, et il avait conscience qu'elle ne ferait que s'accentuer au fil des jours.

Mais il avait promis de laisser du temps à sa compagne incroyablement vaillante. Elle le craignait encore. Il comprenait qu'il devait respecter sa parole à tout prix. Il percevait cette nécessité avec une acuité extrême. Si une femme courageuse au point de tenter l'impossible sans se soucier d'elle-même avait peur, elle méritait qu'il lui accorde tout le temps qu'il serait en mesure de lui donner. Il connaissait Legna depuis toujours, depuis le moment de sa naissance, tandis qu'elle ne savait de lui que ce qu'on lui avait appris. Il l'avait lu dans son esprit au cours des dernières heures. Il était l'Ancien, et nul n'était capable de concevoir avec exactitude l'étendue de son pouvoir. Au plus profond de lui-même, il était incontestablement attaché aux coutumes ancestrales, quand le respect et l'obéissance n'étaient pas seulement attendus, mais considérés comme un droit divin. Il ne demandait jamais, mais exigeait ou énonçait, et comptait être écouté ainsi. Sa volonté était indomptable, impossible à contrecarrer, alors si Legna voulait s'y opposer elle devrait se préparer à une véritable bataille rangée.

Gideon n'avait pas eu de chance à un autre niveau, un niveau bien plus grave et qui donnerait à la démone une terrible image de lui-même. Au tréfonds de son subconscient, elle détenait un souvenir de lui dont elle ignorait jusqu'à l'existence.

C'était celui du jour où sa mère était morte.

Elle ne se le rappelait pas consciemment. Ce traumatisme avait été si douloureux pour la petite fille qui avait assisté à cette tragédie que ceux qui avaient été présents avaient décidé de l'effacer de sa mémoire. Un jour elle deviendrait assez forte pour le retrouver malgré les méthodes qu'ils avaient utilisées pour le faire disparaître. Peut-être un jour très proche. Ce serait un jour difficile pour elle, et encore plus pour lui. Il l'avait toujours soupçonnée d'avoir eu conscience, sur un certain plan, du rôle qu'il avait joué. Ce qui expliquait sans doute sa réticence à rester en sa compagnie. Elle devait penser qu'il ne s'agissait que d'une peur ou d'une aversion irraisonnées, qu'elle avait attribuées à coup sûr aux avertissements que Lucas lui avait répétés durant sa jeunesse, alors qu'il tentait de lui apprendre à respecter ses aînés.

Ce qui jouait en faveur de Gideon, c'était que Legna l'avait vu guérir les autres, et qu'il les avait soignés, Noah et elle, après un horrible accident qui avait failli leur coûter la vie à tous deux. La douceur dont il avait fait preuve en s'occupant ainsi de ses semblables lui avait inspiré un respect mêlé d'admiration, mais aussi une certaine curiosité. Et même si elle ne se rappelait pas vraiment la manière dont il l'avait sauvée, cela faisait toujours partie d'elle, lui soufflant une bonne opinion de lui qui venait s'ajouter à la fascination qu'il exerçait sur elle.

C'était sur ces fragiles impressions de lui que Legna portait en elle qu'il fondait tous ses espoirs. Sinon il ne lui restait plus qu'à prier d'avoir l'occasion de gagner sa confiance... avant que la mémoire lui revienne. S'il réussissait, ce serait tellement moins douloureux pour elle. Si ce qu'il redoutait se produisait trop tôt, cela pourrait leur causer à tous deux un tort incroyable.

Il était engagé dans une course contre la montre et il le savait. Il avait gâché les neuf dernières années et se maudissait de s'être comporté comme un imbécile. Mais il devait absolument l'avoir amadouée avant l'arrivée prochaine de Beltane, ou le retour de ses souvenirs négatifs. Il n'ignorait pas qu'il n'avait pratiquement aucune chance d'y parvenir, et que l'encourager à étendre ses aptitudes comme il l'avait fait cette nuit pourrait lui coûter cher, amenant Legna à développer ses pouvoirs plus rapidement qu'en temps normal. Cependant, comme il le lui avait expliqué, la santé de ses patients passait toujours en premier... même avant son propre bien-être. Il avait fait ce qu'il devait pour sauver Isabella et son enfant. Il n'aurait pas pu faire autrement.

Gideon se leva et s'éloigna de son invitée endormie. Aussitôt elle se tourna sur le côté et tendit le bras en travers du dessus-de-lit comme pour tenter de le toucher. Il sentit un énorme vide lui étreindre la poitrine, soudain submergé par l'envie irrésistible de reprendre sa place près d'elle.

Il se retourna et sortit de la chambre, ayant l'impression de laisser une partie de lui-même derrière lui.

Legna ouvrit lentement les yeux, et les plissa à la lumière déclinante du jour.

Elle se sentait désorientée. D'extraordinaires couleurs emplissaient la pièce, éclaboussant des meubles et des murs qui lui semblaient à la fois familiers et étrangers. Elle respira avec circonspection, presque comme si elle doutait d'y parvenir dans ce cadre inconnu.

Le parfum qui se fraya peu à peu un passage jusqu'à elle et lui envahit les sens lui était aussi familier, ainsi qu'incroyablement enivrant. Elle eut le souffle coupé, fascinée et intriguée. Legna s'étira avec langueur, ce mouvement se répercutant en elle comme un éveil sensuel. Immédiatement elle eut conscience de la chaleur d'un corps auprès d'elle, dont émanait ce délicieux parfum caractéristique.

Elle se tourna de son côté, si proche qu'elle se retrouva tout contre lui. Stupéfaite, elle expira précipitamment l'air qu'elle avait inspiré avec une telle prudence un moment plus tôt et se souleva sur un coude pour admirer la remarquable vision de Gideon allongé près d'elle dans le lit. Il dormait sur le dos, torse nu, les jambes croisées avec décontraction et une main sous la tête. L'autre reposait sur son ventre, s'élevant et s'abaissant à chaque profonde respiration. Il portait un pantalon de pyjama en soie d'un splendide bleu ciel dont le cordon retombait par-dessus sa hanche gauche.

En cet instant, Legna s'aperçut que le démon était d'une magnifique virilité. Comme il était toujours vêtu avec raffinement, elle n'avait jamais vraiment pris la mesure du corps qu'il cachait derrière la soie et les broderies luxueuses, ainsi que par des mouvements empreints d'élégance et soigneusement maîtrisés. Même ce matin dans sa chambre, lorsqu'elle l'avait caressé avec une telle audace, elle n'avait pas imaginé que le corps qu'elle touchait pouvait correspondre à celui qu'elle avait sous les yeux.

Pour commencer, il avait des épaules extrêmement larges. Comme elle était grande et robuste, la démone se sentait rarement toute petite auprès d'un homme, sauf à côté de Gideon. À présent, elle constatait qu'il avait des biceps bien plus gros que ses deux mains. Il avait aussi un ventre et un torse sculptés avec art, sans qu'un seul poil vienne en altérer la perfection. Il avait une taille fine de la forme d'un V qu'elle avait toujours appréciée chez un homme, et même si son pyjama était assez ample, la puissance de ses cuisses et la force de ses mollets ne faisaient aucun doute.

Elle avait connu Gideon toute sa vie, pourtant elle prenait conscience qu'elle le voyait tel qu'il était vraiment pour la première fois. Désormais, il n'était plus question d'intimidation enfantine, ni d'amour-propre froissé pour lui troubler la vue.

Elle était simplement une femme, qui regardait un homme, qui était tout sauf ordinaire.

Il avait les cheveux plus longs qu'elle ne l'avait cru. D'habitude, il les portait bien attachés, dans le style populaire parmi les hommes de son espèce. Mais là ils flottaient librement, se répandant comme une cascade de pur argent poli sur son oreiller. Il avait les sourcils argentés, les cils entièrement noirs. La barbe qui était apparue pendant qu'il dormait lui assombrissait la mâchoire. En l'observant de plus près elle s'aperçut qu'elle serait d'un argent strié de noir s'il la laissait pousser. Pour une raison inconnue, elle sourit à cette pensée.

C'était étrange, mais il semblait à la fois plus jeune et plus âgé pendant son sommeil. Plus jeune, car il était vraiment détendu, la rigidité due au contrôle implacable qu'il exerçait sur son corps et ses attitudes durant les heures d'éveil ayant disparu. Plus âgé, car, quelque part, le fait de ne le considérer que comme un homme ne faisait qu'augmenter sa présence et sa puissance dans l'esprit de

Legna. Si elle n'avait pas été si fascinée, elle aurait pu se sentir un peu intimidée.

Prise d'une impulsion, Legna tendit la main pour lui toucher les cheveux. Ils étaient étonnamment lisses et doux, n'ayant rien de la texture cassante du métal à laquelle elle s'était attendue. Ils s'accrochaient à ses doigts comme en une caresse délibérée ; cette impression étrange lui donna un frisson et elle vérifia encore qu'il était bien endormi. Une fois certaine que son comportement audacieux passait inaperçu, elle s'enhardit, se pencha davantage au-dessus de lui, et ses seins se retrouvèrent comprimés contre les muscles durs de son bras. Elle lui effleura le visage du bout des doigts. Intriguée, elle en suivit les angles et les courbes, du front large et des pommettes aristocratiques au menton fort et légèrement creusé et aux lignes parfaitement sculptées de la bouche.

Toujours plus courageuse, elle prolongea sa caresse aérienne le long de son cou, et s'émerveilla qu'il soit l'antithèse du sien qui était fin, et qu'elle puisse le trouver sexy. Elle ignorait jusque-là que le cou d'un homme pouvait paraître aussi attirant.

Elle s'humecta les lèvres avec lenteur, les yeux rivés sur ses doigts, les détournant seulement de temps à autre pour contrôler la respiration ou les paupières closes de Gideon afin de se faire une idée de la qualité de son sommeil. Elle toucha la large courbure de sa clavicule, la suivit, entièrement captivée. Elle poussa son exploration jusqu'à son torse, constata que les marques qu'elle lui avait faites avaient naturellement disparu, seule l'empreinte fantomatique de ses ongles demeurant. Cela lui fit plaisir de voir qu'il ne s'était pas servi de ses aptitudes pour les soigner, puis elle fut déçue que leurs corps guérissent si vite.

Elle pinça les lèvres pour réprimer un petit rire. C'était une pensée idiote, manifestement territoriale, mais en son for intérieur elle ne s'en excusa pas.

Elle laissa ensuite dériver le bout de ses doigts sur son ventre, les fit serpenter entre les siens, savourant la chaleur grandissante de sa peau au fur et à mesure de sa progression. Elle s'arrêta, observant la suite du parcours, et se mordilla la lèvre inférieure en se demandant si elle poursuivrait son examen de Gideon.

Ses interrogations trouvèrent une réponse lorsqu'elle sentit soudain la main du médecin qui s'enroulait autour de ses doigts. Le souffle coupé, elle s'écarta d'instinct, le visage en feu, des frissons dans le cou. Cependant, il la tenait fermement, contrecarrant toute retraite, lui plaquant la main sur son ventre, sous la sienne. Elle le regarda dans les yeux, contrariée par l'humour qu'elle y discerna.

— Comment as-tu fait ? s'enquit-elle.

Il était impossible de simuler le sommeil avec un démon d'esprit. Elle aurait dû percevoir l'éveil de sa conscience dès l'instant où il avait cessé de dormir.

— Tu tentes continuellement de me faire correspondre à l'image que tu as des hommes, répondit-il doucement. Je suis extrêmement différent de tout ce que tu connais, Magdelegna. Ce serait bien si tu renonçais à toute idée préconçue, pour commencer.

— Mince, tu es si sage, roucoula-t-elle d'une voix aiguë en battant des cils à une vitesse ridicule. Je suis si terriblement chanceuse ! La plupart des filles se coltinent un traître d'homme insupportable, sournois et retors.

Son petit numéro arracha un sourire en coin à Gideon, et Legna ne put s'empêcher de se sentir troublée lorsque son sourire brilla avec chaleur dans ses yeux.

— Tu ne m'ennuieras jamais, *Nelissuna*. Je le sais jusqu'au tréfonds de mon âme.

— Alors que je te sais facilement capable de m'ennuyer à pleurer, répliqua-t-elle d'un ton malicieux en essayant de dégager sa main prisonnière d'un coup sec.

Il était encore plus fort qu'il n'en avait l'air, songea-t-elle.

— Comment te sens-tu ? demanda-t-il, prêtant la même attention à ses insultes et à ses efforts pour se libérer qu'à un grain de poussière qui traverserait la pièce.

— Pourquoi ne me le dis-tu pas ? C'est toi le médecin, non ? (Elle souffla brusquement.) Tu veux bien me lâcher ?

— Non.

Legna grogna de frustration.

— Tu es si odieux ! Je déteste quand tu fais ça !

— Quoi ? Répondre à une question ? Si ça te dérange, je ne le ferai plus à partir de maintenant.

— Tu sais très bien ce que je veux dire. Je déteste quand tu dis « non » comme si c'était ton dernier mot. Et ne t'imagine pas que j'ignore que tu le fais exprès pour m'agacer, parce que c'est faux !

— Dans ce cas tu devrais cesser de me donner l'occasion de le prononcer, l'informa-t-il d'un ton si neutre qu'elle eut envie de hurler. Et tu devrais prendre garde à ces petits grognements que tu persistes à pousser, *Neliss*. Ils sont très… excitants.

Soudain Legna oublia tout de leur échange de piques et eut une conscience aiguë de la chaleur qu'il dégageait, de la force solide du bras contre lequel elle était si confortablement appuyée et de l'appétit qui couvait indéniablement dans ses yeux, dissimulé derrière une lueur malicieuse.

À présent qu'elle lui accordait toute son attention au lieu de le bombarder de paroles acerbes, il sortit la main qui se trouvait sous sa tête pour toucher la joue douce et chaude de la démone avec des doigts aussi légers que ceux avec lesquels elle avait exploré son corps.

— Tu es si ravissante, Legna. C'est ce que j'ai toujours pensé. Déjà enfant, tu étais vraiment superbe.

— Il t'a fallu pas mal de temps pour me le dire, lança-t-elle d'un ton tout juste sarcastique.

— Oui. Je sais. Mais j'avais l'impression que ç'aurait été déplacé. Noah est… J'étais son *Siddah*. J'ai commencé à le former alors qu'il avait à peine dix ans, ses aptitudes s'étant révélées trop puissantes pour qu'on attende qu'il ait l'âge habituel. Il était comme un fils pour moi… et encore plus après la disparition de vos parents. Noah te traitait plus comme sa fille que comme sa sœur lorsqu'il t'élevait. J'ai toujours eu le sentiment que c'était une barrière que je ferais mieux de ne pas franchir. Même maintenant, je n'ai pas hâte qu'il découvre ce qui se passe entre nous. Et je vois que tu partages mes préoccupations.

— Oui, reconnut-elle. Mais en temps voulu…

— Oui. Le temps. Je me retrouve en grande compétition contre lui dernièrement.

— Noah va s'y opposer d'abord, mais s'il pense que tu me rendras heureuse, il finira par l'accepter, lui assura-t-elle.

— Alors…

Il souleva la main de Legna qui reposait sur son ventre et en porta la paume à ses lèvres.

— Tout ce qui me reste à faire est de te convaincre, toi, que je te rendrai heureuse, pour que tu puisses l'en persuader à ton tour.

— Une tâche intimidante, pour sûr, murmura-t-elle.

Elle regarda son bras pour voir si les frissons qui le traversaient au contact de sa bouche sur sa main étaient visibles. Elle cligna des yeux deux fois et secoua légèrement la tête pour en chasser la sensation dangereusement prédatrice qui s'y éveillait.

— Je n'ai pas pris de nouvelles de Bella, ajouta-t-elle, tentant discrètement de faire disparaître le tremblement de sa voix. Tout va bien ?

— Oui. Elle et le bébé survivront et finiront par recouvrer la santé.

— Quel soulagement, soupira-t-elle. Si jamais je me plains des changements qui se produisent en moi, rappelle-moi que c'est grâce à eux que mon amie a été sauvée.

Elle hésita à reprendre son souffle quand Gideon effleura de nouveau sa paume sensible des lèvres.

— Legna, pourquoi as-tu si peur de moi en cet instant ?

Elle rencontra les yeux pénétrants de Gideon, et eut l'impression qu'ils sondaient son âme même. Ce qui la rendit nerveuse et lui coupa le souffle.

— Je redoute la facilité avec laquelle tu sembles… provoquer des émotions fortes en moi, d'une si petite caresse.

— Et si je te disais que tu as le même pouvoir sur moi ? demanda-t-il, sa voix aux riches intonations d'une douceur envoûtante.

En l'apprenant, Legna sentit instantanément ce côté primitif en elle s'éveiller, menacer de la submerger comme dans sa chambre si peu de temps auparavant, dans le jardin neuf ans plus tôt et au cours de sa lutte contre la nécromancienne en octobre dernier.

Elle s'écarta de lui et cette fois il la laissa faire, lui libérant la main après une ultime caresse.

— Je devrais rentrer chez moi. Noah doit être inquiet.

Elle se tourna et glissa au bas du lit, mais le temps qu'elle se mette debout, il se tenait devant elle, l'épaule appuyée contre l'une des colonnes du lit à baldaquin.

— Fuis, fuis, aussi vite que possible…, chuchota-t-il, le sens de ces mots aussi peu futile que limpide.

— Gideon, s'il te plaît, supplia-t-elle doucement, incapable de soutenir son regard alors que son cœur battait à un rythme effréné.

— Je sais ce que tu fuis, Magdelegna. Mais tu n'y parviendras pas. La chasseresse fait partie de toi. À l'aube des temps, notre peuple vivait en troupes tout comme les lions. Et comme les lionnes, tes ancêtres étaient nées pour chasser, fortes, splendides et redoutables de la plus magnifique des façons. C'est profondément ancré dans ton code génétique, malgré toute notre évolution et notre civilisation, et fait autant partie de toi que ton empathie. Je suis désolé, mais ce code, *Neliss*, est un élément auquel tu ne peux te soustraire.

— Mais c'est pire quand tu es près de moi. Ose prétendre le contraire.

— C'est parfaitement vrai. Mais plutôt que de qualifier ce phénomène de « pire », j'aimerais que tu l'envisages comme quelque chose de naturel. C'est le cas, tu sais. Quoi de plus naturel que la manifestation de ton côté primitif en présence de ton compagnon ?

— Tu n'es même pas encore mon compagnon. Qu'est-ce qui se passera si… si nous faisons l'amour ? (Elle croisa les bras, comme pour se réchauffer.) Est-ce que ce sera pi… plus fréquent ? Plus fort ? Ça me submerge avec une telle facilité, Gideon.

— Je comprends à quel point ça peut être troublant, Legna. C'est quelque chose qui me hante aussi dès que je m'approche de toi. Même quand je croise un chemin que tu viens d'emprunter, ton parfum persistant éveille le mâle dominant en moi, la partie de moi qui a un besoin pressant d'être avec toi. Près de toi. De t'enlacer… avec toi qui m'enlace.

Cette image était extrêmement suggestive, mais elle laissa Legna de marbre jusqu'à ce qu'il tende la main par-dessus son épaule pour saisir sa tresse et l'enrouler deux fois autour de son large poing, avant de s'en servir pour l'attirer à lui. Lorsqu'elle fut assez proche, il baissa la tête pour lui effleurer l'oreille en une caresse incroyablement érotique.

— Je n'en peux plus d'attendre que tu m'enlaces, murmura-t-il, la chaleur de son souffle et ces mots la transperçant telle une flèche.

Legna sentit tout son corps s'embraser en réponse, un torrent de lave en fusion se précipitant furieusement en elle pour stimuler certaines zones sous sa peau.

— Gideon, chuchota-t-elle, incapable d'inspirer assez d'air pour articuler son nom avec plus de fermeté.

— Mmm, j'aime quand tu prononces mon nom, *Neliss*, dit-il, posant la langue sur le lobe sensible de son oreille juste le temps de l'attirer entre ses lèvres douces. Je l'aimerai tout autant quand tu le crieras. Et encore plus quand tu le hurleras.

— Gideon, s'il te plaît, ne fais pas ça, supplia-t-elle d'une voix haletante. Je ne suis pas prête.

— Je crois que si.

Pour illustrer ses paroles, Gideon leva la main gauche et en fit glisser le dos sur ses tétons dressés. Legna faillit défaillir sous cette caresse, et vacilla vers lui lorsqu'il tourna la main pour empoigner son sein à travers le riche satin de sa robe.

— Oui. Oui, concéda-t-elle. Mon corps est prêt. Mais, Gideon…

— Mmmm. (Il lui effleura la joue des lèvres jusqu'à s'approcher de sa bouche.) Une démone d'esprit dont l'esprit n'est pas aussi consentant que le reste de sa personne. Un dilemme remarquable, Magdelegna.

La bouche de Gideon hésitait si près de la sienne, une terrible tentation face aux résistances de plus en plus faibles de la démone. Elle ne se rappelait que trop bien son baiser, sa saveur, son exécution digne d'un maître et son intensité qui dépassait tout ce qu'elle avait jamais connu.

— Je vais passer un marché avec toi, *Neliss*, proposa-t-il, continuant à lui caresser la poitrine, lui arrachant un gémissement involontaire. Chaque fois que je prendrai quelque chose de ce charmant corps qui est le tien, je te donnerai tout ce que tu désireras pour apaiser ton esprit réticent.

Il s'écarta d'elle, la lâchant de façon si soudaine qu'elle dut s'empêcher de le suivre. Elle plongea le regard dans le feu blanc de ses yeux, comprenant aussitôt l'effort qu'il avait dû fournir pour réprimer ses appétits. Ses mâchoires fermement serrées ne reflétaient qu'une partie de la rigidité qui affectait tous les muscles de son corps.

— Cette fois, je cède à ton souhait de rentrer chez toi. Vas-y. Tout de suite, Legna.

Encore un ordre. Même s'il était bienvenu et qu'elle avait envie d'obéir sans attendre. Mais elle n'en hésita pas moins, le regard toujours rivé au sien, incapable de se détourner.

Gideon serra les poings.

— Legna, l'avertit-il.

Elle franchit la distance qui les séparait en un battement de cœur, se jeta contre lui. Gideon la rattrapa dans ses bras alors même qu'elle collait sa bouche sur la sienne et plongeait la main dans ses cheveux, cherchant sa langue avec avidité, le goûtant avec une sauvagerie effrénée tandis qu'il l'enlaçait étroitement pour la soulever sur la pointe des pieds. Elle rompit leur baiser aussi brusquement qu'elle l'avait commencé, haletant pour reprendre son souffle, avant de l'attirer de nouveau contre ses lèvres.

Il fit glisser ses mains sur elle, ses caresses égalant en férocité les baisers de Legna. Un incendie la brûlait partout où il l'agrippait. Le corps de Gideon était de la force pure contre elle, solide comme un roc et impitoyable, chaud et dur, et tout aussi agressif qu'elle.

Gideon empoigna le satin au dos de sa robe avec brutalité, et tira sur l'étoffe pour éloigner Legna de lui. Il tendit une main pour la garder à distance quand elle s'avança avec un grognement de protestation.

— Si tu me touches encore, Legna, je ne réponds plus de rien, l'avertit-il, la voix rauque de désir à peine réprimé. Tu comprends ? Pas de retour en arrière, adieu le temps que tu voulais.

Elle l'avait embrasé d'un simple baiser, ébranlant sa maîtrise de lui. Gideon ressentait dans tout son être la soif démesurée qu'elle lui inspirait et n'était pas prête à assouvir. Elle pensait lutter contre des parties d'elle-même, mais elle ne pouvait pas savoir à quel point la moitié sauvage de Gideon se révoltait pour pouvoir s'emparer d'elle. La repousser était tout ce qu'il pouvait faire pour garder le contrôle de lui-même.

La prudence de l'Ancien fut une leçon d'humilité pour Legna, et le remords de l'avoir obligé à être celui qui se montrait raisonnable alors que c'était elle qui l'avait agressé lui ouvrit les yeux. Elle perçut l'esprit de Gideon dans le sien, le respect et la sollicitude qu'il éprouvait pour elle et qu'il brandissait pour réprimer tous les instincts innés qu'il possédait. Il voulait qu'elle vienne à lui les idées claires, poussée par un désir sincère qui transcenderait l'alchimie physique qui les submergeait tous deux. Le plus incroyable, c'était qu'il le souhaitait pour lui autant que pour elle.

— Alors, encore une fois, de nous deux, c'est toi qui fais preuve de la plus grande maîtrise, déclara-t-elle doucement en reculant d'un pas avec précaution.

Lentement, il libéra l'étoffe de sa robe ; le satin glissa entre ses doigts après un long moment extrêmement tendu.

— Je vais rentrer chez moi, comme tu l'as dis, parce que je dois rassurer Noah. Je sais qu'il est inquiet. Je le sens. Mais je n'en aurai pas pour longtemps, Gideon. La nuit ne fait que commencer et je veux la passer à apprendre qui tu es exactement et ce que nous serons ensemble.

Gideon hocha la tête, un mouvement bref qui exprimait de manière éclatante la force avec laquelle il bridait ses instincts.

— Fais-moi une faveur, *Neliss*. Souviens-toi en permanence que je fais désormais partie de ton esprit. Prends bien garde à tes actes et à tes pensées.

Il poussa un profond soupir. Avouer les difficultés qu'il éprouvait à se contrôler l'exaspérait, mais il fallait qu'elle en ait conscience.

— Ma maîtrise ne tient plus qu'à un fil, poursuivit-il. En dépit de mon âge avancé et de toute mon expérience, je ne peux lutter contre ce qui m'arrive. Est-ce que je suis clair ?

— Oui. Je ferai de mon mieux, mais je suis autant touchée que toi et pourrais commettre des erreurs.

— Je le comprends parfaitement, Legna. Mais un fossé sépare la compréhension de la mise en œuvre. Quoi qu'il en soit, je garderai un esprit lucide. Je te le promets.

— Merci.

Cette fois, elle marcha vers lui petit à petit, son intention transparente tandis qu'elle l'observait d'un regard prudent. Elle se dressa sur la pointe des pieds pour déposer sur ses lèvres un baiser doux et bref, et elle recula, intimidée par la tendresse avec laquelle il le lui avait rendu. Distraitement elle porta la main à sa bouche un instant, puis la leva en esquissant un mouvement rapide du poignet, se téléportant chez elle.

Legna apparut dans sa chambre, interloquée de voir que Noah l'y attendait. Soudain gênée, elle se toucha les cheveux d'une main et couvrit sa bouche rougie de l'autre. Lorsque Noah s'écarta de la fenêtre pour la regarder, elle se dirigea vers son armoire dans laquelle elle farfouilla, lui tournant le dos.

— Je serais descendue, dit-elle d'un ton aussi neutre que possible.

— J'étais inquiet. Quand Kane m'a appris ce qui était arrivé, je suis allé trouver Jacob. Il m'a dit qu'il t'avait laissée avec Gideon, mais j'ai commencé à me faire du souci quand toute la nuit est passée, puis le jour suivant sans que tu donnes signe de vie. Jacob m'a expliqué ce que tu as fait pour lui et Bella. Je suis pour le moins impressionné.

— Je sais. (Elle arrangea machinalement le pli de l'une des robes suspendues devant elle.) Je m'impressionne moi-même.

— Legna, quand vas-tu me dire ce qui se passe, bon sang ? demanda-t-il brusquement.

Malgré ses efforts pour conserver un ton égal, la souffrance qu'il ressentait à être ainsi tenu à l'écart alors qu'elle avait toujours tout partagé avec lui transparut dans sa voix.

— Tu perds ton temps à essayer de me dissimuler tes émotions, Noah, le gronda-t-elle doucement, se retournant finalement pour soutenir son regard.

— Legna, murmura-t-il avec un tel sentiment d'horreur qu'elle en eut le souffle coupé.

Il franchit la distance qui les séparait en deux enjambées et lui releva le menton pour mieux voir son visage.

— C'est quoi, ça ? l'interrogea-t-il avec brutalité. Qu'est-il arrivé à tes yeux ?

Elle ne fut pas capable de lui répondre, soudain submergée par l'inquiétude virulente de Gideon.

— *Legna, quel est le problème ? Je sens ta détresse.*

— *Rien. Je t'en prie, ne t'en fais pas.*

— *Tu me mens. Dis-moi ce qui se passe.*

— *Nous sommes en train de discuter, avec Noah. Gideon, crois-moi. Je vais bien.*

Legna perçut sa réticence, son besoin pressant de la protéger coûte que coûte. Mais, à son grand soulagement, il maîtrisa son instinct et se retira au fond de ses pensées, la laissant gérer la situation avec son frère à sa façon.

— Legna, réponds-moi.

— Noah, je ne peux pas te fournir l'explication que tu attends si tu as l'intention de me traiter de tous les noms.

— Je te demande pardon, Legna, mais j'estime qu'un frère a le droit d'être contrarié quand les yeux de sa sœur passent d'un beau gris-vert comme les siens à cet argent vif qui ressemble exactement à...

Il blêmit alors que la compréhension plongeait ses griffes glacées en lui.

— Par le sort miséricordieux, Legna, tu es complètement folle ?

— Noah, je refuse de me disputer avec toi à ce sujet, déclara-t-elle en se dégageant. Et ce n'est pas comme si nous avions eu notre mot à dire.

— C'est... impossible, gronda son frère avec véhémence. Il a sept cents ans de plus que toi, Legna ! On n'a jamais rien vu de comparable à son pouvoir. As-tu la moindre idée de ce que recevoir une telle puissance peut faire à quelqu'un d'aussi jeune que toi ?

— Jusqu'ici ça m'a donné la chance d'aider à sauver la vie d'une très chère amie. Une amie qui se trouve être la femme d'un homme qui compte beaucoup pour toi, Noah. Jacob a beau être fort, comment aurait-il pris la perte d'Isabella ? Tu crois qu'il lui aurait survécu un an ? Tu penses que père aurait tenu longtemps s'il n'avait pas été invoqué si rapidement après la mort de mère ?

— Legna !

La colère de Noah explosa, avivée par le sujet tabou dont elle avait osé parler. C'était une chose de partager des souvenirs de moments heureux, et une autre d'évoquer les circonstances du décès de leurs parents.

— Comme d'habitude, tu tentes de dévier la conversation de son objet initial, Magdelegna.

— Qui est ?

— Toi ! Ton bien-être ! Dois-je te rappeler que tu viens tout juste de passer vingt-quatre heures à dormir pour te remettre de cet effort dont tu es si fière ? Et si ça avait été pire ? Et si entrer en possession d'un tel pouvoir t'avait épuisée au point que même le sommeil n'y aurait rien changé ?

— J'y ai réfléchi, Noah. Contrairement à ce que toi et Hannah semblez continuellement penser, je ne suis plus une enfant. J'ai conscience des répercussions de mes actions et de celles des autres. Ça te ferait plaisir d'apprendre que j'éprouve d'immenses difficultés à accepter ce qui m'arrive et que je suis déjà assez anxieuse sans tes prédictions funestes ?

Elle se retourna et claqua les portes de l'armoire.

— Je le connais à peine, Noah, et maintenant il envahit la moitié de ma personnalité. Tout ce que je sais de lui me vient d'histoires que j'ai entendues enfant et qui, franchement, étaient parfois assez effrayantes. Alors crois-moi si je te dis que tu peux être rassuré, car je suis bien assez terrifiée !

Elle poussa un petit soupir, puis se retourna avec lenteur pour lui faire face, les bras croisés.

— Toute ma vie a été chamboulée il y a un peu plus de vingt-quatre heures.

Legna s'adossa contre l'armoire et ferma les yeux, des larmes coulant sur ses joues malgré elle.

— Depuis le début de tout ça, j'ai eu envie d'en parler à quelqu'un. Cette personne à qui j'ai choisi de me confier, je l'ai trouvée étendue dans une mare de sang, sur le sol de son salon.

— Legna, dit Noah avec des yeux aussi tristes que sa voix rauque, sa colère s'étant immédiatement évanouie à la vue de ses larmes. Je ne voulais pas…

— Je sais. Mais il faut que tu comprennes, j'ai lutté pour garder la même vision de la vie depuis que j'en ai été arrachée pour être enfermée dans cet abominable pentacle en octobre dernier. Je n'ai plus été en paix depuis ce jour-là, Noah. Il m'est impossible d'en parler avec toi sans qu'on se dispute, et Hannah ne vaut guère mieux. J'ai conscience que c'est à cause de ce qui est arrivé à père, que ça vous a affectés tous les deux.

Elle s'écarta de l'armoire et marcha jusqu'à lui pour lui prendre la main.

— C'est Gideon qui a découvert pourquoi j'étais si fébrile, et c'est lui qui m'a finalement aidée à devenir plus sereine.

— Legna, c'est juste ses aptitudes. Ça ne veut pas dire…

— Noah, s'il te plaît. Tu peux cesser de me contredire et trouver la force en toi de me soutenir ? Gideon et moi n'avons pas pris une décision à la légère sous le coup de quelque lubie. C'est le destin qui nous a choisis. Oui, j'avais la possibilité de refuser, mais tu ignores ce qu'est l'imprégnation, à quel point c'est fort. Dois-je te rappeler l'exemple de Jacob et Bella ? C'était une humaine, elle était complètement taboue selon nos lois à ce moment-là, et pourtant Jacob est allé à l'encontre de siècles de convictions morales juste pour pouvoir la toucher. Même si ce fut un véritable déchirement pour lui.

— Tu ne peux pas comparer Gideon à Jacob. Certaines choses…

Il s'interrompit, frustré, pour se passer une main dans les cheveux.

— Je te connais, Legna. Tu excelles dans l'art du compromis. Gideon ne fera jamais de compromis. Il exige et agit, et s'attend à être obéi. Si quelqu'un essaie de le contredire, il se contente de ne pas lui prêter attention.

Je ne supporte pas l'idée que tu sois engagée dans une relation pareille.

— Noah, je te supplie d'arrêter de le dépeindre comme un monstre manipulateur, parce que tu sais que c'est faux et je ne le tolérerai pas. Je t'aime, Noah, et t'aimerai toujours. Je comprends tes craintes, mais il faut que tu regardes ce qu'elles cachent et que tu te penches sur ce que tu ressens. Je ne pense pas que ce soit l'âge, le pouvoir ou les mauvaises manières de Gideon qui t'effraient véritablement.

— Si tu comptes me psychanalyser, Legna, oublie, l'avertit Noah.

— Tu as eu mon amour exclusif et mon attention pleine et entière pratiquement depuis le jour de ma naissance, Noah. Il ne t'est jamais venu à l'esprit que tu n'es tout simplement pas prêt à me partager avec qui que ce soit d'autre ? Tu en plaisantes, mais il y a des raisons qui expliquent que tu ne cherches pas à te trouver une compagne. Pourquoi le voudrais-tu ? Tu as une maison parfaitement entretenue, une charmante hôtesse qui s'occupe des événements mondains en plus de ne souffrir d'aucun trouble émotif. Je te porte un amour, un respect et une admiration inconditionnels. Je te tiens compagnie alors même que tant de monde t'entoure, mais aucune de ces personnes n'est suffisamment proche de toi pour recevoir les confidences d'un roi en toute sécurité. Il n'y a qu'une seule chose que je ne peux pas t'offrir, et je sais déjà que tu te débrouilles pour l'obtenir ailleurs.

— Legna, protesta-t-il en s'empourprant. Ce n'est pas vrai.

— Quoi ? répliqua-t-elle en arquant les sourcils.

— Je…

Il hésita, détournant les yeux de son regard pénétrant, prenant conscience qu'elle en savait plus qu'il ne l'avait supposé.

— Eh bien, tout d'abord les poutres de ma « maison parfaitement entretenue » sont pleines de toiles d'araignées, dit-il d'un air penaud.

Soudain Legna éclata de rire avec reconnaissance. Un bref moment de détente qui désamorça immédiatement la tension qui s'était installée entre eux.

— Comme si ça te tuerait de les enlever toi-même en les faisant griller d'une pensée ?

Noah sourit malgré lui et secoua la tête avec gravité. Il poussa un long soupir qui l'apaisa.

— Écoute, je ne peux pas te dire que je suis heureux pour toi alors que ce n'est pas le cas. Je ne peux pas feindre de t'encourager à me quitter alors que ça va me briser le cœur. Je suppose que ce que je veux dire...

— Tu as besoin de temps, termina-t-elle pour lui. Une phrase que j'ai moi-même beaucoup utilisée récemment. Je comprends ce que tu ressens, Noah. J'apprécierais que tu prennes la peine de te mettre un peu à ma place toi aussi, d'accord ?

Le roi démon hocha la tête en silence. Il serra alors longuement la main de sa sœur avec une chaleur qui la rassura.

— Je vais te laisser te changer, annonça-t-il.

Il se dirigea vers la porte de la chambre, qu'il ouvrit avant d'hésiter.

— Est-ce que tu vas... sortir ?

— Oui.

— Tu peux m'accorder une faveur ? Te libérer pour dîner avec moi demain ? (Il secoua la poignée comme s'il vérifiait son fonctionnement.) J'accepterai mieux la situation si tu prends le temps d'apaiser mes craintes et de me dire que tu vas bien.

— Seulement si tu me promets que Hannah et les enfants seront à des kilomètres, marchanda-t-elle.

— Si tu veux mon avis, répliqua-t-il, un petit sourire aux lèvres, vu la vitesse à laquelle tes aptitudes se développent, tu pourrais y veiller toi-même.

Noah sortit en refermant doucement la porte derrière lui. Dès qu'il fut parti, Legna se précipita vers son lit et s'y laissa tomber en poussant un énorme soupir de soulagement.

— *Bien joué,* Nelissuna. *Très bien joué.*

— *Merci. Gideon ?*

— *Mmm ?*

— *Dis-moi je t'en prie que nous n'allons pas détruire ma famille.*

— *Tout va s'arranger. Garde ça en tête. Je t'attends, ma douce. Au fait, je sais que tu veux passer voir Isabella, mais c'est tout à fait contraire à mes recommandations de médecin.*

— *Tu sais, ça ne va pas tarder à me taper sur les nerfs. Tu te rappelles m'avoir dit que nous devions convaincre Noah que tu me rendrais heureuse ?*

— *Oui.*

— *Eh bien, ce qui me rendrait très heureuse, c'est que tu sortes de mon esprit un petit moment.*

— *Comme tu le sais, c'est absolument impossible.*

— *Essaie !*

— *Si tu y tiens. Pour l'instant…*

Elle le sentit disparaître du premier plan de ses pensées.

Chapitre 7

Annoncée par le petit bruit sec qui lui était habituel depuis peu, Legna apparut au deuxième étage, dans le salon des appartements où logeaient ses amis. Elle se retourna alors que le démon assis derrière elle reposait son livre et se levait.

— Legna, ça fait plaisir de te voir de nouveau sur pied, s'exclama Jacob.

— Merci. Je me sens bien. Je voulais savoir comment allait Bella.

Jacob se dirigea vers le bar à l'autre bout de la pièce et sortit deux verres et une carafe remplie d'un lait crémeux et légèrement jaune.

— Elle dort beaucoup. Je suppose qu'il fallait s'y attendre.

Il se retourna et quelques instants plus tard lui tendit un verre du riche breuvage.

— Je n'ai pas eu l'occasion de te remercier, reprit-il. Je te suis éternellement reconnaissant, Legna. Si jamais tu as besoin de quoi que ce soit, tu n'as qu'à demander.

— Merci, dit-elle encore, humant délicatement le contenu de son verre. Mmm, délicieux. Girafe ?

— Pas mal, la complimenta l'exécuteur. Beaucoup le confondent avec le lait de zèbre.

— Un choix assez audacieux, si tôt dans la soirée, fit-elle remarquer. Tu vas bien, Jacob ?

— Ça ira mieux, une fois que cette histoire sera derrière nous.

Il fit tourner le lait dans son verre durant une longue minute.

— J'ai cette image gravée dans ma tête, Bella étendue dans son propre sang… et je ne peux pas…

Jacob s'interrompit pour s'éclaircir la voix et leva les yeux au plafond en respirant profondément.

— Ça va passer avec le temps, lui assura Legna, adoptant immédiatement le ton apaisant qu'elle utilisait pour réconforter les autres. Souviens-toi qu'elle est en sécurité et qu'elle ira bientôt mieux.

— Je sais. Mais je dois avouer que j'éprouve des difficultés à quitter ce château, malgré tous les gardes postés dans le couloir, malgré la présence de Noah à portée de voix. Je n'ai pas senti qu'elle était en danger avant qu'il soit presque trop tard. Elle est pourtant là, dans ma tête, 24 heures sur 24. Comment ai-je pu ne pas me rendre compte qu'elle se faisait brutalement agresser ? Qu'elle avait perdu conscience et n'était soudain plus là ?

— Jacob, tu es trop dur avec toi-même.

— J'aurais dû me douter qu'il s'agissait d'un mauvais pressentiment quand elle a dit qu'elle ne se sentait pas bien. Isabella n'est pas particulièrement nerveuse de nature, ce qui n'a pas changé avec sa grossesse. Elle est capable de supporter tellement de choses sans sourciller, avec une telle facilité. Elle a des intuitions tout le temps maintenant, et j'aurais dû deviner que l'agitation à laquelle elle était en proie quand je l'ai quittée n'avait pas d'autre cause. J'ignore pourquoi je n'y ai pas pensé. Et pourquoi elle ne l'a pas compris elle-même.

— Il n'y a rien de plus obscur au monde qu'un pressentiment. Tu le sais, Jacob. Cela ne faisait que cinq mois qu'elle en avait. Elle ignore encore comment les reconnaître à coup sûr ou comment les interpréter. Et à ce sujet, qu'est-ce qui te fait penser que tu devrais mieux y parvenir qu'elle ? Tu es un traqueur et un chasseur, pas un devin.

Jacob reprit sa place sur le canapé et se frotta l'arête du nez en soupirant. Il semblait épuisé et avait tout le corps noué par l'émotion. Elle s'assit à côté de lui et posa une main réconfortante sur son genou.

— Tu n'es pas responsable de ce qui est arrivé, Jacob. Et, connaissant Bella, elle va se mettre dans tous ses états si elle te surprend à te le reprocher. Comment veux-tu qu'elle guérisse et soit calme et sereine si son compagnon est complètement bouleversé ? Elle a beau dormir, elle te sent. Et je sais de quoi je parle.

Jacob observa la jolie sœur de son monarque, rien n'échappant à son regard perçant tandis qu'il la détaillait de la tête aux pieds. Il tendit la main pour poser les doigts avec douceur sous ses deux yeux transformés.

— Maintenant je comprends, dit-il soudain. C'est à cause de toi que je n'arrête pas de percevoir la présence de Gideon même quand il n'est pas là.

Legna se mordilla la lèvre inférieure en acquiesçant.

— Tu portes son odeur… quoique pas tout à fait. (Il inclina la tête pour l'examiner de plus près.) Cela fait très longtemps que je n'ai pas vu deux démons imprégnés. C'est un cadeau extraordinaire, Legna. Tu as beaucoup de chance.

— Tu sais quoi, lui confia Legna en riant, tu es le premier à avoir quelque chose de positif à dire à ce propos. Et ça inclut Gideon et moi.

— J'en déduis que Noah a vu rouge ?

— Une image pertinente pour un démon de feu, tu ne trouves pas ?

— Noah est d'une humeur remarquablement égale pour un démon de son espèce. La seule personne qui parvient à lui faire perdre régulièrement son sang-froid est ta prolifique de sœur.

— Je sais, convint Legna en gloussant. Je suppose que je devrais m'estimer heureuse. Je peux compter sur les doigts d'une seule main le nombre de fois où j'ai vraiment fait sortir Noah de ses gonds.

— C'est parce que tu es sa petite sœur et qu'à ses yeux tu ne pourras jamais rien faire de mal de toute ta vie. Je déteste avoir à te l'apprendre, Legna, mais tu es pourrie-gâtée.

— Ah oui ? J'aimerais te voir jouer le diplomate de deux démons de feu pendant près de trois siècles, et après tu me diras si j'ai eu la belle vie, le provoqua-t-elle.

— Merci. Mais j'ai bien peur de devoir décliner cet honneur.

Ils trinquèrent en riant.

Legna se matérialisa dans le salon de Gideon environ une heure plus tard. Il était assis dans les ténèbres derrière elle et la démone se tourna vers lui, intriguée.

— Gideon ?

Lorsqu'il ne répondit pas, elle s'avança d'un pas. Elle prit alors conscience que, fondamentalement, il n'était pas vraiment là. Sa forme corporelle était installée dans un grand fauteuil, mais son être astral se trouvait ailleurs. C'était une sensation des plus étranges, constata-t-elle, qu'il soit proche physiquement, distant spirituellement, tout en se tenant dans un petit coin calme de son cerveau. Il ne se doutait absolument pas de sa présence, alors qu'il était absorbé par tout autre chose. Elle profita de cette occasion pour l'inspecter une fois de plus.

Elle se plaça devant lui puis commença à marcher autour du fauteuil, l'examinant sous toutes les coutures. Elle ignorait pourquoi elle éprouvait toujours ce besoin de le regarder ainsi, mais cela ne l'empêcha pas de le faire. Après avoir effectué un tour, elle s'arrêta de nouveau en face de lui. Il était seul, où qu'il se trouve. Elle avait presque l'impression qu'il faisait une sorte de marche spirituelle solitaire. Les démons d'esprit étaient des experts en méditation, et c'était quelque chose qu'elle sentait autant de par son expérience et son pouvoir que de par le lien qui les unissait. Sans se manifester dans les pensées de Gideon, elle s'agenouilla entre ses jambes, les mains posées sur ses cuisses. Elle fit remonter ses paumes le long de ses muscles fermes puis revint en arrière en faisant glisser ses ongles sur lui.

Gideon réagit à cette stimulation. Délibérément, elle troublait le recueillement dans lequel était plongée sa projection, peut-être juste pour voir si elle en était capable. Il était incroyablement concentré, et elle le savait, alors, misant le tout pour le tout, elle se pencha davantage entre ses genoux jusqu'à lui effleurer la bouche du bout des lèvres.

Ce baiser le ramena dans un sursaut.

Aussitôt Gideon lui saisit la tête avec délicatesse. Legna sentit les muscles de ses cuisses se contracter contre sa taille alors qu'il l'embrassait à son tour avec un désespoir presque brutal. Il lui malmenait les lèvres, et elle accepta avec enthousiasme cette punition qu'il lui infligeait pour l'avoir arraché à ses occupations en l'aguichant. Il enfonça les doigts dans sa lourde chevelure, et l'empoigna, poussé par la soif pure de la savoir à sa portée. Il s'écarta de sa bouche meurtrie et appuya le front contre le sien alors qu'ils tentaient tous deux de reprendre leur souffle.

— Mienne, dit-il d'un ton brusque.

Il voulait nier la possessivité qu'il ressentait, conscient de son ridicule, mais il en fut tout simplement incapable. Le besoin de revendiquer Legna était imprimé à vif dans sa chair, et devenait plus douloureux chaque fois qu'elle s'éloignait sans qu'il l'ait faite sienne.

— Tu es mienne, Magdelegna, et c'est si dur de te laisser partir comme tu le souhaites, même pour ces courts laps de temps.

— Je sais, chuchota-t-elle en collant de nouveau ses lèvres douces aux siennes.

Elle l'embrassa avec fougue, sans qu'il puisse avoir le moindre doute sur la sincérité de sa passion. Gideon en éprouva un profond apaisement et fut alors capable de relâcher suffisamment son étreinte pour ramener les mains sur le côté de son visage, et caresser délicatement du pouce ses joues empourprées.

— C'est si dur, se lamenta-t-elle tout bas. Comment rester un individu quand on est attiré par l'autre avec une telle force ?

— Que ce soit irrationnel ou justifié, c'est ainsi.

Gideon prenait conscience de la logique de ses paroles en les énonçant.

— Peut-être qu'avec le temps ce sera moins intense. Je n'ai aucune envie de te priver de ton individualité, pas plus que je ne désire perdre la mienne. C'est difficile pour moi aussi… J'ai toujours mené une vie si solitaire, et maintenant, se retrouver soudain en si fascinante compagnie… J'ai peur de ne pas te faire honneur. Et pour toi ce sera pire ; l'afflux de pouvoir dont tu commences à faire l'expérience sera pour le moins éprouvant.

— Je sais.

Legna posa les mains sur la soie sombre qui lui recouvrait le torse.

— Je suppose qu'à un moment, si je me mets à devenir folle, tu devras m'assommer, m'attacher ou un truc dans le genre.

— Mmm. Cette dernière possibilité est à envisager, dit-il d'un air songeur, affichant un large sourire qui chassa la tension de son visage.

Legna éclata de rire en le poussant.

— Gideon, tu n'es qu'un vieux pervers, le taquina-t-elle.

— Et c'est un problème parce que… ?

— Tu es horrible !

Elle s'écarta de lui en se redressant.

Il lui prit la main pour l'attirer de nouveau à lui jusqu'à ce qu'elle n'ait d'autre choix que de se mettre sur ses genoux. Elle s'y assit, ses jupes volumineuses se répandant autour d'eux.

— Je te pardonne, pour cette fois, concéda-t-elle.

— Merci, répondit-il avec sincérité. Maintenant, ma beauté, dis-moi ce que tu voudrais faire pour apprendre à mieux me connaître. J'ai hâte que tu fasses tes découvertes.

— Eh bien, je n'ai pensé à rien de précis. Je me suis imaginé que les choses se feraient naturellement.

— C'est dangereusement aventureux, ma douce. Si tu laisses les choses suivre leur cours, je peux te dire exactement où ça nous mènera.

Legna gloussa en rougissant, ayant conscience qu'il avait raison. Même en étant juste assise sur ses genoux à discuter, elle sentait le désir mutuel qui couvait entre eux, sur le point de les embraser.

— Très bien, je suis ouverte aux suggestions, annonça-t-elle.

— C'est encore trop aventureux, se moqua-t-il, ses yeux couleur d'étoile pétillant de malice.

— Tu es incorrigible. Je n'avais jamais remarqué que tu étais un satyre, Gideon.

— Je le suis maintenant, rectifia-t-il, faisant courir un doigt sur l'arête de son nez. Est-ce que je t'ai dit que je n'ai pas été attiré par une femme depuis pas mal de temps ?

— Si ça fait moins de mille ans, je ne veux pas en entendre parler, l'avertit-elle.

— Ai-je mentionné que j'étais puceau ? précisa-t-il innocemment.

— C'est tout simplement merveilleux, mon chéri, roucoula-t-elle avec plaisir en lui tapotant la joue pour le féliciter.

Gideon rejeta la tête en arrière et rit à gorge déployée. Elle l'enchantait au-delà de toute mesure et il ne se rappelait pas s'être jamais senti aussi joyeux. Il avait parfois l'impression d'être né trop sérieux pour son propre bien, ce qui l'avait poussé à vivre comme un ermite pendant des siècles. Être capable de badiner avec sa belle promise lui mettait du baume au cœur.

— Je ne m'étais jamais aperçue que tu avais le sens de l'humour, songea-t-elle tout haut en étudiant son visage comme s'il était une fascinante énigme à résoudre. Tu vois ? À peine dix minutes d'écoulées et j'apprends déjà des choses fabuleuses sur toi.

— Imagine ce qui se passera dans une heure.

— Ça me semble extrêmement aventureux, répliqua-t-elle d'un ton narquois en enroulant les bras autour de son cou. T'ai-je dit que tu as l'air de sortir tout droit d'un bateau de pirates ? Cette tenue est très… voyoute.

— « Voyoute » ?

— C'est un adjectif de notre langue, expliqua-t-elle pompeusement, qui signifie… être digne d'un voyou. Dans ton cas, être vêtu comme un voyou.

— Je sais ce que ça veut dire, *Neliss*. Je ne me souviens pas qu'on m'ait jamais décrit de cette façon avant. Je vais devoir te croire sur parole. (Il repoussa ses lourds cheveux.) Tu portes toujours des robes longues et ne t'attaches pas souvent les cheveux. Ne le prends pas mal, mais je me demandais pourquoi.

— J'aime ces robes. Je n'ai jamais vraiment adhéré à l'idée des jupes au-dessus de la cheville. Je suppose que je suis une fille vieux jeu du XVIIIe siècle.

— Je vois. Et quand, exactement, devrai-je me mettre à guetter ces poules avec des dents ?

— Alors, tu oses rester assis là et me traiter, moi, de petite maligne ?

— Eh bien, tu voulais savoir quelle partie de toi apparaîtrait en moi, répliqua-t-il.

— Oh. Ha, ha, ha. Ton esprit brillant me charme jusqu'au bout des ongles, répondit-elle d'un ton pince-sans-rire.

— Quoi qu'il en soit, poursuivit-il sans relever son sarcasme, ton style te va plutôt bien. Et il me convient à moi aussi.

Avec lenteur, Gideon suivit du doigt la soie crème de son encolure. Sa robe consistait en un lourd fourreau des épaules au haut des cuisses, puis s'évasait en une jupe et une traîne regorgeant de replis d'étoffe miroitante irisée. L'encolure, cependant, était l'antithèse de la coupe par ailleurs sage de ce vêtement, assez décolletée pour que Gideon puisse lui effleurer le bout des seins, ce qui coupa aussitôt le souffle à la démone.

— Il m'est impossible de t'expliquer, Legna, à quel point tu me touches, dit-il.

Sa voix reflétait la fascination avec laquelle il dévorait des yeux sa peau magnifique, de la gorge à l'indéniable avancée de tétons sombres sous l'étoffe légère. Il se pencha un peu, baissant la tête jusqu'à frôler des lèvres le creux entre ses seins. Ce baiser déséquilibra Legna, qui dut s'agripper aux épaules de Gideon pour ne pas tomber. Ce dernier faisait remonter ses lèvres chaudes sur sa peau satinée, jusqu'à parvenir à sa gorge merveilleuse. Les ondes de plaisir qui se succédaient en elle la faisaient frissonner tandis qu'il lui mordillait le cou, attentif aux moindres des caresses qu'il lui prodiguait et aux effets qu'elles produisaient en elle. Lorsqu'il s'écarta, elle poussa un grognement irrité qui lui arracha un petit rire.

— Prends garde à ce qui te fait ronronner, ma toute douce. Tu es un délice trop tentant pour que je puisse résister bien longtemps.

— C'est ce que je vois, dit-elle tout bas, plongeant son regard chaleureux dans celui de son compagnon. Ce que tu me fais semble si simple et inoffensif, observé d'un point de vue extérieur, mais quand on est à l'intérieur… c'est comme du feu et de la magie.

— Mmm, je te promets, *Neliss*, que ce n'est que le début du feu et de la magie que tu vas sentir… à l'intérieur de toi.

Legna eut l'impression que son visage s'était soudain embrasé en l'entendant ainsi délibérément déformer ses paroles. Qu'il tienne de tels propos la troubla, et son imagination se lança dans de curieuses digressions remarquablement colorées et totalement inconvenantes. Comme Gideon partageait son esprit, elle était certaine qu'il avait conscience de chacune d'entre elles. Elle s'inquiéta alors de ce qu'il pourrait penser d'elle et regretta de ne pouvoir dissimuler certaines parties de sa psyché.

— Legna, ton imagination me ravit. J'aurais la plus grande peine à ne pas m'y intéresser, expliqua-t-il en réponse aux ruminations intérieures de la démone. N'aie jamais honte de toi, *Neliss*. Ne te sens jamais obligée de t'excuser pour ce que tu as vécu ou tes particularités. Tu as mené jusqu'ici une vie bien remplie, et moi aussi. Je ne serai jamais comme Jacob, à me mettre dans tous mes états dès qu'un mâle s'approche de toi. Nous sommes faits l'un pour l'autre. C'est quelque chose d'immuable et en quoi j'ai foi, tout comme j'ai confiance en toi.

Il se leva, soulageant les nerfs tendus de Legna, et la posa devant lui. Il la tint étroitement enlacée, lui enveloppant les épaules des mains comme d'une cape, la serrant délicatement contre son corps incroyablement chaud.

— Dans tes pensées, je trouve assez d'aventure et de curiosité pour nous durer un autre millénaire, et je savourerai chaque expérience que tu souhaiteras explorer.

— Alors même que tu as probablement déjà tout essayé deux fois ? répliqua-t-elle.

— Je n'ai rien fait avec toi. Rien partagé à part ces deux derniers jours, à vrai dire. (Il fit glisser ses doigts le long de sa gorge.) Dans ma vie je n'ai jamais rien connu de comparable aux sensations que me procure ton baiser.

Même simplement caresser la peau la plus douce de l'univers est une expérience d'une renversante nouveauté. Tu as conscience que ce ne sont pas juste de belles paroles, Legna. Tu le sens autant que moi. Tu peux partager mon point de vue et constater que je dis la vérité. Ne sois pas intimidée par mon âge ou ma sagesse. Ce n'est rien à côté de ce que je découvre en toi.

La vérité. La vérité, c'était qu'il ne mentait jamais. Tout le monde le savait, et à présent elle le savait aussi d'expérience. Les seules fois où il était capable de tromperie, c'était lorsqu'il se fourvoyait lui-même sur la nature de ses sentiments. Tout ce qu'il disait en cet instant était complètement vrai, cependant. Durant les siècles qui avaient suivi les guerres, il avait mené une vie solitaire, s'interdisant de s'attacher à quelqu'un au risque, inévitable, de le perdre, ne laissant jamais les émotions obscurcir son jugement ou ses actes.

Jusque-là. À présent il avait soudain décidé de s'impliquer sans réserve dans leur relation. Ou était-ce vraiment le cas ? Il paraissait si enthousiaste, mais était-il véritablement prêt à accepter la nature la plus profonde de ce que l'imprégnation entraînerait pour tous les deux ? D'ailleurs, l'était-elle ?

— Je crois que je nous ai choisi une activité, lui dit-elle.

Elle dut de nouveau chasser le tremblement dans sa voix qui semblait apparaître dès qu'il se montrait tendre.

Il ne répondit pas, perdu dans les caresses qu'il lui prodiguait. Il avait fait courir ses doigts sur son visage et ses épaules, avant de les ramener sur son décolleté. Il était manifestement incapable de résister à ces tentations. C'était comme s'il était tellement absorbé par ce qu'il faisait qu'il n'avait même pas conscience de s'être échappé dans une parenthèse sensuelle.

Elle se tenait si près de lui qu'elle n'aurait pu manquer de remarquer l'accroissement de son émoi. Même si la main de Gideon ne lui avait pas brûlé la peau, son corps ferme qui se pressait contre le sien avec une familiarité érotique lui aurait appris à quel point le désir qu'elle lui inspirait le submergeait. Gideon devait être la créature la plus sexuelle qu'elle ait jamais rencontrée. Pourtant, à peine quelques jours plus tôt, si on lui avait demandé son avis sur ce sujet, elle aurait émis des suppositions diamétralement opposées. Était-il sincère quand il disait que c'était à cause d'elle ?

— Je ne mens jamais, ma beauté, murmura-t-il, comme en écho à la conclusion à laquelle elle était parvenue.

Les lèvres de Gideon sur ses cheveux, juste en dessous de son lobe, étaient chaudes et il souriait tandis qu'il embrassait cet endroit d'une grande sensibilité.

— Et même si j'avais été un vieux pervers, *Neliss*, chuchota-t-il, son souffle lui réchauffant l'oreille comme les rayons du soleil, ça n'expliquerait pas la tendresse que tu perçois en moi en ce moment même.

Il resserra son étreinte, l'attirant si près de lui qu'elle sentit l'embrasement de son corps.

— Et, à l'heure qu'il est, tu aurais été dans mon lit, écrasée sous mon poids, prête à m'accueillir en toi.

Legna, à la fois outrée et délicieusement enflammée, eut le souffle coupé, tant par cette affirmation crue que par le feu qui se dégageait agressivement de lui. Elle plongea le regard dans ses yeux affamés et s'humecta les lèvres, envahie à son tour par l'avidité.

— Si nous ne nous trouvons pas quelque chose à faire, nous allons finir au lit ensemble, lui rappela-t-elle, le cœur battant la chamade.

— Oui. Peut-être que nous n'en sortirons pas avant le mariage de Jacob et Bella à Beltane, répondit-il d'un air songeur, manifestement ravi à cette pensée.

C'était une idée séduisante pour Legna aussi, surtout lorsqu'il enfouit la tête dans ses cheveux pour tourmenter son cou. Néanmoins, elle prit les choses en main, et se téléporta hors de son étreinte, pour réapparaître à l'autre bout de la pièce. Lorsqu'il se retrouva soudain les bras vides, Gideon lui décocha un regard éloquent. Elle paierait tôt ou tard son petit tour, comme le lui promettaient clairement les yeux de l'Ancien.

Pour l'instant, elle devait diriger leurs énergies ailleurs si elle voulait disposer d'assez de temps pour réfléchir à la situation. Il représentait une tentation bien trop redoutable pour qu'ils courent le risque de se rapprocher de manière trop intime. Gideon était un alpha, déterminé par ses gènes, son expérience et sa connaissance séculaires à parvenir à ses fins quand il le souhaitait, à considérer que c'était un dû en raison de la supériorité de sa santé, de sa force et de son intelligence. Il était destiné à être le mâle de leur horde, à être révéré comme le plus puissant, le plus beau, et celui dont les désirs passaient avant ceux de tous les autres.

Et elle était destinée à être sa compagne.

La femelle alpha, la chasseresse, la maîtresse et la mère, celle qui faisait régner l'ordre et celle qui offrait le réconfort et la stabilité du foyer. Legna prit conscience que ça lui correspondait parfaitement. Même la chasseresse. C'était encore nouveau mais elle la sentait bien ancrée en elle, elle savait que ses brèves manifestations lui avaient procuré trop de plaisir pour être niées désormais. Non qu'elle ne soit pas effrayée par cette découverte. Elle était une diplomate, celle qui préservait la paix tant au sein de sa famille qu'à la cour de son frère. Embrasser la violence et l'agressivité était si contraire à sa nature. Mais c'était ainsi, inévitable. Comme l'avait dit Gideon, elle avait fait son choix. Il s'agissait à présent de se réconcilier avec, d'y trouver de la joie. Parviendrait-elle jamais à être heureuse après une telle altération de son être ? Pouvait-elle devenir ce dont il avait besoin ? En ce moment même elle ne pouvait lui donner ce qu'il attendait d'elle. Elle savait qu'il se maîtrisait péniblement, que se voir interdire le havre qu'elle pouvait lui procurer alimentait le chancre de la solitude avec laquelle il avait vécu pendant si longtemps.

Seule la sollicitude qu'il lui portait le retenait de prendre ce qui, foncièrement, lui appartenait de droit, tout comme il lui appartenait à elle. Mais alors qu'il était un don, elle ne percevait pas encore comment elle pouvait en être digne. Il fallait aussi compter sur la peur profondément enracinée qu'on lui avait inculquée tant d'années durant. Elle avait été façonnée de façon à ressentir ces sentiments, le respect pour son pouvoir inconnu, incommensurable, l'émerveillement pour la responsabilité et la sagesse qui viendraient à tous ceux qui chercheraient à accéder à une telle puissance, à l'instar de Gideon. Comment réussirait-elle jamais à dominer cette peur ? Comment pourrait-elle même se sentir son égale, comme c'était presque toujours le cas avec Noah, dans sa demeure ?

—Avec l'aide du compagnon qui t'est destiné, répondit Gideon à l'autre bout de la pièce. Legna, laisse-moi te montrer tout ce que tu redoutes d'aussi près que je le pourrai, d'aussi près que tu t'en sentiras capable. Apprendre à connaître tes peurs te permettra de les voir sous un jour nouveau, de leur redonner leur juste place parmi tout ce dont tu auras besoin pour marcher à mes côtés dans la vie. Je peux te faire découvrir ton pouvoir grandissant et je peux aussi t'assurer que, derrière le mien, je ne suis pas différent de Noah ou de tout autre démon. Je peux aussi te présenter les avantages et les plaisirs qu'il y a à embrasser non seulement la partie la plus instinctive de toi-même, mais également celle qui se trouve en moi.

— Je n'en doute pas, Gideon. C'est bien là le problème. J'ignore si je souhaite l'embrasser.

— C'est la peur de l'inconnu qui te fait hésiter. Tu es dirigée par tes impulsions dans ces moments-là et c'est ce qui t'effraie, ce que je peux comprendre. Tu te sens bien plus à l'aise avec l'idée que tu es un être intelligent et civilisé doté d'un sens moral élevé. C'est ainsi que tu es devenue la créature distinguée et honorable que tu es dans le royaume de ton frère. Mais en toute chose il faut un équilibre. Tu ne peux pas maîtriser ces impulsions quand elles se manifestent, car tu as besoin de sauvagerie autant que de sensibilité. Il est temps pour toi d'intégrer la chasseresse aux côtés de la diplomate, Legna. Tu ne crois pas en l'aptitude de ton esprit à s'adapter, à adopter le comportement le plus approprié à l'avenir. Tu persistes à penser qu'explorer les aspects les plus primitifs de ta nature impliquerait une perte de contrôle totale. Voilà le cœur de tes peurs.

» Tu n'as pas foncièrement changé, Legna, et je ne peux pas concevoir que cela se produise jamais. La prédatrice douée d'intelligence et de valeurs morales choisira ses combats avec le plus grand soin. Un véritable chasseur ne chasse pas plus que ce dont il a besoin. C'est ce qui différencie un assassin habile d'un tueur impitoyable. Tu apporteras les armes de ta conscience et de ta tolérance avec toi. Le tueur de sang-froid les laisse derrière lui. Tu as perfectionné ton sens moral et il ne t'abandonnera pas. Rien d'important ne sera affecté si tu acceptes de nourrir la chasseresse qui est en toi. Tu ne perdras rien, et gagneras tellement.

— Tu sembles si sûr de toi, répliqua-t-elle d'un ton las en se retournant vers la fenêtre près de laquelle elle se tenait. Mais les lemmings ne sont qu'instinct animal, et regarde ce qui leur arrive.

— Tu oublies que tu es une créature intelligente, parfaitement capable de comprendre que c'est une très mauvaise idée de se jeter d'une falaise, la réprimanda-t-il doucement en s'avançant lentement dans son dos.

Elle avait conscience qu'il venait vers elle, mais ce n'était pas comme s'il s'en cachait.

— Si ce que tu dis est vrai, alors pourquoi ai-je l'impression de ne pas pouvoir résister à l'envie de me jeter d'une falaise pour atterrir directement dans ton lit ? C'est quelque chose qui palpite et me brûle jusque dans mes cellules, et se transforme en cet émoi vibrant chaque fois que tu t'approches de moi comme tu le fais maintenant. À chacun de tes pas, ce feu grandit, me harcèle, me pousse à balancer toute morale ou prudence par la fenêtre pour juste… (Elle se retourna pour lui faire face, le regard d'une intensité torride, la respiration précipitée.) Juste dévorer chaque seconde qui passe avec toi.

— Cela semble insensé, Legna, je sais. Tu n'as pas l'habitude de te mettre ainsi à nu devant un homme que tu considères pratiquement comme un étranger. Tu oublies de tenir compte du fait, *Nelissuna*, que notre lien n'a rien d'ordinaire. La nature de l'imprégnation remonte à la nuit des temps et est censée rassembler ceux qui sont génétiquement compatibles pour perpétuer l'espèce. C'est ce qui conduit les loups à s'organiser en meute afin que seuls les alphas soient autorisés à se reproduire. Chez une centaine de races d'animaux différentes, les mâles sont amenés à s'affronter jusqu'à ce que le plus fort et le plus magnifique soit choisi pour diriger et propager la horde. Comme dans ces exemples séculaires, nous sommes aussi poussés à accomplir ces rites de l'union.

» La différence, c'est que nous avons une intelligence particulière qui tente parfois de contrecarrer les plans que la Nature a formés pour nous. Il ne s'agit peut-être que d'une dernière bataille que nous devons gagner afin de l'assurer que nous sommes bien faits pour être ensemble. Comme toi et moi sommes deux des meilleurs spécimens de notre peuple, Legna, il n'est pas étonnant que nous soyons biologiquement compatibles. Cependant, nos intelligences supérieures, nos aptitudes et nos consciences entrent également en jeu pour savoir si nous devrions avoir le privilège de nous imprégner l'un à l'autre. C'est pourquoi je pense que nous ne sommes pas aussi étrangers que tu pourrais le croire.

— Comment ça ? demanda-t-elle en marchant vers la cheminée pour se réchauffer, se rapprochant de lui au passage.

— Eh bien, en ce qui concerne les mœurs démoniaques, tout d'abord. Je viens peut-être d'une époque plus barbare que tous ceux qui m'entourent, mais qui a introduit, d'après toi, les solides codes moraux que la jeunesse après moi a suivis ? Les lois qui te gouvernent et les valeurs qui te dirigent sont mon œuvre. Tes croyances et les miennes sont identiques. En ce domaine, nous nous connaissons déjà, dans le fond.

Il s'interrompit alors, brusquement submergé par une vague tangible d'émotions tourmentées. C'était si puissant qu'il détourna le visage, comme s'il avait honte de ce qu'il éprouvait. Elle le sentit lutter contre un sentiment très sombre et extraordinairement pesant, mais comme à l'accoutumée il le garda soigneusement dissimulé en son sein ; même l'accès de Legna à son esprit ne se révéla pas assez fort pour percer les murs qu'il avait érigés autour de lui.

— Je n'ai jamais voulu voir les guerres druidiques se répéter de mon vivant, Legna. Je devais faire tout ce qui était en mon pouvoir pour changer ce que nous étions. Comment toute créature douée de raison, indépendamment du temps qu'il lui aura fallu pour que cette prise de conscience ait lieu, aurait-elle pu faire autrement ? La façon dont les druides ont été massacrés, séparés de leurs compagnons démoniaques par ceux d'entre nous qui n'étaient pas unis… c'était d'une cruauté que je te souhaite de ne jamais connaître. Nous qui ignorions tout de l'imprégnation ne pouvions pas nous imaginer quel enfer atroce c'était que de condamner les deux moitiés d'un couple à une torture aussi inconcevable. On a laissé les druides dépérir de la privation de l'énergie de leurs compagnons imprégnés, tandis que ces derniers devenaient complètement fous parce que…

Les paroles de Gideon moururent sur ses lèvres, et il se détourna comme s'il voulait regarder par la fenêtre dont elle venait juste de s'écarter. Mais cette fois, tenter de masquer ses émotions par un mouvement fut vain. La honte et la culpabilité qui l'envahissaient étaient presque oppressantes.

— Gideon.

Il sursauta lorsqu'elle posa les mains sur son dos, et le caressa pour le réconforter. La chaleur apaisante qu'elle lui communiquait, comme de douces ondes de compassion, calma les battements précipités de son cœur et répandit un baume sur sa douleur. C'était un don si prodigieux, comparé à ce qu'il lui avait raconté, qu'il eut le sentiment qu'il ne devrait pas l'accepter. Mais il souffrait depuis si longtemps…

Puis Gideon se rappela qu'il était juste qu'il souffre. Il méritait de vivre tout ce temps en portant le poids de ses péchés. Il ne pourrait jamais se permettre d'oublier qu'il avait un jour laissé la haine et les préjugés, la colère et la peur obscurcir son jugement. Pour lui, il ne s'agissait pas du récit de la vie de personnes appartenant à un lointain passé qu'on apprenait en cours d'histoire, ni d'une leçon qu'on enseignait pour insuffler des croyances morales aux jeunes. Pour lui, ces noms et ces visages avaient été réels et bien vivants. Il avait été le protégé du roi démon, Jonas, qui avait été si brutalement assassiné par la main traître d'Isere, le monarque druidique fou. Et à cause d'une confiance accordée à mauvais escient, tout s'était écroulé. Une guerre était née en un instant, provoquant un millénaire de regrets et de culpabilité. Et, lors du dernier Samhain, Gideon avait fini par prendre conscience qu'une éternité de souffrance s'en était suivie pour tous les démons qui avaient eu si désespérément besoin de leurs compagnons druidiques exterminés. Que penserait-elle de lui, sa belle promise, si elle apprenait qu'il avait été parmi ceux qui avaient réclamé le plus fort les têtes des druides ? Sensible et douce comme elle l'était, comment pourrait-elle jamais lui pardonner une telle abomination ?

— Raconte-moi la suite, demanda Legna.

Elle ignorait les interrogations qui hantaient Gideon, mais elle se servit néanmoins de sa voix comme d'un instrument d'absolution enjôleur. Elle percevait ce dont il avait besoin, même si elle ne comprenait pas exactement pourquoi.

— Raconte-la-moi, Legna, répliqua-t-il d'une voix rauque. Elle est d'une ironie stupéfiante. Me voilà imprégné à une compagne d'une beauté, d'une compassion et d'une force sans pareilles, après tous ces siècles. Pourrai-je jamais me croire digne d'un tel trésor ? Mais que je le croie ou non…

— C'est ainsi ? termina-t-elle pour lui en un doux écho des paroles qu'il avait utilisées un peu plus tôt pour la rassurer sur la nature de l'imprégnation.

Legna contourna Gideon pour se tenir devant lui et leva les yeux vers son visage qu'il tentait de lui dissimuler. Elle lui prit la tête entre ses mains douces pour qu'il voie son expression compréhensive et ses yeux indulgents.

— Le problème, murmura-t-il d'une voix précipitée, mis à part mes difficultés à accepter que je te mérite vraiment, *Nelissuna*, c'est que je n'ai plus l'habitude des relations amoureuses et du romantisme. Je crains de n'avoir pas la moindre idée de la façon dont je pourrais gagner ta confiance et remonter dans ton estime, sans parler d'être celui dont tu as besoin… en plus de ça.

— Eh bien, je peux te rassurer sur un point, Gideon. Tu es déjà remonté dans mon estime. Je sais… (Elle balaya ses protestations d'un geste de la main.) Je sais que je t'ai manifesté beaucoup d'hostilité cette dernière décennie, mais c'était parce que j'étais blessée dans mon orgueil. Maintenant que je comprends pourquoi tu t'es comporté ainsi avec moi, je peux te considérer d'un regard plus neutre. Par exemple, je vois désormais qu'il faut être quelqu'un de bien pour résister à une pulsion déterminée par la génétique afin de préserver les sentiments d'un autre, comme tu l'as fait pour moi… et, je crois, pour Noah. Tu as cherché à me protéger au même titre que votre amitié, Gideon.

» Ces efforts t'ont valu de t'attirer la honte et un grand blâme, ce qui me donne déjà de nombreuses raisons d'avoir une opinion favorable de toi. Si on y ajoute la façon désintéressée dont tu t'occupes de ceux que j'aime quand ils sont si grièvement blessés, les sauvant de la mort comme nul autre n'en aurait été capable, tu es bien parti pour devenir un jour mon sauveur. Mon chevalier sur son fier destrier… si l'on oublie ta tenue voyoute. (Elle sourit, et il vit une fossette se dessiner sur sa joue.) Mais nous ne devrions rien en dire à Noah, car il serait anéanti de découvrir qu'il a été détrôné de sa position de seul et unique héros de ma vie.

— Je peux t'assurer qu'il ne l'apprendra pas de moi, affirma-t-il.

L'espoir brillait dans ses yeux lorsqu'il les baissa sur elle, se délectant des courbes de son visage lumineux. Il suivit du bout des doigts le chemin emprunté par son regard.

— Legna, j'ai vécu si longtemps, et tu ignores tant de choses à mon sujet. Tu pourrais être amenée à changer de nouveau l'opinion que tu as de moi.

— Avant de prendre une décision aussi irréfléchie qu'il y a neuf ans, je te jure d'en discuter d'abord avec toi.

Cette promesse lui procura un grand réconfort ; elle vit tout autant qu'elle sentit qu'il se détendait un peu. Elle avait conscience que n'importe qui d'aussi âgé que lui devait avoir commis son lot d'erreurs, mais les atrocités de la guerre appartenaient au passé. Manifestement Gideon était capable de s'infliger un châtiment bien pire que n'importe qui d'autre.

—Maintenant, poursuivit-elle en lui prenant la main entre les siennes, entrelaçant leurs doigts, j'aimerais marcher dans les jardins. Après quoi, j'apprécierais bien une partie d'échecs, si cela te convient.

—Humm. (Gideon sourit en se laissant fermement entraîner.) Je me suis toujours demandé d'où te venait ton goût du jardinage, dit-il d'un air songeur. Il me faudra transformer la véranda en arboretum. Je ne l'utilise pas à cause des baies vitrées et elle te fournira un vaste espace pour travailler.

Legna sentit son cœur palpiter en l'entendant insinuer qu'ils vivraient un jour ensemble. Elle savait, bien sûr, que c'était inévitable et que c'était pour cela que Gideon en parlait ainsi, mais elle n'en eut pas moins le ventre aussitôt noué d'anxiété.

—Je perçois tes pensées, ma beauté, lui chuchota-t-il brusquement à l'oreille.

Elle s'arrêta sur le seuil de la véranda pour croiser son regard.

—Je ne peux pas te rassurer sur ce point, ajouta-t-il. Tu seras mienne un jour prochain et tu t'installeras dans ma demeure. Je le sais. Et toi aussi. Crains-moi s'il le faut, mais ne redoute pas l'inévitable. Tu vivras avec moi bien avant d'avoir le sentiment d'être parvenue à me comprendre. Peut-être même avant de me faire confiance.

C'était on ne peut plus vrai, et la logique de son raisonnement apaisa immédiatement ses nerfs tendus. Elle s'humecta les lèvres.

—Je suis désolée. Tu as raison, bien sûr.

Elle dissimula farouchement la pensée qui lui vint malgré elle, l'inquiétude que lui causait le fait de laisser Noah seul, de quitter la maison de son enfance et tout ce que cela impliquerait. Tant de joie pourrait en découler pour elle, tant de souffrance pour d'autres. Elle regrettait déjà cette souffrance.

— Je peux t'accorder cette promenade, déclara Gideon en la conduisant dans ses grands jardins sauvages. Mais les échecs sont une activité si élémentaire pour toi. En fait, il nous sera impossible de jouer correctement, vu que nous sommes tous deux capables de lire les intentions de l'autre.

— Ah, mais c'est bien là que réside tout l'intérêt, Gideon. Celui qui parviendra à bloquer l'accès de son esprit à l'autre ne tardera pas à gagner. (Elle sourit, mais Gideon ne perçut pas l'ironie de ses paroles.) C'est un excellent défi.

— Si tu le présentes comme ça, je suis tenté d'accepter.

Gideon s'arrêta brusquement ; entraînée par son élan, Legna le percuta et perdit l'équilibre en poussant un petit grognement surpris. Elle cligna des yeux, désorientée, avant de les plonger dans son regard déterminé lorsqu'il lui prit délicatement le visage entre les mains. Il se pencha et l'embrassa avec une tendresse infinie, tenant fermement à distance le désir qui surgissait d'habitude entre eux.

Il voulait qu'elle sache que seul son cœur reconnaissant s'exprimait en cet instant, et il n'avait pas trouvé d'autre façon de le lui dire.

Chapitre 8

Legna fut réveillée le soir suivant par le trottinement précipité de petits pieds familiers qui résonna à travers les couloirs de pierre du château. Bien sûr, la voix féminine exaspérée qui maugréait contre l'armée d'enfants qui battait en retraite ne lui était pas inconnue non plus.

Legna bâilla et s'étira dans la chaleur de ses couvertures. Elle sursauta lorsque sa main rencontra un corps et s'assit brusquement, interloquée, regardant Gideon droit dans les yeux.

— Tu es malade ? cracha-t-elle. Noah va s'apercevoir que tu es là !

Elle tira d'un coup sec sur les couvertures pour s'assurer qu'elles la dissimulaient bien tout en jetant des regards inquiets aux deux portes de sa chambre.

— Bonsoir à toi aussi, *Neliss*, répliqua-t-il d'un ton désinvolte.

Comme elle continuait à le foudroyer du regard, il s'assit en face d'elle en riant.

— Je suis sous ma forme astrale, ma douce. J'ai senti que tu commençais à t'éveiller et j'ai voulu que mon visage soit la première chose que tu voies en ouvrant les yeux.

Il tendit la main pour recoiffer ses cheveux ébouriffés, un sourire tendre lui ourlant les lèvres.

— C'est terriblement adorable à toi, Gideon, chuchota-t-elle, toujours agitée, mais qu'est-ce qui te fait penser que Noah ne peut pas percevoir ton énergie sous cette forme ?

— Il va probablement la prendre pour cette partie de moi qui se trouve désormais en toi. Et, dans le cas contraire, si tu le souhaites, je partirai dès l'instant où tu le sentiras approcher. Personnellement, je ne suis pas aussi intimidé par ton frère que tu sembles l'être.

— Gideon, ce n'est pas la question. Il s'agit de respecter la demeure de mon frère… sans parler de ses sentiments. J'aimerais lui faire le moins de mal possible. J'espérais que tu le comprendrais.

— Mais je le comprends, *Neliss*. Cependant, ton frère est bien assez mûr pour se douter que je viendrai te voir ici en attendant que tu emménages chez moi. J'ai dans l'idée qu'il va le tolérer si cela peut retarder ton départ.

— Je vois où tu veux en venir, Gideon, mais Noah ne s'est pas encore fait à notre imprégnation. Tu dois lui laisser du…

— … temps ? termina-t-il pour elle.

Elle soupira, consciente qu'il devait commencer à se lasser de ce mot. Tous ces soucis qui se dressaient entre eux la contrariaient autant que lui.

— Je suis prêt à prendre le temps de les régler avec toi, Legna. Cesse de te tracasser. Tu me prêtes un caractère que je n'ai pas. Tout homme ayant vécu aussi longtemps que moi a appris à être bien plus patient que tu ne m'en crois capable. Maintenant, embrasse-moi pour que je puisse partir et apaiser tes craintes.

Legna sourit et rejeta ses cheveux par-dessus son épaule en se penchant pour lui offrir ses lèvres. Il lui enveloppa la nuque de la main et l'attira vers lui avec fermeté.

Embrasser Gideon sous cette forme constituait une expérience inédite. Comme il était fait de pure énergie mentale solidifiée par le seul pouvoir de la pensée, elle ressentit une légère décharge électrique sur ses lèvres humides et dans sa bouche lorsqu'il l'explora durant une longue et époustouflante minute. C'était un peu comme quand on léchait une batterie… sauf que c'était dix fois plus fort. Il rit contre ses lèvres quand elle se mit à glousser tant à cette image qu'à cette sensation de chatouillement.

Il s'écarta et lui caressa le visage avec délicatesse, une lueur amusée brillant dans ses yeux.

— Je ne m'ennuierai jamais avec toi, ma douce, lui assura-t-il en l'embrassant brièvement avant de se dissiper sous ses doigts.

Elle poussa un soupir, ressentant son absence plus vivement chaque fois qu'ils se quittaient. Elle savait que ce n'était plus qu'une question de temps avant que la nature prenne le pas sur la raison. Elle ne pouvait qu'espérer que d'ici là elle aurait complètement accepté leur imprégnation.

Elle glissa rapidement hors de son lit et parvint de nouveau à se doucher en gardant les yeux fermés tout du long, malgré les rires qui ne cessaient de fuser dans son esprit. Lorsqu'elle fut enfin habillée, elle était toute rouge à force d'être écartelée entre son envie de gronder Gideon et celle de rire avec lui. Malheureusement, le réprimander n'aurait servi strictement à rien, étant donné qu'il était déjà dans le secret de son dilemme.

Alors elle releva le menton et décida de ne plus lui prêter la moindre attention.

Lorsqu'elle arriva au bas de l'escalier, Hannah faisait les cent pas dans la grand-salle. Legna fut immédiatement submergée par ses émotions et ne put retenir un gémissement en son for intérieur.

— *Courage,* Neliss, lui souffla Gideon, lisant dans son esprit ce qu'elle percevait de sa sœur.

— *Courroux d'un démon de feu imbu de lui-même, Acte II,* lui répondit-elle d'une pensée empreinte d'ironie.

— *Comme si tu ne t'y attendais pas.*

— *En effet, mais on peut toujours rêver.*

— *Fais ce que tu as à faire,* Nelissuna, *puis viens me retrouver.*

— *D'accord, mais n'oublie pas que j'ai promis de dîner avec Noah un peu plus tard.*

— *Je m'en souviens. Je ne cherche pas à te faire manquer ton rendez-vous avec ton frère, Legna. Juste à passer autant de temps avec toi que possible d'ici là.*

Legna lui adressa mentalement un signe de tête avant de se tourner pour affronter sa sœur qui bouillait de colère, de nouveau prête à défendre cette imprégnation sur laquelle elle n'avait jamais eu le moindre contrôle. Sauf que, cette fois, sa relation avec Gideon lui tenait davantage à cœur.

Lorsque Legna apparut dans le salon de Gideon, celui-ci marchait à travers la pièce, enfilant un long manteau de cuir d'une riche nuance de brun. Il dégagea du col ses cheveux retenus en arrière alors qu'elle arquait un sourcil.

— Est-ce que nous sortons ?

— Non, répondit-il d'un ton aussi grave que la tension qu'elle percevait en lui.

— Qu'est-ce qui ne va pas ?

Gideon, qui était en train de fixer sur sa cuisse le fourreau d'un poignard, s'interrompit. Les démons de matière s'armaient rarement, voire jamais. Ce qui ne fit que renforcer la perplexité de Legna, d'autant plus que, pour quelque raison obscure, il s'efforçait de lui interdire l'accès à ses pensées.

— Noah a convoqué les membres du Conseil. Elijah est censé faire son rapport sur l'agression de Bella. On m'a demandé de venir… préparé.

— Qui ? Noah ne m'a rien dit.

Dès qu'elle eut terminé sa phrase, il haussa les épaules.

— Ton frère a pris l'habitude de te laisser en dehors des affaires du Conseil depuis l'incident d'octobre. Comme tu n'y sièges pas, il ne voit pas l'intérêt de te tenir informée de ce genre de choses.

— Je n'y siège pas…

Legna en resta bouche bée, les yeux écarquillés d'indignation.

— Je fais partie des diplomates et des mentors les plus puissants de notre société, et il décide de ne pas m'informer d'événements cruciaux qui nécessitent que tu te présentes armé à une séance du Conseil ? Je ne suis pas une enfant, contrairement à ce que mon frère et toi semblez penser, et je sais parfaitement bien que la seule raison justifiant que tu sois armé, c'est que tu comptes affronter une espèce de Nocturne sur laquelle tes aptitudes n'ont que peu ou pas d'effet.

— Je n'ai jamais dit que je te trouvais trop jeune pour comprendre la situation. Legna, ne fais pas un amalgame entre l'attitude protectrice de ton frère et la mienne. Je te signale que c'est moi qui t'apprends ce qui se passe.

Il avait raison, bien sûr. D'une certaine façon, elle se comportait vraiment comme une enfant, à piquer une colère parce que les grands refusaient de la laisser jouer avec eux. Cela la rendit furieuse contre elle-même et contre

Noah. Elle croisa les bras et lutta contre les larmes puériles qui lui montèrent aux yeux.

— Viens là, ma douce, tu es trop dure avec toi-même, dit Gideon d'une voix apaisante, la rejoignant pour l'attirer dans la chaleur de ses bras. Maintenant que je fais partie de toi, je commence à comprendre pourquoi tu m'en as tant voulu de t'appeler « une enfant ». Malgré ton âge et tes talents, personne dans ta famille n'a jamais vraiment cessé de te traiter comme la petite dernière. C'est incroyable que tu aies développé une telle maturité en dépit de leur attitude inconsciemment infantilisante. Et c'est encore plus miraculeux que tu sois parvenue à les supporter patiemment durant toutes ces années.

— Je suis à fleur de peau parce qu'ils se sont relayés pour me réprimander au cours des dernières vingt-quatre heures, se justifia-t-elle à voix haute.

Elle renifla et essuya ses yeux humides avant de se ridiculiser complètement.

— Tu n'as pas à te sentir gênée avec moi, Magdelegna, lui dit-il d'une voix douce. Ne crains pas de me montrer ce que tu ressens réellement. Ce n'est pas comme si je ne le savais pas déjà.

Elle avait coiffé ses cheveux légèrement ondulés en anglaises et il en saisit une pour la faire affectueusement glisser contre sa bouche rieuse.

— Gideon, chuchota-t-elle, posant les mains sur son large torse, j'ai… j'éprouve une peur sans en comprendre la raison. Je suis envahie par la sensation nauséeuse que, si je te laisse partir, je ne te reverrai peut-être plus jamais.

Cet aveu fit chavirer le cœur de Gideon. Elle s'autorisait à s'attacher à lui, autrement pourquoi redouterait-elle de le perdre ? Il ferma les yeux, submergé par une vague de plaisir et d'espoir si puissante qu'il en resta transi. Incapable de résister à cette impulsion, il la serra si fort dans ses bras qu'elle en eut le souffle coupé. Elle avait les pieds qui pendaient à quelques centimètres du sol et elle rit tant de joie face à cette démonstration d'affection que de crainte à être ainsi doucement balancée de côté et d'autre durant de longues minutes. Lorsqu'il la reposa enfin, leurs corps continuèrent à adhérer l'un à l'autre comme sous l'effet de l'électricité statique.

Gideon portait des gants, s'aperçut-elle pour la première fois quand il lui repoussa une mèche de cheveux du visage.

— Tu es très belle cette nuit, dit-il. Tu t'es donné tout ce mal pour moi ?

Il caressa d'abord la masse de ses boucles serrées, puis la soie d'un azur chatoyant du châle finement brodé et perlé qui lui couvrait les épaules. Sa robe, comme toutes les autres, était longue et agrémentée d'une traîne, en soie noire également perlée et frangée avec un soin extrême.

Elle hocha la tête, trop tendue pour lui répondre par un sarcasme forcé, une plaisanterie ou d'un ton évasif. L'admiration qu'elle lisait dans ses yeux alors qu'il contemplait sa tenue valait bien son honnêteté.

— Je tiens à te dire que je te trouve tout aussi superbe quand tu te réveilles en sursaut et les cheveux ébouriffés près de moi, ajouta-t-il avec un sourire en coin qui lui arracha un sourire timide. C'est ton désir de me faire plaisir, par-dessus tout, qui m'enchante, pas les méthodes dont tu te sers pour y parvenir. Cependant…

Il fit glisser la soie bleue de son épaule nue et se pencha pour embrasser doucement sa peau avant de plonger de nouveau son regard dans le sien.

— Ça te va très bien.

— Je veux venir avec toi, lâcha-t-elle soudain, les mots sortant de sa bouche avant même qu'il ait pu les percevoir dans son esprit.

— Pourquoi ? Pour pouvoir faire les cent pas dans le couloir pendant que le Conseil se réunit ? À quoi bon ? Pour devoir l'arpenter encore après mon départ pour la mission qu'Elijah m'aura assignée ? Je crois qu'il vaut mieux pour ta tranquillité d'esprit que tu restes ici où tu pourras me suivre en pensée sans être dérangée.

Il effleura sa douce pommette rose d'un pouce recouvert de cuir. C'était une caresse d'une virilité incomparable, époustouflante et affectueuse. Legna dut fournir un effort considérable pour ne pas se laisser déconcentrer.

— Souviens-toi, Legna, que pour le reste de ta vie tu m'accompagneras toujours.

— Non. C'est faux !

Elle le repoussa et s'enveloppa dans son châle, les bras de nouveau croisés sur le ventre, alors qu'elle s'éloignait, avant de se retourner vivement.

— Tu ne sens donc pas ce qui se passe en moi ? Je suis sur le point de hurler tant j'ai l'impression que personne ne devrait… que je ne devrais pas…

Elle dut s'interrompre pour tenter de définir ce qu'elle éprouvait précisément. Elle avait nié ses instincts pendant si longtemps qu'à présent elle ne disposait d'aucun point de comparaison. Elle chercha en vain à décrire ou à identifier la sensation qui l'habitait.

— Ce que tu ressens, Legna, l'aida Gideon d'une voix aux accents doux et apaisants, c'est le désir d'assurer mes arrières. Cela sert à la fois à te protéger et à protéger ton compagnon.

— Oui ! s'écria-t-elle en revenant vers lui pour s'agripper à ses bras revêtus de cuir. Nous sommes destinés à affronter le danger dos à dos. Je le sens. C'est un besoin qui ne veut pas me lâcher… C'est… ça me fait penser à ce qu'on éprouve quand on nage sous l'eau trop longtemps. C'est un besoin aussi désespéré que celui de respirer quand on manque d'air. Tu dois m'emmener.

— Pas cette fois, *Nelissuna*.

Il s'efforça de refuser sa requête avec douceur, mais Legna était très déterminée. Elle pouvait se froisser aisément, en dépit de tout le tact dont il pourrait faire preuve. Gideon espérait parvenir à la raisonner.

— Tu n'as pas suffisamment l'habitude de travailler avec ces émotions instinctives. Elles sont nouvelles pour toi et, comme tu en as bien conscience, peuvent te submerger. Tant que tu n'auras pas appris à les connaître et à les accepter, tu risques de te laisser déconcentrer et de perdre le contrôle de toi-même. Inutile de te dire à quel point cela peut se révéler dangereux dans une situation instable.

» Nous prendrons le temps de te former, de me former moi aussi, à mon retour. Il faut que tu comprennes, je ne pourrais pas me sentir à l'aise si tu combattais à mes côtés pour le moment. Pas parce que je ne veux pas que tu joues ton rôle, mais parce que dans ce cas je passerais trop de temps à m'inquiéter pour toi. L'un de nous, ou même les deux, pourrait être blessé.

Il avait raison, bien sûr, ce qui ne fit qu'inspirer à Legna un sentiment de colère mêlée de frustration et de mépris pour elle-même. Elle avait fui cet aspect de sa personnalité comme une enfant effrayée, fermé les yeux de toutes ses forces en espérant que les monstres tapis en elle partiraient, au lieu de les affronter. À présent elle allait commencer à le payer. Elle avait fait preuve d'une telle arrogance en s'imaginant qu'elle ne devait surtout pas céder à ce genre de pulsions. En cet instant elle aurait donné cher pour s'être déjà réconciliée avec elles afin d'être en mesure d'aider son compagnon. S'il devait lui arriver quoi que ce soit par sa faute…

—Arrête, Legna, ça ne sert à rien, déclara-t-il avec fermeté.

Le cuir de ses gants était froid et rêche contre la peau de son visage lorsqu'il le lui tourna pour la regarder dans les yeux.

—Ne perds pas ton temps à te faire des reproches alors que tu ne peux rien y changer pour l'instant. Trouve-toi plutôt un endroit confortable ici et suis-moi par la pensée. J'ai toujours besoin de toi, ma douce. Ton expérience, tes aptitudes et ton intuition pourraient m'être aussi utiles que ta présence physique. J'ai besoin de toi pour que tu voies ce qui m'échappe et m'aides à me tirer d'embarras. Et non, je ne m'attends pas à ce que ça arrive. C'est juste dans ma nature de me préparer à toute éventualité.

Legna médita sa requête pendant ce qui lui sembla une éternité, puis elle se dégagea de son étreinte et lui tourna le dos. Ses pensées étaient si confuses que Gideon ne parvint pas à les déchiffrer. Ce ne fut que lorsqu'elle prit le second poignard qu'il avait posé sur la table qu'il commença à comprendre ses intentions.

Avec la grâce qui surpassait même celle dont elle aurait naturellement dû être dotée en raison de ses ascendances, elle revint vers lui. Elle lui effleura affectueusement le torse de la main puis se baissa sans un mot pour entreprendre de fixer le fourreau à son autre cuisse.

Les implications de sa démarche laissèrent Gideon absolument sans voix. Il ne put que la regarder enrouler de ses doigts habiles la lanière supérieure sur le haut de sa jambe et la fermer à l'aide de la boucle. Dire que cette expérience était érotique était un euphémisme. Peu importait qu'aucun d'eux n'ait envisagé cet acte sous un jour aussi intime. Ce qui comptait, c'était qu'ils en étaient tous deux conscients, qu'ils étaient tous deux sensibles au caractère sensuel des gestes de Legna à des niveaux bien plus profonds que le simple contact physique.

Elle était sa compagne véritable, sa moitié, la partie féminine de lui-même qui s'épanouissait dans l'intuition et les instincts protecteurs. Elle était celle qui recouvrait son calme avant le combat afin de s'assurer que tout était fin prêt pour affronter le danger. Elle était l'ancrage, la concentration et la moralité qui guideraient ses actions. Elle était la stratégie et la logique qui lui feraient emprunter le meilleur chemin vers le triomphe tout en veillant à sa propre sécurité. Elle était la miséricorde pour ceux qui se jetteraient vaincus à ses pieds, lui faisant savourer le plaisir de la victoire tout en lui épargnant la joie pernicieuse de tuer quand ce n'était plus nécessaire. Elle était la lumière et la paix qui l'empêcheraient d'avoir à porter la culpabilité d'avoir ôté une vie, malgré toutes les raisons qu'il aurait eues de le faire.

Il était son compagnon véritable, sa moitié. Tandis qu'elle l'armait, elle le sentit s'insinuer au plus profond de son âme, se transformer en la partie masculine d'elle-même. C'était celle qui s'épanouissait dans la défense de ce qui lui appartenait, celle qui marquerait son territoire avec le sang de ses ennemis s'ils osaient en franchir les limites. Il devint son sens de l'autorité et de l'intégrité, la partie d'elle-même qui arborait les cicatrices de ses combats et possédait les talents d'une guerrière. Il était sa prouesse physique, sa ruse, et la partie d'elle-même qui endurerait les blessures et les souffrances de l'enfer plutôt que de tolérer une injustice. Il était les ténèbres et les conflits qui l'empêchaient de se montrer trop confiante en la douce nature de la paix, vulnérable à l'agression de ceux qui ne nourrissaient pas des idéaux aussi honorables qu'elle l'aurait cru.

Les cheveux de Legna retombaient d'un côté de sa tête, dévoilant partiellement son ravissant visage et sa gorge pendant qu'elle était absorbée dans la tâche qu'elle accomplissait avec une efficacité qui justifierait qu'il lui confie sa vie. Gideon riva son regard sur le battement énergique de son pouls alors même qu'il le percevait déjà dans son corps et son esprit. Elle attacha la seconde lanière du fourreau et se redressa, ses yeux d'acier reflétant la guerrière en elle qui veillait méticuleusement à sa préparation.

Elle décrocha le bout de cuir dur qui maintenait le poignard dans son étui et le sortit. La lame affûtée longue de vingt-trois centimètres résonna brièvement en heurtant le rebord en métal du fourreau. Legna la tint à la lumière. Elle la retourna et l'examina soigneusement un moment avant d'être rassurée quant à sa qualité et son tranchant, puis replaça l'arme dans son étui et referma la pression.

Ensuite, elle inspecta son compagnon de la tête aux pieds, vérifiant consciencieusement qu'il ne lui manquait rien. Lorsqu'elle rencontra enfin son regard brûlant, Gideon s'autorisa à respirer.

—J'ignorais que tu excellais dans le maniement du poignard, murmura-t-elle.

—Mon habileté ne se réduit pas à ce domaine. Quand on vit aussi longtemps que moi, il serait stupide de ne pas en profiter pour maîtriser parfaitement toutes les techniques de combat.

Il observa Legna attentivement, s'efforçant de déchiffrer ses pensées.

— Oui. Je sais. Je suppose que, dans un sens, nous pouvons nous estimer heureux que nos pouvoirs innés dépassent la capacité de destruction des armes même les plus avancées. Nous n'avons guère l'utilité de ce genre d'arsenal, même s'il nous avait convenu.

Elle se rapprocha d'un pas et leva ses mains élégantes pour les glisser à travers les pans de son manteau de cuir, à la recherche de la chaleur de son torse ; elle enfonça à peine les ongles dans le coton de sa chemise. Il l'empoigna par sa taille svelte avec une possessivité que Legna ne manqua pas de remarquer alors qu'il l'attirait encore plus près de lui. Sans un mot, en l'espace d'un battement de cœur, il s'était penché pour l'embrasser. Tandis que leurs lèvres chaudes s'unissaient, ils partagèrent leurs émotions. Ce baiser combinait à la fois de la tendresse, du désespoir et une grande dose de sentiments et d'appétits non exprimés, trop étroitement mêlés à leurs soucis du moment pour trouver une expression plus claire.

— Seras-tu là à mon retour ? demanda-t-il d'une voix pleine d'impatience, son souffle lui réchauffant les lèvres.

— Oui, lui assura-t-elle, scellant sa promesse de son baiser enflammé.

Ne souhaitant pas le distraire davantage, elle mit fin à leur étreinte et se dégagea d'un mouvement ferme qui l'éloigna suffisamment de lui, et le mit à l'abri du désir et des craintes qui la tiraillaient. Si ce n'était totalement, du moins de leurs manifestations physiques.

Il comprit parfaitement son attitude et lui en fut reconnaissant. Il devait garder ses esprits, et elle avait le don de les lui dérober avec une telle aisance dès qu'elle l'attirait dans l'enchantement de sa bouche et la complexité de ses pensées et de ses besoins naissants.

— Ne bouge pas, murmura-t-elle.

Elle inspira profondément en fermant les yeux, tendit les bras sur le côté avant de les ramener devant elle, les mains jointes en une posture méditative.

La dernière chose que vit Gideon fut la soie de son châle qui glissait de sa peau lisse pour retomber à ses pieds. En un clin d'œil, il réapparut devant la salle du Grand Conseil dans un petit bruit sec presque imperceptible, sans aucun signe d'écran de fumée.

Jacob fut le premier à se lever lorsque le Grand Conseil se réunit enfin.

— Comme vous le savez peut-être tous, commença-t-il, notre exécutrice s'est fait brutalement agresser il y a deux nuits.

Cette annonce provoqua plusieurs murmures surpris parmi ceux qui n'avaient pas appris la nouvelle par la vague de rumeurs.

— Elle s'est sentie suffisamment bien ce soir pour nous raconter ce qui lui est arrivé. Dès que nous aurons confronté son récit avec les éléments rassemblés par Elijah…

Jacob indiqua le gigantesque guerrier blond assis de l'autre côté de la table triangulaire, qui se balançait sur sa chaise.

— … puis avec ceux du médecin qui l'a soignée, je pense que nous serons tous suffisamment informés pour en tirer des conclusions recevables et prendre des mesures.

Comme Noah, Elijah et moi-même avons déjà discuté de la question ensemble, nous ferons aussi des suggestions quant à la ligne de conduite qu'il nous semble opportun d'adopter.

» Pour des raisons évidentes, je me chargerai de vous transmettre le récit de ma compagne. Elle n'est pas encore en état de s'aventurer hors de son lit, et je crois que vous conviendrez tous que sa santé et le bien-être de l'enfant qu'elle porte passent avant tout.

La conseillère Ruth poussa un grognement désobligeant, ce qui n'avait rien de surprenant de sa part. Néanmoins, cette nuit-là et contrairement à son habitude, Jacob n'était pas enclin à la tolérance. En général, il réagissait aux remarques acerbes et aux manœuvres habiles de la démone d'esprit pour tenter d'améliorer sa position avec la patience dont on faisait preuve face à un enfant impertinent. Mais Ruth s'était mise à dénigrer sa compagne avec une telle véhémence qu'il ne pouvait plus feindre de l'ignorer. Que Ruth choisisse un moment aussi peu judicieux pour le railler n'arrangeait rien.

Quand l'exécuteur abattit le poing sur la table avec une force telle que le bois massif émit un craquement épouvantable, les conseillers comme le roi sursautèrent sur leur chaise. Cependant, ce n'était rien comparé à l'effrayant rugissement qui sortit de la gorge du démon de terre tandis qu'il rivait des yeux glacés et pleins d'amertume sur la démone vindicative.

— Tu vas arrêter d'exprimer l'opinion négative que tu as de ma compagne à ce Conseil, Ruth, gronda-t-il d'un ton comminatoire et d'une voix si basse et redoutable que nombre des conseillers en eurent des sueurs froides. Sinon, tu auras affaire à moi. Est-ce que je me fais bien comprendre, femme ?

— Tu oses me menacer ? rétorqua-t-elle.

Elle se leva pour lui faire face, ce qui devait être la décision la moins sage de toute l'histoire du Conseil depuis qu'il avait pris celle d'entrer en guerre contre les druides.

— Ruth, assieds-toi, cracha Noah. Sinon, tu vas être exclue de cette assemblée pour le restant de tes jours. Est-ce que je me suis fait parfaitement comprendre ?

— Tu n'en as pas le pouvoir ! affirma Ruth.

Son obstination était telle qu'elle ne se rendait tout simplement pas compte que, dans son aveuglement, elle s'enfonçait toute seule. Peut-être qu'on avait pu fermer les yeux sur son attitude dans les premiers mois qui avaient suivi le drame vécu par sa fille, mais elle n'avait pas cessé de vomir sa rancune et son hostilité sur les exécuteurs. Néanmoins, le Conseil savait que ces derniers n'étaient pas responsables du malheur de sa famille, tandis que ses diatribes et son animosité lui avaient valu de perdre l'estime de la plupart de ses membres.

— Si, répliqua Noah avec l'assurance tranquille que lui conférait sa position supérieure. Si le Conseil me soutient dans sa majorité, tu en seras excommuniée. Et je pense qu'il faut que tu prennes conscience, conseillère Ruth, que le vote déterminant reposera entre les mains de la femme que tu traites avec un tel mépris et qui siège au côté de Jacob à cette table, dès qu'elle sera de nouveau en mesure de se joindre à nous. Maintenant, je te demande de t'asseoir.

Ruth blêmit sous cette menace transparente, tremblant d'indignation réprimée et d'impuissance. Mais elle parvint malgré tout à tenir sa langue et, avec un signe de tête provocant qui agita la masse blonde de ses cheveux, regagna enfin sa place. De la haine brillait dans ses yeux tandis qu'elle les rivait sur l'exécuteur.

— Continue, Jacob. Je suis désolé de cette interruption, l'encouragea Noah avec douceur.

Gideon lança un regard intrigué à Ruth pendant que Jacob prenait un instant pour se ressaisir. Il comprenait les émotions débridées de Ruth. Sa fille avait perdu le trésor le plus inestimable qu'un démon pouvait recevoir. Elle avait perdu le druide auquel, sans l'ombre d'un doute, elle se serait imprégnée pour l'éternité, s'assurant ainsi une place dans la nouvelle ère de la civilisation démoniaque. C'était précisément le genre de destinée dont une créature assoiffée de pouvoir comme Ruth se serait réjouie. Être la mère d'une telle fille aurait été merveilleux.

Mais Gideon réservait sa compassion à la fille de Ruth, Mary. La mort de son compagnon avait empêché la jeune démone de jamais connaître ce que Legna et lui ne faisaient que découvrir et qui leur inspirait déjà un saint émerveillement teinté de respect.

Puis Gideon prit brutalement conscience que, sans Isabella et ses aptitudes remarquables, il aurait lui aussi été voué à ce sort. À cette pensée, un froid glacial s'insinua en lui malgré ses efforts pour réprimer l'angoisse qui le submergeait. Mener une vie sans Legna, et sans jamais se douter de ce à côté de quoi il passait était inimaginable. Quand avait-il commencé à considérer que tous ces longs siècles n'avaient servi qu'à le préparer à accueillir Legna dans son existence ? Lorsqu'il repensait aux neuf dernières années, à tout ce temps qu'il avait gâché et où il l'avait laissée sans protection quand, au contraire, il aurait dû la garder en sécurité près de lui…

Gideon serra les poings, le doux crissement du cuir couvert par les voix des conseillers. Il jeta un coup d'œil autour de la table à ceux capables de percevoir ses pensées et ses émotions, s'ils l'osaient, y compris la cupide Ruth, et s'efforça de se maîtriser.

— *Calme-toi, mon bien-aimé. Concentre-toi sur l'instant présent, et souviens-toi que je suis près de toi maintenant.*

Sa voix apaisante n'était rien comparée à l'effet puissant qu'eut le surnom affectueux. Il referma en silence les doigts sur les accoudoirs de son siège, presque comme s'il avait besoin de s'accrocher pour ne pas s'envoler de joie. Il ne pouvait pas s'expliquer sa réaction ridicule, mais il lui était impossible de la nier.

— *Si j'avais su qu'il était si simple de te faire plaisir, je l'aurais fait plus tôt*, lui dit-elle, son rire rendant le cœur de Gideon léger tandis qu'il résonnait dans son corps et dans son âme.

— *Quand t'ai-je jamais donné l'impression du contraire,* Neliss *?*

— *Chut, petit flatteur. Écoute donc Jacob.*

Gideon esquissa un sourire en coin et reporta son attention sur l'exécuteur.

— … d'abord pensé qu'il s'agissait d'une attaque de nécromanciens, disait ce dernier. Elle a reçu plusieurs décharges électriques qui ressemblent à l'usage caractéristique qu'ils font de cette énergie. Ce que nous ne sommes pas tout de suite parvenus à comprendre, c'est pourquoi elle n'a pas réussi à atténuer ce type de pouvoir comme par le passé.

Jacob s'interrompit et se frotta les mains comme pour les réchauffer. Pas étonnant, songea Gideon. Il aurait eu tout aussi froid s'il s'était tenu devant le Conseil pour décrire l'agression de Legna…, obligé de revivre le fait de n'avoir pas su la protéger, que ç'ait été possible ou non.

— Si Bella n'a pas pu atténuer le pouvoir de ses agresseurs, c'est parce qu'il venait d'un Taser. C'est la technologie, pas une aptitude surnaturelle, qui l'a d'abord blessée. Elle a ouvert sa porte et n'a eu aucune chance de se défendre. On lui a immédiatement tiré dessus. La seule chose qu'elle se rappelle distinctement après son choc initial, c'est que l'un de ses agresseurs s'est approché d'elle alors qu'elle gisait par terre et s'est mis à…

Les mots moururent sur ses lèvres ; il s'éclaircit la voix en serrant les poings. C'était comme si ces mots inconcevables étaient restés coincés dans sa gorge, et l'étouffaient.

Au soulagement manifeste de Legna, que Gideon perçut comme s'il s'était agi du sien, Elijah se leva et posa la main sur l'épaule de Jacob, l'invitant à se rasseoir. Le guerrier se tourna vers le Conseil et reprit le fil du récit.

— Bella se souvient avec netteté que l'un de ses agresseurs a commencé à s'en prendre à dessein à son ventre. Le rouant de coups de pied… allant même jusqu'à se servir d'instruments contondants comme des battes de base-ball ou de longs bâtons. Elle n'est pas sûre desquels. Ses blessures correspondent à des coups, n'est-ce pas, Gideon ?

Celui-ci adressa un unique signe de tête au guerrier.

— Comme des chiens de chasse autour d'un renard, expliqua-t-il à voix basse. Elle était étendue au centre d'une meute qui l'a attaquée de toutes parts en même temps. L'enfant de Bella était la cible principale. La seconde, Bella elle-même. Il est manifeste que ses agresseurs ont cherché à la tuer. S'ils y étaient parvenus, nous n'aurions pas eu de témoin direct. Heureusement, ma… Magdelegna, rectifia-t-il rapidement.

Il perçut soudain sur lui le poids du regard du roi démon, et souhaita plus que tout ne pas inquiéter Legna plus qu'elle ne l'était déjà.

— Magdelegna, poursuivit-il, a trouvé Bella quelques minutes après leur départ.

En le disant à voix haute, Gideon prit conscience que Legna avait frôlé la mort cette nuit-là. S'il ne l'avait pas plongée dans un profond sommeil, elle aurait pu se réveiller plus tôt et avoir été avec Bella au moment de l'agression. Il sentit un voile sombre s'étendre sur son âme comme de l'encre sur une feuille. De nouveau à deux doigts de la perdre alors qu'elle n'était même pas encore véritablement devenue sienne. Cette pensée était atroce en soi, mais les émotions tapies derrière semblaient vouloir s'élever pour l'étrangler, comme elles étouffaient Jacob. Il lutta pour recouvrer la maîtrise de lui-même, mais ce fut l'intervention de Legna qui se révéla la plus efficace.

— *Chut… Rassure-toi, mon compagnon*, dit-elle d'un ton apaisant. *Tu m'appartiens maintenant, et tout ce qui pourrait nous arriver ne pourra jamais rien y changer.*

— Il est évident qu'en dehors des blessures infligées à Isabella, tout le reste n'était qu'une mise en scène, poursuivit Elijah d'une voix ferme qui rappela brutalement Gideon à la réalité. On a voulu faire passer cette agression pour celle de nécromanciens, mais ça ne me convainc pas. Pourquoi saccager la pièce et laisser autant d'indices ? Manifestement il n'y a pas eu de lutte. Pourquoi nous permettre de remonter jusqu'à eux par une telle destruction absurde ?

— Pas des nécromanciens ? s'étonna Ruth. Mais en êtes-vous sûrs ?

— Non, en fait, nous ne pouvons pas l'affirmer, convint Elijah. Les nécromanciens n'en sont pas moins humains, et peuvent se servir des armes. Voici ce que les faits nous apprennent avec certitude : il s'agit d'un ennemi qui a un mobile, commença-t-il en énumérant chaque caractéristique sur ses doigts, est en mesure d'utiliser la technologie et n'ignore pas le mépris que nous inspirent les nécromanciens, d'où cette tentative de leur attribuer cette attaque. Et les nécromanciens eux-mêmes, bien sûr, restent une possibilité. Plus important encore, les agresseurs de Bella devaient la connaître, ainsi que Jacob et ce que va entraîner la naissance de leur enfant.

— Qui d'autre pourrait être au courant de l'émergence des druides et du rôle qu'ils sont amenés à jouer dans notre avenir ? demanda Jacob.

Le visage impassible de Gideon n'avait peut-être pas éveillé les soupçons des personnes à la table du Conseil, mais Legna était si attentive à ses pensées qu'elle ne put que remarquer la vague d'effroi qui l'envahit, accompagnée du spectre de la culpabilité.

— *Tu sais quelque chose*, chuchota-t-elle.

— *Pas maintenant, Legna.*

L'empathe comprit immédiatement. Dans la pièce se trouvaient de puissants démons d'esprit mâles capables de percer même les formidables défenses de Gideon, si leur intérêt était suscité. Sans un mot, elle lui emplit l'esprit d'images de réconfort et de pensées sucrées qui ne manqueraient pas de déconcerter tout démon curieux.

— Tout cela suggère qu'on a affaire à des Nocturnes. Les rumeurs se répandent vite dans notre monde et je ne serais pas étonné qu'une espèce ait entendu parler de l'existence des druides et se soit sentie menacée à l'idée qu'ils se perpétuent parmi nous.

» Il s'agit donc d'écarter ou de retenir chaque espèce, conclut Elijah. Commençons par le peuple des ombres.

Le démon de vent possédant une grande connaissance des Nocturnes, on pouvait dire qu'il était dans son élément. En tant que chef des guerriers, il était chargé de la résolution des conflits qui opposaient les démons entre eux ou avec les autres communautés.

— L'agression a eu lieu au coucher du soleil, fit remarquer Noah.

— Exactement, confirma Elijah. Le peuple des ombres ne supporte pas la lumière du jour. Ils ont une sensibilité encore plus élevée que les vampires. Il est notoire que certains de ces derniers tolèrent une certaine quantité de soleil à mesure qu'ils avancent en âge et gagnent en force. Ce qui est absolument impossible pour le peuple des ombres.

— Les mistrals se distinguent, comme chacun sait, par leur absence d'agressivité. Je ne peux pas les imaginer se donner tout ce mal pour commettre un tel acte de violence, ajouta Jacob.

— Alors que je le conçois très bien de la part des lycanthropes, renchérit Elijah. Même si nous avons conclu une trêve fragile avec eux il y a treize ans, certains nous en veulent encore suffisamment pour ne pas respecter cet accord de paix.

— Dans quel but ? Pour éliminer une femme enceinte ? Ça n'a aucun sens, argumenta Noah. Les lycanthropes ne sont pas réputés pour mener des attaques aussi ciblées.

— J'aurais tendance à être d'accord, intervint Gideon d'une voix forte. Les lycanthropes se laisseraient dominer par leurs instincts dans le feu d'une action de cette nature. Ils n'auraient pas été capables de résister à leur besoin de marquer Isabella et de la souiller de leur sang. Je n'ai retrouvé aucune trace de griffure ou de morsure animales, sans compter que son métabolisme n'a pas été contaminé par la lycanthropie.

— Et pourtant, quel meilleur moyen de masquer leur signature que de ne pas céder à leurs instincts ? Ils étaient sous leur forme humaine, si c'était eux. Bella a été attaquée par des bipèdes.

— Les vampires ?

— Ils remplissent tous les critères sauf en ce qui concerne le mobile et la technologie. Bien sûr, rien de plus aisé pour eux que d'ensorceler un humain afin qu'il utilise une arme à leur place.

— Je me charge de la question du mobile, avança rapidement Gideon. De son absence, plus précisément. Aucune raison qu'ils en aient un.

— Mais on ne peut pas pour autant les écarter, répliqua Elijah. Quelque chose nous échappe peut-être.

— Je vais les interroger, affirma succinctement Gideon.

Noah se tourna vers lui, les sourcils arqués.

— Tu vas porter une telle accusation devant Damien ? demanda-t-il, n'ignorant pas que les deux Anciens avaient toujours eu des atomes crochus.

— Mais je comptais l'envoyer auprès de Siena, intervint Elijah.

Gideon fut percuté avec force par la réaction de Legna, submergé par une vague de surprise et de peur qui l'empêcha presque d'entendre les explications du démon de vent.

— Tu es celui qui la connaît le mieux, Gideon. J'ai conscience que tes aptitudes innées ne te seront pas d'un grand secours face à elle, mais grâce à ta perception de son métabolisme tu sauras si elle te ment ou te cache quoi que ce soit. Je suppose que tu ne crains pas de combattre corps à corps si tu devais en arriver là ?

— Bien évidemment non, répondit Gideon avec la simplicité due à une assurance absolue. Et je ne vois pas pourquoi je ne pourrais pas me charger de ces deux tâches. Je suis celui le plus à même de les accomplir.

— Il n'a pas tort, convint Noah.

Gideon sentit que l'empressement de son frère à lui confier une mission potentiellement dangereuse déconcerta Legna. Si elle avait pu contrôler son corps, elle lui aurait fait gifler le roi démon.

— Bon. Pendant que Gideon s'occupe de cela, j'ai prévu de m'infiltrer dans les cercles des humains qui prennent plaisir à traquer les Nocturnes, les informa Elijah. Il n'est pas difficile de pénétrer les rangs de ces chasseurs autoproclamés, surtout pour ceux qui excellent manifestement au combat.

— La dernière question : les nécromanciens. Ce sont ceux qui resteront si toutes les autres espèces sont mises hors de cause, annonça Jacob d'une voix basse. Il est fort possible que l'explication la plus évidente soit aussi la bonne. Mais nous devons d'abord soigneusement écarter toutes les autres éventualités.

— Nous nous réunirons de nouveau lorsque Elijah sera rentré de sa mission de reconnaissance. Je suppose que cela te laisse le temps de mener à bien les tâches qui te sont confiées, Gideon ?

— Largement, Noah, je peux te l'assurer.

— Très bien. Je vous reverrai tous à ce moment-là. La séance est levée.

Avant de se redresser, Noah se pencha pour toucher la main de la conseillère Ruth ; il lui chuchota un ordre composé d'un unique mot.

Le Conseil se dispersa à l'exception de Gideon et de Jacob, qui restèrent tous deux assis jusqu'à ce que la salle se soit complètement vidée. Quand la porte se referma, Jacob se tourna vers le médecin.

— Si tu as besoin qu'on surveille tes arrières, je serai heureux de t'accompagner.

— Non, je te remercie, Jacob. Je pense qu'il vaut mieux que cette mission soit accomplie par une personne seule. Si des peuples étrangers devaient voir apparaître sur leurs terres deux des démons les plus puissants de notre société, ils se tiendraient immédiatement sur la défensive, ce qui pourrait même engendrer une altercation indésirable.

— Je comprends ton point de vue. Cependant, si jamais tu avais des ennuis, tu n'as qu'à demander à Legna de venir me trouver et je ferai mon possible pour t'aider.

— Je ne pense pas en arriver là. Damien est pacifique depuis des siècles et Siena n'est pas stupide. Elle sait que je ne m'introduirais pas sur son territoire sans être surveillé de près.

— Tu pars maintenant ?

— Oui. Je ne vois pas de raison de retarder mon départ. Je suis déjà prêt.

— C'est ce que j'ai remarqué, répliqua Jacob. Cela fait un moment que je ne t'ai pas vu armé. J'en ai déduit qu'Elijah devait t'avoir prévenu de la suite probable des événements.

— Il m'a juste dit de venir préparé pour tous types de combats.

— C'est tout lui, déclara Jacob en riant. Cet homme est un guerrier jusqu'à la moelle, malgré toutes ses pitreries.

— C'est vrai. Tu veux que je passe voir Bella avant de partir ?

— Pas dans cette tenue. Elle aurait des palpitations si elle savait que tu allais prendre des risques à cause d'elle.

— Par chance, je suis presque insensible aux pouvoirs de Bella tandis que je pourrais soigner ces palpitations d'une pensée, rétorqua Gideon d'un air songeur.

Jacob haussa les sourcils en dévisageant le médecin. Il ne se souvenait pas de la dernière fois où il l'avait entendu plaisanter. Ce n'était pas une expérience déplaisante et l'exécuteur la trouva même amusante.

— Je… je n'ignore pas ce qui se passe entre Legna et toi, comme tu le sais, dit Jacob d'un ton désinvolte. Je ne suis imprégné moi-même que depuis peu, mais si tu avais besoin… (Il s'interrompit, soudain mal à l'aise.) Bien sûr, tu en connais probablement bien plus sur l'imprégnation que je n'en apprendrai jamais.

— *Il tente de se rapprocher de toi.*

Les doux encouragements de Legna permirent à Gideon d'en prendre brusquement conscience. C'était l'une de ces subtilités qui lui auraient échappé, tant il était rouillé en matière d'amitié et de relations sociales.

— Je te remercie de m'offrir ton aide, s'empressa-t-il de répondre. En fait, je voulais te demander… quelque chose…

— *Qu'est-ce que je voulais lui demander ?* s'enquit-il précipitamment auprès de Legna.

— *Je ne sais pas ! Je ne t'ai pas dit de lier une conversation avec lui, juste d'accepter gracieusement sa proposition.*

— *Oh. Toutes mes excuses. Néanmoins, avec ton intelligence, tu vas bien m'inventer quelque chose, non ?*

— Ce n'est pas une perspective très réconfortante, fit remarquer Gideon d'un ton ironique sans prêter attention à Legna qui gloussait dans ses pensées.

Jacob se leva et poussa sa chaise sous la table en étirant ses muscles raidis pour être resté assis trop longtemps.

— À bientôt, Gideon.

L'exécuteur se transforma en un tourbillon de poussière et se faufila par une fenêtre.

— *Comment tu te sens ? Prête à me téléporter à l'endroit que j'enverrai dans ton esprit ?*

— *Je crois que oui.*

Alors c'est exactement ce qu'il fit.

Legna avait conscience qu'il la flattait, alors elle éclata de rire.

—*Demande-lui pourquoi tu as l'air de vouloir toujours m'énerver.*

—*Pas question, Magdelegna.*

—*Eh bien, dans ce cas, tu ferais mieux de trouver autre chose, parce que je n'ai pas d'autre suggestion à te faire.*

—Oui ? l'encourageait Jacob d'un ton neutre, s'efforçant de faire preuve de patience pendant que le médecin semblait rassembler ses pensées.

—Est-ce que tu as l'impression que ta compagne a tendance à te réprimander en permanence ? s'enquit-il finalement.

Jacob rit à gorge déployée.

—Tu sais quoi, je peux même te donner un conseil, Gideon.

—Vraiment ?

Le médecin paraissait sincèrement plein d'espoir.

—Laisse tomber. Tout de suite. Tant que tu as encore toute ta tête. Discuter avec elle ne te mènera à rien. Et, aussi, ne pose jamais, au grand jamais, de questions qui portent sur le pourquoi et le comment des femmes, et ne fais aucune critique en rapport avec elles. Sinon ça ne te vaudra qu'une dispute à un niveau sonore encore plus élevé. Oh, et une dernière chose.

Gideon arqua les sourcils d'un air interrogateur.

—Toutes les règles que je viens de t'énoncer, ainsi que toutes celles qu'elle fixera pendant votre relation, peuvent et surtout vont changer selon son humeur. Alors, de la façon dont je vois les choses, tu peux t'estimer autant perdu que n'importe quel autre homme sur la planète. Bonne chance à toi.

Chapitre 9

Gideon se matérialisa à l'angle d'une rue déserte sous un lampadaire cassé. Il regarda autour de lui avec circonspection et recula dans les ténèbres, contre le mur de briques d'un bâtiment. Il modifia sa vue jusqu'à ce qu'il puisse voir parfaitement non seulement dans le noir, mais aussi à la distance qu'il souhaitait. Il avait conscience que Legna était très impressionnée par sa nouvelle vision des choses.

Il s'agissait en fait de la première fois qu'elle le regardait utiliser ses pouvoirs à travers ses yeux. Gideon se surprit à espérer qu'elle n'assisterait à rien de plus méchant que de menues et habiles manipulations de sa vue ou d'autres fonctions physiologiques.

—*Arrête de te tracasser pour moi et de ce dont je risque d'être témoin. Ça ne sera pas mieux que de t'inquiéter de ma présence physique.*

— *Tu as raison. Merci.*

—*De rien.*

Gideon continua à fouiller les alentours du regard et altéra son métabolisme afin de dégager un parfum alléchant qui servirait à appâter les créatures qu'il cherchait.

Une silhouette sombre ne tarda pas à apparaître au bas de la rue. En un clin d'œil, elle avait franchi huit cents mètres et se tenait tout près de lui. Le médecin épiça alors son odeur avec de l'adrénaline. D'une part, pour augmenter sa force et ses réflexes en cas d'altercation ; d'autre part, parce que la sécrétion attirerait son adversaire potentiel comme de l'ambroisie.

Sa cible se déplaça à une telle vitesse que Gideon n'aurait pas pu la suivre des yeux malgré sa vision améliorée, mais il ne prit même pas la peine d'essayer. Il sentit une main se refermer sur sa gorge comme un étau et le plaquer contre le mur jusqu'à ce que les briques lui éraflent le cuir chevelu, le reste de son corps n'étant protégé que par son manteau. Il perçut la stupeur horrifiée de Legna mais, à sa décharge, elle se fia au murmure rassurant qu'il lui envoya. Elle se tint prête à toute éventualité, cela dit, ce qui lui fit plaisir.

Gideon observa sans se démonter la bête incliner la tête en arrière et ouvrir la bouche dans un grognement, dévoilant de longs crocs d'une blancheur ivoirine. Le vampire fit mine de se jeter sur son cou avant de s'arrêter soudain, ses yeux sombres écarquillés. Avec lenteur, le Nocturne s'écarta, baissant les yeux sur la lame qui venait juste de déchirer sa chemise et de lui trouer la peau au niveau du cœur. Il prit enfin le temps de croiser le regard de sa proie et, le souffle coupé, la lâcha brusquement en pestant.

— Un démon ! Pouah !

L'air assez contrarié, le vampire recula jusqu'à ce que Gideon éloigne enfin le poignard et, d'un petit mouvement habile, le rengaine aussi silencieusement qu'il l'avait sorti.

— Toutes mes excuses, dit-il avec grâce, pour cette supercherie. Mais j'avais besoin d'attirer l'attention de l'un des vôtres et c'est la méthode la plus rapide qui m'est venue à l'esprit, comme j'étais sûr que vous seriez tous en train de chasser à l'heure qu'il est.

Le vampire poussa un grognement réticent.

— Que voulez-vous, démon ?

— Connaître les terrains de chasse de Damien. Auriez-vous cette information ?

— Si c'était le cas, pourquoi la donnerais-je à un démon ? s'enquit l'autre Nocturne.

— Je n'ai pas l'intention de lui faire du mal, je souhaite juste lui parler.

— Ma question tient toujours.

— En effet, convint Gideon. Mais vous sauriez si je mentais, et vous devrez vous en contenter.

Le vampire inclina la tête sur le côté, ses traits à la beauté ténébreuse, l'image même de la réflexion.

— Certes. Néanmoins, je vous dirai simplement de concentrer vos recherches sur San José. À part ça…

Le vampire écarta les bras en une parodie de révérence avant de s'élancer dans un bond qui le propulsa sur les crêtes indistinctes des plus hauts bâtiments qui se dressaient de l'autre côté de la rue.

— *Tu veux que je t'emmène à San José ?* lui demanda Legna.

— *Non. Repose-toi. Ce n'est pas très loin. Garde tes forces pour plus tard. Ne t'inquiète pas. Damien est une vieille connaissance. Je ne crains rien avec lui.*

— *Pourtant, je sens que tu n'en es pas aussi convaincu que tu le souhaiterais. Tu crois qu'il est impliqué dans l'agression de Bella ?*

— *Je ne vais pas tarder à découvrir la réponse à cette question.*

Damien releva soudain la tête lorsqu'il distingua une odeur familière flottant dans la brise qui soufflait sur la montagne. Il se tourna rapidement en s'accroupissant bien bas, ce mouvement brusque envoyant sa longue tresse noire lui cingler le dos comme un fouet.

— Gideon ?

Le démon s'avança dans un rayon de lune qui le mit suffisamment en lumière pour détendre le prince. Damien se redressa, recouvrant l'élégance de son flegme plus humain et chassant d'une simple pensée la bête méfiante qu'il était l'instant d'avant.

— Damien, le salua Gideon en esquissant un signe de tête respectueux.

— On vient me traquer sur mes propres terrains de chasse ? demanda ce dernier.

Legna n'avait jamais rencontré de vampire aussi âgé et puissant que Damien, leur prince. Elle fut ébahie par ce qu'elle vit à travers les yeux de Gideon. L'homme avait la même forte carrure qu'Elijah, sauf que là où le guerrier était blond et avait toujours l'air de rire d'une bonne blague, cette créature avait quelque chose d'extraordinairement ténébreux.

Damien avait des yeux d'un bleu si sombre qu'ils semblaient noirs, les pupilles presque impossibles à distinguer des iris. Ses cheveux étaient couleur aile de corbeau, avec ces reflets bleutés qui teintaient souvent le plumage de ces oiseaux rusés. À la différence des autres de ses congénères qu'elle avait aperçus, il portait une barbe et une moustache taillées de près. Les lignes gracieuses de son visage le rendaient naturellement séduisant, mais le vampire possédait un charme sensuel qui en accentuait encore davantage la beauté. Ses traits, des pommettes aux lèvres pleines, devinrent irrésistibles lorsqu'il esquissa un sourire amusé.

— Gideon, mon salaud, tu t'es trouvé une compagne, l'accusa le prince, ses yeux insondables pétillant de malice. Et j'ai l'air d'être à son goût.

Gideon entendit Legna pousser un petit cri de surprise et sentit qu'elle avait les joues en feu ; il s'efforça de réprimer un sourire cruel.

— Je ne franchirais pas cette ligne-là, même pour plaisanter, Damien, l'avertit-il d'une voix douce.

— Excuse-moi. Je n'ai pas pu résister.

Le vampire regarda Gideon droit dans les yeux un long moment.

— Elle doit être jeune, reprit-il, pour ignorer que je serais capable de lire sa présence dans ton esprit.

— Elle est jeune, mais je ne la sous-estimerais pas si j'étais toi.

L'assurance de Gideon, qui imprégnait ses paroles, aida Legna à se ressaisir. Elle lui envoya l'image d'un tendre baiser, ce qui le fit sourire.

— Non, c'est vrai, convint le vampire. Tu es venu me demander si j'avais trahi ta confiance, n'est-ce pas ?

— En effet. En dehors de mon peuple, tu es le seul à connaître les implications de l'union de la druidesse à notre exécuteur. Tu es au courant car je te l'ai moi-même appris. Je veux que tu me dises que tu n'as rien à voir avec l'agression brutale dont elle a été victime. Une agression qui a failli lui coûter la vie ainsi que celle de l'enfant qu'elle porte.

Damien changea d'expression. Son visage perdit un peu de sa beauté et de son air moqueur irrésistible, et une férocité bestiale se refléta dans ses yeux soudain devenus entièrement noirs tandis qu'il montrait les crocs.

— Qui a pu commettre une telle atrocité ?

Legna ressentit le soulagement qui envahit Gideon. Elle sut, à cette seconde même, ce que Gideon avait découvert : le vampire n'avait joué aucun rôle dans cette attaque.

— Je suis désolé d'avoir dû te demander cela, Damien, déclara Gideon en lui adressant un signe de tête contrit.

Le vampire balaya ses excuses d'un geste de sa longue main fine.

— C'est compréhensible. Tu vas aller trouver Siena, je suppose ?

— Naturellement. Même si cela ne lui ressemble pas, ce pourrait être le fait de rebelles parmi les siens. Et toi ? Tu as quelque chose à me dire ?

— Pas vraiment, répondit Damien d'un air songeur, s'accordant une minute de réflexion. Nous avons nos hors-la-loi, ceux qui tuent aveuglément pour le plaisir pervers que leur procure la peur de leurs victimes. Mais je crois qu'ils sont trop occupés à fuir la justice, à éviter le soleil et à assassiner leurs proies pour s'intéresser à votre politique et à la propagation de votre espèce.

— C'est ce que je pensais. Je me doutais qu'aucun vampire ne se trouvait sur le lieu de l'agression, mais il valait mieux s'en assurer.

— Tu veux que je parle à Tristan ?

Gideon secoua la tête à la mention du monarque du peuple des ombres.

— L'agression s'est produite au coucher du soleil. Il y avait encore bien trop de lumière pour que les siens puissent être impliqués. Mais je suis touché par ta proposition.

— Voici ce que je vais faire, Gideon, pour te remercier de m'avoir averti au sujet des nécromanciens. Je vais envoyer mes hommes dans les repaires des chasseurs de vampires pour voir s'ils découvrent quelque chose.

— Merci. Ça nous sera d'une grande aide. Elijah s'est lancé dans une mission similaire, mais je crois que les informations dont vous disposez sur ces humains sont bien plus complètes que les nôtres.

— C'est parce que vous n'avez d'habitude rien à craindre des mortels qui ne s'adonnent pas à la magie noire. Vous êtes trop forts pour eux. Cependant, en dépit de notre puissance, nous avons, nous vampires, cette unique faiblesse dont les humains peuvent tirer parti bien trop aisément. En raison de la paralysie qui s'empare de nous durant notre sommeil diurne, n'importe quel humain peut constituer une menace redoutable, ce qui nous oblige à posséder une connaissance plus approfondie de leurs us et coutumes. Au moins vous pouvez sortir de votre léthargie, entendre vos ennemis approcher et mobiliser presque la totalité de vos aptitudes alors que vous dormez sous le soleil. Rares sont les miens capables d'en faire autant.

— J'en ai bien conscience, lui signala Gideon.

— Je le rappelais pour ta jeune compagne, déclara Damien en lui décochant un clin d'œil malicieux, souriant de tous ses crocs.

— Tu ne peux pas t'empêcher de flirter avec le danger. Un trait de caractère inquiétant pour celui qui se trouve à la tête d'une espèce entière, rétorqua Gideon avec flegme.

— Balivernes. Je suis juste content pour toi. Profite bien de ta chance, mon ami. Tu le mérites.

Gideon le remercia de nouveau, puis chacun adressa un bref signe de tête à l'autre avant que Damien s'élance vers le ciel d'un bond incroyablement puissant. Le démon sentit que sa compagne le regardait partir à travers ses yeux avec une admiration considérable.

— Je me rends compte que j'ai mené une vie bien trop protégée, dit-elle d'un ton songeur.

— On pourrait s'imaginer le contraire, comme tu as toujours vécu au palais. Je suis étonné que tu n'aies jamais rencontré Damien avant.

— Eh bien, comme tu me l'as déjà fait remarquer, Noah a tendance à me tenir à l'écart des situations instables. Je dirais que le séjour du prince des vampires à la cour du roi des démons entrerait assurément dans cette catégorie.

— Je veux bien te croire. Maintenant, ma beauté, nous sommes prêts pour une nouvelle escale.

— Mais certainement, mon bien-aimé.

— Ai-je mentionné que j'aime t'entendre m'appeler ainsi ?

— À vrai dire, oui.

Jacob gravit l'escalier avec lenteur, se sentant las et accablé. Laisser d'autres se charger d'une affaire qui le concernait d'aussi près n'était pas facile pour lui, mais il accordait son entière confiance à Elijah et c'était sans l'ombre d'une arrière-pensée qu'il lui confiait la vie de sa compagne. Le guerrier adorait tout simplement Bella. Comment aurait-il pu en être autrement ? La « petite fleur » de Jacob lui avait cassé le nez à la minute même où elle l'avait rencontré. Pour Elijah, un tel caractère constituait la qualité suprême chez une femme.

Jacob rit à cette pensée, ayant l'impression d'avoir soudain le cœur plus léger. Il prit aussi conscience que le regard qu'il portait sur Gideon avait changé depuis peu. On ne pouvait pas dire que le médecin l'avait véritablement offensé mais, parce qu'il s'était attiré l'hostilité de Bella dès le début, ce sentiment s'était naturellement insinué en lui.

De façon assez ironique, c'était Bella qui avait commencé la première à se montrer plus aimable avec le médecin. C'était si typique de la petite druidesse de faire preuve d'une telle inconstance, d'une telle indulgence et d'une telle tolérance. Il lui aurait été impossible de confier sa santé et celle de leur enfant à l'Ancien autrement. Le comportement excentrique du médecin était devenu un sujet de moquerie dépourvu de la moindre méchanceté. Ce n'était tout simplement pas dans la nature de Bella de garder rancune à qui que ce soit, d'autant plus qu'elle avait conscience de l'immense privilège que leur accordait Gideon en mettant ses formidables aptitudes au service de sa grossesse.

Jacob s'était demandé pourquoi la bienveillance de Bella envers le médecin n'avait pas déteint sur lui aussi facilement que son antipathie. Cependant, s'il devait se montrer honnête envers lui-même, cela tenait en grande partie au fait que Gideon n'arrêtait pas de toucher sa compagne. C'était nécessaire, bien sûr ; ce qui ne changeait rien à l'hostilité instinctive qu'il ressentait. Peut-être était-ce parce que Gideon était à présent imprégné que son aversion pour lui s'était nettement atténuée. Il trouvait du réconfort à l'idée qu'ils étaient sur un pied d'égalité, chacun comprenant d'expérience les émotions que l'autre éprouvait nécessairement.

Gideon avait aussi accompli un miracle en soignant sa famille, ce dont Jacob avait parfaitement conscience. Personne d'autre n'aurait été capable de sauver à la fois la mère et l'enfant. Cet exploit seul rendait Jacob redevable à Gideon et valait à ce dernier sa reconnaissance éternelle.

Jacob entra dans la chambre qui leur avait été réservée dans le château de Noah et ne se soucia pas d'allumer, puisqu'il voyait parfaitement dans le noir. Le sommeil de Bella était léger, et elle bougea dès qu'elle le sentit approcher. Un sourire aux lèvres, Jacob commença à lui préparer une surprise.

Bella ouvrit les yeux, les sens soudain envahis par le parfum de la rose. Elle s'assit, des pétales dégringolant de sa poitrine. Elle rit, en ramassant des poignées, pour s'en frotter le visage et la gorge en humant leur senteur enivrante.

— Jacob, murmura-t-elle, ravie.

Ce dernier prit d'autres pétales doux comme la soie et les fit tomber sur sa tête en s'asseyant près d'elle. Elle gloussa ; c'était la première manifestation de son ancienne gaieté depuis son agression. Elle avait été tellement triste, tellement déprimée, qu'il en avait eu le cœur fendu. Ce petit tour des fleurs valait de l'or si ça la faisait rire.

— Bonjour, ma petite fleur, dit-il en se penchant pour l'embrasser avec douceur, sa peau chaude et l'atmosphère environnante exhalant les effluves de rose.

— Je t'aime, chuchota-t-elle, prenant délicatement son visage entre ses mains pour l'embrasser de nouveau. J'aime que tu restes avec moi, même si je sais que tu souffres de ne pouvoir traquer ceux qui m'ont fait du mal.

— L'heure viendra, mon petit amour, où je ne pourrai plus rester, répondit-il tout bas en lui caressant la joue dans le noir avec une sollicitude exquise.

— Je m'y attendrai, Jacob. Souviens-toi, mon cœur abrite aussi une lionne. Elle ne sera pas contente tant qu'elle ne participera pas à la destruction de ceux qui ont tenté d'assassiner son petit. Et la seule façon pour moi d'y parvenir maintenant sera en me glissant dans ton cœur et tes pensées pendant que tu nous vengeras tous les deux.

Jacob acquiesça d'un signe de tête, laissé absolument sans voix par l'émotion qui l'étranglait. Tant de sentiments l'assaillaient, il n'arrivait pas à en faire le tri. L'amour et la haine, la satisfaction et le mécontentement, la joie et la rage. Cela l'anéantissait d'entendre des mots tels que « vengeance » et « destruction » sortir de la bouche de sa compagne au tempérament si doux. Elle était née pour être un soldat de la paix, une exécutrice des grandes lois et une guerrière redoutable, mais qu'elle ait des raisons de haïr et d'avoir peur… Jacob éprouva avec encore plus d'acuité le fait de l'avoir abandonnée. C'était à lui de s'occuper des ténèbres, à lui de l'en protéger, et il avait failli. Un brouillard rouge s'éleva dans sa tête quand il y pensa, quand il le ressentit. Presque immédiatement elle fut là, à tenter de l'apaiser et de calmer sa frustration, mais même sa présence dans son esprit était faible et évanescente. C'était comme si elle n'était qu'une ombre en lui, et ce n'était tout simplement pas censé être ainsi. Elle aurait dû regorger de vitalité et le submerger de son énergie et de son amour, pas être cette chose fragile à la voix chevrotante qui parvenait tout juste à s'insinuer dans son cœur.

— Oh, Jacob, sanglota-t-elle tout bas, son corps éreinté appuyé contre le sien alors qu'elle passait des bras fins autour de lui. S'il te plaît, s'il te plaît, ne les laisse pas te détruire. J'ai tant besoin de toi. J'ai besoin que tu sois là, en paix.

— Je serai là, mon petit amour, murmura-t-il dans ses cheveux d'une voix chargée de l'atroce douleur que les larmes de sa compagne provoquaient en lui. Mais je gagnerai ma paix en me battant, Bella. Pour tous les deux. Après quoi, je laisserai tout ça derrière moi.

— Promets-le-moi, Jacob, parce que je sais que tu ne peux pas rompre ta parole. Surtout pas envers moi.

— Je te le promets, Bella. Je vais nous conduire face à nos ennemis, puis je les laisserai terrassés derrière nous. Je n'apporterai pas ces ténèbres dans notre lit, près de notre enfant ni nulle part où elles suppureraient. Je viendrai à toi avec l'esprit, le cœur et l'âme en paix. Je te le promets avec tout mon amour.

— Je t'aime, Jacob, dit-elle doucement en le serrant fort dans ses bras.

Elle savait parfaitement que la seule chose qui l'apaiserait serait leur vengeance.

Gideon était accroupi à l'ombre d'un gros rocher, l'haleine blanche au contact de l'air glacial de ce début de printemps sibérien. Il n'était pas vêtu pour ce temps, mais ce n'était pas grave. Il régula sa température corporelle d'une pensée, et de la chaleur s'échappa de la peau nue de son visage et de son cou en un nuage de vapeur chatoyant. Il tira distraitement sur son gant tandis qu'il observait l'activité du village en contrebas. Il perçut aisément l'énergie qui se dégageait d'une centaine de créatures, bipèdes ou quadrupèdes. Il n'osa pas se tapir trop longtemps, car il risquait de se faire repérer et d'éveiller les soupçons. Il pouvait identifier les lycanthropes qui étaient sous forme de mammifères, ce qui lui était plus difficile lorsqu'ils prenaient l'apparence d'animaux à sang froid ou d'oiseaux. N'importe quelle bête autour de lui pouvait être un lycanthrope, et il ne pourrait pas tous les sentir.

Un vrai lycanthrope pouvait exister sous trois apparences. D'abord, celle d'un animal de n'importe quelle espèce imaginable. Puis celle d'un humain, que les mortels ne pouvaient pas différencier d'eux-mêmes à moins d'être capables de voir, au-delà des apparences, leur constitution génétique. La plupart des démons percevaient juste à leur odeur qu'ils n'étaient pas vraiment humains. Gideon pensait que cela devait s'appliquer aussi aux autres Nocturnes. Le troisième et dernier stade correspondait à la forme lycanthropique, une combinaison des deux premiers, de l'animal et de l'humain, généralement de la taille de celui-ci et affichant les attributs de la bête, tels que la fourrure et les griffes s'il s'agissait d'un ours, ou les crocs et les ailes s'il s'agissait d'une chauve-souris.

Pour les humains, ces trois stades étaient caractéristiques des loups-garous. Mais ce que la plupart d'entre eux ignoraient, c'était que les lycanthropes ne se transformaient pas seulement en loups. En fait, il ne devait pas exister une espèce animale à ne pas être représentée parmi eux.

Gideon pouvait modifier son métabolisme pour se fondre dans les odeurs qui l'entouraient, un subterfuge que seuls les lycanthropes les plus puissants parviendraient à percer. C'est ce qu'il fit alors qu'il dévalait le sentier escarpé conduisant à l'étroite vallée qui abritait le village. Celui-ci était d'un pittoresque illusoire. Gideon remarqua que son emplacement et ses solides constructions avaient été calculés pour résister aux rudes hivers russes, mais également à toute forme d'attaque.

En règle générale, les lycanthropes ne se trouvaient jamais bien loin d'un arsenal varié. Ils n'étaient pas physiquement allergiques à la technologie, contrairement aux démons. Ces derniers n'étaient pas non plus la cible de chasseurs de loups-garous autoproclamés. S'il existait des Nocturnes plus répandus dans les mythologies humaines que les vampires, c'étaient bien les lycanthropes. En conséquence, ces deux espèces étaient persécutées par les plus zélés de ceux qui tentaient de prouver leur existence et de les tuer comme si cela ferait d'eux des héros aussi légendaires que ces monstres fabuleux.

Bien que l'attaque des lycanthropes soit redoutable en soi, lorsqu'ils avaient affaire à des chasseurs trop diligents, il était toujours plus prudent de combattre à armes égales. Les lycanthropes avaient la sagesse de ne pas affronter avec leurs griffes un ennemi équipé d'un pistolet. Leur espèce n'aurait pas survécu longtemps dans cette ère de la technologie avancée s'ils n'avaient pas compris cette vérité élémentaire.

Gideon contourna le village de Siena jusqu'aux abords de sa résidence, une grotte remarquablement bien camouflée. Lorsqu'il passa devant les gardes, il les salua avec désinvolture. Pour ce qu'ils en savaient, Gideon avait l'odeur d'un lycanthrope et était donc l'un des leurs.

La demeure de Siena était plus une caverne qu'une grotte. Elle était même trop élaborée pour être qualifiée de simple caverne. Taillée au cœur d'une montagne, elle avait été façonnée en un édifice époustouflant doté de la magnificence d'un château. Cette œuvre gigantesque, entièrement composée de roche d'un brun rougeâtre, comportait plusieurs niveaux et disposait de l'eau et de la lumière. Un travail de titan qui avait dû prendre des décennies avant d'être achevé. Gideon n'avait pas oublié la perfection de sa conception. Le seul accès visible était la modeste entrée qu'il avait empruntée. Elle pouvait être fermée en un clin d'œil pour protéger la reine et tout le village si nécessaire. Des maisons avaient été construites à l'extérieur du mur d'enceinte, comme si, à l'instar de n'importe quel autre château de l'histoire, celui-ci se dressait à ciel ouvert. Seules manquaient les douves et la herse. Mais le palais constituait une forteresse suffisante en soi pour ne pas avoir besoin de ces protections supplémentaires.

Gideon entra dans la salle de réception d'un pas assuré et reconnut immédiatement les élégantes sculptures si méticuleusement incrustées dans les murs de pierre tandis que le souvenir de l'agencement des pièces lui revenait. Même la salle de réception était décorée avec faste, reflet de la richesse de Siena et de son côté esthète. Le château avait beaucoup changé depuis la dernière fois où il s'y était rendu. Des tentures, des œuvres d'art, d'épais tapis et d'autres ornements tout aussi raffinés qui n'existaient pas treize ans plus tôt… avant l'accession au trône de Siena. La pièce était deux fois plus vaste que la grand-salle de Noah, mais elle ne résonnait plus autant tandis que les gens la traversaient, Gideon parmi eux.

S'introduire à l'intérieur de l'édifice s'était révélé aisé, mais Gideon comprit qu'il en serait tout autrement pour parvenir jusqu'à Siena. La reine n'était pas idiote. Les accès à la salle du trône seraient gardés par des lycanthropes très âgés et très habiles qui seraient en mesure de repérer n'importe quel démon grâce à leur odorat très développé. Par chance, Gideon n'était pas n'importe quel démon. Ce dont Elijah avait été bien conscient quand il l'avait choisi pour cette mission dangereuse. Nul autre n'aurait été capable d'accomplir ce qu'il s'apprêtait à faire.

—*Et maintenant?*

—*Contente-toi de regarder. Et ne fais aucun bruit. Les lycanthropes possèdent une grande variété d'aptitudes, dont certaines te surprendraient. Plus tu te montreras discrète, mieux ce sera.*

—*Après ce qui s'est passé avec Damien, je veux bien te croire*, chuchota-t-elle avant de se taire.

Mais elle ne se retira pas complètement, néanmoins. Elle était tendue, préparée à toutes les éventualités, déterminée à le défendre de son mieux. Une onde de plaisir envahit Gideon, en sentant l'instinct puissant qui la poussait à le protéger. Cela signifiait qu'elle commençait à tenir à lui, qu'elle soit prête à l'admettre ou non. Cette idée l'enchantait bien plus qu'il ne l'avait escompté.

Cependant, Gideon décida de se pencher sur sa relation avec Legna plus tard. Il devait se concentrer entièrement sur sa tâche. Le territoire lycanthrope demeurait, de fait, une zone ennemie. La paix n'était conclue que depuis treize ans, après trois siècles de conflits et d'attaques frontales menées par le père de Siena. Le précédent roi avait été un seigneur de guerre, qui n'était satisfait que lorsqu'il se battait pour les terres, la richesse ou le pouvoir. Mais rien ne l'avait jamais contenté. Après avoir passé de longues années à tenter de soumettre en vain les démons, il avait décidé de ne plus cesser de harceler Noah. S'en était suivie une litanie d'enlèvements, de maraudages, de toutes formes de tortures et d'échauffourées, jusqu'à ce que Noah s'aperçoive que des siècles s'étaient écoulés et que pas un lycanthrope vivant n'avait été épargné par la propagande de leur roi contre les démons. Il avait pris conscience que la paix ne serait jamais envisageable, même après la mort du seigneur de guerre, s'il n'intervenait pas.

Alors, il avait envoyé Gideon dans les prisons du roi.

Cette nuit-là, cependant, la reine des lycanthropes rendait manifestement la justice. À en juger par le nombre de personnes qui entraient dans la salle du trône et en sortaient, et par la longue file de sujets qui patientaient pour y avoir accès, il était évident qu'elle était très occupée à appliquer les lois qui réglaient les différends de son peuple.

Noah ouvrait lui aussi les portes de son château une fois par mois, et tous les membres du Conseil étaient tenus d'être présents. Chacun possédait son propre domaine d'expertise, ce qui contribuait en général à l'équilibre de leur assemblée, malgré le tempérament vindicatif de la conseillère Ruth. Mais le rôle de cette dernière n'était pas négligeable. Ses constantes remises en question de leurs idées ou de leurs choix les obligeaient à redoubler de vigilance. Si l'un d'eux présentait une proposition au Conseil sans s'être correctement préparé à argumenter son point de vue face à l'opiniâtre démone, il risquait fort d'échouer à son examen méticuleux. Sans elle, les lois et les mesures adoptées par le Grand Conseil ne feraient peut-être pas l'objet d'une réflexion aussi poussée.

Gideon avait suffisamment observé le va-et-vient des lycanthropes autour de lui. Il regarda un groupe quitter la salle du trône alors qu'un autre se formait. Lorsque les gardes autorisèrent ce dernier à y accéder, Gideon se joignit à lui. Il remarqua que les gardes levaient la tête, pour humer une odeur inhabituelle, mais avant qu'ils aient pu mettre le doigt sur ce qui avait éveillé leurs soupçons, Gideon était entré dans la pièce et s'était mêlé à la foule. Ce qui ne signifiait pas qu'il ne risquait pas de se faire repérer à tout instant ; alors, plutôt que d'attendre d'être démasqué, il remonta à grandes enjambées le riche tapis pourpre qui conduisait au trône sur lequel était assise Siena. Elle écoutait un requérant lui exposer ses griefs, tandis que l'autre rongeait son frein à sa gauche.

Siena sentit Gideon approcher presque immédiatement et releva soudain la tête pour poser ses yeux dorés sur lui.

La reine était sous sa forme humaine, celle d'une femme d'une grande beauté. Ses cheveux blonds, d'une teinte si pure qu'ils ressemblaient à des fils d'or, étaient presque aussi longs que ceux de Legna, qui retombaient en une masse soyeuse et légèrement ondulée. La chevelure de Siena, au contraire, était naturellement bouclée, formant de gros rouleaux de la circonférence d'un poing qui tombaient en cascade le long de son dos et sur sa poitrine. Elle avait des traits félins, tout en angles et en courbes qui lui donnaient un air rusé exotique absolument ravissant, et des oreilles d'elfe, qui se terminaient en une délicate pointe. C'était la seule partie de son anatomie qui n'avait pas l'air tout à fait humaine, mais ce détail passait aisément inaperçu pour un œil non averti.

Siena se leva en reconnaissant Gideon, le petit cri qui lui échappa alertant ses gardes qui, sans attendre, vinrent se poster entre elle et l'intrus, d'imposantes hallebardes à la main. C'étaient des Minotaures, de gigantesques et puissantes créatures de l'apparence et de la force de dix taureaux, d'une taille qui dominait la haute stature de Gideon et dont les prouesses guerrières rivaliseraient même avec celles d'Elijah.

Gideon s'immobilisa, un pied sur la première marche qui menait au trône.

Il croisa les mains sur le haut de la cuisse et s'inclina avec respect, gardant la tête baissée jusqu'à ce que Siena décide de la conduite à adopter avec lui. Sa soumission apparente sembla la rassurer. Elle se détendit et se rassit avec lenteur avant de se tourner vers une servante qui se trouvait près d'elle.

— Jinaeri, faites évacuer la cour, lui ordonna-t-elle.

Aux requérants dont l'audience avait été interrompue, elle adressa un sourire réconfortant.

— Messieurs, vous serez mes invités pour les prochaines vingt-quatre heures, au cours desquelles nous poursuivrons cet entretien.

Cette offre manifestement plus que généreuse les contenta. Ils s'inclinèrent, tout sourires et frémissants d'excitation. Siena était réputée pour la prodigalité de son accueil. C'était un honneur pour de simples sujets d'être reçus à sa cour.

Gideon continua à attendre, la tête toujours baissée pendant que la salle se vidait. Même s'il avait l'air vulnérable, Legna et lui étaient parfaitement conscients de ce qui l'entourait. En revanche, Gideon ne manqua pas de remarquer qu'une grande partie de la tension de sa compagne avait pour cause la ravissante reine assise à trois mètres de lui.

Quand les portes de la salle du trône se refermèrent bruyamment, Gideon comprit qu'ils se trouvaient en petit comité. Enfin, si on excluait les deux dizaines de gardes qui se tenaient avec raideur devant chaque sortie et autour du trône. Gideon releva la tête et croisa le regard inquisiteur de la reine. Il la laissa le dévisager avec lenteur, comme si elle tentait de découvrir ses intentions par la seule force de sa volonté.

— Désarmez-le, ordonna-t-elle d'un ton brusque.

Aussitôt, deux Minotaures volèrent aux côtés de Gideon.

Le médecin, cependant, les avait devancés et roulait à travers la salle, hors de portée de leurs armes tranchantes.

Lorsqu'il se redressa avec souplesse, il feignit de se jeter sur le garde à sa gauche, l'obligeant à anticiper son attaque en brandissant sa hallebarde. En raison du poids important situé à son extrémité, celle-ci fut emportée par son élan.

Dès lors que le Minotaure avait esquissé le geste de la lever, il s'était retrouvé pratiquement sans défense jusqu'à ce qu'elle ait accompli une rotation complète. Ce qui laissa largement le temps à Gideon de prendre l'avantage.

L'instant d'après, le démon s'élançait vers son assaillant, pour se servir de sa propre hallebarde comme d'un tremplin pour se propulser dans les airs, par-dessus ses cornes. C'était une manœuvre audacieuse – les cornes constituaient en soi une arme redoutable, susceptibles de l'éventrer pour peu que le Minotaure bouge sa puissante encolure. Mais Gideon aurait été hors d'atteinte, même si le garde n'avait pas été si surpris. Le temps que ce dernier rassemble ses esprits, Gideon le renversait d'un coup de pied énergique dans le milieu du dos. Bien sûr, « renverser » pour une créature de cette taille signifiait tomber à genoux. Néanmoins, c'était une belle prouesse, même pour un démon.

Gideon se retourna pour affronter son autre adversaire, et se prit la hampe de sa hallebarde dans les côtes. Le choc souleva littéralement l'Ancien du sol, et Legna ne fut pas la seule à entendre ses os craquer. Cependant, cette blessure n'était rien pour un médecin de son talent. Elle était déjà à moitié guérie le temps qu'il arrête de rouler sous la puissance du coup.

Gideon était de retour sur ses pieds ; il faisait face à un garde, surveillait l'autre du coin de l'œil et inclinait la tête pour écouter le chuchotement de sa compagne dans ses pensées. L'Ancien esquissa un de ses rares sourires, son impressionnante dentition réfléchissant la lumière dansante des lanternes à gaz de la salle du trône. Se fiant à la stratégie de Legna, il saisit l'une des lames fixées à sa cuisse d'un geste incroyablement rapide et l'envoya voler tout en esquivant avec souplesse un coup de hallebarde. Il sortit son second poignard et se figea, prêt à le lancer.

— Halte !

Les gardes hésitèrent quand le démon et Siena crièrent cet ordre simultanément. Les Minotaures interloqués tournèrent leurs regards perplexes vers leur reine, chacun poussant un grognement interdit à la vision qu'ils découvrirent.

La poitrine de la reine des lycanthropes s'élevait et s'abaissait alors que cette dernière posait des yeux agrandis par une panique absolue sur le manche du poignard qui la clouait au dossier de son trône par les cheveux, à deux doigts de sa tempe.

Le sourire de Gideon s'élargit tandis qu'il raillait ses adversaires, soupesant son poignard dans sa main.

— Et j'ai fait exprès de la rater, dit-il d'un ton sinistre, une mise en garde brillant dans ses yeux argentés.

Seule la respiration bruyante de Siena troublait le silence. Soudain, elle éclata de rire, un son bref et sensuel qui attira l'attention de tout le monde.

— Gideon, espèce de fumier, ce poignard est en argent !

— Celui-ci aussi, précisa-t-il.

Il rangea l'arme dans son fourreau en la faisant tournoyer de cette manière caractéristique qui, comprit Legna, pouvait servir à attaquer d'un unique mouvement adroit.

Le démon gravit les marches qui menaient au trône et s'approcha de la reine pour accomplir ce que personne d'autre dans tout le château ou le village ne pouvait faire. Il saisit le manche du poignard et, d'un geste puissant, l'arracha du bois dans lequel il s'était profondément enfoncé. La seconde d'après l'arme avait disparu tandis que

Gideon s'éloignait respectueusement. Il accorda un regard aux gardes dans son dos, et les surveilla attentivement avec d'autres sens que la vue alors que l'un des Minotaures tendait la main à l'autre pour l'aider à se relever.

— Cela faisait longtemps, Gideon, que vous ne nous aviez pas fait l'honneur de votre présence à la cour, fit remarquer Siena.

Sa voix forte résonna dans la vaste salle alors qu'elle retrouvait son calme, un sourire narquois sur les lèvres. De son regard perçant, Gideon évalua la quantité de sang qui tombait en gouttelettes du bout des mèches de cheveux que son poignard avait sectionnées. La blessure infligée à la chevelure vivante et élastique de Siena était mineure, Gideon n'ayant jamais cherché à lui faire du mal. Elle n'était pas plus douloureuse qu'une demi-douzaine de coupures faites avec du papier, et guérirait vite. En revanche, trancher plusieurs mèches épaisses de ces fils d'or aurait provoqué un traumatisme comparable à la perte d'un bras.

— Si je m'en souviens bien, j'étais votre prisonnier à l'époque, rappela-t-il à la reine des lycanthropes.

Gideon demanda mentalement à Legna de se taire quand elle ricana à l'idée de cette reine féminine qui le tenait à sa merci.

— Ah, oui, c'est exact. J'avais presque oublié. Mais nous ne nous sommes pas séparés en mauvais termes, il me semble, alors je présume que vous n'avez pas l'intention de vous venger.

— Non, Votre Altesse. Vous m'avez remarquablement bien traité étant donné ma position douteuse. Je vous suis, en fait, éternellement reconnaissant pour la généreuse hospitalité que vous m'avez offerte.

Cette déclaration parvint à réduire Legna au silence bien plus efficacement que les mises en garde de Gideon. Ce dernier eut soudain une conscience aiguë de l'hostilité ravivée que la lycanthrope inspirait à la démone.

— Alors, dites-moi, Gideon, est-ce mon hospitalité que vous êtes venu chercher cette nuit ?

On ne pouvait se méprendre sur les insinuations dont était chargée sa voix, pas plus que sur le haussement de ses sourcils dorés ou sur son sourire en coin. La reine se leva, mais plus lentement cette fois, pour dévoiler graduellement les charmes remarquables de son corps élancé. Elle était vêtue d'un soutien-gorge doré qui mettait en valeur une exquise et plantureuse poitrine. Elle portait sur ses hanches étroites une épaisse chaîne en or, à laquelle étaient fixés les deux voiles qui retombaient sur le devant et l'arrière de ses longues jambes. Une chaîne plus fine était nouée sur son ventre plat, l'or scintillant attirant l'attention sur ses abdominaux bien dessinés et sur la finesse de sa taille. Sa tenue était complétée par le collier de sa fonction, tout en or et en pierre de lune, une création unique à la vue de laquelle tout Nocturne, lycanthrope ou non, saurait qui elle était.

Elle s'avança jusqu'au haut des marches qui menaient à son trône, et entreprit de les descendre sans se presser, le regard rivé sur Gideon. Chaque mouvement délibéré de son corps constituait une danse sensuelle. L'or se mouvait et étincelait langoureusement, les voiles légers comme de la gaze flottaient dans la brise qu'elle provoquait en se déplaçant. Les lycanthropes avaient tendance à être des créatures très sexuelles, encore plus que les démons, et Siena respirait le désir charnel par tous les pores. Ces Nocturnes ne portaient pas simplement les traits génétiques d'instincts animaux ancestraux ; ils étaient pure animalité, passant un tiers de leur vie à n'être guère plus que des bêtes intelligentes. Un fait qui irradiait de la magnifique reine comme les pulsations de la nature.

Gideon remarqua qu'une légère antipathie s'insinuait en marge de ses pensées, et comprit que Legna en était la cause. Malgré tout son détachement et sa maîtrise de soi, la démone était apparemment aussi sujette à la jalousie que n'importe qui. La reine s'immobilisa à trois pas de Gideon et adopta une pose altière pour le toiser.

— *Par le sort miséricordieux, on pourrait penser qu'une reine aurait les moyens de s'offrir une robe entière*, commenta Legna d'un ton sarcastique.

Gideon prit conscience qu'il se trouvait dans une situation potentiellement déplaisante. Il serait malaisé de gagner les faveurs de la reine tout en ménageant les sentiments naissants de Legna. Son but, au final, était de ne blesser aucune de ces deux femmes, ce qui lui semblait hautement improbable en cet instant. Il en perdit son calme olympien, un fin voile de transpiration se formant sur son front.

— Vous êtes venu armé en ma demeure. Pourquoi ?

— N'en feriez-vous pas autant si vous deviez vous introduire dans le repaire de ceux qui vous avaient retenue prisonnière par le passé ? répliqua Gideon. Si Noah vous invitait à sa cour, renonceriez-vous aux armes qui, en ce moment même, sont dissimulées dans vos cheveux ?

— Vous avez toujours fait preuve de perspicacité.

Elle éclata de rire, l'atmosphère soudain considérablement détendue grâce à ses sourires et à sa bonne humeur. Elle se rapprocha du démon d'une démarche plus solennelle et le dépassa sans s'arrêter. Il lui emboîta le pas tandis qu'elle le conduisait dans les profondeurs de la caverne, à travers les pièces où il avait autrefois séjourné, il y avait un certain temps de cela.

— *Tant que sa chambre n'en faisait pas partie*, lança Legna, sa jalousie d'une force farouche tangible.

— *Non,* Neliss, *je peux t'assurer que sa chambre n'en faisait pas partie.*

— *Et je suis censée te croire sur parole ?*

— *Ça m'arrangerait. Cependant…*

— Je vois que vous ne vous êtes toujours pas décidée à prendre un compagnon, fit remarquer Gideon à Siena.

— Et je vois que vous si, malgré toutes vos proclamations du contraire. Vous êtes imprégné de son odeur. Elle doit être… délicieuse.

Les mots de Siena étaient provocants ; Gideon sourit en son for intérieur aux visions que cela lui évoqua.

— *Il me faudra mieux éprouver cette théorie*, songea-t-il.

Il n'obtint aucune réponse, mais il savait que Legna était trop troublée par ses émotions confuses pour en formuler une.

— Je vous le recommande, dit-il avec amabilité. Surtout dans votre situation. C'est bien plus gratifiant que de rester une reine vierge, Siena.

— *Vierge ? Elle ?!*

— Oui, convint Siena un sourire en coin étirant ses lèvres pulpeuses. Aussi charmant que ça puisse paraître, je peux aisément renoncer aux plaisirs de la chair si ça m'évite de m'unir à un mâle avec lequel je me retrouverais enchaînée pour le reste de ma vie.

Il était évident, à en juger par sa voix chargée de mépris, que, en dépit de toute sa sensualité naturelle, elle préférerait rôtir sur la broche d'un chasseur.

— C'est bien injuste, poursuivit-elle, que je doive souffrir de cette odieuse prédisposition génétique archaïque qui m'impose de choisir un unique compagnon pour toute la durée de mon existence. (Elle poussa un soupir d'une lascivité théâtrale.) Imaginez tout ce que je rate.

Elle retrouva immédiatement son sérieux, et s'adressa à Gideon comme au confident qu'il avait été toutes ces années auparavant.

— Je n'ai que faire d'un roi et, par conséquent, aucune envie de prendre un amant qui le deviendrait. Alors, vierge je resterai, très vraisemblablement jusqu'à la fin de mes jours.

— Ces mots me rappellent quelqu'un, la taquina-t-il.

— Oui, je sais. Et maintenant vous avez une compagne.

Elle inclina la tête et huma profondément son odeur avec une curiosité manifeste.

— Vous avez de la chance, Gideon, déclara-t-elle d'un air surpris, sincèrement ravie pour lui. Votre compagne et vous êtes imprégnés. Un phénomène rare pour votre peuple, si je ne m'abuse. Je vous souhaite d'en tirer beaucoup de bonheur.

— Merci, répondit-il poliment.

— Mais peut-être que si vous mettiez cette petite poule dans votre lit, elle cesserait de me considérer comme une rivale.

Gideon ne put réprimer un grognement, pris en tenailles entre le clin d'œil malicieux de la reine et l'exclamation indignée de Legna dans sa tête.

— Siena, je ne suis pas venu ici pour me trouver un lit à la douceur discutable dans ce saint des saints. Alors, si vous pouviez vous montrer clémente ?

— Comme vous voudrez. Dites-moi pourquoi vous êtes venu, lui demanda-t-elle alors qu'ils entraient dans une pièce où trônaient d'énormes fontaines d'or.

Autour de ces dernières se déployait un bassin occupé par des lycanthropes mâles et femelles d'espèces animales diverses. Toutes ces créatures étaient plus ou moins couvertes de fourrure, de plumage ou de peau tandis qu'elles se baignaient devant eux dans une étendue d'eau de la taille d'un terrain de football. Gideon eut la sagesse de détourner le regard, ne souhaitant pas attirer sur une innocente les foudres d'une démone jalouse, s'il avait le malheur de poser les yeux sur son corps nu.

— Avez-vous la moindre raison de penser qu'une faction de votre peuple se soit mis en tête de raviver la guerre en attaquant les miens ? s'enquit-il.

Siena se tourna pour le dévisager, ses yeux s'illuminant tandis qu'elle réfléchissait.

— Je suis heureuse que vous ne m'ayez pas soupçonnée.

— Non, Siena. Même si nombre de nos conseillers redoutent vos intentions, les années que j'ai passées en votre compagnie au cours de mon incarcération ont eu un effet bénéfique sur nos visions à chacun de nos espèces respectives.

Gideon sourit, car il n'avait pas oublié que ç'avait été l'objectif de Noah depuis le début. Armé de son charme et de sa profonde sagesse, l'Ancien s'était fait apprécier d'une jeune fille qui un jour devrait devenir reine.

— À part quand il s'agit de mettre ma bravoure à l'épreuve dans la salle du trône, vous ne vous abaisseriez jamais à provoquer des conflits mesquins, poursuivit-il. Je sais que nous n'avons rien fait pour vous inciter à commettre un acte tel que celui dont nous avons été victimes.

— Eh bien, si des rebelles se cachent parmi les miens, en général je ne tarde pas à les identifier. Expliquez-moi ce qui est arrivé.

Gideon s'exécuta avec efficacité et sans s'appesantir sur les détails. La reine des lycanthropes l'écouta attentivement.

— Non. Gideon, mon peuple a beau chercher querelle au vôtre, aucun lycanthrope ne s'abaisserait à organiser une attaque aussi réfléchie et d'une telle cruauté. La survie de nos petits constitue notre plus grande priorité, et par conséquent nous estimons monstrueux de nous attaquer aux enfants même de nos pires ennemis.

— Je me doutais que vous me répondriez cela, mais vous comprenez qu'il était important que je m'en assure. Vous auriez pu avoir un criminel en liberté dont nous n'aurions tout simplement pas entendu parler.

— Vous avez raison, bien sûr. Il n'est stratégiquement pas sage de laisser des possibilités inexplorées. Si j'ai appris une chose sur vous et, je crois, sur votre peuple, c'est que vous prenez les questions de stratégie très au sérieux.

Elle s'interrompit un court instant.

— Gideon, je pense qu'il est temps pour Noah et moi de nous asseoir autour de la même table. À tout le moins, nous devrions organiser les conditions d'un échange d'ambassadeurs. Une fois ces fonctions mises en place, ce genre de défaut d'information devrait se faire plus rare. Notre absence de communication ne nous apportera que méfiance et erreurs. Avant de nous en rendre compte, nous entrerons de nouveau en guerre sans en connaître exactement les raisons.

— Estimez-vous votre peuple prêt à accepter un démon à sa cour ?

— Je crois que le temps a fait son œuvre. J'aurais souhaité que vous endossiez ce rôle, mais je comprends que vous serez accaparé par vos devoirs de conseiller ainsi que par votre nouvelle compagne. Peut-être pourriez-vous me suggérer quelqu'un d'autre ?

— Certainement. Quant à votre part de l'échange, assurez-vous de choisir comme ambassadeur une personne très intelligente, très enthousiaste et dépourvue de tout préjugé contre notre société. Il faudra un esprit ouvert pour élargir les esprits bornés présents à la cour des démons. Je transmettrai aussi à Noah votre désir de le rencontrer. Je vous ferai parvenir moi-même sa réponse.

— Je vous attendrai. Dans l'intervalle, je me renseignerai pour voir si quelque chose a pu m'échapper.

Siena se tourna pour lui faire face, et ôta de son doigt un anneau qu'elle lui tendit, prenant soin de ne pas le toucher.

— Ceci vous permettra d'aller et venir à ma cour sous votre apparence réelle sans craindre d'être accosté. Enfin, jusqu'à ce que nous ayons désigné l'ambassadeur qui le portera après vous. Inutile désormais de vous camoufler derrière des subterfuges. Je préfère connaître l'identité réelle de ceux qui m'approchent. Vous feriez bien de vous en souvenir à l'avenir.

— Je n'ai jamais douté de votre aptitude à m'identifier, Siena. C'est pourquoi je me suis présenté sous mon véritable jour dès que je l'ai pu. Je vous remercie pour ces informations, ainsi que pour ceci.

Il referma les doigts sur l'anneau puis adressa une révérence à la reine des lycanthropes avec une élégance qui la fit sourire.

L'instant d'après, il disparaissait dans un petit bruit sec, comme si on l'avait sauvé des griffes de la mort. La reine fut prise d'un fou rire irrépressible en comprenant que le départ précipité de Gideon s'expliquait par la jalousie de sa compagne, et un point de côté l'obligea à s'asseoir. La possessivité de la démone l'amusait du fait de son absence manifeste de logique. Si cette femme invisible y avait réfléchi ne serait-ce qu'une seconde, elle se serait rendu compte qu'elle n'avait aucune raison de s'inquiéter. Après tout, Siena ne s'autoriserait jamais à être attirée par un mâle, et encore moins par un démon.

Chapitre 10

Gideon chercha Legna des yeux à la seconde où il se matérialisa dans le presbytère. Comme elle ne se trouvait pas dans le salon, il s'engagea dans le couloir. Son instinct le poussait à monter l'escalier de marbre, et Gideon en gravit les marches quatre à quatre. Il se dirigea directement dans sa chambre et, dès qu'il en eut franchi la porte, il la vit.

Elle avait choisi de s'installer dans le calme de cette pièce, sur la confortable banquette située sous la plus grande des fenêtres. Elle était assise jambes repliées sous elle et s'était enveloppée négligemment dans son châle, qui avait glissé de l'une de ses épaules. Les couleurs des vitraux se reflétaient en ondulant sur sa peau nue. Un grand arbre qui s'élevait juste de l'autre côté de la vitre se balançait avec violence dans le vent. Les branches qui s'agitaient jouaient avec la lumière de la lune, ce qui donnait l'illusion que les couleurs bougeaient, comme si de petites fées multicolores dansaient sur son épaule.

Legna tourna la tête dans sa direction et bondit aussitôt sur ses pieds. Son châle finit de tomber, mais c'était manifestement le cadet de ses soucis. Elle s'élança vers lui, et son visage s'illumina visiblement à l'idée de le serrer très bientôt dans ses bras. Le murmure de la soie et des perles rompit le silence qui régna un instant dans la chambre, puis les gémissements et les hurlements du vent impétueux dehors étouffèrent presque le bruit de ses pas.

Avec une ardeur pleine d'élégance elle jeta les bras autour de son cou et le laissa l'attirer tout contre lui. L'espace d'une minute sans fin, ils demeurèrent étroitement enlacés. Gideon enfouit le visage dans la douce courbe de sa gorge, et respira à plein nez son parfum chaud et vivant tout en s'efforçant de ne pas la serrer à lui couper le souffle.

À sa grande consternation, elle ne lui permit de la tenir qu'un moment avant de s'écarter et de se tortiller pour lui échapper. Elle lui prit la main gauche, et le força à ouvrir les doigts, alors même qu'il ne résistait pas. L'anneau d'or et de pierre de lune qui reposait au creux de sa paume fut arraché et lancé sur le plancher soigneusement ciré ; le bruit du bijou qui roulait dans les ténèbres sembla la satisfaire.

— Tu ne porteras rien d'elle, lui annonça Legna d'un ton qui indiquait qu'elle ne souffrirait aucune discussion.

Ce précepte l'amusa. Il n'avait pas eu l'intention de mettre cet anneau. Il était pour le démon que Noah désignerait comme ambassadeur à la cour de Siena, et ce ne serait certainement pas lui.

— On est jalouse, *Neliss* ? la taquina-t-il en la prenant par le cou pour l'attirer de nouveau à lui. Ça ne te ressemble pourtant pas de t'abandonner à des émotions aussi mesquines.

Legna le regarda, les sourcils froncés, et résista aux efforts de Gideon pour la serrer dans ses bras.

— Tu trouves que mes sentiments sont mesquins ? lui demanda-t-elle. Juste ma jalousie, ou tous mes sentiments ?

L'impétuosité imprévisible qui transparaissait dans sa question fit hésiter l'Ancien. Il n'était pas rentré chez lui pour s'engager dans un autre combat, même si celui-ci pourrait se révéler un prétexte pour exercer encore une fois son esprit. Il n'avait pas envisagé qu'il aurait à gérer un accès de possessivité absurde de la part de Legna. Elle était d'habitude d'une nature si raisonnable. C'était avant tout son intelligence qui les rendait tous deux si compatibles.

— Oh, je vois, cracha-t-elle soudain, se raidissant de tout son corps contre lui. Et je suppose que tout ça te semble puéril et irrationnel ?

— Évidemment, lâcha-t-il avec impatience. Si c'était moi qui me comportais ainsi, tu ne me trouverais pas bête et irrationnel ?

— « Bête » ! Maintenant tu trouves que je suis bête ?

Magdelegna s'arracha à son étreinte, et recula hors de portée.

— Je comprends, souffla-t-elle avec virulence. Même après tout ça, après tout ce que nous nous sommes dit, tu penses toujours que je suis une enfant ! Pour toi, je ne fais que piquer une petite colère !

La fureur brûlait dans ses yeux vif-argent tandis qu'elle le toisait de la tête aux pieds avec un mépris non dissimulé.

— Eh bien, au moins, moi j'ai des émotions ! Au moins je suis normale et bien réelle, et j'ai un cœur vivant qui bat et traverse la vie en éprouvant des émotions !

— Tu veux dire que tu te laisses emporter par tes sentiments, répliqua-t-il avec brusquerie. Tout à l'heure tu ne pouvais pas attendre pour me serrer dans tes bras, et maintenant tu me rejettes… Et tout ça sous le coup d'une saute d'humeur. Dis-moi, Legna, qu'est-ce que ça t'apporte ? Tu ne vois donc pas que ce que tu fais là, c'est ce qui déclenche les guerres ? Les esprits qui s'échauffent, et avant même qu'on s'en aperçoive, les événements s'enchaînent et échappent à tout contrôle. Tu peux être l'esclave de tes émotions s'il le faut, mais ne me demande pas d'en faire autant !

— Espèce d'imbécile pontifiant et imbu de lui-même ! proféra-t-elle, le visage empourpré de rage.

Elle était d'une telle beauté dans sa colère que Gideon faillit se laisser distraire. Il comprenait qu'elle ne pouvait pas complètement réprimer son émotivité. Après tout, c'était une empathe et les émotions relevaient de son domaine. Mais elle devait apprendre à se maîtriser ou leur relation était vouée à l'échec.

— Bien sûr, dit-elle d'un ton encore plus sarcastique en réponse à ses pensées, il faut que ce soit ma faute. Je suis l'enfant et tu es l'Ancien. Il est absolument impossible que tu aies tort.

— Legna, l'avertit-il d'une voix tendue.

— Éprouvons ta théorie de manière empirique, tu veux bien ? demanda-t-elle précipitamment, le regard furieusement déterminé. Montre-moi. Montre-moi les grands avantages de ton impassibilité toute-puissante, Gideon. Mon aptitude à partager mes émotions m'a apporté une famille aimante, des amis chers et l'énergie d'aider ceux qui en ont désespérément besoin. Est-ce que tes manières froides et insensibles t'ont donné tout ça ? Où est ta famille ? Où sont tes amis ? Oh, tu aides les autres et possèdes un pouvoir formidable, certes, mais est-ce que ça t'importe de réussir ou d'échouer ? Est-ce que ça te fait quelque chose que tes patients vivent ou meurent ?

— Bien sûr que oui ! gronda-t-il, se redressant d'instinct pour l'intimider alors qu'elle s'acharnait sur des points sensibles de sa psyché. Ne t'avise pas de m'accuser d'indifférence à l'égard de mes patients, Magdelegna. Tu ne sais rien de ce que je...

Les mots moururent sur ses lèvres avant qu'il ait pu finir sa phrase prononcée sous le coup de la colère. Il serra les poings tandis qu'il tentait de respirer profondément pour se calmer.

— Ressens ? termina-t-elle sans se soucier du fait qu'il essayait de se ressaisir. Tu as parfaitement raison, j'ignore tout de ce que tu ressens ! Tu ne me laisses pas le savoir ! Tu ne t'autorises même pas toi-même à le savoir ! Dis-moi, Gideon, quel avantage vois-tu à tout ce sang-froid et à toute cette affectation ?

— Des choses qu'il vaut mieux que tu ne comprennes jamais, répliqua-t-il avec raideur.

— Par le sort miséricordieux, est-ce que tu te rends compte de la condescendance que tu vomis ?

— Ce n'est pas de la condescendance !

Gideon voulait tourner les talons et mettre de la distance entre eux, mais il ne put s'y résoudre. Alors même qu'ils se disputaient, elle continuait à exercer un attrait puissant sur lui. Aussi fort que soit son désir de la repousser, son besoin de la posséder l'était encore plus. Comme si ça ne suffisait pas, elle le torturait avec des péchés qu'il avait enfouis dans son passé. Oh, elle ignorait certainement le feu avec lequel elle jouait, et si jamais il avait son mot à dire, il la maintiendrait dans cette ignorance. Ces errements appartenaient au passé et n'avaient pas leur place dans la vie de l'homme qu'il était devenu.

— Gideon.

Elle s'exprima d'une manière entièrement différente, passant de la fureur à un ton plus enjôleur et bien plus redoutable pour sa tranquillité d'esprit. Lorsqu'elle le voulait, Legna pouvait se servir du pouvoir de séduction de sa voix sur les autres. Gideon était charmé même quand elle ne cherchait pas à le subjuguer, alors à présent il était d'autant plus susceptible de tomber sous son charme.

— Je vois la douceur qu'il y a en toi et la tendresse avec laquelle tu soignes tes patients. Ça me dit à quel point leur sort t'importe, même si tu restes si impassible tant à l'extérieur qu'à l'intérieur. Mais pourquoi l'estimes-tu nécessaire ?

Legna se rapprocha de lui, chassant la colère qu'elle éprouvait un instant plus tôt, déterminée à lui arracher des réponses coûte que coûte. Elle tendit la main pour toucher son torse à travers les pans de son manteau de cuir et effleura du bout des doigts le coton de sa chemise. Elle ferma les yeux et régla ses sens empathiques sur lui, à la recherche du moindre écho de ce qu'il ressentait quand elle se trouvait si près. Elle avait besoin de savoir que ça lui faisait quelque chose. N'importe quoi. Sinon, comment pourrait-elle passer le restant de ses jours avec un homme qui refusait d'éprouver quoi que ce soit pour elle ? Pour n'importe qui ?

Mais elle avait senti cette nuit-là l'armure froide et impassible qu'il revêtait se fissurer par endroits. Des émotions. De brèves vagues d'émotions qu'il avait chaque fois rapidement réprimées. Mais elles étaient bien là. Elle avait même eu l'impression qu'il les avait appréciées… qu'il l'appréciait elle et l'effet qu'elle avait sur son comportement insensible. Pendant tout ce temps elle avait été une ombre dans son esprit. Elle ne pouvait pas s'être trompée !

Tandis qu'elle faisait lentement remonter ses mains sur son torse, elle le laissa succomber au charme qui les subjuguait toujours quand ils se touchaient. Elle en tira parti, s'en servant pour accéder à la forteresse qui renfermait tout ce qu'il était capable de ressentir, si seulement il se l'autorisait. Elle agrippa ses larges épaules et poussa, jusqu'à ce qu'il les hausse. L'instant suivant le manteau de cuir glissait de ses bras, mais elle le rattrapa et recula un peu pour le plier sur le dossier d'une chaise. Elle ne cessa pas tout à fait de le toucher, cependant, et resta reliée à lui du bout des doigts, qu'il en ait conscience ou non.

Gideon ne comprenait pas où Legna voulait en venir, mais il avait du mal à demeurer tendu ou sur ses gardes lorsque la chaleur de sa compagne s'insinuait en lui. Cela dit, il ne la laisserait pas s'imaginer qu'elle pouvait balayer ses arguments de cette façon.

— Tu ne me feras jamais changer d'avis sur ce sujet, Magdelegna, déclara-t-il avec feu alors qu'elle se rapprochait de nouveau. Tu dois accepter que c'est ma nature. Je suis comme ça depuis deux fois l'âge que tu as, à tout le moins. Te mettre en tête de me changer, Legna, est de la pure folie.

Celle-ci sembla ne pas lui prêter attention tandis que, de ses doigts de fée, elle s'affairait autour de ses mains. Avec lenteur elle lui ôta ses gants, comme si le temps n'avait plus d'importance pour elle. Elle était complètement immergée dans les moindres mouvements, les moindres sensations, les moindres réactions qu'elle provoquait en lui. C'était étrange que ce simple contact paraisse si érotique, mais c'était pourtant le cas.

— Ce n'est pas parce que tu es resté le même pendant si longtemps, dit-elle doucement, que tu ne dois pas changer.

Après avoir jeté les gants sur la chaise où elle avait posé son manteau, Legna se posta devant lui pour le toiser d'un regard déterminé qu'il trouva terriblement séduisant. Une partie profonde et instinctive de lui-même se rebiffa face à la hardiesse avec laquelle elle le défiait, lui demandait de prouver sa valeur. Gideon secoua la tête, s'efforçant de garder les idées claires, d'apaiser sa respiration précipitée et la course effrénée de son sang alors qu'elle le tentait avec de minuscules et légers mouvements et des idéaux qu'il savait d'expérience être défectueux. Il se tint aussi immobile que possible pendant qu'elle tournait lentement autour de lui, scrutant de son regard perçant la moindre parcelle de son corps avant de glisser les doigts sur la lanière inférieure du fourreau fixé à sa jambe gauche. La façon dont elle en ouvrit la boucle n'avait rien d'inhabituel, mais lorsqu'elle replia les doigts pour lui frôler l'intérieur de la cuisse jusqu'à la lanière supérieure, Gideon sentit tout son corps se contracter d'excitation, jusque dans son âme.

Legna l'entendit proférer un juron dans un grognement guttural. Elle esquissa un sourire narquois. Le fourreau qu'elle avait détaché rejoignit les gants. Puis, faisant délibérément courir sa main sur la cambrure de ses reins, d'une hanche à l'autre, elle passa derrière lui pour accéder à son autre jambe. Elle procéda de la même façon qu'avec la première, mais Gideon éprouva néanmoins une décharge d'adrénaline inimaginable, comme s'il ne s'y était pas attendu.

Tandis qu'elle se débarrassait de la dernière arme d'une main, elle laissa l'autre posée sur les muscles bandés de sa cuisse. Gideon demeurait parfaitement immobile, le corps crispé de désir, toute son attention rivée sur les moindres de ses mouvements, et Legna sut à un niveau profond, primitif, qu'il se trouvait à sa merci.

— Réfléchis un peu, Gideon, aux délices que les sentiments peuvent t'apporter. Ce n'est pas parce que certains sont négatifs et peuvent être douloureux qu'il faut tous les rejeter en bloc. Réfléchis à ce que tu ressens maintenant, en cet instant. Est-ce que tu y renoncerais si facilement ?

— C'est du désir, un état d'excitation physiologique engendré par nos métabolismes compatibles…

— Oh, et c'est tout ? lui demanda-t-elle d'un air provocant.

Elle se rapprocha, se pelotonnant avec volupté contre lui pour frotter son visage contre ses pectoraux avec un plaisir manifeste, à la manière d'un chaton.

— Alors pourquoi tu ne maîtrises pas ton corps, Gideon ? Un démon de matière de ton âge et de ton talent a certainement le pouvoir de résister à cet… « état d'excitation physiologique »… et ce malgré l'imprégnation. Pourquoi n'apaises-tu pas les battements effrénés de ton cœur ? Ta peau brûlante…

Legna lui effleura le ventre du bout des doigts, puis les fit descendre en dessous de sa ceinture pour caresser l'érection qui tendait la douce étoffe de son pantalon.

— Pourquoi n'effaces-tu pas ces signes révélateurs qui me disent que tu es bien plus impliqué dans notre relation que tu ne veux l'admettre ?

Gideon craqua. Il n'y avait pas d'autre terme pour décrire sa réaction. Un instant il luttait pour respirer en observant le regard en coin délibérément séducteur de Legna, et le suivant il la tenait par la gorge et pesait de tout son poids sur elle. Il la força à reculer à pas précipités face à la force brute et à la violence des émotions qui montaient en lui. Legna n'eut pas le temps de protester ou même de reprendre son souffle que déjà il l'avait allongée sur le lit et, leurs nez se touchant presque, il la foudroyait de son regard vif-argent furieux.

— Ne joue pas avec moi, petite fille, lui cracha-t-il au visage.

Il passa une jambe par-dessus son corps pour l'immobiliser.

— Tu ne parviendras pas à me séduire avec ta beauté et tes artifices ! Tu devrais souhaiter de toutes tes forces de ne pas y parvenir, parce que je te promets que tu n'as pas envie de connaître le déchaînement de ma colère, Magdelegna ! La dernière fois que je lui ai laissé libre cours, j'ai réclamé en hurlant les têtes d'une espèce entière ! Arrête d'essayer de t'introduire sur ce territoire, je t'en conjure !

— C'est mon territoire, répliqua-t-elle d'une voix rauque.

Elle saisit le poignet de Gideon qui la maintenait toujours.

— En tant qu'empathe et ta compagne, c'est mon territoire ! Toi aussi, tu es mon territoire ! À moi ! Laid ou beau, furieux ou passionné, tu m'appartiens pour le reste de notre existence, Gideon, tout comme tu prétends que je t'appartiens, et je ne te permettrai pas de te livrer à moi par bribes ! Je t'aurai tout entier ou je te tournerai le dos et ne prendrai rien du tout !

— Ne me menace pas, petite insolente ! rugit-il contre son visage.

Mais Legna perçut la terreur qui l'habitait. C'était la réaction émotionnelle qu'elle cherchait à provoquer. Elle avait besoin de savoir qu'il aurait du mal à vivre sans elle et, surtout, qu'il en ait conscience, lui aussi. Il fallait qu'il comprenne que son monde devait changer pour l'accueillir. Il ne pouvait pas continuer comme il l'avait toujours fait, en ne lui accordant que la place d'un petit satellite isolé auquel il ne s'intéresserait que quand il en aurait envie.

— As-tu si peu confiance en toi-même, Gideon, que tu ne penses pas avoir appris de ces terribles erreurs que tu as autrefois commises ? lui demanda-t-elle.

Alors que la pièce résonnait encore de leurs cris, Legna s'exprima d'une voix douce qui, par contraste, le toucha encore plus profondément.

— Parce que j'ai toujours vu en toi un homme d'une assurance sans pareille. Je ne m'étais jamais imaginé que tu étais du genre à laisser tes erreurs passées te paralyser.

— Je ne suis pas paralysé, affirma-t-il, la respiration haletante. Je me contrôle, Magdelegna. Je le dois ! Tu ne comprends pas ce que je suis capable de faire. Tu ne conçois pas la responsabilité qui pèse sur mes épaules du fait de ma position dans cette société.

— Si, répliqua-t-elle avec douceur. Aurais-tu déjà oublié que j'ai été élevée au côté de notre roi ? Toute ma vie je l'ai vu se débattre contre son tempérament naturellement enflammé, celui qui lui vient de son élément, pour assumer la direction de notre peuple. Je sais depuis de nombreuses années que c'est avant tout grâce à ton enseignement qu'il a appris à maîtriser ses émotions pour ne blesser personne dans sa colère. Mais, Gideon, c'est aussi grâce à mes leçons qu'il est parvenu à céder à ses passions en toute quiétude et avec plaisir. Je lui ai enseigné à aimer de tout son cœur, malgré les proches qu'il a perdus. Je l'ai guidé pour qu'il puisse exprimer ses sentiments les plus violents sans risquer de faire du mal à qui que ce soit. Tu ne me crois pas capable de faire la même chose avec toi ?

— Tu me demandes de détruire plusieurs siècles de ma vie au passage, Legna, dit-il d'une voix rauque.

Tout le corps de Gideon fut parcouru d'un léger tremblement que Legna perçut comme une vibration.

— Des siècles, ajouta-t-il, que j'ai passés à protéger des vies et notre civilisation.

— Réprimer ce que tu ressens n'a jamais protégé personne, déclara-t-elle en lui caressant le visage avec tendresse. C'est en ayant su distinguer le bien du mal, en ayant su comprendre que tu avais commis de graves erreurs et en ayant su prendre des mesures pour instaurer des règles morales dans notre société que tu as sauvé notre peuple de lui-même. Maintenant, c'est le destin qui m'a envoyée auprès de toi pour t'aider à te réapproprier ces sentiments que tu t'es interdit d'éprouver pendant trop longtemps. Tu croyais que tu pouvais être imprégné sans avoir à ouvrir ton cœur ? À me le donner ?

— Je…

Gideon déglutit en prenant conscience qu'elle avait raison. Il avait, tout au plus, craint que Legna ne l'aime pas, que quelqu'un d'aussi sensible qu'elle le fuie en raison de toutes les erreurs dont il s'était rendu coupable. Pas une seule fois il n'avait envisagé les sentiments qu'il éprouverait pour elle, ou le fait qu'elle en aurait besoin.

Pas une seule fois il n'avait pensé qu'elle l'amènerait à ressentir… autant de choses.

Il baissa les yeux sur elle ; depuis longtemps déjà, il avait cessé de lui tenir la gorge pour suivre distraitement des doigts le contour de son visage et de son oreille. En fait, comprit-il, il apprenait Legna par cœur en la touchant, pour ne jamais oublier toutes les spécificités de son corps. Il s'aperçut alors qu'il avait imprimé la marque de ses doigts sur la peau sensible de son cou. Aussitôt il sentit son cœur se serrer et il fut submergé par l'effroi ravivé des ravages qu'il pouvait causer s'il se laissait emporter par la colère.

— Seulement si tu continues à l'enfouir tout au fond de toi pour t'en détourner. Prétendre que ta colère n'existe pas est une mauvaise solution, déclara Legna en plongeant farouchement les doigts dans ses cheveux. Sans parler de toutes les autres émotions instables que tu tentes de nier. Il faut que tu trouves un moyen de donner libre cours à tes passions, Gideon.

Comme Legna le regardait attentivement, elle n'eut aucun mal à remarquer l'expression narquoise que prenait son visage ni à sentir qu'il tournait soudain toute son attention sur ses propres traits : la forme de ses lèvres, la courbe de sa mâchoire près de son oreille et la longueur de son cou. Il sourit juste un peu et fit remonter ses doigts sur ses lèvres pour jouer doucement avec sa bouche.

— M'aideras-tu, *Neliss* ? songea-t-il tout haut. Cette bouche accueillera-t-elle mes désirs les plus torrides ? Des oreilles si délicates pourront-elles supporter la fureur de mes cris ? Ton cœur battra-t-il de concert avec le mien chaque fois que j'en aurai besoin ?

— Oui, chuchota-t-elle aussitôt, son cœur battant déjà la chamade. Je serai tout ce dont tu as besoin. Absolument tout. Du moment que tu éprouves des besoins, Gideon.

L'Ancien comprit alors à quel point il aimait Legna. Pour la première fois, il s'autorisa véritablement à sentir ce qui avait grandi en lui dès l'instant où il l'avait enlacée, dans les jardins de son frère, toutes ces années auparavant. La violence du désir qui s'engouffra en lui le terrassa. Il tenta de s'y soustraire, mais Legna l'empoigna fermement et l'attira vers elle jusqu'à ce que leurs lèvres se touchent.

— Je ne veux pas te faire de mal, souffla-t-il contre sa bouche, le sang lui montant à la tête et lui brûlant les veines.

Nous étions submergés par notre désir même quand je me maîtrisais. Qu'est-ce qui…

— Ne pose pas de questions, Gideon. Laisse les réponses venir à toi. Et je sais, au plus profond de mon être, que tu ne pourras jamais me faire de mal. Pas à moins de nier les sentiments que tu me portes.

— Impossible. Plus maintenant.

Elle sentit qu'il disait vrai. Le contrôle qu'il avait exercé sur ses émotions pour se protéger s'écroulait à l'intérieur de lui tandis qu'il commençait à s'ouvrir à elles. Puis il les laissa toutes pénétrer en lui, comme une éponge qui s'imbibait rapidement. Legna fut prise de vertiges sous la violence et la soudaineté de leur afflux ; ses émotions étaient si pures et puissantes alors même qu'il les avait rarement ressenties. Tant attendaient d'être éprouvées, mais l'une d'elles s'imposa à lui avec plus de force, réclamant toute son attention.

— Oui, gémit-elle doucement contre la caresse humide de ses lèvres. Je sens à quel point tu as besoin de moi maintenant.

— « Besoin » ? Quel mot insignifiant pour décrire ce que je ressens, répliqua-t-il avec une véhémence inquiétante.

Il fit brusquement courir sa main le long d'une ligne située au milieu du corps de Legna, puis souleva l'ourlet de sa robe, trouvant sa peau nue en dessous. Legna eut le plus grand mal à respirer quand il traça des doigts un chemin brûlant sur l'intérieur de sa cuisse.

— Je vais te dévorer, Magdelegna, lui promit-il alors que cette dernière prenait enfin la mesure de ses désirs ténébreux. Tu voulais connaître mes émotions ? Laisse-moi te les présenter.

Legna était si concentrée sur la progression de sa main entre ses jambes qu'elle l'entendit à peine. Mais lorsqu'elle éprouva la morsure soudaine de ses dents sur sa lèvre, elle plongea le regard dans ses yeux de mercure en fusion.

— Mon premier souhait, *Nelissuna*, est de te voir nue et sans artifices. Puis, je sentirai ta nudité... avec mes mains, mon corps et, surtout, ma bouche.

Il illustra ses propos en la gratifiant d'un baiser empreint d'une ardeur sauvage et d'un désespoir qui transcendait les demandes de son corps. Ce qu'il décrivait était principalement physique ; néanmoins, c'était une satisfaction purement émotionnelle qu'il recherchait. Il voulait la faire sienne. Son côté primitif exigeait qu'il la marque de toutes les façons imaginables, mais plus encore, il allait imprimer en elle les sentiments qu'elle lui avait réclamés.

Legna avait la tête qui tournait sous l'afflux de sensations. Une sorte de mécanisme de défense la poussa à empoigner Gideon et à le faire rouler sur le côté jusqu'à ce qu'ils aient échangé leurs places et qu'elle se retrouve à califourchon sur lui. Elle sentit son cœur bondir à la fois de crainte et d'impatience tandis que la dominante en elle prenait le contrôle. Legna mordilla longuement les lèvres de Gideon, avant de les dévorer de baisers brûlants.

À présent, il avait glissé les deux mains sous sa jupe pour empoigner ses cuisses musclées. Malgré le léger tremblement qui agitait son corps, Gideon tenta de rester étendu sans bouger, car sinon il se serait mis à lui arracher ses vêtements et il préférait ne pas s'aventurer de ce côté-là tout de suite : il voulait savourer cet instant, le réserver pour le moment où il la ferait sienne. Il parvint à se maîtriser pendant qu'elle déboutonnait le col de sa chemise et descendait rapidement jusqu'à la ceinture de son pantalon. Puis elle en écarta les pans avec des mouvements assurés, et se redressa pour contempler son large torse. Les yeux fermés, elle se pencha vers lui pour goûter sa peau chaude d'un coup de langue prolongé.

Ce fut un miracle que Gideon n'explose pas sur place. De toute sa longue vie il n'avait jamais ressenti un tel plaisir irrésistible, engendré par une action aussi insignifiante. Il poussa un grondement guttural, sauvage, quand elle lui lécha un téton, puis l'autre.

Il s'assit soudain, faisant glisser Legna sur ses genoux, pour ôter rapidement sa chemise. Cette dernière aperçut alors pour la première fois les hématomes violets qui lui marbraient les côtes. Elle tendit la main pour les toucher du bout des doigts, avec douceur.

— Pourquoi tu ne les guéris pas complètement ? demanda-t-elle.

— Parce que ce n'est pas nécessaire. Ils auront naturellement disparu d'ici l'aube. Il vaut parfois mieux laisser faire la nature.

— Oh. Je vois, répondit-elle, un sourire légèrement rusé lui ourlant les lèvres.

Le contact de ses doigts le mettait au supplice. Pas parce qu'elle lui faisait mal en explorant ainsi sa blessure, mais parce qu'il n'avait jamais eu besoin de rien ni de personne comme il avait besoin de Legna. Et c'était la tendresse et la sollicitude avec lesquelles elle l'effleurait qui l'émouvaient le plus. Il n'avait pas du tout l'habitude qu'on prenne soin de lui, que quelqu'un s'inquiète de son bien-être au lieu de supposer que, comme il était un puissant guérisseur et un Ancien, il n'avait que faire des marques d'attention ou de compassion. Legna leva les yeux vers lui quand elle perçut la tristesse et la solitude qui imprégnaient ses pensées, comprenant que c'était elle qui les avait suscitées, et qui les chasserait.

Son compagnon commençait à découvrir une émotion qu'elle avait toujours prise pour acquise, celle avec laquelle elle avait grandi et qu'elle avait éprouvée toute sa vie. Il prenait conscience qu'avoir quelqu'un qui l'attende à la maison mettait du baume au cœur. Sa psyché se réchauffait, lentement mais sûrement, parce qu'il était imprégné à elle. C'était elle qui faisait profiter l'Ancien des connaissances de son domaine d'expertise, alors qu'elle avait toujours cru qu'il en savait plus que l'histoire elle-même. Elle le guidait dans le royaume de ses émotions oubliées. Exactement comme il tentait de lui apprendre les avantages d'un équilibre entre les instincts prédateurs et la civilisation, elle lui montrait comment atténuer ses sentiments si nécessaire et comment s'y abandonner pour mener une existence de couleurs, de lumière et de vie.

— Ma lumière. Ma vie, souligna-t-il à voix haute.

Il glissa la main sous ses cheveux et, d'une pression sur sa nuque, l'invita à se pencher jusqu'à ce qu'elle se retrouve pelotonnée contre lui, le visage levé pour accueillir ses lèvres.

L'intensité de ce baiser, et les émotions de Gideon qui affluaient en elle lui firent monter les larmes aux yeux. Elle colla sa bouche contre la sienne avec plus de force, se servant de sa langue et de ses sentiments grandissants pour l'attirer encore plus près. Elle l'emplit de sa compréhension et de sa compassion, de son absolution et de sa confiance, et, surtout, elle déversa son cœur dans le sien, la partie d'elle-même qui commençait à l'aimer, quels que puissent être ses péchés et ses défauts.

Le flot des émotions de Legna le percuta avec plus de force que n'auraient jamais pu le faire les Minotaures et leurs hallebardes. Quand Gideon sentit un gémissement rauque vibrer dans leurs bouches unies, il prit conscience que c'était lui qui le poussait. Il exprimait une telle souffrance que Legna en eut la chair de poule, et il eut l'impression que son cœur allait se briser en mille morceaux tant il ignorait comment gérer ce qu'elle y déversait. *Elle a tellement tort*, pensa-t-il. Elle avait affirmé qu'un jour il pourrait devenir son héros, son sauveur.

Mais c'était elle qui le sauvait.

Legna mit finalement un terme à leur baiser, et effleura de ses lèvres meurtries sa joue, sa pommette et même le voile noir de ses cils.

— *Nelissuna*, souffla-t-il.

— Je suis là. Je serai toujours là, le rassura-t-elle gentiment.

Elle rencontra son regard quand il lui releva le visage d'un doigt sous le menton.

— Promets-le-moi, *Neliss*, lui demanda-t-il d'une voix rauque. Certains me croient invincible, mais je te jure sur mon âme que je mourrais si je devais te perdre.

— Je serai toujours là, répéta-t-elle avec autant de force qu'elle en était capable.

Il lui caressa le visage avec tendresse, du dos de la main.

— Ne me quitte pas, *Neliss*.

Il l'implorait, sans avoir honte des émotions qui transparaissaient dans sa voix.

— Dors près de moi aujourd'hui et tous les jours à venir, ajouta-t-il.

Elle acquiesça en silence, percevant le soulagement qui vibra en lui avec une telle intensité que sa gorge se serra. Gideon était une créature à la puissance colossale et à la volonté indomptable, mais elle avait à présent le pouvoir de le sauver ou de le détruire. C'était une prise de conscience terrifiante et une énorme responsabilité, mais elle l'accepta sans réserve.

Cependant, elle n'accorda pas une pensée de plus à la responsabilité.

Brusquement elle se retrouva de nouveau sous Gideon, sa peau nue et hâlée chaude sous ses doigts tandis qu'elle s'accrochait à ses épaules. Avant qu'elle ait même eu le temps de remarquer où étaient passées ses mains, il avait ouvert la fermeture Éclair de sa robe, et son corsage bâillait énormément. Il écarta la soie perlée de sa peau, l'exposant à un air bien plus frais que la température de leurs corps excités. Les tétons de Legna se durcirent tant sous l'effet du froid que sous le regard avide de son amant.

— Ah… tu vois, je savais que tu serais comme ça, lui avoua-t-il dans un murmure à peine audible. Pas juste que tu réagirais si promptement à ma présence, mais cette couleur…

Il tendit la main pour caresser doucement les aréoles de ses seins, d'abord avec le bout des doigts puis avec son souffle conjugué à ses lèvres.

— Est-ce que tu sens comme ça m'excite, *Neliss*?

Legna comprit qu'il ne faisait pas référence à sa réponse physique, même si celle-ci était indéniable. Il parlait de la soif d'elle et d'elle seule qui montait en lui. Elle était reliée à lui comme personne ne l'avait été depuis qu'il était un néophyte inexpérimenté. Oh, il avait été obligé de succomber à des accès de désir charnel avant, n'étant pas moins sujet à l'influence des lunes sacrées qu'eux tous, mais chaque caresse qu'il partageait avec elle lui fendait l'âme et le cœur. Tous ces sentiments qui ne lui étaient pas familiers se bousculaient en lui, mais alors il refermait la bouche ou la main sur Legna, et ces derniers lui apparaissaient clairement.

Il l'aimait, il aimait tout en elle, et cela depuis plus d'années qu'il ne le reconnaîtrait peut-être jamais à haute voix. Au fur et à mesure qu'il lui ôtait sa robe délicate, il vénérait la moindre parcelle de sa peau dénudée en la couvrant de baisers et de caresses, avec un désir enflammé mais surtout avec dévotion. Legna s'étira sous lui, réprimant le flot des larmes qui lui baignaient les yeux tandis qu'elle commençait enfin à apprendre qui il était… et ce qu'il ressentait. Qui aurait jamais pu penser qu'un mâle si puissant et si plein d'assurance se jugerait indigne d'une femme comme elle ? Elle prit conscience que, malgré ses centaines d'allusions à sa jeunesse, elle lui avait donné depuis longtemps l'impression d'être une dame de qualité qui ne méritait que le meilleur de ce que leur espèce avait à offrir. C'est pourquoi il n'avait jamais osé l'approcher, en dépit du fait qu'il était le plus estimé des leurs. Tout au fond de lui, il s'était dit que si les démons qui le tenaient en si haute considération savaient la vérité, ils le fuiraient comme il s'était attendu à ce qu'elle le fasse. Il pensait qu'un crime vieux d'un millier d'années n'était pas plus pardonnable à présent qu'alors.

— *Personne n'a le droit de te juger, Gideon.*

— *Tu as tous les droits de me juger, mon amour.*

Il releva la tête pour croiser son regard, et embrassa la main qu'elle avait posée sur sa joue.

— Tu es ma seule et unique compagne, *Neliss*. Si je dois représenter la même chose pour toi, je devrai gagner ma place à tes côtés.

— Mais…

Legna s'interrompit, le souffle coupé, lorsqu'il s'allongea sur elle et plaça les hanches entre ses cuisses jusqu'à être étroitement emboîté en elle, son large torse qui la surplombait lui donnant la sensation d'être dans son ombre. Contrairement à elle, il était encore vêtu des pieds à la taille, pourtant son corps dur blotti contre le sien exprimait un appétit patent et était terriblement suggestif.

— Devrai-je m'y prendre comme ça ? À travers ton corps ? Devrai-je la gagner un peu plus avec chaque cri de plaisir que je t'arracherai ? Maintenant je sais dans mon âme que ce n'est que grâce à ton amour que je trouverai l'absolution. Peut-être l'ai-je toujours su et était-ce pour cette raison que je m'interdisais d'y prétendre. Mais j'ai attendu si longtemps, Magdelegna. Tellement longtemps.

Elle n'avait pas besoin d'être empathe pour percevoir la souffrance qui transparaissait dans sa voix.

— Est-ce mon corps qui t'aidera ? Tu n'as qu'à le prendre, alors, chuchota-t-elle.

Saisissant sa tête entre ses mains, elle lui effleura l'oreille des lèvres avec douceur.

— Mon cœur t'appartient déjà, ajouta-t-elle.

Quand il tressaillit et fouilla des yeux son visage à la recherche d'une confirmation, elle soutint sans ciller son regard dubitatif. Il devait avoir trouvé ce qu'il voulait, car elle sentit un léger tremblement le parcourir. Puis il empoigna les couvertures de part et d'autre de ses épaules, les yeux fermés. Ignorant s'il tentait de refuser ou d'accepter ce qu'elle était prête à lui offrir, elle lui caressa avec assurance les épaules avant de descendre sur son dos et de faire glisser le bout de ses doigts sur ses fesses. Elle le saisit par son pantalon ajusté, pour l'attirer plus profondément entre ses jambes qu'elle enroula autour des siennes.

— Legna.

Gideon était stupéfait d'être parvenu à prononcer son nom. Il avait l'impression d'être pétrifié à l'intérieur, comme si la rigidité de son érection, qui dépassait tout ce qui devrait être possible, avait gagné tout son corps. Legna était plus que belle. Elle était d'une perfection inconcevable. Aucun mot appartenant à toutes les langues qu'il connaissait ne pouvait exprimer ce qu'il pensait et ressentait en la regardant lui adresser un petit sourire entendu, comme si elle déployait tous ses pouvoirs pour le fasciner par le seul fait de son existence.

— Je t'attends, dit-elle.

Sa voix était basse et sensuelle, et aussi séduisante que les rondeurs attirantes de son corps.

Gideon lui prit les mains et les cloua au lit, basculant brutalement contre elle alors qu'il s'emparait de sa bouche pulpeuse. Legna était coincée entre le matelas et l'acier implacable du corps viril de Gideon. Son agressivité débridée la ravissait et elle poussa un gémissement qui venait du plus profond de sa poitrine. Elle entrelaça ses doigts aux siens, pour le tenir fermement dans l'éventualité improbable où il voudrait retirer ses mains.

Il meurtrissait leurs bouches, aiguillonné par le besoin farouche qui l'habitait, mais elle participa autant que lui à la danse érotique de leurs lèvres et de leurs langues. Lorsqu'elle lui mordit de nouveau la lèvre, il s'écarta pour la regarder avec une intensité bestiale. En un instant il lui avait croisé les bras au-dessus de la tête, laissant son corps nu vulnérable.

Quand il la maintint dans cette position d'une seule main, Legna respirait si fort, anticipant sa prochaine décision, qu'elle fut presque prise de vertiges. Alors elle sentit sa main libre glisser sur son ventre, une caresse assurée, qui lui brûla la peau. Il posa la bouche sur la courbe de son cou, à la jonction avec l'épaule, et fit remonter sa main le long de ses côtes pour empoigner son sein lourd.

Ce contact lui arracha un cri, et elle tressaillit. Legna sentit une incroyable chaleur liquide se déverser dans son bas-ventre. Gideon poussa un grognement empreint d'un sentiment de possession, et elle frissonna quand il éloigna la bouche de son cou et lui écarta les cheveux pour lui chuchoter à l'oreille.

— *Neliss*, murmura-t-il, relâchant son sein pour faire descendre sa main jusqu'à son ventre. Je sens ton odeur.

Son souffle était aussi torride que la signification de ses mots et que le chemin que suivait sa main.

Legna laissa retomber la tête en arrière tandis qu'il la pressait contre le matelas, jusqu'à ce que sa paume soit posée à plat entre ses hanches.

— Gideon ! s'écria-t-elle quand il se rapprocha encore d'un centimètre de l'origine du parfum moite qui l'avait attiré.

— Chéri, la corrigea-t-il, faisant en sorte qu'elle sente bien qu'il reculait légèrement la main.

Elle ferma les yeux de toutes ses forces, tremblant tellement qu'elle ne s'expliquait pas comment elle parvenait encore à respirer. Elle comprenait parfaitement que Gideon veuille patienter, mais au lieu d'aller dans son sens, elle souleva le bassin avec lenteur, se frottant de manière suggestive contre le renflement indéniable toujours enfermé dans son vêtement. D'instinct il porta la main sur la cambrure de ses reins pour la maintenir contre son membre rigide.

Il jura entre ses dents, ce qui permit à Legna de se faire une idée plus précise de la signification de ce mot à présent qu'elle l'entendait en contexte pour la deuxième fois. Elle rit, un son bas et voilé qui montrait qu'elle avait conscience de son emprise sur Gideon.

Celui-ci lui lâcha les mains pour lui caresser la poitrine, titillant doucement ses tétons dressés jusqu'à ce qu'elle gémisse et tremble sous l'effet des pointes de plaisir qui la transperçaient. Elle glissa alors les doigts dans ses cheveux, pour maintenir sa tête contre son cou, qu'il savourait d'une manière langoureuse et délibérément érotique.

Lorsqu'il se rapprocha de nouveau de l'entrejambe de Legna, Gideon toucha presque la moiteur qui était dissimulée juste au bout de ses doigts ; il mourait d'envie de goûter ce nectar ainsi que la chair douce et sensible qui en était humectée. Il était subjugué par un appétit insoutenable, ayant l'impression de n'avoir jamais connu un désir aussi paralysant. Il percevait Legna dans ses pensées, qui analysait tout ce qu'il ressentait pour adapter la façon dont elle se frottait contre lui, jusqu'à le rendre fou.

Soudain elle s'empara de sa bouche vorace avant de faire glisser la sienne sur son cou, découvrant, ravie, que le contact de ses lèvres humides à cet endroit-là était terriblement excitant pour lui. Elle perçut son érection frémissante, si proche de son propre sexe, ce qui aiguisa son désir, son besoin de le sentir s'enfoncer profondément en elle, avec brutalité.

Gideon s'aperçut qu'elle éloignait une main de lui et remarqua même le mouvement brusque de son bras. Mais il ne s'attendit pourtant pas à l'étrange secousse qui accompagna le geste qu'elle esquissa avec son poignet. Ils se matérialisèrent une demi-seconde après au milieu du lit, leurs corps toujours enlacés, à part que cette fois il était aussi nu qu'elle.

C'est pourquoi il glissa inopinément dans la moiteur de son intimité. Legna eut le souffle coupé tandis qu'il la pénétrait, intensifiant sa soif de le sentir en elle. Il poussa un grognement de pur appétit primitif et empoigna l'étoffe de la courtepointe en rejetant la tête en arrière, en se cambrant de tout son corps, au supplice.

Mais il ne lui donna pas ce qu'elle voulait, même s'il dut pour cela faire appel à toute la maîtrise de soi qui lui restait. S'éloignant de cet incroyable havre avec lequel elle le tentait, il se redressa sur les genoux, ce qui eut pour effet d'écarter encore davantage les cuisses de Legna.

Tenaillé par le désir, il baissa les yeux sur sa compagne irrésistible. Il secoua la tête, muet d'incrédulité, en repensant aux petits tours rusés qu'elle avait employés pour le subjuguer. Et ils avaient marché, chacun d'entre eux. Peut-être pas comme elle l'aurait souhaité, mais ils l'avaient complètement convaincu qu'il avait eu tort d'affirmer que le sexe était un acte trop banal pour retenir l'attention d'une créature âgée de plusieurs siècles.

Et les failles de son raisonnement lui apparaissaient avec acuité. Néanmoins, il ne la priverait pas d'un moment semblable à celui qu'il avait vécu. Legna comptait trop pour lui. C'était dans la nature de la démone de s'occuper si généreusement des besoins des autres avant de se préoccuper des siens. Mais Gideon n'était pas comme les autres, et il ne se satisferait pas de cette situation.

Il se pencha vers elle, plongeant les yeux dans son regard curieux et interrogateur.

— Je veux que tu prononces mon nom, lui ordonna-t-il d'une voix puissante, gutturale. Et si tu t'exécutes, je te donnerai un présent très semblable à… ceci.

Il s'enfonça soudain au-delà de ses yeux, jusque dans son corps. Sous l'effet du pouvoir de Gideon qui s'engouffrait en elle, se mêlant à son aura, la respiration de Legna devint laborieuse. Elle sentit de violents frissons la parcourir. Le démon s'insinua dans ses veines avec une rapidité stupéfiante, modifiant et augmentant son métabolisme jusqu'à ce qu'elle ait une forte montée d'adrénaline. Puis elle eut conscience que ses zones érogènes se gorgeaient du flot chaud et vibrant du sang frais, stimulant ses impulsions nerveuses.

Gideon continua à envoyer des ondes de chaleur de plus en plus intenses en elle, s'interrompant pour recommencer, sans quitter du regard ses yeux écarquillés tandis qu'elle luttait pour respirer. Elle ne pouvait plus se concentrer sur lui et sa vision se troubla alors qu'elle se sentait tomber dans un trou noir de son ingénieuse création.

Legna explosa, le cristal volant finalement en éclats lorsque Gideon produisit la parfaite vibration en elle. Elle hurla, le corps contracté de plaisir, tout son être déchiré par d'indescriptibles pulsations.

Et Gideon ne l'avait même pas touchée.

Elle tenta désespérément de reprendre son souffle quand elle redescendit des sommets extravagants où il l'avait emportée. Elle fut enfin capable de se concentrer sur l'expression terriblement satisfaite de ses yeux.

— Allez, ma douce, prononce mon nom, insista-t-il encore de ce ton supérieur, enjôleur. Tu es assez forte maintenant pour ne pas risquer de le divulguer.

Il baissa la bouche sur ses seins, suçotant chaque téton avec une patience insoutenable, avant de mordre le droit, exactement comme elle avait imprimé sa marque en lui.

Ce fut comme si un courant à haute tension la traversait, et elle fut obligée de se redresser en cambrant le dos. Il en profita, faisant glisser ses lèvres sur son ventre, enfonçant la langue dans son nombril, comme s'il appuyait sur un bouton magique pour libérer un flot de liquide chaud, qui se déversa sur une chair déjà trempée.

— Prononce mon nom, *Nelissuna*, et je te donnerai bien plus encore, murmura-t-il contre sa peau tandis qu'il faisait descendre ses lèvres toujours plus bas.

Legna se demanda comment il pouvait s'attendre à ce qu'elle dise ne serait-ce que son nom à elle quand il lui arrachait par ses caresses d'incessants gémissements de plaisir. La pression des genoux de Gideon contre l'intérieur de ses cuisses la mettait complètement à nue tandis qu'il se redressait pour remplacer sa bouche par sa main.

Cette fois il ne la fit pas languir. Il glissa l'index dans la soie moite de son intimité, et il tâtonna, explora, et trouva en un battement de cœur la façon de la propulser au seuil du plaisir. Elle tenta de se soustraire à sa caresse, et cria en soulevant les hanches, se tortillant. Elle le sentit enfoncer les doigts en elle, une intrusion habile qui lui montra tout ce qu'un homme était capable d'apprendre sur les femmes en un millénaire.

Il la connaissait déjà parfaitement, et il en tira parti. Alors qu'il l'emportait malgré elle dans une extase de plus en plus forte, il continua à lui demander de dire son nom. Il lui fit miroiter davantage encore de délices, mais elle n'aurait même pas pu commencer à en imaginer plus que ce qu'il lui faisait déjà. Lorsqu'il baissa la tête sur son corps ruisselant de sueur pour la dévorer de baisers, il se servit du lien qui unissait leurs esprits pour renouveler sa requête et ses promesses de récompense.

Legna se sentit déchirée en une explosion de molécules qui se séparaient avec force, une sensation semblable à celle qu'elle avait éprouvée la première fois qu'elle s'était téléportée. Une sensation tout à la fois sublime et déchirante. Merveilleuse à vivre, douloureuse à quitter. Des larmes coulaient sur son visage et jusque dans ses cheveux, et un sanglot lui échappa alors que Gideon continuait à la tourmenter.

Si elle le trouvait impitoyable, elle avait tort. Il était avant tout égoïste, car le plaisir farouche de Legna l'excitait à un point inimaginable. C'était elle qui était cruelle, à refuser de lui accorder sa seule requête alors qu'il l'implorait gentiment, se servant de son corps délicieux comme d'une sébile. Il la couvrit de la tête aux pieds de caresses, et il la sentit se mouvoir sous lui d'une façon si érotique qu'il dut faire appel à toute sa volonté pour ne pas la pénétrer profondément.

En règle générale, les démons en couple ne partageaient pas leurs noms de pouvoir, principalement pour ne jamais risquer de trahir ce précieux secret qui protégeait leur compagnon bien-aimé. Mais Gideon connaissait déjà celui de Legna, l'ayant appris cinq mois plus tôt quand son ancien mentor l'avait vomi pour que tout le monde l'entende.

Alors à présent, elle allait découvrir le sien. C'était le don le plus profond qu'il serait jamais en mesure de lui offrir, symbole d'une confiance qui dépassait les limites du raisonnable. Mais il tenait à ne rien recevoir d'elle à moins de lui donner l'équivalent en retour.

Il se laissa rouler sur le côté, l'attirant avec lui jusqu'à ce qu'elle se retrouve sur lui, chevauchant ses hanches. Il referma les mains sur ses fesses et, avec des mouvements délibérés, la fit glisser le long de sa terrible érection.

Legna prit appui sur les talons, rejeta la tête en arrière et poussa un cri rauque vers le ciel. Gideon serra les dents alors que le corps brûlant de la démone l'appelait, lui promettant un havre qui ne ressemblait à rien de ce qu'il avait jamais connu.

— Dis-le, Legna, l'implora-t-il.

Il la souleva de nouveau jusqu'à ce que son sexe soit si proche du sien qu'un seul mouvement suffirait à les unir.

Soudain, Legna releva la tête, une détermination enflammée brillant dans ses yeux, comme l'aboutissement de toutes les années de sa vie. Elle le saisit brusquement par les épaules, le clouant au lit alors qu'un grognement farouche s'échappait de sa gorge. Elle demeura obstinément dans cette position, refusant de le laisser la déplacer. Puis elle inclina le bassin de côté avec une lenteur extrême, puisant dans toutes ses forces pour parvenir à bouger malgré son étreinte.

— Legna ! souffla-t-il.

Il était en train de glisser en elle, de perdre la raison et sa maîtrise tandis qu'elle lui imposait sa volonté. Elle se pencha en avant, pour le regarder droit dans les yeux, des gouttes de transpiration tombant sur lui. Il sentait qu'il s'enfonçait de plus en plus, à un rythme insoutenable, entièrement subjugué par le feu argenté qui brûlait dans son regard.

Puis, d'une dernière ondulation de son corps, elle lui rendit tout ce qu'il lui avait donné. Elle l'accueillit entièrement dans sa douceur soyeuse, et poussa un gémissement de plaisir triomphant quand il la pénétra de toute sa longueur. Elle s'étira autour de lui ; ce devait être la sensation la plus incroyable de leurs vies respectives.

Alors elle ferma les yeux, un frisson remontant le long de son dos tandis qu'elle lui effleurait la bouche de la sienne, pour enfin prononcer son nom.

— Pentangelo.

C'était un nom puissant, un nom de protection et de grandes espérances. Tout comme celui de Legna. Indirianna signifiait « compagne du paradis », et Pentangelo « ange des temps infinis ». Le pouvoir de ces noms était transparent, du moins dans le fait que leur sens était parfaitement adapté aux créatures qu'ils étaient devenus.

Et pendant qu'ils faisaient l'amour pour la première fois avec toute la force et l'intensité de l'espèce altière dont ils étaient issus, ils se perdirent totalement l'un dans l'autre. Ils tournèrent et se retournèrent sur le lit ; c'était d'abord Gideon qui pénétrait profondément Legna, puis cette dernière qui l'ensorcelait avec des frottements ondoyants, époustouflants. Ils s'emmêlèrent dans les cheveux de la démone, se retrouvèrent prisonniers de leurs mèches pour ne plus former qu'un seul être, à la façon dont leurs pensées se mêlaient. Gideon était capable de manipuler le corps de Legna pour en tirer une mélodie de plaisir incommensurable, mais cette dernière pouvait renvoyer aussitôt en lui les sensations qu'elle éprouvait, sous la forme d'émotions à l'état brut.

— Legna ! cria-t-il d'une voix rauque.

Tout en lui hurlait à Legna qu'il était trop perdu pour faire autre chose que ressentir les incroyables sommets qu'ils avaient atteints ensemble.

Legna poussait de petits gémissements rapides qui ne tardèrent pas à se transformer en des exclamations plus aiguës. Elle se trouvait sous son compagnon, qui la pénétrait jusque dans des profondeurs qui transcendaient la physique.

Quand Gideon accéda à la jouissance, ce fut dans un rugissement primitif d'extase virile suprême. Son ultime coup de reins et le flot brûlant de sa semence qui se déversait en elle propulsèrent Legna dans un orgasme volcanique, qu'elle extériorisa par un cri de joie intense. Gideon sentit les convulsions passionnées de son plaisir se resserrer autour de lui, le vider consciencieusement, laissant le démon le plus puissant de toute l'histoire sans la moindre force.

Il retomba sur le corps humide de sa compagne en poussant un dernier grognement de volupté. Il les entendit tous deux reprendre leur souffle, un bruit qu'il adora pour des raisons qu'il ne parvenait pas même à concevoir.

En fait, aucun d'eux n'était plus capable de réflexion. Gideon s'inquiéta un instant du poids de son corps sur le sien, et, pour résoudre le problème, les fit simplement rouler sur eux-mêmes, pour qu'elle soit allongée sur lui. Après ça, seule resta la béatitude, et le couple qui s'y prélassait.

—*Mon amour?*

—*Oui.*

Gideon rit.

—*Pourquoi as-tu dit «oui» de cette façon?*

—*Oh, je croyais que tu me posais une question.*

—*Je vois.*

Puis il comprit vraiment ce qu'elle voulait dire, et son cœur s'arrêta dans sa poitrine.

—*Chéri?*

Il sentit une chaleur l'envahir en l'entendant l'appeler par ce terme affectueux, et un sourire lui ourla les lèvres.

— *Oui,* Neliss ?

— *Oh, rien. Je remplissais juste ma part du marché.*

— *Du marché ?*

— *Oui. Tu as conclu un marché avec moi.*

— *Je ne te suis plus*, déclara-t-il en soupirant.

Legna leva la tête, posa le coude sur son torse et appuya le menton sur sa paume, pour l'observer.

— Tu m'as promis que j'aurais quelque chose d'extraordinaire si je t'appelais comme ça.

— Ah oui ? demanda-t-il, son regard s'illuminant d'une lueur songeuse tandis qu'il réfléchissait. En fait, je crois que tu confonds avec le marché où tu devais dire mon nom.

— J'aime ton nom, avoua-t-elle avec un sourire. J'ai toujours trouvé le mien affreusement prétentieux. Mais le tien bat le mien à plate couture.

— Mon nom est l'un des plus beaux et des plus anciens de toute notre histoire.

— C'est seulement parce que tu as vécu si longtemps que tu es devenu un vieux branleur.

— « Branleur » ?

— C'est de l'argot, chéri.

— Qu'est-ce que tu es, mon prof d'argot tout à coup ? C'est ta conception des confessions sur l'oreiller ?

Legna gloussa, et s'excusa en déposant un baiser appuyé sur ses lèvres. De toute évidence, cela suffit à l'apaiser, et il sourit de toutes ses dents.

— Y a-t-il quelque chose que tu préférerais m'entendre dire ? demanda-t-elle d'un ton accommodant.

— Ce « oui » de tout à l'heure était pas mal. Court, adorable, concis.

— Oui, convint-elle.

— Oui ? s'enquit-il, arquant les sourcils.

— Oh oui, lui assura-t-elle, exécutant une petite danse lascive avec les siens.

— Mmm, oui, murmura-t-il comme elle posait ses lèvres sur les siennes.

— *Oui. Oui. Oui.*

— *Legna ?*

— *Oui ?*

— *Ne parle pas la bouche pleine.*

— *Non ?*

— *Non.*

Chapitre 11

Isabella bougea dans son sommeil, sa joue et son nez caressant la peau douce et chaude du cou de son futur mari, contre lequel elle avait dormi le visage enfoui toute la journée.

Le contact de ses lèvres envoya des pointes de désir le long de la colonne vertébrale de son compagnon, le tirant lui aussi de son repos. Elle était allongée dans son dos, qu'elle couvrait de toute la longueur de son petit corps ; même ses jambes étaient glissées entre ses cuisses et le renflement de son ventre venait se nicher dans la cambrure de ses reins.

Jacob prit la main qui pendait sur son torse, au bout du bras qui passait par-dessus le sien. Il porta ses doigts à ses lèvres, pour qu'elle perçoive son baiser et son sourire.

Elle sourit contre la chaleur de son cou en réponse.

— *Tu te sens mieux ?* demanda-t-il.

Il se servit d'abord de leur lien mental parce que sa présence dans son esprit lui avait manqué. Il avait été obligé de se contenter de ses rêves, pendant qu'elle dormait et guérissait.

—*Beaucoup mieux. Tu m'as manqué.*

—*Toi aussi.*

Elle libéra sa main pour pouvoir le toucher, faisant délicatement glisser ses doigts sur sa peau, savourant le fait de retrouver cette sensation.

— Beltane est la semaine prochaine, lui rappela-t-elle. Tu crois qu'on va réussir à se marier, cette fois ?

— Pas si Gideon dit que tu ne peux pas sortir de ce lit, répondit-il d'un ton sévère.

— Absolument hors de question ! explosa-t-elle.

Jacob grimaça en se couvrant l'oreille, laquelle était bien trop proche de la bouche de Bella. Cette dernière regretta aussitôt son étourderie et poussa un petit gémissement attristé avant d'embrasser tout doucement l'organe qu'elle avait blessé.

Jacob s'extirpa suffisamment de son étreinte pour pouvoir se retourner et lui faire face.

— D'accord, explique-moi ce que tu as voulu dire, demanda-t-il gentiment.

— Je refuse d'attendre six mois de plus. Nous nous marierons à Beltane, quoi qu'il arrive… que ce soient les nécromanciens… ou… le monstre du Loch Ness. Je ne supporterai pas que Corrine se marie et pas moi. Je refuse de l'entendre m'appeler la dévergondée de la famille pour le reste de l'année.

— Qu'est-ce que ça peut bien faire ?

Jacob soupira en tendant la main pour suivre les doux contours de son visage.

— Nous sommes déjà unis, toi et moi, d'une façon qui transcende les liens du mariage. N'est-ce pas ça qui est important ?

— Non. Ce qui est important, c'est que je vais tuer la sœur que j'adore si elle n'arrête pas. Et elle n'arrêtera pas tant que je ne lui aurai pas fermé son clapet, que ce soit avec un mariage ou avec une arme à feu. Compris ?

De toute évidence, à en juger par son expression, Jacob ne comprenait pas.

— Loué soit le sort, je n'ai qu'un frère, déclara-t-il d'un ton pince-sans-rire. Ceux dont le cerveau est embrouillé par une sœur ont afflué au cours des dernières semaines.

— Tu veux parler de Legna. Écoute, ce n'est pas sa faute si tout le monde pète un câble à cause de l'identité de son compagnon imprégné ! Franchement, je trouve qu'elle et Gideon forment un couple épatant. Certes, un peu trop beau et parfait, dans le genre roi et reine de la promo, pour être toléré bien longtemps par l'œil humain, mais néanmoins épatant.

Jacob cligna des yeux, déconcerté, tentant de déchiffrer les propos obscurs de sa fiancée. Même après tous ces mois, elle employait encore des expressions bien à elle qui échappaient totalement à sa connaissance plus classique de la langue anglaise. Mais il avait pris l'habitude de ne pas chercher à comprendre, mettant sa confusion sur le fait que l'anglais n'était pas sa langue maternelle, et qu'il fallait donc s'y attendre.

— Quoi qu'il en soit, poursuivit-elle, Noah et Hannah doivent se calmer. Tu as vu Legna quand elle nous a rendu visite hier. Si une démone pouvait rayonner, elle serait carrément radioactive.

Elle lui adressa un sourire adorable.

— Ce qui signifie, expliqua-t-elle, qu'elle avait l'air aussi incroyablement heureuse que je le suis grâce à toi.

— Je vois, répondit-il en riant. Merci pour la traduction.

Il la prit dans ses bras, et l'attira aussi près que possible étant donné le petit fœtus qui s'intercalait entre eux.

Il embrassa sa bouche appétissante jusqu'à ce que Bella soit à bout de souffle et rayonne elle aussi.

— Je me suis dit que j'allais me montrer gentille avec toi, se justifia-t-elle en gloussant contre ses lèvres.

— Toi, mon amour, tu es un vrai ange.

— Et toi, un vrai pervers. Jacob !

Elle riait tandis qu'elle chassait d'une tape l'une de ses mains qu'il avait glissée à un endroit déplacé, avant qu'il recommence avec l'autre.

— Que va penser Gideon ? ajouta-t-elle.

— Il ferait mieux de ne rien en penser, parce que sinon ça voudra dire qu'il était là pendant que tu étais nue. Et ça, ma petite fleur, ça lui coûterait certainement ses cordes vocales.

— Oh. Eh bien… si tu le présentes comme ça…

Isabella s'interrompit si brusquement que Jacob s'inquiéta aussitôt. Elle cligna des yeux une fois, et son regard devint soudain vide et son corps mou d'une façon bien trop familière. Jacob se départit instantanément de son humeur badine et se mit à genoux, attendant que Bella reprenne ses esprits.

Cela ne tarda pas, et elle s'assit, une main sur le ventre, à la seconde même où sa vision disparut.

— Habille-toi, lui dit-elle en faisant mine de se lever elle aussi.

— Qu'y a-t-il ?

Il lui saisit le bras avec fermeté, la forçant à rester dans le lit qu'elle ne devait pas quitter. Il le contourna pour s'asseoir à côté d'elle et la regarder dans les yeux.

— Qu'est-ce que tu as vu ?

Il avait beau être dans le secret de ses pensées, il n'avait pas accès à ses prémonitions. Cet endroit de son esprit lui était fermé, ne laissant transparaître tout au plus que des vestiges d'émotions. En l'occurrence, il percevait sa confusion, ainsi qu'une anxiété sous-jacente.

—Je ne sais pas. Je…

Elle secoua la tête d'un air hébété. Elle était encore loin de maîtriser ce pouvoir. Elle parvenait tout juste à gérer l'épuisement provoqué par ses visions. Celles-ci étaient en général très ambiguës, et à certains moments comme celui-là complètement sibyllines.

—J'ai vu du rouge. Rien que cette couleur. Elle semblait grossie, tu sais, comme ces photos d'objets ordinaires qu'il est difficile d'identifier tellement ils sont déformés.

—Je crois que je comprends. Alors, pourquoi as-tu l'impression de devoir te lever ?

—Je… ne sais pas. Jacob, je le sens, c'est tout. S'il te plaît, je ne vais pas réussir à interpréter ce présage si tu ne me laisses pas suivre mes instincts.

—Non, ma petite fleur. Gideon a dit que tu ne devais pas sortir de ce lit, et tu vas lui obéir.

—Jacob, fit-elle d'un ton brusque, perdant patience. J'ai un mauvais pressentiment. Je ne vais pas rester assise là à me faire dorloter pendant que quelque chose de terriblement important… ou de terriblement redoutable risque de se produire. Et si c'était un avertissement ? J'ai une responsabilité…

—De quoi ? demanda Jacob vivement. De courir aveuglément dans tous les sens comme un poulet dont on aurait tranché la tête, à la recherche de quelque chose de… rouge ? Tu ne vois donc pas à quel point c'est ridicule ? Ainsi que dangereux pour toi et notre enfant ?

Bella croisa les bras avec humeur, les doigts serrés dans sa frustration.

— Je déteste ça ! Six mois plus tôt je n'avais jamais été si forte de toute ma vie. Je l'étais même plus que le plus puissant des démons transformés. Et maintenant je ne peux même pas sortir de ce lit quand il le faut ! Tout ça en l'espace de quelques jours !

— Calme-toi. Tu as été agressée. Ce n'est pas ta faute.

— Non ? Et je suppose que c'est la tienne ? Si tu peux en projeter la culpabilité sur toi, Jacob, alors j'ai parfaitement le droit...

Elle eut le souffle coupé avant d'avoir terminé son raisonnement. Elle rejeta soudain la tête en arrière et se contracta avec brutalité. Jacob parvint tout juste à la rattraper avant qu'elle glisse du lit et tombe par terre. Il l'allongea sur le tapis avec douceur.

— Bella ? !

Il l'appela en criant alors que son regard prenait de nouveau cette expression vitreuse, mais cette fois ça ne ressemblait à rien de ce qu'ils avaient connu jusque-là. Son corps était agité de terribles spasmes qui ne pouvaient correspondre qu'à une attaque.

Jacob attrapa des oreillers pour la protéger de son mieux, réfléchissant à une vitesse folle à un moyen de trouver de l'aide. Les yeux fermés, il sonda la nuit, s'élança dans la nature vers les créatures qu'il pouvait manipuler. Il s'introduisit dans l'esprit d'un loup. Le démon de terre charma l'animal, l'amenant à aller contre l'instinct qui le poussait à rester éloigné des habitations construites par l'homme.

Quelque temps plus tard, le loup bondissait sur les pelouses parfaitement entretenues du château de Noah.

Le roi s'arracha à son étude quand il entendit gratter à la porte. Il déploya ses sens, et perçut l'énergie de l'animal de l'autre côté. Perplexe, il se leva et marcha jusqu'à la porte, qu'il ouvrit, découvrant le loup assis sur le seuil qui l'observait d'un regard plein d'attente. Une lueur d'intelligence se cachait derrière ces yeux bleus pénétrants, une intelligence qui dépassait celle de l'animal. Noah sentit immédiatement l'aura résiduelle d'un démon de terre dans celle du loup.

— Bon sang! jura-t-il.

Il prit conscience qu'il avait été si absorbé dans son travail qu'il n'avait même pas remarqué les ondes de peur et d'angoisse qui émanaient de sa propre demeure.

Le démon de feu se transforma en tourbillonnant en une colonne de fumée, et remonta comme une tornade l'escalier principal.

— Kane?

Corrine entra dans la pièce suivante, cherchant son compagnon avec une consternation grandissante.

— Kane, si tu essaies encore d'exercer notre lien télépathique, je te tuerai dès que je t'aurai trouvé, se lamenta-t-elle. Ce n'est pas juste.

La jeune femme s'était réveillée dans un lit vide, ce qui l'avait déçue et attristée. Elle adorait sortir du sommeil, pelotonnée contre son amant, enveloppée de ses bras même quand il dormait. Ils avaient été si près de se perdre sans même s'être doutés de ce à côté de quoi ils seraient passés. Et à mesure qu'elle se rétablissait, elle avait appris ce que cela signifiait d'aimer et d'être aimée avec une profondeur que seul un couple imprégné comprendrait jamais véritablement.

Que son compagnon soit un peu dangereux, très irrévérencieux et d'une imprévisibilité amusante en ce moment l'aidait à mieux accepter son bonheur. Heureusement leur lien mental continuerait à s'améliorer au fur et à mesure qu'elle se remettrait des blessures qu'elle avait subies au tout début de leur relation. Dans le cas contraire, elle serait la victime de ces séances impromptues de cache-cache pour le reste de sa vie, qui avait été considérablement rallongée à présent que ses gènes druidiques s'étaient réveillés.

Corrine traversait la cuisine lorsqu'elle entendit ce petit bruit sec caractéristique qui accompagnait l'arrivée d'un démon qui se téléportait. Un large sourire aux lèvres, elle se dépêcha de sortir de la pièce.

— Se téléporter ne fait pas partie du jeu ! chanta-t-elle au tricheur.

Elle riait quand elle entra dans le salon en courant. Mais elle s'arrêta net en s'apercevant que son compagnon n'y était pas et, les sourcils froncés, mit les poings sur les hanches, contrariée.

Elle huma l'air, s'attendant à l'odeur de soufre et de fumée que le néophyte laissait toujours en grande quantité derrière lui, cherchant à déceler un indice quant à l'endroit de la maison où il pouvait bien se cacher.

C'est à ce moment-là qu'on la frappa par-derrière avec violence, l'envoyant la tête la première sur le sol. Elle laissa échapper un grognement quand le tapis lui brûla le menton et les coudes. Sous la force du coup, elle se cogna le nez et, alors que ses poumons se vidaient, son sang gicla sur l'étoffe bleu ciel.

Elle comprit avec effroi que ce n'était pas son amant qui lui avait fait ça. Il aurait préféré se tuer que de lui faire du mal, même par accident. Non, c'était une attaque d'une malveillance haineuse.

— Alors, petite druidesse, susurra à son oreille, claire et sonore, une douce voix féminine à la beauté trompeuse.

Son agresseur pesa de tout son poids au milieu de son dos, faisant s'échapper le peu d'air qui lui restait dans les poumons.

— Où se trouve cette petite pute pondeuse que tu as pour sœur maintenant que tu as besoin d'elle ?

Au souvenir de ce qui était arrivé à Bella, Corrine éprouva soudain la peur la plus intense de sa vie. Quels que soient les dons qu'elle développerait, aucun ne serait aussi puissant que ceux de sa sœur, qui avait été dotée d'instincts et d'aptitudes de combat remarquables après l'éveil de ses gènes druidiques. Si c'était là ceux qui avaient agressé Isabella alors qu'elle disposait de tous ces moyens de défense, quelle chance de battre de tels adversaires avait quelqu'un d'affaibli par un accès retardé à ses pouvoirs ?

— Oh, oui, tu as raison d'avoir peur, roucoula cette voix menaçante aux accents chantants.

La dernière chose que se rappela Corrine fut d'être tirée par ses longs cheveux roux.

Legna se réveilla en sursaut, le souffle coupé, en se redressant. Gideon, qui dormait un bras et une jambe en travers d'elle, fut complètement tiré de son sommeil à peine une seconde après.

— *Neliss* ? Qu'y a-t-il, ma douce ? demanda-t-il.

Son inquiétude et sa sollicitude contribuèrent à apaiser les émotions exacerbées de la démone, dont la respiration retrouva un rythme plus supportable. Elle repoussa le lourd rideau de ses cheveux en tentant d'identifier l'endroit où elle se trouvait. Elle ne s'était pas encore habituée à se réveiller dans la demeure de Gideon. Mais à quoi s'attendait-elle, après avoir dormi dans son propre lit chaque jour sans exception pendant près de la totalité de son existence ?

En revanche, elle s'accoutumait assurément à se réveiller le corps agréablement endolori. Gideon lui proposait toujours de la soulager et, même si elle savait qu'il était dans le secret de ses pensées et de ses émotions, elle répondait immanquablement par « Quels endroits douloureux ? », ce qui le faisait rire et sourire avec une satisfaction purement masculine.

Cependant, ces sentiments tendres qu'ils avaient nourris au cours des derniers jours n'étaient pas loin d'être en sommeil en cet instant. À la place, une peur inexplicable étreignait le cœur de Legna. Gideon se déplaça pour lui faire face, si près que leurs cuisses se touchaient alors qu'ils étaient assis sur le lit. Il lui enveloppa le visage de ses mains pour le relever avec douceur, afin de plonger son regard préoccupé dans le sien.

— Dis-moi, l'encouragea-t-il tout bas.

— Je… ne peux pas. Je ne comprends pas. Peut-être… juste un mauvais rêve.

— Et ça t'arrive souvent ? Juste comme ça ?

Elle secoua la tête sans un mot, les larmes lui montant aux yeux alors que cette peur étrangère continuait à lui nouer l'estomac.

— Écoute, mon amour, les choses ont changé pour toi maintenant. Tu ne seras jamais plus une démone d'esprit normale. Mon pouvoir en toi bouleverse tout. J'ignore comment exactement. Ça se manifestera en temps voulu.

Mais souviens-toi que ça pourrait t'effrayer quand tu commenceras à percevoir ce qui se passe.

Il s'interrompit pour embrasser ses lèvres tremblantes, un contact plus chaud et réconfortant que ne pourraient jamais l'être ses paroles.

— Tu dois réfléchir calmement. C'est comme quand tes aptitudes naturelles sont apparues pour la première fois. Tu dois examiner ce qui se produit, l'accepter et t'efforcer de ne pas en avoir peur.

— Comment sais-tu que c'est ça ? De nouveaux pouvoirs ?

— Je le sens, *Nelissuna*. Cela fait des jours que je le sens maintenant. Tout comme toi, mais tu ne veux pas le reconnaître.

Legna poussa un profond soupir qui agita quelques-unes de ses mèches folles.

— Merci de m'avoir prévenue à point nommé, dit-elle d'un ton sec.

Elle lui décocha un regard noir bien trop semblable à ceux qu'elle avait l'habitude de lui donner avant. Mais cette fois, Gideon en rit.

— Si tu préfères, je peux partir pour te laisser réfléchir à…

Legna l'empoigna par le biceps lorsqu'il esquissa un mouvement pour se lever, le faisant retomber sur le matelas avec fermeté.

— Hors de question ! C'est toi qui m'as fait ça ; alors tu vas en apprécier les répercussions.

— Tu dis ça comme si c'était une punition, fit-il remarquer, une lueur argentée amusée dansant dans les yeux. Je n'ai envie d'être nulle part ailleurs que dans mon lit avec ma compagne.

Il se pencha pour l'embrasser tendrement, leurs lèvres s'unissant comme si elles n'étaient prêtes à se séparer qu'à contrecœur. Finalement, il se rassit, alors que Legna était envahie d'une douce chaleur, les joues empourprées.

— Charmeur, l'accusa-t-elle sans la moindre malice.

— Sirène, répliqua-t-il.

Il l'attira à lui dans un baiser appuyé qui les laissa tous deux essoufflés.

— Mmm, et ce cauchemar ? demanda-t-elle distraitement.

Elle lui frôlait les lèvres des siennes, dardant la langue pour les lécher avec sensualité.

Gideon s'écarta d'un centimètre, les sourcils arqués d'un air interrogateur.

— On est passé d'un simple « mauvais rêve » à un cauchemar ? De quoi te souviens-tu ?

— Je crois… (Elle s'interrompit et déglutit péniblement.) J'avais la sensation horrible de perdre Noah, qu'il s'éloignait de moi.

— Comme une invocation ?

— Un peu, mais ce n'était pas ça. Je savais au fond de moi qu'il ne courait pas ce genre de danger, mais je ne pouvais me défaire du sentiment que je ne le verrais jamais plus. Gideon, ça m'a brisé le cœur.

Les larmes qui coulaient sur ses joues le confirmèrent, et Gideon se pencha pour les essuyer d'un baiser.

— Alors, c'était juste un cauchemar, finalement, dit-il d'un ton songeur.

— Comment le sais-tu ? demanda-t-elle en reniflant.

— Parce que, mon amour, Noah s'éloigne effectivement de toi, tout comme tu t'éloignes de lui. Il est fort probable qu'il s'agisse d'un rêve d'angoisse, engendré par le fait que tu as quitté la maison de ton enfance et le réconfort offert par le cocon familial. (Gideon lui caressa les cheveux en un geste apaisant.) Je suis juste surpris que tu n'aies pas fait ce rêve plus tôt.

— Tu en es certain ?

Legna était d'une nervosité incontestable, mais elle se détendait déjà.

— Oui. Et toi aussi. Tu sais tout ce qu'il y a à savoir sur la psychologie, alors fais-moi part de ton interprétation.

— Mais tu pensais que c'était ce… nouveau niveau de pouvoir.

— Et pour la première fois en un millénaire mon diagnostic est incorrect. Je n'apprécie guère quand quelque chose d'aussi ennuyeux se produit. Maintenant, il va me falloir remettre le compteur des erreurs à zéro.

Legna gloussa, ce qui bien sûr était l'intention de l'Ancien. Elle noua les bras autour de son cou, et le serra avec chaleur.

— Tu sens si bon, murmura-t-il contre son oreille après une longue minute.

— Je sens le sexe, répliqua-t-elle.

Il hocha la tête, et un grognement appréciatif retentissant lui échappa alors qu'il humait son cou et le mordillait.

— Tu sens le très bon sexe, rectifia-t-il dans un rugissement vorace, faisant courir sa bouche sur sa peau nue avec un appétit débridé.

— Gideon !

Elle poussa un cri perçant quand il se dirigea droit sur sa taille, n'ignorant pas qu'elle était chatouilleuse à cet endroit. La danse espiègle de sa langue et le frottement de ses dents la rendaient folle, et elle se tortilla en lui hurlant d'arrêter.

Lorsqu'il la chatouillait, elle était parfaitement incapable de se téléporter. Elle parvenait tout juste à reprendre son souffle, alors, se concentrer, encore moins. Il remplaça sa bouche par ses doigts, et elle cria faiblement quand il aspira un de ses tétons fermes entre ses lèvres, continuant des mains à lui infliger cette torture qui lui arrachait des éclats de rire incessants.

Elle tenta de le repousser avec les jambes, mais ne réussit qu'à lui donner l'occasion de lui saisir la cuisse de sa main libre, et de l'écarter, ayant ainsi accès à son sexe. Il interrompit ses chatouilles à l'instant où il la pénétra profondément.

Legna rejeta la tête en arrière, un cri silencieux coincé en travers de sa gorge tandis qu'elle cambrait le dos au-dessus du lit. Gideon en avait fini avec ses petits jeux et, se mordant la lèvre dans sa concentration, il entreprit de jouer de l'intérieur de son corps comme du fascinant instrument qu'il était. Rien n'égalerait jamais l'expression et les gémissements éperdus de Legna tandis qu'elle venait à la rencontre de ses coups de reins, réagissant chaque fois d'une manière si profonde, comme s'il accédait à la perfection juste par ses va-et-vient. Elle lui donnait le sentiment d'être un amant accompli, mais il savait que c'était Legna la plus douée.

Elle était faite pour la passion, pour les caresses et les baisers, et pour chacun des mouvements qui les rapprochaient encore plus étroitement. Gideon la percevait autour de lui, un cocon fait pour le recevoir, créé juste pour favoriser la croissance, les sensations et la remarquable libération de la renaissance.

Elle l'attira vers sa bouche, n'ignorant pas que cela le rendait fou de sentir ses cris de plaisir vibrer sur ses lèvres, sa langue et son visage. Cela l'aiguillonnait toujours, même quand il n'avait pas besoin d'encouragements. Elle accueillait ses assauts rythmés à la fois en soulevant les hanches et par ses gémissements. Il plongeait en elle tout autant mentalement que physiquement, et apportait tous ces ajustements à son métabolisme qui la faisaient monter tout droit au septième ciel.

Lorsqu'ils virent tous deux des étoiles d'or et d'argent défiler derrière leurs yeux, ils craquèrent, une explosion palpitante qui les poussa à hurler leur jouissance contre leurs lèvres respectives. Gideon sentit Legna trembler à n'en plus finir autour de lui, ses muscles se contractant en une torture ô combien délicieuse.

Il refusait de s'écarter de sa compagne. Il avait besoin de s'accrocher à elle comme à une bouée, de s'imprégner de la chaleur et des suites de son orgasme. Elle sourit contre sa bouche, et le couvrit de baisers innombrables avec toute l'émotion de son cœur tendre, l'autorisant à rester en elle jusqu'à ce qu'il soit prêt à se retirer.

— Qui a dit que je partirais jamais ? murmura-t-il contre ces douces lèvres qu'il ne cesserait jamais de désirer.

— Eh bien, non que je veuille avoir l'air de parler comme Jacob, mais… Mère Nature ?

Il rit, et roula sur le côté jusqu'à ce qu'elle soit de nouveau étendue sur lui avec langueur. Il aimait sentir ainsi son poids. Peu importait dans quelle position ils commençaient, à la fin il la faisait glisser sur lui comme si elle était une couverture vivante. En fait, étant donné la masse de ses cheveux, ce n'était pas une image si éloignée de la réalité.

— Je reviens tout de suite.

Elle se volatilisa aussitôt, et Gideon fut saisi d'une terrible sensation de froid. Ce n'était qu'une impression, bien sûr, car il pouvait réguler sa température corporelle à la perfection. Mais il était heureux de frissonner, tant que cela pouvait encourager Legna à le réchauffer de son corps.

Il souriait à cette pensée lorsqu'une vague d'énergie lui effleura les sens. Il s'assit au moment même où Legna se matérialisait près du lit, vêtue d'une robe bordeaux qu'elle avait prise dans l'armoire.

— Noah arrive.

— C'est ce que je me suis dit, répondit Gideon d'un ton pince-sans-rire. Il me semblait bien que c'était lui.

— Habille-toi, lui lança-t-elle en se frottant les mains avec nervosité.

— Legna, tu ne crois pas qu'il sait ce qui se passe dans cette maison ?

— Gideon, tu ne crois pas que tu ferais mieux de ne pas me mettre en colère ? le menaça-t-elle. S'il te plaît. S'il te plaît, tu veux bien t'habiller ?

Elle disparut instantanément de la chambre dans un petit bruit sec.

Pourvu que son frère ne la voie pas sortir de son lit, songea Gideon en soupirant. C'était tellement… contraire aux démons, la façon dont elle appréhendait ce genre de sujet. Legna elle-même avait surpris Noah avec une partenaire plus d'une fois au cours des siècles, mais cela lui avait été indifférent et elle l'avait accepté. Et à présent qu'elle était avec son futur mari, son compagnon imprégné, voilà qu'elle avait peur que son frère s'aperçoive qu'ils venaient juste de faire l'amour ?

— *Cesse de critiquer mes raisons et descends, s'il te plaît.*

— *Mon amour, tu ne crois pas que ton frère a senti l'énergie de nos ébats à des kilomètres à la ronde ?*

— *Je te déteste.*

— *Peut-être, mais pour le moment seulement*, répliqua-t-il en riant.

Le magnifique puma contourna la maison avec lenteur, baissant parfois le museau au sol en tentant d'analyser les senteurs qu'il percevait. La porte était grande ouverte et, à pas mesurés, il s'avança dans l'habitation. Il discerna immédiatement l'odeur de sang et se dirigea droit vers sa provenance. Une tache encore humide maculait le tapis.

L'animal la lécha doucement, incapable de résister à l'attrait de son parfum, sans parler de celui de sa saveur. Il n'avait jamais rien goûté de semblable auparavant ; un sang d'une composition qui lui était si étrangère que le fauve en resta perplexe. Il contenait une pointe de pouvoir. Rien de fort, mais suffisamment pour indiquer qu'il n'appartenait pas à un humain.

La pièce était saturée de l'odeur de démons, et le félin jeta des regards prudents autour de lui. Il percevait la senteur persistante de la peur, celle de l'hostilité. Un affrontement brutal, d'un prédateur et d'une proie, avait eu lieu dans cette maison, et le félin prit subitement conscience qu'il ne devrait pas s'attarder au cas où d'autres arriveraient et se méprendraient sur ses intentions.

Il se tourna pour franchir le seuil d'un bond, mais resta figé lorsqu'un éclair de soufre et de fumée explosa dans la pièce avec une violence incontrôlée. Le démon qui surgit du nuage s'arrêta net en voyant le puma se ramasser brusquement en une posture défensive.

Kane avait senti la détresse de sa compagne l'espace d'une seconde et, lorsque le minuscule murmure de sa présence avait tout à coup disparu de son esprit, la peur l'avait immédiatement envahi. Il lui avait fallu un certain temps pour se calmer et être en mesure de se concentrer pour se téléporter chez lui ; il n'était qu'un néophyte, et n'ignorait pas que s'il avait été juste un peu plus âgé, un peu plus fort, il n'aurait pas laissé ses sentiments interférer avec son aptitude.

Pourtant, alors que Kane ôtait son regard du puma pour le poser sur la tache rouge répandue sur le tapis, la rage et la douleur l'aveuglèrent. L'odeur du sang était celle de Corrine, et il savait de tout son être qu'elle était blessée et en grand danger. Il serra les poings, la résolution et l'émotion brillant dans ses yeux sombres, si semblables à ceux de son frère aîné, tandis qu'il avançait vers le félin.

Le puma recula et hérissa ses poils en cherchant un moyen de s'enfuir. Comprenant qu'il ne parviendrait jamais à distancer un démon capable de se téléporter, l'animal ne tarda pas à prendre une décision. Il se mit à trembler, et le cliquetis du collier à son encolure fit hésiter le démon. Qu'une bête sauvage porte un bijou était grotesque, et cette absurdité permit à cette dernière de gagner du temps pendant que des tremblements continuaient à lui secouer le corps et que son pelage commençait à se retirer en longs rouleaux de la largeur d'un poing.

Quelques instants plus tard, Kane plongeait le regard dans les yeux dorés d'une femme. Nue à l'exception de son collier, elle se redressa de toute sa hauteur, qui n'était pas insignifiante. Le flot de ses cheveux masquait en grande partie sa nudité, mais la lycanthrope ne s'en préoccupait guère. Toute son attention se concentrait sur le démon interloqué qui lui faisait face.

— Je suis Siena, la reine des lycanthropes, déclara-t-elle.

Elle prit soin de s'exprimer d'une voix aux riches accents chaleureux et fascinants. Elle avait affaire à un démon d'esprit, qui était insensible à ses suggestions, mais l'apaiser ne ferait pas de mal pour autant.

— Je vais vous donner accès à mon esprit et vous verrez, démon, que je ne suis pas l'auteur de ceci.

La reine des lycanthropes ? Dans ma maison ? Kane faillit éclater de rire à cette idée. Cependant, il connaissait ce collier. Il pouvait toujours s'agir d'une imitation, mais il avait entendu parler de la complexité de ce bijou, avait admiré des dessins qui le représentaient. Il était supposé être unique au point de ne pouvoir être contrefait. Mais comment était-il censé faire la différence entre même une mauvaise reproduction et le vrai ?

Néanmoins, elle lui avait proposé la solution idéale. Malgré sa méfiance profondément enracinée envers les lycanthropes, Kane plissa les yeux et s'aventura dans son esprit. Elle ne lui opposa aucune résistance, lui accordant une liberté potentiellement dangereuse étant donné qu'elle se trouvait à la tête d'une espèce entière. S'il l'avait voulu, il aurait pu accéder à un nombre incalculable de secrets. Mais, par respect pour son offre, il ne s'écarta pas de sa mémoire à court terme.

Siena avait découvert les lieux exactement comme lui. Étant un démon d'esprit mâle, il aurait su immédiatement s'il s'était agi d'un artifice, ce qui n'était pas le cas. Elle disait la vérité, comme le prouvaient ses pensées.

— Qu'est-ce qui vous amène chez moi, Votre Altesse ? demanda-t-il avec une politesse d'autant plus impressionnante qu'il était bouleversé. Que savez-vous de ce qui est arrivé ici ?

La reine tendit la main pour enlever un châle en laine de la chaise la plus proche et s'en enveloppa en s'asseyant dans une attitude décontractée.

— Je traquais un groupe de nécromanciennes. Je ne m'étais pas doutée qu'il s'agissait de la demeure de démons avant d'y être entrée, manifestement trop tard, et je m'en excuse. Si j'avais su qu'elles s'apprêtaient à s'en prendre à quelqu'un, je ne serais pas restée à la lisière des bois.

Siena croisa les jambes ; elle se tenait comme si elle portait une couronne et était vêtue d'une robe d'or au lieu d'un vieux châle que la mère de Kane avait tricoté.

— En l'occurrence, j'en ai vu quatre, toutes des femmes, qui se sont rassemblées autour de la maison. Aucune ne s'y est introduite, mais elles ont attendu plusieurs minutes à l'extérieur. Il me semble évident maintenant qu'elles montaient la garde pendant que quelqu'un d'autre se trouvait à l'intérieur. Il existe une multitude d'explications au fait que je ne m'en sois pas aperçue. Je sais en revanche que personne pratiquant la magie noire n'est venu ici.

— Alors, comment… ? (Kane se passa la main dans les cheveux avec nervosité.) Des chasseurs ? Ils ne tâtent pas de la magie, et Corrine n'est pas forte pour une druidesse, il leur aurait donc été facile de la maîtriser.

— Ah ! Une druidesse ! Je comprends mieux maintenant pourquoi je ne parvenais pas à identifier son odeur. J'ai bien discerné une puissante note humaine ; néanmoins, cette dernière était clairement le produit d'une mutation. Je suppose que cela signifie que votre druidesse est à moitié humaine, n'est-ce pas ?

— Oui. Et vous n'avez pas été capable de reconnaître ce qu'elle était ?

— Désolée. Ce mélange est trop nouveau pour moi. Toutefois, j'ai dans l'idée que vos intrus n'ignorent pas qui elle est.

— Je dois partir. Il faut que je prévienne mon frère, dit Kane d'un ton anxieux.

Il recula d'un pas, s'efforçant d'apaiser les craintes qu'il nourrissait pour sa compagne adorée. Siena ressentit profondément sa détresse grâce à son empathie avec les animaux qui lui permettait d'accéder aux instincts bestiaux que les démons avaient conservés, sous le vernis de la civilisation.

— Je vais rester ici pour tenter d'en apprendre davantage, lui assura-t-elle d'une voix apaisante qui aida Kane à se ressaisir. Personne n'entrera sans en référer à moi.

Ces paroles le ragaillardirent. Empli de détermination, Kane se téléporta au château de Noah.

Chapitre 12

Noah et Gideon apparurent quelques instants avant que Kane se matérialise de nouveau dans son salon. Ils eurent à peine le temps de remarquer l'unique personne qui se trouvait déjà dans la pièce avant que Legna et Elijah arrivent à leur tour. Gideon se précipita au côté de sa compagne affaiblie, qu'il aida à se soutenir en la serrant tout contre son corps, lui caressant le visage du bout des doigts avec douceur. Elle l'avait téléporté avec Noah, était allée chercher Elijah puis les avait amenés tous deux. Malgré ses pouvoirs grandissants, cela n'en demeurait pas moins une tâche éprouvante en un intervalle aussi rapproché. Gideon la fit asseoir et prit une de ses mains tremblantes d'épuisement entre les siennes alors qu'ils se tournaient tous vers la reine des lycanthropes.

Elle en était au troisième stade. Celui du garou. Sous cette forme, elle possédait son corps de femme, recouvert du pelage soyeux et doré du félin, avec des moustaches, des oreilles pointues fixées haut sur la tête, des pupilles ovales, des griffes et une queue qui remuait. Elle était assise sur sa chaise, les jambes croisées, la queue enroulée autour du mollet, et le châle dont elle n'avait plus besoin avait été plié et remis à sa place.

À la vue de Noah elle se leva, cependant, et lui adressa un signe de tête respectueux. Elle posa son regard doré sur les autres. Elle observa d'abord la compagne de Gideon avec intérêt durant un long moment. Puis elle examina le géant blond qui se tenait près du roi. Elle le connaissait, comprit-elle. Elle ne l'avait jamais rencontré, mais il était légendaire parmi les siens. Elijah, le capitaine des guerriers du roi démon. Pour son peuple, Elijah le Boucher.

Son apparence ne laissait aucun doute. Grand, musclé et blond, comme s'il était une incarnation d'Apollon, le dieu grec du soleil. On ne pouvait se méprendre non plus sur la férocité de ses yeux verts, signe d'un combattant chevronné. Mais ce fut la méfiance palpable qu'elle lui inspirait qui lui confirma son identité. C'était précisément le genre de sentiments qu'elle s'attendait à provoquer chez un homme qui avait massacré les siens des siècles durant afin de protéger son propre peuple.

Néanmoins, c'était Noah qui méritait son attention, et elle s'empressa de se tourner vers lui.

— Noah, c'est un honneur de faire enfin votre connaissance.

— Siena.

Noah inclina légèrement la tête, parcourant la reine du regard dans les moindres détails. De toute évidence, il jaugeait la femme qui avait à elle seule mis un terme à la guerre qui opposait leurs peuples.

— Cela fait longtemps que je désire également vous rencontrer.

— Dans ce cas, nous avons fait preuve de négligence, chacun attendant que l'autre fasse le premier pas. Je regrette que cette entrevue se déroule dans des circonstances aussi tragiques.

Noah accueillit sa compassion d'un signe de tête. Entre-temps, Elijah avait rejoint l'endroit où avait eu lieu l'agression. Le guerrier toucha la tache de sang qui commençait à sécher, et en huma l'odeur pour s'assurer qu'il appartenait bien à Corrine.

—Nous ne pouvons pas en informer Bella. Une telle nouvelle risquerait de la tuer, fit-il remarquer d'une voix tendue. Pas tant que nous ignorons ce qu'il est advenu précisément de Corrine.

—J'ai le sentiment que Bella ne va pas tarder à le découvrir, déclara Noah, l'inquiétude gravée sur le front. Elle a ces visions…

—Je me rendrai auprès d'elle dès que nous en aurons fini ici, pour la plonger dans le sommeil, intervint Gideon. Elle n'aura conscience de rien dans cet état. Cela lui permettra aussi de poursuivre sa guérison, de sorte que, si nous devons lui annoncer une mauvaise nouvelle, elle soit plus forte.

—Nous n'annoncerons aucune mauvaise nouvelle à qui que ce soit, aboya soudain Kane, les poings serrés dans une attitude menaçante. Nous allons retrouver Corrine et la ramener, quitte à ce que je fouille moi-même les quatre coins de la planète. Et que le sort vienne en aide à ceux qui me l'ont enlevée.

—En temps voulu, convint Noah d'un ton apaisant, posant la main sur l'épaule de son cadet. Nous allons tous y veiller. Mais nous devons commencer par le commencement. J'aimerais que vous m'expliquiez d'abord votre présence ici, Siena.

—Bien sûr.

La jeune lycanthrope se leva et contourna le lieu du crime avec la grâce d'une panthère.

— Si vous voulez bien me présenter les vôtres, Noah, je serais heureuse de partager mes informations avec vous tous.

— Je vous prie de m'excuser, Siena, dit Noah. Vous avez rencontré Kane, je suppose. Voici le capitaine de mes guerriers, Elijah. Vous connaissez déjà Gideon, notre médecin, et sa compagne, ma sœur, Magdelegna.

— Une princesse pour compagne, alors, Gideon ? Vous ne l'aviez pas mentionné, fit remarquer la reine, que cette pensée sembla amuser.

— Non, Siena. Notre royauté ne fonctionne pas à la manière de la vôtre. C'est le Conseil qui choisit nos dirigeants et seuls leurs descendants deviennent princes, expliqua Gideon. Mais ce n'est qu'un titre honorifique. Notre trône n'est pas héréditaire.

— Je vois. Une sage coutume. Je connais nombre d'imbéciles assis sur un trône en vertu de leur droit inné à y prétendre.

Siena joignit les mains dans son dos, et détourna le regard de celui ouvertement inquiet que lui adressait le guerrier.

— Je vais tout reprendre depuis le début.

Siena regarda un instant le colosse blond à la présence menaçante à sa gauche, puis se rapprocha des démons plus affables rassemblés au centre de la pièce. Malgré lui, son intrépidité impressionna Elijah. Il savait qu'elle avait parfaitement conscience de l'hostilité qu'il lui témoignait, pourtant elle ne laissait aucunement transparaître qu'elle en était le moins du monde affectée.

— Après la visite de Gideon, commença Siena, j'ai personnellement demandé à mon unité d'élite d'enquêter sur ce crime impardonnable qui a été perpétré contre votre exécutrice. Plusieurs de mes hommes m'ont dit avoir aperçu votre guerrier particulièrement consciencieux et compétent. (Elle tendit une main élégante du côté d'Elijah.) Cependant, comme je l'ai expliqué à Gideon, parce que nous sommes plus souvent la proie d'une chasse humaine, nous possédons une connaissance plus approfondie de ce réseau de mortels aux intentions purement égoïstes.

— Il est généreux de votre part de nous apporter votre aide, déclara Noah, étant donné que nous vous avons envoyé Gideon sans rien de plus à vous offrir que nos soupçons.

— Ce n'est rien, répondit la reine, balayant sa remarque d'un geste. J'aurais pris une décision semblable, au vu de notre passé.

Elle posa un instant son regard doré sur Elijah avant de le tourner de nouveau sur l'expression pleine d'attente de Noah.

— Mon unité d'élite est rentrée il y a quelques jours avec des rapports si intrigants que j'ai ressenti le besoin de m'en assurer de mes propres yeux. Je suis tombée sur un groupe militant absolument unique, composé d'humains normaux et d'autres qui tâtent de la magie.

— Attendez une minute… Vous voulez dire que des nécromanciens et des chasseurs travaillent ensemble ?

Ils étaient tous interloqués à cette idée. Comment deux communautés aussi différentes avaient-elles même bien pu se rencontrer ? Qu'est-ce qui avait poussé deux factions aussi vindicatives et imbues de préjugés à collaborer ?

— Pour être plus précise, poursuivit Siena, des sorcières et des chasseuses.

— Vous voulez dire des femmes ? s'enquit Elijah.

— Des femmes, oui, confirma-t-elle. Exclusivement.

— Exclusivement… (Noah secoua la tête, perplexe.) Je ne comprends pas. Je ne pensais pas que le genre aurait une importance.

— Et pourtant il en a, répliqua la reine. Lorsque la générale de mon unité d'élite a commencé à entendre des rumeurs sur ce groupe, elle l'a infiltré aussi vite que possible. Elle a découvert depuis qu'il est très puissant et mieux organisé qu'on aurait pu l'escompter de la part de nécromanciens ayant réapparu seulement depuis peu. Ma propre enquête m'a appris qu'elles se réunissaient bien avant que vous n'ayez remarqué le retour de ces derniers. Mais je crois que ce groupe ne s'est constitué que récemment. Il a quelque chose de nouveau. Pas trop, mais juste assez pour que leurs attentes soient encore très fortes. Ces femmes se sont rassemblées à la suite d'un événement, un événement très précis.

» La magie de ces nécromanciennes est puissante. Que ce soit clair dès à présent. Ce ne sont pas des amatrices. Même si je ne peux que m'étonner de leur niveau d'expertise, étant donné leur mortalité. Néanmoins, mon unité d'élite m'a signalé des pouvoirs et des sorts dont je n'avais jamais entendu parler. Je pense que c'est seulement parce que ma générale a choisi des espionnes de sang-mêlé qu'elles ont eu la chance de passer inaperçues.

— « Sang-mêlé » ? demanda Kane.

C'était le plus jeune des démons présents, et celui qui était le moins versé dans ce genre de détails.

— Moitié lycanthrope, moitié humain, déclara Elijah avec gravité.

— Je ne suis pas sûr de percevoir la différence.

— Un lycanthrope de sang-mêlé ne peut pas exister sous la forme d'un animal ou d'un lycanthrope, mais uniquement sous celle d'un humain. Il ressemble à un mortel, en a l'odeur et est capable de vivre parmi ces deux espèces avec une aisance que les lycanthropes de sang-pur ont du mal à égaler. Les sang-mêlé se distinguent des humains du fait qu'ils possèdent tous les sens et les aptitudes de la forme animale qu'ils auraient été s'ils avaient été de vrais lycanthropes. Par exemple, la faculté des félins à voir dans l'obscurité, leur odorat, leurs griffes rétractiles, et ainsi de suite, expliqua Siena.

— Comme ils se trouvent à la frontière entre deux espèces, ils sont difficiles à identifier. Même par la magie, ajouta Elijah.

La reine posa les yeux sur le guerrier avec intérêt.

— Vous en savez beaucoup sur nous.

Elle l'observa avec attention encore une longue minute, faisant lentement glisser son regard sur lui ; aucun d'eux n'ignorait à quoi ces connaissances détaillées avaient autrefois servi.

— Les sang-mêlé, poursuivit-elle finalement, ont infiltré le groupe en se faisant passer pour des chasseuses. Je vous l'assure, ça n'a pas été une mince affaire, étant donné la puanteur accablante qu'une telle multitude de sorcières dégage. Mais ma générale, Anya, n'a pas tardé à entendre parler d'une agression perpétrée contre une humaine qui avait couché avec un démon, même si ces femmes les désignaient comme « un incube et sa pute humaine ». Il ne faisait aucun doute qu'elles étaient au courant que cette dernière avait été fécondée par sa « semence ».

» Il n'a pas été difficile de deviner qu'elles discutaient de la compagne de votre exécuteur. J'ai pris le risque d'être démasquée en accompagnant Anya à la réunion suivante. Tout ce que je peux dire, c'est qu'elles sont incroyablement bien informées. Elles connaissent des détails sur votre espèce que même les espions de mon père n'ont jamais réussi à découvrir en plusieurs siècles de guerre. Je vous le garantis, ces derniers sont des experts dans leur domaine, mais ils n'ont jamais rien appris d'aussi intime que ce que j'ai entendu auprès de ces femmes.

— Je suis sûr que vous les sous-estimez, fit remarquer Elijah d'un ton sarcastique.

De toute évidence le guerrier n'appréciait pas que les moyens mis en œuvre par la reine s'avèrent plus efficaces que les siens. Il se targuait que ses hommes et lui étaient les meilleurs en leur genre. Avoir été battu, qui plus est par les lycanthropes, nuisait à sa réputation.

— Alors, comment cette enquête vous a-t-elle menée jusque chez Kane ? demanda Noah.

— J'étais présente quand un groupe de femmes a reçu l'ordre de « commencer sa mission ». Ignorant quelle en était la nature, il m'a semblé judicieux de les suivre. C'est ce que j'ai fait ; le reste, je l'ai raconté à Kane.

— Mais il manque quelque chose, intervint brusquement Legna. Vous avez vu quelque chose sans en percevoir la signification.

— C'est possible, convint la reine.

Elle haussa les sourcils, intriguée, en regardant Legna. Cette démone était puissante. Siena le sentait avec acuité, en dépit du fait que, dans l'assemblée de démons qui lui faisaient face, Legna paraissait être celle à l'instinct animal le moins développé.

— Que soupçonnez-vous ? ajouta-t-elle.

— Des émotions. Des émotions fortes. Il ne s'agit pas d'une agression aveugle.

— Non. Ce n'est guère probable, n'est-ce pas ? s'écria Elijah en comprenant soudain. Parmi nous tous, quelle est la particularité de Corrine ?

— Isabella. Bon sang, cracha Noah. C'est la sœur de notre exécutrice.

— Et la vulnérabilité, compléta Elijah. Si ces nécromanciennes en savent tant sur nous, il serait logique de supposer qu'elles n'ignorent pas que Corrine n'a pas encore pris possession de ses pouvoirs druidiques. Elle est vulnérable, faible... et elles se doutaient qu'elle ferait une proie facile.

— Mmm, commença la reine d'un air songeur. Peut-être que cela vous parlera plus qu'à moi, alors. Une de mes espionnes m'a rapporté qu'une des leaders du groupe était devenue folle en apprenant l'échec de la première attaque. Même si je ne l'ai pas vu moi-même, elle m'a dit qu'elle avait plus que blêmi et n'avait pas arrêté de hurler qu'elles n'étaient pas parvenues à détruire ce « bâtard de démon » et sa « pute de réceptacle ».

— De toute évidence, elle parlait de Bella et du bébé, déclara Noah.

— Je ne suis pas d'accord, murmura Legna.

Cette remarque lui valut l'attention de tous. Elle se leva et, sans tenir compte de Gideon qui lui faisait signe de rester assise, se mit à arpenter la pièce en s'obligeant à réfléchir.

— Une telle rage n'a pas de sens. Comprenez bien, j'ai pleinement conscience que ce genre de fanatiques a tendance à s'emporter, mais sur le plan psychologique, une rage de cette ampleur dénote un lien très intime.

Legna porta une main à sa tempe, qu'elle frotta en s'efforçant de se concentrer. Gideon la regardait attentivement mais demeura silencieux. Il percevait qu'elle était sur le point de parvenir à une conclusion et ne souhaitait pas la déranger, malgré l'inquiétude que lui inspirait son épuisement.

— Bon, considérons ce qui s'est passé, dit-elle à voix haute, même s'il semblait qu'elle ne l'aurait seulement pas remarqué s'ils avaient quitté la pièce. L'agression de Bella ne ressemble pas à un acte de violence aveugle, ni n'a l'air d'être sérieusement motivée. Si on avait voulu tuer Bella, on aurait pu le faire d'un seul coup tiré d'une colline avec un fusil puissant. Après tout, se servir de ce genre d'armes ne pose aucun problème aux humains. Réfléchissez un peu : pourquoi prendre le risque de s'approcher si près d'elle ? Pourquoi ajouter les aléas liés à l'utilisation d'un Taser qui aurait pu s'enrayer ou rater sa cible ? Si on avait voulu la mort de Bella, pourquoi ne pas lui avoir tranché la gorge pour en finir ? Qu'est-ce qui justifie toutes ces blessures qui n'auraient pas été fatales à moins de ne pas être soignées à temps ? Quant au fait qu'on s'en soit pris au bébé : des coups de pied ? Des coups de poing ? Alors que, là encore, un unique coup bien assené aurait suffi ?

— La souffrance, avança soudain Gideon.

— Exactement. Quelqu'un souhaitait que Bella souffre avant de mourir, reconnut Legna. Et ce faisant, Jacob aurait souffert. Le coupable a risqué de se faire prendre, blesser et tuer dans ce but. Fanatiques ou non, pourquoi des humains courraient-ils un tel risque ? La seule explication que je conçois, c'est le désir vindicatif que… que Jacob soit celui qui découvre la mort de Bella. Ce qui aurait été le cas, si je n'étais pas venue la voir. Je crois que les mots « bâtard de démon » ne faisaient pas référence au bébé, mais à Jacob. Franchement, ça ressemble beaucoup à une vengeance personnelle pour moi. Et aucune vengeance contre Jacob n'aurait été plus délicieuse qu'en assassinant sa compagne bien-aimée et leur futur enfant d'une façon ne laissant aucun doute sur le fait qu'ils avaient enduré d'atroces souffrances tout du long. Cela l'aurait détruit.

— La vengeance...

Les yeux de Noah s'illuminèrent sous l'effet d'une prise de conscience dérangeante.

— Ruth, cracha-t-il.

— Oui, renchérit Gideon. Cela expliquerait tout. Y compris le fait que les nécromanciennes soient soudain si bien informées à notre sujet.

— Ruth...

Noah secoua la tête à cette pénible perspective.

— Elle est insupportable, mais de là à nous trahir ? argumenta-t-il avec lui-même.

— Elle reproche à Jacob la douleur qu'endure maintenant sa fille à la suite de la perte accidentelle de son compagnon druidique, ajouta Gideon. Je parie que Ruth est entrée dans la maison dès que Bella a été inconsciente. Elle savait pertinemment que la souffrance entraverait l'aptitude de la druidesse à absorber les pouvoirs. Elle a personnellement assisté à cette agression afin de...

— De s'en prendre à l'enfant à naître, termina Elijah. Et d'assouvir elle-même sa vengeance.

— Comme Ruth est une démone d'esprit, elle a dû trouver un moyen de masquer le lien entre les pensées de Bella et de Jacob, reprit Gideon. Je me rappelle qu'il a dit ne pas avoir senti qu'elle avait des ennuis jusqu'à l'arrivée de Legna. Maintenant que ce lien m'est familier, il me semble presque impossible à rompre, même quand on le souhaite. Mais Ruth pourrait bien en être capable.

— Est-ce que ce n'est pas trop évident ? répliqua Elijah. Ruth n'est pas stupide. Elle se serait forcément doutée que nous allions nous pencher sur cette question et commencer à soupçonner tous ceux qui en avaient après Bella et Jacob.

— Exactement. Elle espère probablement que son hostilité manifeste lui vaudra d'être innocentée, en lui fournissant une excellente défense, déclara Noah. Mais un événement récent rend d'autant plus plausible la culpabilité de Ruth dans l'agression de Corrine, ajouta-t-il avec gravité. Elle vient d'être exclue des rangs du Conseil.

— Quoi ? Quand est-ce arrivé ? demanda Kane.

— Le Conseil, à l'exception de Jacob et d'Isabella, a voté il y a trois jours. Le résultat a été unanime. Nous n'avons pas ébruité la nouvelle pour épargner Ruth autant que possible. Mais je comprends maintenant qu'elle a encore plus de raisons d'en vouloir aux exécuteurs, si c'est bien elle qui a orchestré ces attaques.

Siena vint se poster devant Noah, ce qui hérissa Elijah. Il n'appréciait manifestement pas qu'elle s'approche de son monarque. Mais la reine ne se laissa pas décontenancer par l'hostilité permanente du guerrier.

— Je dois vous prévenir que ces femmes n'en ont pas terminé, annonça-t-elle. Elles projettent de s'en prendre à vos exécuteurs. Et ceci, Kane, me pousse à penser que votre compagne n'est pas morte.

Elle adressa un regard réconfortant au jeune démon.

— Si elles avaient voulu faire passer un message en la tuant, elles l'auraient fait ici même. La quantité de sang répandue est vraiment infime. Je crois qu'elles l'ont enlevée. Avec Corrine entre leurs mains, elles disposent d'un moyen de pression intolérable sur vous tous. J'ignore quel usage elles comptent en faire, mais ce ne peut être rien de bon.

À son tour, Siena, plongée dans ses pensées, se mit à faire les cent pas devant l'assemblée.

— Si nous voulons reprendre l'avantage, nous devons sauver Corrine aussi vite que possible, dit-elle d'un air songeur. Il n'y a qu'une marche à suivre, de mon point de vue. Si vous m'autorisez à vous aider.

— Je vous en prie, l'encouragea Noah, faisant taire les protestations d'Elijah d'un geste de la main.

— Nous devons fouiller le repaire de ces femmes pour tenter de localiser Corrine. Néanmoins, les seules à avoir une chance de passer inaperçues parmi elles sont des sang-mêlé comme Anya et moi, et… Magdelegna.

Elle indiqua la démone d'esprit.

— Moi ? répéta cette dernière avec stupeur.

Elle était étonnée qu'on ait même songé à elle pour une mission qui la ferait assurément sortir du petit cocon douillet dans lequel elle vivait.

— Vous êtes une démone d'esprit, non ? Vous pouvez manipuler les esprits, altérer les perceptions et jouer avec leur tête d'une façon qui nous sera on ne peut plus utile.

Siena ne put résister à l'envie malicieuse de décocher un regard narquois au guerrier blond bougon et, les moustaches frémissantes, elle lui lança :

— Vous voyez ? Je vous connais, moi aussi.

— Dans ce cas, pourquoi ne pourrais-je pas juste me téléporter dans leur repaire pour retrouver Corrine ? demanda Legna. Je peux me servir des images dans votre esprit…

— Non. Leur repaire est un dédale de cavernes souterraines. Je n'ai pas la moindre idée de l'endroit où elle pourrait être détenue, et nous risquerions de nous matérialiser au beau milieu de la grotte où les nécromanciennes seraient en train de prendre le thé. Je crois que nous n'avons d'autre choix que de nous rapprocher suffisamment pour percevoir sa présence. Et l'unique façon d'y parvenir serait de passer par la porte d'entrée, comme on dit.

— Je sentirais ses pensées et ses émotions, protesta Kane en une image parfaite du mari frustré.

— Et vous vous feriez vite repérer comme le seul homme du repaire, répliqua Siena d'un ton pince-sans-rire. Comme Anya et moi sommes connues là-bas, nous pourrons aider Magdelegna à trouver votre compagne sans éveiller les soupçons. Dès que nous saurons où elle est détenue, Magdelegna nous téléportera toutes en lieu sûr.

— Et je peux dissimuler notre passage, ajouta cette dernière.

— À Ruth ? (Noah secoua la tête.) Legna, elle est pratiquement à l'origine de toutes les aptitudes des démones d'esprit. Elle a été la première, et c'est la plus forte.

— Mais Legna n'est plus une démone d'esprit normale, intervint Gideon. Elle développe des pouvoirs hors du commun. Tu as pu le constater par toi-même.

— Qu'elle ne soit qu'en train de les « développer » est bien le problème, protesta Noah, submergé par ses craintes pour sa sœur. Si l'une d'elles se faisait démasquer, nous ne perdrions pas seulement l'avantage que nous pouvions avoir, mais peut-être bien ces femmes-là aussi.

— J'en doute, fit remarquer Gideon. D'accord, nous avons affaire à des ennemies puissantes, qu'il ne faut pas sous-estimer, mais je n'ai jamais rencontré de nécromancien capable d'empêcher un démon de se téléporter quand ce dernier n'était pas prisonnier d'un pentacle. Même Ruth en serait incapable.

— Dans ce cas la question est réglée, déclara Legna. Nous irons chercher Corrine dans leur forteresse. Une fois qu'elle sera en sécurité, nous pourrons nous inquiéter de la prochaine attaque qu'elles mijotent.

— Et si elle n'était pas là-bas ? demanda Kane d'une voix tendue.

— Pourquoi ne le serait-elle pas ? répliqua Siena. Ces femmes n'ont aucune raison de se douter que nous les soupçonnons et avons repéré leur cachette. Et même si Corrine ne s'y trouvait pas, quel meilleur endroit pour découvrir où elle est ?

— Alors on est d'accord, conclut Gideon avec fermeté.

L'idée que Legna se mette en danger n'était pas pour lui plaire, mais il allait s'assurer qu'il ne serait pas loin, ainsi que d'autres démons, au cas où elle et les lycanthropes auraient besoin d'aide. Sans compter qu'il resterait dans son esprit pendant toute la durée de l'opération.

— Pas vraiment. Legna n'est pas exactement un membre discret de notre société, souligna Noah. Ruth la reconnaîtrait en un clin d'œil, barrières mentales ou pas. Tous les conseillers connaissent le visage et la silhouette de la sœur du roi.

— Je vais modifier suffisamment son apparence, répondit Gideon. C'est dans mes cordes.

— Parfait. Combien de temps vous faut-il pour vous préparer ? s'enquit Siena auprès de Gideon.

— Très peu.

— Mais j'ai besoin de me reposer, intervint Legna. Je suis épuisée.

— Nous ne pouvons pas nous le permettre, protesta Kane d'un ton anxieux.

Il ressentait l'absence de Corrine avec acuité. Son esprit lui semblait tellement vide, mais ce n'était rien comparé à la peur de l'inconnu. *Qu'est-ce qu'on lui fait ?* se demandait-il. Il ne supportait pas les pensées qui commençaient à lui traverser l'esprit et à lui étreindre le cœur.

— Il a raison, reconnut Legna. Accordez-moi deux heures. Si Noah me communique de l'énergie et que Gideon me redonne des forces, une petite séance de méditation devrait suffire à me remettre d'aplomb.

— Très bien. Je serai prête moi aussi. (La reine se tourna vers Noah.) Lorsque vous en aurez fini avec votre sœur, j'aimerais m'entretenir avec vous.

— Bien sûr, accepta ce dernier, au grand déplaisir du capitaine de ses guerriers.

— Je ne vous ai pas offert mon aide dans cette affaire seulement en gage de bonne volonté, mais aussi parce que je sens que ces femmes sont suffisamment dangereuses pour mériter que je les surveille personnellement, expliquait Siena au roi une demi-heure plus tard. Le sort de votre traîtresse vous regarde, Noah. Je sais que vous possédez votre propre justice. Mais je vous préviens dès à présent que si jamais vous aviez l'intention à l'avenir d'envoyer des espions dans cette forteresse de nécromanciennes, vous feriez mieux de m'en tenir informée.

» Je vais demander à mes lycanthropes de démanteler ce groupe par la force dès que nous serons en mesure de le faire, et je détesterais voir des démons blessés par accident parce qu'ils recueillaient des informations pour vous sans que nous en ayons eu conscience en raison d'un manque

de communication. Nous avons grand besoin d'échanger des ambassadeurs. Ma cour est prête à accueillir le démon de votre choix.

Noah s'enfonça dans son fauteuil, et fit tourner d'un air distrait la chevalière à son majeur tandis qu'il considérait l'offre de la reine un moment. Il n'avait pas l'habitude de montrer des signes d'agitation, mais il était manifeste qu'il était fatigué de toutes ces attaques perpétrées contre ceux qu'il aimait.

— Je ne vois qu'une personne à qui je pourrais confier une telle mission, mais il vous faudra laisser le temps à Magdelegna de prendre sa décision avant que je puisse vous le promettre définitivement, déclara le roi d'un ton mesuré.

— Un très bon choix, commenta la reine après une longue minute. J'ignore pourquoi je n'y ai pas pensé moi-même. D'autant plus que son compagnon est déjà un visage assez familier à ma cour. Quant à moi, j'ai en tête une lycanthrope exceptionnelle. Elle se nomme Myriad. Elle fera une excellente ambassadrice à votre cour, non seulement parce qu'elle est d'une intrépidité, d'une force et d'une ouverture d'esprit remarquables, mais parce qu'elle n'est pas du genre à rentrer auprès de moi en pleurant dès qu'on aura froissé ses sentiments. C'est aussi une sang-mêlé, ce qui pourrait mettre les démons plus rapidement à l'aise avec elle qu'avec un vrai lycanthrope.

— Dès que ces troubles seront derrière nous, déclara Noah, envoyez-la-moi. Legna vous communiquera sa décision lorsque je lui aurai proposé de devenir notre ambassadrice à votre cour.

Il se leva.

— Je pense que je devrais également vous informer que notre justice, dont vous m'avez parlé un peu plus tôt, ne condamne pas les actes de légitime défense.

Noah traversa la pièce jusqu'à une fenêtre et appuya le poing contre la vitre.

— Je vous le dis parce que vous pourriez être amenée à éliminer cette démone corrompue si elle devait vous menacer vous ou Legna, et je souhaite que vous compreniez que nous ne vous en tiendrions pas rigueur si vous étiez obligée d'en arriver à cette extrémité.

» Je m'estimerais responsable si vous hésitiez, Siena, et vous faisiez blesser ou tuer pour cette raison. C'est votre accession au trône qui a mis un terme à la guerre entre nos peuples, et je n'oublierai pas que cette paix compte autant pour vous que pour moi. Je sais que si j'étais confronté à un lycanthrope hostile en ce moment même, je pourrais avoir des scrupules à me défendre par crainte de briser notre trêve fragile.

— Je comprends, répondit doucement Siena sans dissimuler le respect que lui inspirait sa prévoyance. Je vous remercie de m'en avoir informée. Cependant, je n'envisage pas de me battre dans le cadre de cette mission. Nous avons affaire à un trop grand groupe de nécromanciennes pour songer à les affronter.

— Nous ne serons pas loin, dit Noah. Gideon, Elijah et moi-même vous surveillerons. Nous interviendrons immédiatement si nécessaire.

— Et nous ferons notre possible pour ne pas nous attirer d'ennuis, lui assura Siena. Le moment de se battre viendra. Malheureusement, cela semble être un thème récurrent dans l'histoire.

Elle resta silencieuse un long moment.

— Puis-je vous parler franchement, Noah ?

Le roi se retourna à cette question. La jeune lycanthrope faisait glisser une main avec délicatesse sur le dos des livres qui s'alignaient sur l'une des étagères de sa bibliothèque personnelle.

— Bien sûr, l'encouragea-t-il.

Siena lui adressa un minuscule sourire et continua à errer dans la pièce. Ses mouvements, en accord avec les douces intonations de sa voix, avaient quelque chose d'étrangement apaisant. Le seul bruit qu'elle faisait en marchant semblait être le léger murmure de la fourrure. Le balancement indolent de sa queue était presque hypnotique. Même sous cette forme hybride, c'était une créature incroyablement ravissante.

— Inutile d'être empathe ou télépathe pour deviner que la relation de votre sœur avec Gideon vous préoccupe.

Elle s'arrêta pour prendre un globe de verre sur lequel avait été gravée une carte du monde. Il s'agissait manifestement d'un objet d'art d'une valeur et d'une ancienneté incommensurables. Les frontières des pays étaient inexactes tandis que certains n'y figuraient pas.

— Oui. C'est une situation compliquée.

— Je vois. J'avais cru comprendre que Gideon jouissait d'une haute estime au sein de votre peuple.

— C'est le cas. Évidemment que ça l'est.

— Oui, il est très âgé et très puissant.

Siena reposa le globe sur son support, et le fit tourner jusqu'à ce que la Russie soit bien visible. Bizarrement, cela amusa le roi. L'histoire des lycanthropes était profondément enracinée dans cette terre, dont on pouvait percevoir l'accent dans la voix chaleureuse de la reine. Son geste correspondait presque à un besoin subliminal de laisser une trace de son passage derrière elle. Noah supposait qu'à vivre la moitié de son existence sous la forme d'un animal, elle devait nécessairement en garder certains instincts, comme celui de marquer son territoire. Son propre peuple était sujet à des impulsions semblables.

Mais Noah était plus intrigué par les interrogations qu'elle soulevait. Il n'avait jamais douté de l'intelligence ou de la perspicacité de Siena, sans parler du courage qu'il lui avait fallu pour imposer un décret aux siens, seulement trois jours après son accession au trône, stipulant que la guerre contre les démons devait s'achever immédiatement.

Elle avait aussi prêté une attention tranquille et prudente à Elijah. Même si elle n'avait rien dit ou fait le laissant entendre, Noah avait le sentiment qu'elle savait que celui-ci avait été à la tête du groupe de guerriers qui avait enfin vaincu son père, treize ans plus tôt. Cette bataille avait été la dernière, et avait coûté la vie au roi, permettant ainsi à Siena de lui succéder. Noah ne pouvait s'empêcher de se demander de quelle façon une autre femme qu'elle aurait réagi en se retrouvant nez à nez avec l'homme qui avait exécuté son père.

— Qu'un démon si puissant ait pu se laisser capturer par mon père, poursuivit la reine après un silence marqué, m'a toujours intriguée. Je comprends maintenant, alors que je commence à mieux connaître votre peuple, qu'il s'est volontairement sacrifié.

— Je l'ai envoyé, mais c'est Gideon qui en a eu l'idée, reconnut Noah d'un ton mesuré.

Siena leva son regard doré pour rencontrer le sien. Elle avait des yeux d'une beauté inconcevable, mais ils étaient loin d'être aussi saisissants que sa vive intelligence. Noah était très impressionné, pourtant il se contenta de soutenir son regard alors qu'il serrait fermement les mains dans son dos.

— Nul autre démon que lui n'aurait pu remplir une telle mission, tant en vertu de sa sagesse que de l'élément auquel il est rattaché, poursuivit Noah. En tant que démon de matière, il n'a pas d'aptitude naturelle lui permettant de s'échapper, comme la téléportation, et il a donc misé sur le fait que votre père serait suffisamment apaisé pour le garder prisonnier. Sachant cela, ce dernier n'aurait pas eu de raisons de craindre que Gideon s'enfuie avec des informations qui auraient pu nous être utiles. Il semblait alors évident qu'il se réjouirait de l'avantage que lui donnerait sur nous le fait de le détenir.

— Mon père était un imbécile, fit remarquer Siena avec gravité. Il n'a jamais pris la peine de découvrir que Gideon pouvait projeter sa forme astrale. C'est quand je m'en suis aperçue que j'ai compris que vous auriez pu recueillir tous les renseignements dont vous aviez besoin pour nous massacrer dans un véritable bain de sang, mais vous n'en avez pas profité. C'est à partir de là que le regard que je portais sur votre peuple a commencé à changer.

— Gideon est un vétéran de la guerre et de ses répercussions. Trouver des moyens réfléchis pour sortir des conflits a toujours constitué sa plus grande priorité. Il a fondé beaucoup d'espoirs sur les rapports qui faisaient état de votre intelligence remarquable et de votre opposition tranchée aux habitudes guerrières de votre père. Sans ces éléments capitaux, Gideon n'aurait jamais suggéré une telle mission, sans parler de s'y embarquer lui-même.

— Cela n'en restait pas moins une initiative très risquée.

— Comme votre père était au combat, vous laissant seule à la cour, nous avons espéré que vous parleriez une ou deux fois à votre prisonnier. Nous avons pensé que ces occasions auraient pu suffire à Gideon pour trouver un terrain d'entente sur lequel commencer le processus de compréhension et de tolérance de nos civilisations respectives. Un facteur incontournable, lorsqu'on tente d'établir la paix.

—Oui. Je sais. C'était pour la bonne cause. Les cinq années que Gideon a passé à notre cour ont été déterminantes, je crois, des deux côtés.

Siena s'avança pour faire courir ses doigts sur le bureau.

—Mais, reprit-elle, je ne peux m'empêcher de me demander, Noah… Il est évident d'après vos propres dires que vous faites confiance à Gideon. Suffisamment pour lui confier l'avenir de nos deux espèces. Il est également manifeste que vous le tenez en haute estime sur un plan personnel. (Elle tourna son regard perçant vers lui.) Pourquoi vous opposeriez-vous à ce qu'un tel homme devienne le compagnon de votre sœur et un membre de votre famille ?

—Ce n'est pas tant que je ne lui fasse pas confiance ou ne veuille pas de lui…

Noah s'interrompit pour jeter un coup d'œil par la fenêtre devant laquelle il se tenait avant le début de cette conversation.

—C'est une situation compliquée. Cette union met en jeu certaines choses qui pourraient se révéler pénibles pour ma sœur. (Noah fit de nouveau face à la reine des lycanthropes.) Quel frère digne de ce nom accueillerait à bras ouverts l'idée de la souffrance potentielle de sa sœur ?

—Un frère qui n'aimerait pas sa sœur autant que vous, manifestement, convint-elle poliment. C'est presque… presque surnaturel à quel point nous sommes semblables en fin de compte. J'ai grandi abreuvée d'histoires sur la sauvagerie des démons, on m'a raconté que vous étiez d'une barbarie et d'une grossièreté sans nom. Des récits qui incluaient les guerres druidiques et une longue litanie de griefs d'autres espèces.

Siena secoua la tête avec regret, une émotion soulignée par le mouvement de ses oreilles.

— Quand j'ai appris à connaître Gideon et que j'ai commencé à voir la profondeur de votre morale et de votre culture, j'ai compris à quel point ces récits étaient faux. Vous avez fait preuve de sagesse en lui confiant une telle mission. Vous ne devriez pas cesser d'être sage maintenant, Noah.

Celui-ci prit une grande inspiration, avant de pousser un long soupir.

— Vous avez raison, Siena. Et je me suis dit la même chose à maintes reprises. Peut-être que, bientôt, je finirai par m'écouter.

Il lui adressa un sourire charmant et en profita pour changer de sujet.

— Pour l'instant, j'aimerais que nous réglions les détails de notre échange d'ambassadeurs.

— J'ai pensé à autre chose, annonça-t-elle. Je crois que nous devrions organiser une petite fête avant d'échanger nos diplomates. Peut-être que tout le monde sera plus détendu si l'intégration de nos espèces commence dans une atmosphère aussi décontractée que celle dans laquelle nous avons appris à nous connaître.

— Une excellente idée. Je vous propose Beltane. Des mariages, un festival et des compétitions sportives sont au programme.

— Cela me semble parfait. Je pourrais peut-être vous suggérer certaines de nos activités traditionnelles afin d'en faire un événement vraiment mixte ?

— Naturellement. Je vous en prie, répondit Noah en lui indiquant deux confortables fauteuils qui se faisaient face près de l'une des étagères. Discutons-en.

Chapitre 13

Prenant soin de ne faire aucun bruit, Gideon s'approcha de Legna alors qu'elle méditait profondément. Il perçut avec netteté l'ordre qu'elle mettait dans son esprit, la minutie avec laquelle elle classait les nouvelles facultés de son pouvoir auxquelles elle tentait de s'adapter depuis qu'ils s'étaient complètement imprégnés.

Méditer l'aidait à garder à distance tout ce qui n'avait pas trait à sa prochaine incursion en territoire ennemi. Visiteur si régulier de son esprit, Gideon éprouva un respect renouvelé pour la force et la discipline mentales qu'exigeait son empathie. Sans cette volonté impressionnante, le nombre même d'émotions fortuites que les gens projetaient en permanence l'auraient rendue folle. Sa maîtrise d'elle-même était parfaite et lui permettait de ne rien laisser transparaître.

Rien, peut-être, à part à quel point elle était belle. Encore mieux, elle était belle chez lui, dans la demeure où il avait vécu tant de siècles solitaires sans avoir jamais vraiment eu conscience de tout ce qu'il ratait. Elle était assise en tailleur au milieu d'un tapis persan très ancien dont les motifs se déployaient tout autour d'elle. Gideon comprit alors combien sa passion pour elle grandissait chaque jour et chaque minute qu'ils passaient ensemble.

Même lorsqu'ils n'étaient pas vraiment ensemble, qu'elle était profondément plongée dans ses propres tâches et lui dans les siennes, c'en était un excellent exemple. Bien sûr, sa tâche à lui consistait surtout à la regarder et à admirer tous les détails de sa beauté, à la fois intérieure et extérieure. Elle avait la peau la plus parfaite du monde, lumineuse bien que la démone soit manifestement un peu fatiguée. Sa chevelure couleur café ondulait tout autour de son corps, dans la position dans laquelle elle s'était répandue, et il ne put s'empêcher d'en suivre le cours sinueux qui parcourait sa silhouette à couper le souffle. C'était comme une étincelle sur du petit bois, et le feu en lui qui n'était jamais que couvert se raviva.

— Tu me distrais, chuchota-t-elle, ouvrant un œil pour l'observer.

— Je suis désolé, dit-il avec un large sourire qui démentait ses excuses. Je vais essayer de me maîtriser.

— C'est ça, répliqua-t-elle en gloussant, avant de refermer les yeux.

Il ne quitta pas la pièce, mais tenta bien de se retenir de formuler des pensées indécentes. Ce n'était pas une tâche aisée. Il n'arrêtait pas de laisser son regard errer sur elle, de la dévorer des yeux. Il remarqua qu'elle avait un grain de beauté au bout du pied gauche, ce qui le fit sourire. Celui-ci avait réussi à lui échapper quand il avait entrepris d'examiner avec soin la moindre parcelle de son corps.

— Gideon ! souffla-t-elle.

Il rit, couvrant de la main son sourire irrépressible. Il n'avait peut-être pas accès aux pensées de Legna mais, de toute évidence, elle avait parfaitement conscience des siennes. Il envisagea de s'amuser un peu.

Tandis qu'il songeait aux possibilités qui s'offraient à lui, Gideon ressentit qu'un changement inquiétant avait lieu dans l'atmosphère. Il se figea, s'efforçant de déterminer l'origine de l'étrange sensation qu'il éprouvait. C'était froid, figé et chargé d'une émotion bien trop profonde pour lui appartenir.

Ce qui faisait de Legna la source la plus probable. Elle ouvrit soudain les yeux et le regarda, mais sans sembler le voir. Il se rembrunit en tentant de percevoir ce qu'elle pensait, mais des barrières s'étaient élevées autour de son esprit qui, conjuguées à la distanciation de la méditation, le laissèrent dans l'ignorance.

— Legna ? demanda-t-il tout bas en s'accroupissant pour se mettre à son niveau.

Il prit conscience de la légère vibration qui bourdonnait à travers elle. Il l'effleura pour analyser son métabolisme et ses réactions physiologiques, tentant de définir ce qu'elle ressentait.

C'était de la peur.

Pas n'importe quelle peur, comprit-il en s'insinuant plus profondément en elle, mais une terreur comme aucun d'eux n'aurait jamais pu en concevoir. L'adrénaline se déversait dans son corps, causant un tel chaos dans ses biorythmes que Gideon ne savait plus par où commencer pour l'apaiser. Quoi que ce soit, c'était probablement le pire scénario qui pouvait arriver alors que sa mission secrète était si proche.

— Legna, qu'y a-t-il ?

Il s'exprima d'une voix plus ferme, qui exigeait une réponse.

— Maman.

Cet unique mot anéantit l'Ancien.

Abasourdi, il tomba à la renverse et passa une main tremblante sur son visage. Il tenta de penser, mais n'y parvint pas. À présent c'était sa peur à lui qui remontait. Gideon ignorait totalement comment elle se souvenait de cette nuit-là. Il n'avait pas accès à l'esprit de Legna au moment où il en avait le plus besoin. Il ne put que sentir le déchirement cuisant de son propre cœur terrifié alors qu'il la regardait écarquiller les yeux de plus en plus.

De nouveaux pouvoirs ou niveaux d'habileté ne lui auraient été d'aucune utilité pour se rappeler cette nuit. Il s'en souvenait comme si c'était hier. Cette nuit. Cette terrible nuit où Gideon avait levé les yeux de la mère de Legna pour découvrir ceux tout aussi écarquillés d'une fillette de quatre ans qui voyait une chose qu'aucun enfant ne devrait jamais voir.

Elle avait vu le corps mutilé de sa mère et un démon couvert de son sang, de ses cheveux argentés à ses bottes, qui la serrait contre sa poitrine en se penchant au-dessus d'elle.

Rien n'est comparable au hurlement que pousse un enfant dans un moment pareil. Il avait été impossible de lui expliquer qu'il y avait des limites à ce que pouvait accomplir un guérisseur. Impossible de lui expliquer comment une mère belle et adorée pouvait ressembler à ce à quoi elle avait ressemblé à cet instant-là. Il avait plus de sept cents ans à cette époque, et il n'avait pas été possible de le lui expliquer à lui non plus. Et savoir que ç'avait été la première fois que Legna avait posé les yeux sur lui l'avait hanté pendant les deux cent cinquante années qui avaient suivi. C'était cet instant à lui seul qui l'avait gardé à distance de la jeune démone alors que, pendant tout ce temps, ils s'appartenaient déjà l'un à l'autre. Cette enfant était celle qu'il avait vue durant tant de décennies chaque fois qu'il l'avait regardée. Comme elle le regardait alors qu'elle tentait inconsciemment de se souvenir de ce qu'ils avaient décidé de lui faire oublier afin de préserver sa santé mentale.

Gideon tourna le visage vers le ciel, et des larmes d'atroce souffrance lui brûlèrent les yeux tandis qu'il priait pour un miracle dont il ne pouvait même pas commencer à s'imaginer la nature. Tout ce qu'il savait, c'était qu'il serait détruit dès l'instant où elle cesserait de l'aimer, dès l'instant où elle se mettrait à juste titre à lui reprocher ses insuffisances, son incapacité à sauver cette vie, son incapacité à protéger ses jeunes yeux en ayant la présence d'esprit d'interdire l'accès à cette pièce. À cette seule pensée son cœur s'arrêta de battre. Il l'entendit commencer à pleurer, mais ne put se résoudre à la regarder. Il sentit sa propre âme se déchiqueter, se détacher de lui morceau par morceau, apparemment avec chaque larme qu'elle versait. Lorsqu'elle se jeta soudain sur lui, qu'elle enroula les doigts autour de sa gorge, il s'y attendait. Il ne lutta pas. Il n'en avait pas le droit.

Il lui fallut une longue minute pour s'apercevoir qu'elle le serrait contre elle, qu'elle ne l'étranglait pas. Abasourdi par un choc incommensurable, il osa s'autoriser à espérer suffisamment pour poser la main sur son dos. Ce fut à ce moment qu'il prit conscience qu'il s'était préparé à ne plus jamais la toucher, et ce contact lui sembla un miracle.

— Legna, chuchota-t-il d'une voix rauque. Je suis tellement désolé.

Elle ne dit rien, mais sanglota comme si son cœur se brisait. Il la laissa faire, songeant en lui-même qu'elle pourrait pleurer jusqu'au prochain Samhain si elle le souhaitait, il serait le dernier à l'en blâmer. Cet instant avait mis près de trois siècles à venir, ses larmes étaient plus que légitimes.

Noah avait vécu non seulement avec le poids du meurtre de sa mère et celui de la responsabilité d'élever sa sœur après l'invocation de leur père, mais aussi en ayant conscience d'avoir pris une décision concernant Legna sur laquelle il n'avait jamais eu le courage de revenir. Il avait toujours redouté cet instant, tout comme Gideon.

Ce dernier avait envie de lui poser mille questions, mais ce n'était pas de lui qu'il s'agissait, alors il s'en abstint. Il l'enlaça, l'apaisant de son mieux de sa présence chaleureuse. Il repoussa ses cheveux de son visage empourpré et mouillé, pour les mettre derrière son oreille avec douceur, sans cesse, une caresse cadencée qui portait en elle des mots silencieux d'amour et de compréhension. Elle avait la joue nichée contre son épaule, ses larmes imbibaient sa chemise et ses sanglots remontaient du fond de sa poitrine, semblables aux cris déchirants d'un petit animal.

Près d'une heure s'écoula avant qu'elle finisse par se calmer, encore parfois secouée par un frisson, et sombre dans un sommeil épuisé. Gideon ne bougea toujours pas. Il la laissa se reposer, sans se soucier le moins du monde de son propre bien-être. Rien ne pouvait le faire se sentir mieux que la sensation de ses bras autour de lui, même ballants alors qu'elle dormait.

Elle grogna doucement, et remua légèrement en s'éveillant un peu plus tard. Elle leva la tête, cherchant son regard. Il plongea les yeux dans les siens, sans même tenter de cacher l'incertitude qu'il ressentait. Elle lui toucha le visage en se mordant la lèvre, traçant du bout des doigts un étrange dessin.

— Tu pleurais, dit-elle enfin, la voix rauque d'émotion.

Il comprit immédiatement qu'elle ne parlait pas de l'instant présent mais de cette nuit tragique, si loin dans le passé.

— Oui, mon amour, répondit-il simplement.

— Pourquoi pleurais-tu pour ma mère ?

— Parce que personne ne devrait mourir comme ça, déclara-t-il. Parce que, malgré tout mon talent, je n'ai rien pu faire pour elle. Comme je l'ai été pour ton frère, j'ai été son *Siddah*, et cela m'a détruit de penser que je lui avais si peu apporté qu'elle n'avait pas su correctement se défendre.

— Ce n'est pas vrai. C'est parce que tu as été le *Siddah* de Noah qu'il a pu devenir à la fois l'homme et le roi qu'il est. Personne n'aurait pu mieux faire, et je suis convaincue que tu en as fait tout autant pour maman.

— J'étais plus âgé quand j'ai formé Noah. C'était différent.

— Maman était une démone de matière. Ce sont les moins puissantes de notre société.

— Je sais. Et c'est pour cette raison que son assassin l'a choisie. Il n'ignorait pas qu'elle n'avait aucune chance de... mais si je lui avais appris... quelque chose. N'importe quoi.

— C'est toi qui l'as trouvée ?

— Juste avant toi, ma douce. J'ai cru que j'allais me transformer en pierre quand j'ai levé les yeux et que je t'ai vue là, qui me regardait comme si j'étais un monstre sorti tout droit de l'enfer.

— Et Noah et toi avez altéré ma mémoire.

— Oui.

— Pourquoi ne pas me l'avoir dit plus tôt ?

Elle posa enfin la question qu'il avait véritablement redoutée.

— J'ai fait une promesse. Une promesse que j'ai tenue pendant toute la durée de ton existence, *Neliss*.

— Une promesse à Noah.

— Oui. Mais tu ne peux pas lui en vouloir pour ça.

— Non. Je ne lui en veux pas. Noah m'a protégée toute sa vie. Ce n'est pas différent dans ce cas. Je ne serais pas la personne que je suis s'il n'avait fait ces choix. Je comprends maintenant pourquoi il a été si contrarié de constater que nous étions imprégnés. Hannah et lui ont dû se douter que ça arriverait. Et toi aussi.

— Oui. (Il déglutit péniblement.) Je ne savais quoi espérer… que tu le découvres avant que nous fassions l'amour… ou après. Je craignais que tu te sentes violée. Ou pire, que tu te détournes de moi avant même d'avoir appris à me connaître.

— Je vois.

Legna tendit la main pour repousser une mèche de cheveux et appuya le front contre le sien pour plonger le regard dans celui du médecin.

— Je te connais, déclara-t-elle dans un murmure. Tout comme je me connais. Comment as-tu pu imaginer que je te pense capable d'un acte aussi monstrueux ?

— Parce que j'ai peur de te perdre, avoua-t-il.

— Je te l'ai dit, mon amour, je n'irai nulle part. Je suis là, exactement où se trouve ma place. Mon cœur vit avec le tien, mon âme avec la tienne. Je t'aime, Gideon. Il faut que tu commences à le croire, à croire que tu le mérites.

— Je ne le mériterai jamais, répliqua-t-il avec brusquerie. Mais je vais m'évertuer à en être digne pour le reste de mes jours. Je t'aime, *Neliss*, comme je n'ai jamais aimé de toute ma vie. Tu es mon cœur, mon souffle, les moindres de mes pensées et de mes aspirations. Tu es la vraie source de mon pouvoir, parce que sans toi je suis totalement impuissant.

— Mon amour, chuchota-t-elle, faisant bondir son cœur en pressant sa bouche contre la sienne avec tendresse. J'ai juste besoin de savoir une chose, et alors nous n'aurons plus jamais à en reparler.

— Je sais, acquiesça-t-il d'une voix rauque.

Il lui fallut un moment avant de pouvoir commencer à lui raconter ce qu'elle souhaitait entendre.

— C'était le seul démon avant toi à avoir jamais été délivré d'un pentacle. Nous croyions l'avoir sauvé à temps. Mais quand nous avons enfin compris notre erreur, quatre démones, dont Sarah, ta mère, étaient mortes. Jacob a fini par l'exécuter, mais c'était une bien piètre compensation. J'en suis même venu à penser que Noah ne s'en remettrait jamais. Il n'a pas pu faire pour lui ce que lui et ton père ont fait pour toi.

— Pas étonnant qu'il m'ait protégée avec une sollicitude presque maniaque ces derniers mois. Mon invocation a dû faire remonter tant de choses en lui. Je comprends enfin pourquoi il refusait toujours d'en discuter. Je crois qu'il avait peur de se trahir, que ça déterre assez de souvenirs émotionnels pour libérer ce que tout le monde avait réprimé en moi.

Legna suivit le contour de son visage du bout des doigts.

— Et puis il a été obligé de me laisser venir à toi, alors qu'il en savait tellement plus que moi. Il a même essayé de m'avertir. Tout s'éclaire maintenant, alors qu'avant cela semblait si irrationnel. Et Hannah. Elle savait elle aussi, et avait si peur pour moi.

— Ils t'aiment, ma douce. Nous sommes si nombreux à t'aimer. Même cette petite druidesse acerbe avec laquelle tu t'obstines à être amie.

Il lui décocha un clin d'œil, ce qui adoucit suffisamment sa remarque pour arracher un rire à Legna. Elle le serra contre elle de toutes ses forces, et il se prélassa avec reconnaissance dans son étreinte.

— Eh bien, je vais protéger cette petite druidesse parce que c'est mon amie, et qu'elle en a déjà fait autant pour moi.

— Ce qui la fait assurément remonter dans mon estime, dit-il en l'embrassant sur le sommet de la tête à travers la lourde masse de ses cheveux.

Il en toucha le flot soyeux d'un geste à la fois affectueux et décidé, et ferma les yeux pour se concentrer tout en les caressant. Puis il rassembla toute sa chevelure entre ses doigts.

Legna éprouva un tiraillement au cuir chevelu et s'écarta pour regarder ses cheveux dans la main de Gideon. Elle eut le souffle coupé en découvrant qu'ils étaient noirs et plus courts de près d'un mètre, les mèches aux reflets miel qu'il avait coupées répandues sur leurs corps enlacés comme des dizaines de plumes.

— Dis-moi que tu pourras arranger ça plus tard, demanda-t-elle avec nervosité.

— Mon amour, j'ai déjà fait repousser tes cheveux depuis les racines quand ils avaient complètement brûlé. Je peux faire n'importe quoi.

— Frimeur, lui lança-t-elle d'un ton pince-sans-rire en touchant ses nouveaux cheveux. Comment as-tu fait pour en modifier la couleur ?

— Une simple altération de la pigmentation. Les rendre raides s'est révélé encore plus facile. Mais il me reste d'autres petits tours en réserve. Si tu vas bien, nous pouvons trouver un miroir pour que je te montre.

— Je vais bien. À part les yeux bouffis, tant que je t'ai toi, je vais bien.

— Tu m'as, lui assura-t-il en l'aidant à se lever. Et quant aux yeux bouffis, tu en seras débarrassée le temps que j'en ai terminé.

— Fais-moi penser à arrêter si tu me vois me toucher le visage, chuchota Legna à la reine des lycanthropes.

— Je ne te le reprocherais pas. Je ne me serais jamais doutée que Gideon était capable de te changer à ce point. C'est remarquable.

— Il a dit que c'était facile. C'est ce qu'il dit toujours. Il m'a expliqué qu'il s'agissait juste de modifier la structure musculaire et la malléabilité des os. Comme ça, maintenant, j'ai un tout nouveau visage.

— Je trouve que c'est une idée brillante d'avoir choisi une physionomie asiatique, murmura Siena en jetant un regard à une femme qui contournait leur table. C'est la seconde fois qu'elle passe près de nous.

— J'ai remarqué. Elle est un peu nerveuse, mais je n'ai pas l'impression que ce soit lié à notre présence.

— Eh bien, tant qu'elle ne nous saute pas dessus dès que nous sortirons du restaurant.

— Non. Elle n'a pas d'intention hostile, lui assura Legna.

— Ah, voici Anya, s'écria soudain Siena.

Elle fit signe à une jeune femme au physique exotique et aux cheveux qui, s'ils avaient juste été plus clairs de quelques tons, auraient été d'un roux aussi flamboyant que ceux de Corrine. Ils étaient enroulés en un chignon élaboré, mais étaient manifestement maintenus par une unique et longue épingle qui ressemblait à de l'argent massif.

Legna remarqua que la reine avait elle aussi relevé ses cheveux et que, à sa façon furtive de les toucher, il était clair qu'elle n'en avait pas l'habitude. Legna prit alors conscience que les lycanthropes n'aimaient pas avoir les cheveux attachés. Comme leurs ennemies étaient susceptibles de le savoir, les deux femmes étaient allées jusqu'à cette extrémité pour écarter tout soupçon. Legna sentait que, pour elles, c'était presque comme si on les étranglait. Elle avait vécu si loin de la guerre, du fait des souhaits de Noah, qu'elle n'avait pas appris ce détail intéressant.

La reine jeta un regard à Legna et, comme si elle lisait dans ses pensées, se pencha et l'éclaira un peu.

— Quand tu nous verras changer de forme, tu comprendras mieux. Tu verras aussi que, attachés, nos cheveux sont le signe d'intentions pacifiques.

C'était une déclaration énigmatique, mais elle devrait s'en contenter pour le moment.

La sang-mêlé se dirigea droit vers elles, et les salua avec chaleur comme des amies de longue date. Elles parlaient avec une gaieté tapageuse comme n'importe quel groupe de jeunes femmes qui se retrouvaient pour sortir le soir.

— Anya, voici Maggie. Maggie, Anya, dit Siena en présentant Legna sous ce nouveau surnom pour qu'elles ne soient pas trop désorientées.

— Salut. Prêtes à partir ?

— Tout de suite ?

— À quoi bon attendre ? déclara Anya en se levant.

Legna inspira profondément et suivit les deux lycanthropes, laissant leur puissante assurance apaiser sa nervosité.

Moins d'une demi-heure plus tard, elles entraient dans une boîte de nuit. Elles se fondaient parfaitement dans la clientèle essentiellement féminine. Anya conduisit les deux autres directement vers le fond du club, et leur fit passer une porte qui, quand elle se referma derrière elles, assourdit les pulsations de la musique. Elle se retourna et leur adressa un discret signe de main pour les prévenir qu'elles s'apprêtaient à traverser la barrière magique prévue pour filtrer ceux qui parvenaient jusque-là. Si quelque chose devait mal tourner, ce serait à ce moment-là.

Les lycanthropes avaient toutes deux déjà franchi cette barrière de protection avec succès. Elles sentaient l'énergie qui s'en dégageait et la magie malfaisante dans laquelle elle la puisait, mais elles savaient seulement que c'était un dispositif d'alarme… pas ce que ce dernier était censé écarter. Siena avait dans l'idée que les hommes étaient en tête de liste, et Legna redoutait que les démons le soient aussi. Et d'autant plus que Corrine avait de grandes chances d'être retenue dans ce sanctuaire des sorcières.

Mais Legna percevait la forte présence de Gideon dans son esprit, qui lui affirmait contrôler parfaitement les altérations de son métabolisme. Il était très proche, probablement juste à l'extérieur du club. Legna sentait même que Kane et Elijah n'étaient pas loin. Son frère était le seul à être encore hors de sa portée.

Tout ce qu'elle avait à faire, c'était s'en remettre aux pouvoirs de Gideon.

Les trois femmes prirent une profonde inspiration et avancèrent. Quand Anya expira avec soulagement au bout du couloir, les deux autres en firent autant.

Legna s'arrêta pour écouter la voix qui lui murmurait des mots de félicitations et d'encouragement dans son esprit, avant de descendre précipitamment une volée de marches qui débouchèrent brusquement dans une pièce souterraine à l'éclairage agressif, apparemment située juste en dessous de la boîte de nuit par laquelle elles étaient entrées. Legna déploya encore ses sens vers les hommes qui attendaient en renfort, et constata qu'ils étaient tout près. Elle se concentra pour s'assurer qu'elle était en mesure de toutes les téléporter en lieu sûr en un clin d'œil. Elle serait certainement anéantie, mais elle ne doutait plus d'en être capable.

Mis à part la lumière crue, la pièce était chaleureuse et confortable, décorée de tapis persans et de meubles anciens. Seuls les murs et le sol de pierre rougeâtre indiquaient qu'elle se trouvait sous terre. Aménagée dans un esprit pratique, elle évoquait un vieux club privé de gentlemen ou un cercle sélect d'amateurs de cigares. Sauf qu'en l'occurrence elle grouillait de femmes, et les hommes n'y étaient pas invités.

— Ça ressemble presque à la demeure d'un lycanthrope, chuchota Siena. Nous vivons principalement dans des cavernes comme celle-ci, et richement parées dans un style très semblable.

— Je ne serais pas étonnée si c'était exactement ça, fit remarquer Anya.

Elle portait autour d'elle le regard d'un soldat, repérant les sorties et analysant tous les paramètres de la situation dans laquelle elles se trouvaient.

— Une habitation qui a été délaissée lorsque la ville a été construite, poursuivit-elle. Nous ne sommes pas en territoire russe, mais ça s'est déjà vu.

Soudain, elles se heurtèrent à un mur d'odeurs fétides. Les trois intruses durent faire appel à toute leur volonté pour ne pas réagir violemment à l'atroce puanteur des nécromanciennes qui les entourèrent brusquement de tous côtés. Ces dernières étaient si nombreuses qu'elles parvenaient à peine à respirer. Legna se tourna vers la reine, les yeux écarquillés. Malgré les rapports, elles ne s'étaient jamais imaginé que ces sorcières formeraient une telle multitude. Cela devait faire des années qu'elles se rassemblaient. Tout dans cette pièce, jusqu'aux étendards et aux symboles qui ornaient les murs, indiquait le temps nécessaire pour rallier tant de femmes autour d'une cause commune.

— J'ai l'impression qu'elles ont commencé à se réunir depuis longtemps, mais que leur groupe s'est agrandi au cours des derniers mois. Apparemment, fit remarquer Anya, leurs effectifs et leur force ont considérablement augmenté depuis.

— Apparemment, convint Siena d'un ton sinistre, jetant des regards autour d'elle avec un dégoût et une colère à peine dissimulés.

Legna posa la main sur le bras de la reine, et l'enveloppa d'émotions et de pensées apaisantes. Puis elle s'exprima d'une voix aux doux accents ensorcelants.

— Nous sommes là maintenant. Leur organisation n'ira pas plus loin, lui rappela-t-elle.

La fureur de la reine sembla se calmer et elle soupira en poussant un grognement guttural frustré.

— Des femmes. Des hommes je m'y serais attendue, mais pourquoi des femmes ?

— Je suppose que le pouvoir des femmes se développe dans les deux directions, Siena, du côté du bien comme du mal.

— Quel gâchis, se lamenta la reine.

— Je sais, répondit Legna doucement.

Elles s'enfoncèrent au cœur de la foule, luttant contre leur répugnance pour la puanteur qui en émanait. Gideon se déploya dans les pensées de Legna, et l'apaisa alors qu'elle était prise d'une envie irrépressible de fuir. C'était un désir d'autant plus fort que les lycanthropes qui l'encadraient ressentaient exactement la même chose. C'était compréhensible. Pour ces prédatrices humaines, c'étaient elles les proies, un rôle qui ne leur était pas familier et les mettait décidément mal à l'aise. Cette émotion instinctive ne différait pas de ce qu'un renard jeté au beau milieu d'une meute de chiens pourrait éprouver. Même Gideon, le puissant Gideon, ne parvenait pas à lui dissimuler totalement son inquiétude pour sa sécurité. S'il avait été à sa place, il n'était pas certain qu'il aurait été capable de rester. Ou du moins c'était ce qu'il tentait de lui dire, alors qu'il calmait ses peurs avec patience. Mais Legna ne pouvait pas imaginer que le redoutable Ancien qu'elle avait pour compagnon puisse craindre quoi que ce soit.

Elle eut conscience qu'il informait les trois autres démons de la situation, et sentit avec acuité la réaction de Noah. Mais son frère réprima ses sentiments, certainement parce qu'il n'ignorait pas qu'elle les percevrait. Elle lui envoya une impression de gratitude silencieuse qui aida ce dernier à se ressaisir.

Alors que les trois femmes continuaient leur progression dans le repaire, Anya présenta ses compagnes à certaines nécromanciennes. Toutes parlaient et se comportaient comme si elles participaient à une soirée mondaine… sauf que les discussions tournaient souvent autour des morts récentes ou des « victoires » qu'elles avaient remportées sur certains Nocturnes. Legna ne se rappelait pas avoir jamais vu un tel rassemblement de femmes assoiffées de sang de toute sa vie.

C'était une illustration de la façon dont la magie noire qui imprégnait la pièce empoisonnait leur âme même. Au cours de ces derniers jours, Legna avait compris qu'une chasseresse ne chassait que pour satisfaire ses besoins, et ne tuait que pour survivre et se protéger. Elle ne cherchait jamais les ennuis et laissait les mâles de son espèce se battre pour le pouvoir.

Ces femmes corrompues tuaient dans une vision déformée de la légitime défense et allaient au-devant des problèmes de toutes leurs forces. C'était ce comportement, qui avait subi une évolution contre nature, qui rendait leur odeur si exécrable pour des créatures autant en harmonie avec la nature que l'étaient les démons et les lycanthropes.

Au fur et à mesure que le temps passait, la situation devenait de plus en plus insupportable, mais Legna, Siena et Anya prirent leur mal en patience. La foule commençait à s'installer sur d'innombrables rangées de chaises. Legna en avertit Gideon, pour qu'il se tienne prêt à toute éventualité. Comme elles risquaient d'éveiller les soupçons si elles restaient debout, Legna et les lycanthropes s'assirent au dernier rang ; elles n'avaient personne derrière elle, et cela les soulagea un peu de la puanteur.

Elles faisaient face à une scène qui s'élevait dans le fond, comme dans un théâtre. Elle était construite du même marbre blanc que les colonnes. La couleur n'était pas insignifiante, mais représentait leur idée du bien, de la vierge qui se distinguait par sa pureté et sa droiture. La psychologie qui sous-tendait cette symbolique était claire.

Les bons portaient toujours du blanc.

Legna ne fut donc pas étonnée lorsqu'une trinité féminine apparut, chaque élément vêtu d'une robe de soie d'une blancheur virginale, le visage dissimulé sous une capuche. Ces trois femmes se placèrent sur la scène. À droite, à gauche et au milieu. Legna reconnut aussitôt la triade traditionnelle, celle qui symbolisait la jeune fille, la mère et la vieille femme. Respectivement, l'avenir, le présent et le passé. À coup sûr cette abomination devait consterner et horrifier Siena, qui était issue d'une espèce qui nourrissait une croyance profondément enracinée en la déesse que représentaient ces personnages. Il émanait de la sang-mêlé un sentiment semblable.

La position centrale était habituellement attribuée à la mère. Si Ruth faisait partie des leaders de ce groupe, ce serait celle qu'elle occuperait. Ce rôle devait lui convenir, étant donné la soif de vengeance qui l'animait après la tragédie vécue par sa fille.

Legna tenta de recevoir des impressions de la trinité, mais elle n'osa pas trop insister. Il ne faisait aucun doute que ces femmes étaient remarquablement fortes. Il se trouvait parmi elles une nécromancienne dont la puissance était plus de vingt fois supérieure à celle de la sorcière que Legna avait éliminée en octobre. Et même si la tuer s'était révélé relativement aisé, c'était seulement parce qu'elle avait réussi à la prendre par surprise.

Cependant, Legna était certaine que l'une d'elles était une démone. Les siens avaient au moins eu raison sur ce point. Et lorsqu'elles enlevèrent leur capuche et commencèrent à s'adresser à l'assistance, l'empathe avait le regard rivé sur celle du milieu.

Il lui fallut un moment pour s'apercevoir que le personnage de la mère n'était pas Ruth. Elle jeta alors un rapide coup d'œil aux deux autres.

C'était le rôle de la jeune fille qu'avait endossé la démone qui avait trahi son espèce.

— Mary ! souffla Legna.

Pas la mère, mais la fille. Ruth ne devait pas être loin, puisque la démone de terre n'avait ni la puissance ni la sagesse nécessaires pour tramer des attaques aussi ingénieuses. La conseillère se cachait derrière sa fille, Legna en était persuadée. Mary ne possédait pas l'érudition de sa mère, malgré tout ce qu'elle avait pu voir dans leur demeure au fil des siècles. Cette petite idiote était encore une néophyte, qui ne savait guère plus que ce que sa mère lui avait appris. Et apparemment, celle-ci lui en avait assez dit pour engendrer en elle une haine tenace contre Jacob.

Legna se souvint que la jeune démone n'avait jamais été formée par des *Siddah*, sa mère ayant refusé d'en choisir à sa naissance. À présent elle était là, une incarnation de l'utilité de ces derniers. Ruth ne lui avait certainement jamais inculqué aucune notion de respect ou de mesure, et encore moins les restrictions morales au sein desquelles devaient s'exercer les pouvoirs d'un démon.

Elle était une démone de terre, l'élément le plus puissant auquel pouvaient être rattachées les femelles de leur espèce, après le feu. Et de voir un tel don gâché rendait Legna malade. Pire, Mary avait uni sa destinée à celle de ces humaines perverties. Noah avait souvent tourné en dérision la trahison, mais cet acte était la traîtrise suprême. Son frère n'aurait jamais pu imaginer une telle félonie. Pas même en plaisantant.

Job, le père de Mary, devait se retourner sur son bûcher funéraire. Heureusement, il n'avait pas vécu pour assister à ce sacrilège. L'honneur de toute la famille de Ruth serait entaché d'une façon durable. La mère et la fille devraient répondre de ces actions. Même si la conseillère n'avait pas pris part à cette abomination, ce dont Legna doutait fort. Tant qu'un démon n'était pas devenu adulte, ses parents et ses *Siddah* étaient autant responsables que lui de son comportement. Et personne ne pouvait être plus responsable que Ruth. Elle aurait aussi bien pu avoir endossé le rôle de la mère dans la triade, finalement.

Le personnage de la vieille femme était incarné par la nécromancienne, remarqua Legna, qui envoya cette information, ainsi que toutes celles qu'elle avait recueillies, aux hommes. C'était la plus âgée des trois, même si elle était loin d'être décrépite. Le rôle de la mère avait été endossé par la chef des chasseuses, insignifiantes dans l'obscurité de la nuit, mais redoutables comme le venin une fois baignées par la lumière du soleil. Cette femme était physiquement en pleine forme et bien entraînée, ce qui irradiait d'elle. Son assurance seule était impressionnante.

— Le démon va bientôt rentrer sur son territoire, affirma Mary.

Cette déclaration ne surprit pas totalement Legna. Jacob ne retournerait jamais sur les lieux d'une telle agression. L'emplacement de sa demeure avait été découvert, et il écarterait cette dernière de sa vie comme un serpent se sépare définitivement de sa peau en muant.

C'était le fruit d'une tentative délibérée de désinformation. Noah avait dû la glisser à Ruth, mine de rien. À présent, cette nouvelle était divulguée à toute l'assistance, et avait été intégrée afin de planifier une nouvelle attaque contre la famille de Jacob. Cette fois, l'ennemi avait prévu de mobiliser une petite armée et n'avait pas l'intention de recourir à des manœuvres psychologiques. Il était question d'enlever l'exécuteur, ainsi que sa compagne et leur enfant à naître.

Legna éprouva de la pitié pour ces femmes. Mary ne leur avait pas expliqué ce à quoi elles s'exposaient véritablement.

Tenter de capturer une créature comme Jacob s'apparentait beaucoup à essayer d'attraper un porc-épic à mains nues. Ce n'était pas une tâche impossible, mais la lutte qui s'ensuivrait pourrait bien la leur faire regretter amèrement. Pour ces femmes avilies, Jacob n'était qu'un rejeton du diable, sa compagne la pute qu'il s'était asservi, et l'enfant qu'elle portait une sorte d'antéchrist. Mary ne faisait qu'alimenter leurs préjugés, les attisant avec le feu de la peur et de la haine, laissant ces humaines avec un manque cruel de préparation.

—*Ne les sous-estime pas,* Nelissuna. *Elles représentent un pouvoir phénoménal. Nous aurons bien du mal à nous en débarrasser complètement.*

—*Je sais. Mais c'est un tel gâchis.*

—*Je suis d'accord. Surtout Mary.*

—*Ruth répondra du rôle qu'elle a joué là-dedans, Gideon.*

—*Encore un gâchis. Mais Ruth n'est pas une enfant. Elle savait ce qu'elle faisait. Elle ne peut prétexter l'ignorance à son âge,* Neliss.

—*En effet,* pensa-t-elle avec tristesse. *Nous pouvons être reconnaissants d'une chose, néanmoins. Comme Mary est trop jeune pour avoir été* Siddah, *elle ne risque pas de fournir des noms de pouvoir aux nécromanciennes.*

—J'espère que tu as raison. Sa mère a été la Siddah *de nombre de démons. Mary a pu surprendre quelques conversations au fil des années. Et je soupçonne Ruth d'être désormais capable de s'abaisser à commettre un acte aussi odieux.*

—Nous n'avons plus qu'à prier pour qu'elle ne l'ait pas déjà fait.

Les trois intruses durent attendre un moment que la réunion se termine avant de pouvoir se lever et se diriger vers d'autres parties des cavernes. Legna profita de la foule qui grouillait autour d'elle pour déployer ses sens. Il n'était pas exclu que les nécromanciennes s'en aperçoivent, mais elles mettraient un temps fou à l'isoler tant que les lycanthropes et elle continueraient d'avancer. Néanmoins, elle dissimula ses efforts avec un talent surprenant.

Legna ne parvint pas immédiatement à percevoir la présence caractéristique de Corrine. Elle supposait que la druidesse devait être inconsciente, ce qui atténuait ses émotions. Elle sentit alors le pouvoir de Gideon en elle. Il faisait ce qu'elle ne pouvait pas faire. Il cherchait à travers elle une créature blessée, le sang que Corrine avait laissé sur le tapis lui assurant qu'elle n'était pas indemne. Comme ses plaies n'avaient pas eu le temps de cicatriser naturellement, elles devinrent pour lui comme un signal lumineux à suivre. Grâce à leurs aptitudes conjuguées, Legna put se diriger vers l'endroit où était détenue la druidesse. Elle regarda Siena, qui se tenait elle aussi sur le qui-vive. Legna en ignorait la nature exacte, mais la reine possédait de toute évidence des pouvoirs de perception qui lui étaient propres.

La reine chuchota quelques mots à Anya, qui vint se placer à l'entrée de la caverne dans laquelle les deux autres s'engageaient. La sang-mêlé adopta une posture désinvolte, protégeant leurs arrières le temps qu'elles déterminent précisément où se trouvait Corrine. Siena dut retenir Legna de la main pour l'empêcher de se ruer vers son objectif. Cette dernière n'était pas une guerrière ni une espionne. La lycanthrope était mieux versée qu'elle dans ce domaine.

Gideon avait conscience que sa compagne se rapprochait de plusieurs gardes postés à proximité de Corrine. Il chassa loin de lui toute anxiété qu'il aurait pu éprouver et se concentra pour partager son pouvoir avec Legna. Il faisait aussi confiance aux talents de combattante de Siena. Il l'avait vue s'entraîner, nuit après nuit, durant les cinq années qu'il avait passé à sa cour. La reine constituait une adversaire redoutable.

— J'ai une idée, chuchota Siena.

Elle les fit reculer jusqu'à ce qu'elles soient adossées à la paroi, juste avant le tournant qui débouchait sur les gardes.

Elle détacha ses cheveux et secoua la tête pour en libérer les énormes rouleaux, incapable de réprimer un soupir de plaisir. Legna regarda, fascinée, ses boucles se répandre autour d'elle avec perfection, et bondir d'une manière qui n'aurait pas dû être possible. Elle s'aperçut alors que la chevelure de la lycanthrope se comportait presque comme un appendice doté d'une vie propre. Encore un détail qu'elle avait ignoré sur cette espèce.

— Je sais comment faire en sorte d'écarter les démons de tout soupçon, poursuivit-elle.

Puis la reine s'extirpa de son tee-shirt qui glissa à ses pieds, aussitôt rejoint par sa jupe. Elle était nue quand elle tendit ses vêtements à Legna. Elle secoua de nouveau la tête et sa chevelure dorée rampa sur sa peau, en recouvrant la moindre parcelle comme d'un doux filigrane. Ses cheveux commencèrent à se transformer en pelage lorsque la reine se mit à quatre pattes.

Dans un dernier tremblement, la femme devint une bête féroce. Le puma leva les yeux vers la démone qui le dévisageait avec un respect mêlé d'admiration. Mais Legna ne tarda pas à s'arracher à sa stupéfaction quand le félin s'aplatit au sol et se rapprocha des gardes sans un bruit. Soudain, il bondit, s'élançant brusquement dans la grotte en poussant un rugissement qui lui donna la chair de poule.

— *Doucement, mon amour*, dit Gideon d'un ton apaisant. *C'est un enchantement. Le cri du puma est naturellement terrifiant, mais Siena y a ajouté un pouvoir qui rend cette peur irrépressible.*

Legna voulait bien le croire. Elle devait énormément se concentrer pour ne pas céder à la terreur à laquelle les gardes avaient succombé. Les femmes hurlèrent en abandonnant leur poste. Elles dépassèrent la démone comme si elles étaient poursuivies par les chiens de l'enfer. Cette dernière réprima son envie de rire et s'empressa de rejoindre Siena. La reine riait à gorge déployée en secouant la tête une dernière fois. Sans se soucier de sa nudité, elle conduisit Legna dans la petite grotte dont les gardes avaient bloqué l'accès. Enchaînée au mur avec cruauté par ses poignets ensanglantés, Corrine pendait mollement au-dessus d'une paillasse, le visage caché derrière le rideau de ses cheveux.

Legna se précipita pour la prendre dans ses bras, et la souleva en lui dégageant le visage. Si elle était trop grièvement blessée, ce serait dangereux de la téléporter. La druidesse avait été rouée de coups, et ses traits étaient tout contusionnés et couverts de sang, mais Gideon lui assura qu'elle était transportable.

Legna fit signe à la reine de la rejoindre.

— Non. Je dois poursuivre cette petite farce. Il faut que je me sauve par des moyens naturels, que ce soit par la porte d'entrée ou par l'une des sorties qui sont, j'en suis certaine, dissimulées dans ces cavernes. De cette façon, on ne me soupçonnera pas d'être autre chose qu'un puma.

Anya surgit dans la cave en courant, essoufflée d'excitation.

— Elles arrivent !

— Elles vont te tuer, protesta Legna. C'est du suicide !

— Elles doivent d'abord m'attraper.

La reine éclata de rire, et secoua sa chevelure jusqu'à ce qu'elle la recouvre de nouveau.

Legna ne perdit pas de temps à regarder sa métamorphose. Elle saisit Anya par le poignet et ferma les yeux. Elles se téléportèrent dans un petit bruit sec sonore, et se matérialisèrent un instant après dans la ruelle à côté de la boîte de nuit.

Gideon et Kane se précipitaient déjà vers elles.

— Nous devons partir d'ici. Le petit jeu de Siena est dangereux.

À la lueur qui brillait dans les yeux de son compagnon, Legna comprit qu'il n'appréciait pas le comportement imprudent de la reine. Mais elle trouvait que l'idée de cette dernière n'était pas si folle qu'elle en avait l'air. Les humaines croiraient que Corrine s'était échappée pendant qu'elles étaient occupées à poursuivre un puma qui s'était introduit dans les cavernes de manière inexplicable, probablement par l'une des portes dérobées dont Siena avait parlé.

Chapitre 14

— Tu es restée très silencieuse cette nuit, dit Noah à sa sœur. Je suppose que toute cette histoire t'a bouleversée.

Legna ne répondit pas, et se contenta de regarder son frère contourner la table triangulaire du Conseil à laquelle ils s'étaient assis pour la séance qui venait de s'achever. Le jean qu'elle portait lui offrait la liberté nouvelle de poser les pieds sur la table de bois, les jambes croisées avec désinvolture. Elle avait l'air d'apprécier cette position qui n'était pas spécialement féminine.

Jacob et les autres étaient rentrés chez eux. Gideon était parti avec Kane en prétextant qu'il devait aller voir Isabella et Corrine, mais il savait que Legna souhaitait passer un petit moment seule avec Noah. Cette dernière sentait que son frère était heureux qu'elle soit restée, et elle détestait devoir mettre un terme à son plaisir, mais plus vite ils aborderaient ce sujet, mieux ce serait.

— Noah ?

— Oui ?

Il leva la tête, interrompant la tâche qui l'occupait.

— Je m'en souviens.

Il fronça un instant les sourcils sans comprendre. Mais en voyant l'expression sérieuse de sa sœur et la gravité tranquille de son regard, ce dont elle parlait lui apparut clairement. Il faillit éclater d'un rire nerveux. Il s'était imaginé cette nuit pendant deux siècles et demi, jusqu'aux mots « je m'en souviens », et pourtant il ne s'y était pas attendu.

Noah s'assit sur la chaise la plus proche, s'y affalant comme si la pesanteur avait soudain augmenté. Legna le regardait avec patience pendant qu'il se ressaisissait, tentant de s'envelopper d'une armure mentale, sans succès étant donné qu'il régnait déjà la plus grande confusion dans ses émotions. La démone n'était pas étonnée. L'élément de Noah était fondé sur l'inconstance. C'était tout à l'honneur de son pouvoir qu'il ne soit pas plus souvent submergé de cette façon.

— Inutile de m'expliquer en détail ce qui s'est passé. Gideon s'en est chargé à ta place. Mais j'ai pensé que tu devais être au courant, dit-elle.

— J'avais le sentiment que ça arriverait. (Noah frotta une tache invisible sur la table.) Je suppose que tu trouves que j'aurais dû t'en parler plus tôt, non ?

— Oui, reconnut-elle. Mais je comprends aussi pourquoi tu ne l'as pas fait.

— Je suis désolé, Legna. J'espérais que tu n'aurais jamais à te rappeler cette nuit-là. Je… j'ai été terrifié quand j'ai pris conscience de ce qui se passait entre Gideon et toi. Je me doutais qu'un tel afflux de pouvoir ouvrirait toutes sortes de portes.

— Je sais. Quand elles ont été enfin ouvertes, j'ai compris aussi pourquoi Hannah et toi vous êtes mis dans tous vos états. Je dois avouer être heureuse que ce ne soit pas contre Gideon que tu en avais.

— Non, admit Noah. Ce n'était pas Gideon. Juste la peur que son influence fasse resurgir ces souvenirs. J'espère qu'il était là quand ça s'est produit.

— Heureusement, oui.

Legna s'interrompit une longue minute et rencontra son regard préoccupé.

— Tu dois me promettre d'arrêter de te donner autant de mal pour me protéger. Tu ne peux pas y arriver parfaitement, et tu ne fais que t'éreinter. Et si j'accepte d'être ton ambassadrice auprès de la reine des lycanthropes, tu devras me tenir bien informée. Me laisser dans l'ignorance serait stupide.

— Alors tu réfléchis à ma proposition ?

— Oui. Mais je dois en discuter d'abord avec Gideon. Dis-moi, Noah, pourquoi tu as songé à moi pour cette mission.

— Comme je te l'ai dit, parce que je te fais confiance. Ta loyauté et ton ouverture d'esprit sont précisément les qualités requises. Tu sais que tu es ma meilleure diplomate. Je ne peux envoyer personne d'autre.

— Tu dois me faire confiance à ce sujet aussi, Noah. Ce n'est plus à toi de me protéger désormais.

— Je crains que ce ne soit une habitude presque impossible à perdre, avoua-t-il. Néanmoins, je m'efforcerai de m'en défaire. (Il lui adressa un pâle sourire.) J'espère qu'un jour tu parviendras à te rappeler la période qui a précédé la mort de maman, quand elle était vivante et nous aimait tous les deux. Ce sont d'excellents souvenirs.

— Ça aura valu le coup de revivre celui-ci s'ils sont aussi bien que je l'espère.

Legna laissa retomber ses jambes et marcha jusqu'à lui.

— Maintenant, j'aimerais que tu me rendes un service, ajouta-t-elle.

— Tout ce que tu voudras, petite sœur.

— J'ai besoin que tu parles à Gideon. Oui, il est derrière mes yeux, et oui, il est en quelque sorte immunisé contre les divagations émotionnelles de frères et sœurs perturbés.

Elle sourit alors qu'elle se tenait derrière lui et se pencha pour passer les bras autour de ses épaules et le serrer tout contre elle.

— Mais il mérite mieux que l'attitude que vous lui avez témoignée cette semaine, Hannah et toi. Malgré ce que tout le monde semble penser, je crois que c'est important pour lui d'avoir une famille, et je souhaite lui donner la mienne. Je n'en connais pas de meilleure. (Elle baissa la voix en posant le menton sur son épaule.) Et je l'aime, Noah. De toute mon âme et de tout mon cœur. Il a une conscience d'une telle profondeur, et une aptitude à avoir besoin de moi que je n'aurais jamais crue possible. Comment pourrais-je ne pas m'attacher autant à lui ?

— Je sais, dit-il d'une voix tout aussi basse en lui caressant la main avec chaleur. C'est ce que j'ai ressenti avec une grande acuité toute la nuit. Je suis heureux pour toi. Vraiment. Je me suis montré très égoïste ces derniers temps. Bien que j'aie prétendu avoir peur que tu souffres, je redoutais surtout que tu me reproches ce qui est arrivé. J'en suis désolé.

Il tourna la tête pour la regarder alors qu'elle relâchait son étreinte pour s'asseoir sur la table près de lui. Elle croisa les chevilles et se mit à balancer les pieds d'avant en arrière.

— Cette nuit, poursuivit Noah, on m'a rappelé que Gideon avait une grande valeur pour notre peuple, et j'ai pris conscience que j'avais oublié de lui en être reconnaissant. C'est une triste récompense pour tout ce qu'il a fait à ma demande au cours des siècles.

Il sourit, et tendit la main pour tirer les cheveux noirs auxquels Gideon n'avait pas encore redonné leur aspect naturel.

— Ce n'est pas pareil quand ils sont moins longs, railla-t-il.

— Oh, arrête, le réprimanda-t-elle.

Elle rit en libérant ses cheveux d'un coup sec.

— Ne devrais-tu pas aller retrouver ton fiancé ?

— Mmm, je suppose que si. Je voudrais m'assurer que les chambres d'amis sont prêtes à accueillir Bella et Corrine. Je suis contente qu'elles soient à l'abri, puisque Ruth ne risque pas de penser à les chercher dans la demeure notoirement interdite d'accès de Gideon. Elles ont beau posséder des pouvoirs extraordinaires, elles en ont assez vu, ainsi que le bébé de Bella.

— Je suis d'accord.

Noah la regarda sauter au bas de la table.

— Legna ?

— Oui ?

Il lui prit la main pour y déposer un bref baiser affectueux.

— Dis à mon beau-frère que j'espère qu'il apprécie le précieux présent que je lui offrirai à Beltane.

La démone lui sourit, mais ses lèvres tremblaient tandis que des larmes brillaient dans ses yeux. Elle se pencha pour l'embrasser sur le front puis se retourna, dissimulant l'expression de son visage alors qu'elle disparaissait sans un bruit.

Les yeux argentés de Gideon étincelaient à la lumière de la lune tandis qu'il scrutait la zone devant lui. Il était juché sur le toit de la maison de Jacob, et se fondait dans l'obscurité qui régnait autour de la cheminée, adossé à Legna dont il sentait le pouvoir qui se déployait au loin. Elle cherchait les sentiments exacerbés de ceux qui les attaqueraient cette nuit, le cœur débordant d'intentions hostiles.

Gideon avait conscience des pouls et des températures corporelles masqués des autres, dont il identifia aisément l'emplacement alors qu'il posait le regard sur chacun d'eux successivement. Le cœur de Jacob était celui qui battait le plus lentement, envahi, certainement, par le calme qui précédait souvent les plus terribles châtiments. Elijah, c'était une tout autre histoire. Le guerrier était célèbre pour rester d'une grande sérénité en chasse, mais Gideon percevait que le rythme de sa respiration et la vitesse de son sang n'étaient pas normaux. Il soupçonnait la lycanthrope qui était près de lui d'y être pour quelque chose. Elijah semblait particulièrement mal à l'aise en sa présence. Il n'ignorait pas ce que c'était que de lutter contre le peuple de Siena, alors c'était compréhensible. S'associer avec un ancien ennemi devait être troublant, et d'autant plus quand cet ennemi ne l'était plus que depuis peu.

La reine elle-même avait accepté avec plaisir de se joindre à cette petite embuscade. Son métabolisme, son pouls et ses sens différaient juste assez des leurs pour être qualifiés d'étrangers, mais il s'était suffisamment familiarisé avec sa physiologie après cinq ans de « captivité » pour savoir qu'elle attendait avec impatience la bataille, tous les instincts qui gouvernaient son peuple en éveil.

Noah était là aussi, bien sûr, ainsi que la sang-mêlé et, à la stupéfaction même de Gideon, le prince vampire. Ce dernier n'avait pas reçu d'invitation, mais avait appris d'une façon ou d'une autre les événements prévus cette nuit-là. Damien constituait un allié de poids. Pour commencer, leurs adversaires s'attendraient à affronter des démons. Au mieux elles se seraient préparées à ce que les exécuteurs bénéficient de la même protection que l'indiquait leur dernier rapport. Elles ne s'imaginaient certainement pas devoir se battre contre des lycanthropes et des vampires. On n'avait jamais vu une telle collaboration entre Nocturnes pendant tous les siècles où ils avaient existé dans le même univers.

Quand Legna se figea, Gideon reporta son attention sur le toit où ils étaient juchés. Il leva la tête et déploya ses sens à la recherche de ce qu'elle avait perçu.

Des dizaines de battements de cœur. Et beaucoup de pouvoir.

Gideon ferma les yeux et projeta sa forme astrale jusqu'à l'arrière-garde qui était cachée un peu plus loin, derrière son poste d'observation. Dès qu'il eut prévenu les guerriers de l'imminence des hostilités, il réintégra son corps et s'allongea sur le ventre près de Legna, qui s'était déjà couchée. Ils regardèrent la falaise qui se détachait sur l'horizon, sentant avec acuité que l'assaut viendrait par la plage.

Les instincts de chasseur de Jacob s'éveillèrent dans un rugissement, comme ceux de tous les autres. Il était prêt pour une raison. Il constituait la première ligne de défense, et Elijah la suivante. Leurs adversaires éprouveraient des difficultés à les franchir. Et même si elles parvenaient à contourner ces deux redoutables combattants, elles devraient ensuite affronter Noah. Si Jacob n'avait pas été si submergé par l'adrénaline et le besoin d'extérioriser sa colère grandissante, il aurait peut-être ressenti une pointe de pitié pour ses ennemies.

Mais cela dit, sans doute pas. Ces bêtes étaient venues chez lui, avaient orchestré le meurtre de la personne qui lui était la plus chère. Même si elles avaient échoué, elles paieraient pour les souffrances et les blessures qu'elles lui avaient infligées. Elles entendraient la rage que lui inspirait chaque tremblement de peur qui avait secoué Isabella, chaque larme qu'elle avait versée depuis ce soir-là. Et à présent elles osaient revenir ? Se préparer à envahir sa maison, à la détruire, ainsi que sa famille et lui ?

Oh, oui. Elles apprendraient une grande leçon cette nuit-là.

Surtout, elles comprendraient à quel point il détestait être là. Le cœur et les yeux tristes de sa promise étaient derrière les siens. Toutes ses pensées chuchotaient dans son esprit le souhait qu'une violence et une ignorance pareilles disparaissent et laissent tout le monde vivre en paix et à sa façon.

Les assaillantes apparurent au-dessus de la falaise en une vague soudaine : les nécromanciennes répandaient une vive lumière bleue tandis qu'elles lévitaient avec une aisance perturbante, chacune accompagnée de plusieurs chasseuses. Dans l'obscurité, Jacob vit que ces dernières tenaient des arbalètes, prêtes à tirer, et l'odeur de rouille le percuta de plein fouet. Les flèches étaient en fer, ce qui rendait ces projectiles extrêmement redoutables. Ce vieux métal massif était l'unique talon d'Achille des démons. Il les brûlait, leur infligeait des cicatrices et pouvait très facilement les tuer si on leur portait un coup fatal avec une arme qui en était constituée. Peu importaient leur puissance ou leur âge, ils étaient tous vulnérables.

Jacob jura tout bas mais ne quitta pas son poste. Il tenta de penser à un moyen d'avertir les autres, qui ne possédaient pas une perception aussi fine de ce métal terrestre. Il arrêta son choix sur Siena, dont la vision nocturne était sans pareille.

La reine sentit la terre bouger sous sa main et elle recula en poussant un petit cri. Le géant blond à côté d'elle lui décocha un regard perplexe alors qu'elle regardait fixement le sol, où un doigt invisible traçait un message. Elle jura quand elle comprit que c'était un mot, que lui envoyait le démon de terre.

— Du fer, chuchota-t-elle à Elijah. Chacune d'entre elles en est armée, je parie.

Le guerrier ne répondit pas, se contentant de hocher la tête. Il ferma les yeux un instant puis prononça ce mot terrible à voix haute. Il fit tourner le vent avec habileté et porta le son au loin, jusqu'au toit. La brise gémit l'avertissement au médecin et à sa compagne.

Gideon et Legna se regardèrent, conscients qu'il était trop tard pour prévenir les troupes derrière eux. Ils voyaient la masse de femmes qui volaient au-dessus de la falaise.

Jacob patienta autant que possible, pour en prendre un maximum par surprise. La seule façon d'y parvenir était d'attendre qu'elles se posent toutes au sol à son niveau. Le temps était un luxe qui ne lui serait pas accordé, comprit-il alors que la puanteur de la magie noire le submergeait avec la même rapidité que leur progression. Toujours baissé, il enfouit les doigts dans la terre.

— Viens, ma Dame, apprenons à ces abominations à ne pas se frotter à tes enfants, murmura-t-il à l'humus sous lui.

Dans un unique mouvement ample, Jacob et un gigantesque mur de matière sombre s'élevèrent vers le ciel, le rugissement du sol qui se soulevait retentissant à des kilomètres à la ronde. Leurs assaillantes se retrouvèrent emportées par une vague tonitruante de terre, de pierres et d'autres débris naturels.

Les nécromanciennes s'échappèrent avec aisance, et remontèrent en flèche dans les airs, hors de portée de la houle destructrice ; seule la moitié des chasseuses fut entraînée dans leur sillage. Les autres succombèrent sous l'incroyable poids de l'attaque. Des cris, des ordres hurlés et la confusion la plus totale s'ensuivirent. Jacob modifia sans tarder la force de gravitation sur la plage qui s'étendait sous lui.

Aussitôt, des corps furent attirés au sol par leur propre masse, victimes d'une attraction si écrasante qu'ils heurtèrent les rochers avec brutalité.

De nouveau, les sorcières parvinrent à se soustraire à cette manœuvre. Jacob se retrouva soudain la cible de violentes décharges électriques, qui le propulsèrent par-dessus le sommet de la falaise ; quand son corps toucha le sol, celui-ci s'ouvrit sur près de trois mètres sous la force de l'impact.

Elijah s'élança ensuite dans les airs, mais, contrairement à celui de Jacob, son corps avait la consistance du vent et les attaques électriques n'avaient aucun effet sur lui. Il remua l'océan, mêlant l'air chaud et l'eau froide de façon à donner naissance à un brouillard affreusement dense qui enveloppa leurs assaillantes, les aveuglant.

Sur le toit, Gideon et Legna se redressèrent. Quand la brume fut tout près de les atteindre, ils virent les cheveux d'un or éclatant de la reine des lycanthropes claquer autour d'elle dans le vent qui s'était levé, et glisser comme des milliers de doigts sur sa nudité. Legna observa, fascinée, la chevelure recouvrir la moindre parcelle de peau, et se transformer en un riche manteau de fourrure alors que la jeune lycanthrope se mettait à quatre pattes. Dans un formidable tremblement qui agita tout son corps, un peu comme un chien qui s'ébroue en sortant de l'eau, elle se métamorphosa en un redoutable puma.

Le rugissement du félin résonna dans le brouillard déroutant, provoquant des cris de peur. Leurs ennemies se posaient sur le sol par groupes de cinq ou dix, pour se perdre immédiatement de vue. Soudain, un hurlement effrayant s'élevait au-dessus de la mêlée, le râle d'une humaine qui avait croisé le chemin d'une chasseresse très enthousiaste, sous la forme d'un grand félin aux yeux dorés.

Le vampire rejoignit le puma, et vola dans la brume d'un bond digne du prédateur suprême. Pour celles qui devenaient ses cibles, elles n'étaient d'abord enveloppées que de ténèbres, et puis, tout à coup, une créature apparaissait, si sombre et si rapide que seul l'éclat de ses crocs blancs les avertissait de sa présence deux secondes avant qu'elle frappe. Comme les chasseuses n'étaient que des humaines particulièrement vaillantes, Damien ne courait aucun risque à les attirer une à une sous la puissante succion de ses crocs.

Il ne pouvait absorber le sang terni des nécromanciennes ; en revanche, il buvait les humaines presque jusqu'à la dernière goutte de leur essence avant de les jeter négligemment loin de lui. Il en tirait un certain plaisir, comme chaque fois qu'il prenait le sang d'une femme. Il ne tarda pas à cesser de grogner en montrant les crocs, pour sourire, ses yeux brillant comme de l'onyx sous l'effet de cette euphorie érotique.

Deux flèches en fer lui infligèrent des blessures bénignes, mais qui lui permirent de renouveler son sang d'autant plus vite. À mesure qu'il se vidait, il se remplissait. C'était la première fois depuis des siècles qu'il sentait son pouls. Il s'agissait en fait des pulsations artificielles provoquées par l'arrivée d'un nouveau sang qui chassait l'ancien, mais cela ressemblait suffisamment au fonctionnement d'un cœur non figé pour qu'il éprouve une immense ivresse.

Avec leurs rangs aveuglés, les nécromanciennes savaient qu'elles étaient en difficulté. Celles qui maîtrisaient l'asservissement de démons en firent venir un contingent de la plage de façon tout à fait inattendue. C'étaient des transformés, et leurs émotions perverties percutèrent Legna avec une soudaine clarté ignoble. Elle bascula en arrière sous le choc, et Gideon la rattrapa de justesse avant qu'elle dégringole le long du toit en pente. Lorsqu'il la tint dans ses bras, il sauta par terre d'un unique bond majestueux et puissant.

Dès l'instant où ses pieds touchèrent le sol, Legna commença à se sentir mieux. Gideon s'en aperçut parce que la rage qui l'envahit immédiatement face aux abominations qu'elle percevait le submergea comme une force physique. Il lisait dans ses pensées, et tous deux savaient que c'était des ennuis. Avec Jacob toujours à terre, et Isabella alitée loin de là, ils allaient être obligés de détruire ces monstres eux-mêmes.

Que cette prise de conscience les trouble était compréhensible. Affronter les transformés constituait le combat le plus difficile que connaîtrait peut-être jamais un démon.

Et parmi eux, Gideon et Noah étaient les seuls, avec Jacob, à avoir de l'expérience en la matière. Et encore, celle-ci datait au moins d'un siècle, et était tout au plus très limitée. Legna tourna son attention vers son frère, et comprit brusquement qu'il ne pourrait pas lancer son attaque tant que l'exécuteur serait étendu au milieu du champ de bataille. Le démon de terre serait tout autant vulnérable au feu que leurs ennemies.

Legna disparut dans un claquement d'air avant que Gideon ait pu l'arrêter. Elle l'entendit crier dans son esprit alors qu'elle se matérialisait dans la tranchée que Jacob avait laissée derrière lui. Elle s'accroupit et scruta le brouillard à sa recherche. Il ne devait pas être loin, mais devait être évanoui pour ne laisser transparaître aucune émotion. Car, en digne démon qu'il était, en ce moment même, il aurait dû être carrément en rogne.

Soudain quelqu'un surgit de la brume en courant et faillit trébucher sur elle. La chasseuse ouvrit de grands yeux en la découvrant, puis leva son arbalète et tira. Legna réussit à éviter une blessure mortelle, mais alors qu'elle roulait sur le côté elle sentit une douleur fulgurante lui transpercer la cuisse. Le rugissement de fureur de son compagnon qui résonna de manière terrifiante dans la nuit masqua son cri de souffrance. Mais elle n'était pas la fleur délicate et gracieuse que tout le monde semblait s'imaginer. Elle hésita à peine avant de se relever. Apparemment, à en juger par son expression stupéfaite tandis que Legna s'avançait vers elle d'un air menaçant, la chasseuse pensait qu'elle se désagrégerait, peut-être comme le faisaient les vampires, dans les émissions de télévision des mortels, lorsqu'ils recevaient un pieu dans le cœur.

Attends de voir quand ils s'apercevront à quel point c'est des conneries, songea-t-elle avec malice en se précipitant sur la femme. Legna la saisit à bras-le-corps et arracha l'arbalète de ses mains moites. La chasseuse heurta le sol en poussant un grognement, aussitôt suivi d'un second quand Legna lui tomba dessus, et lui écrasa le sternum du genou. Submergée par la rage et le dégoût, elle extirpa la flèche de sa jambe et, le fer lui brûlant la main, hurla en l'enfonçant dans la poitrine de sa victime.

Alors que l'humaine luttait pour inspirer un air qui ne remplirait plus jamais ses poumons, Legna se leva et se retourna vivement, faisant voler sa tresse. Les bruits, les odeurs et les sensations de la nuit l'envahirent, magnifiés, appelant la chasseresse en elle.

Immédiatement, elle s'aperçut que Jacob se trouvait à dix mètres sur sa droite. Elle les franchit aussi vite qu'elle l'osait dans le brouillard. Elle rencontra une autre chasseuse en chemin, mais cette fois elle était préparée. Elle plongea dans son esprit, et y fit naître une terreur qui grossit jusqu'à ce que son cœur batte trop fort pour qu'elle le supporte. Il s'arrêta au bout d'à peine une minute ; l'humaine était littéralement morte de peur.

L'empathe tomba à genoux près de Jacob. Elle posa la main sur son corps froid et, sans un instant d'hésitation, elle les téléporta en lieu sûr. Elle laissa le démon de terre sur le canapé de son salon et se volatilisa de nouveau, pour apparaître cette fois au côté de son frère.

— Jacob est en sécurité. Vas-y !

Noah hocha la tête et entreprit de puiser de l'énergie dans les ennemies devant lui, qu'il transforma rapidement en un mur de feu flamboyant. Il ne s'inquiéta pas pour Siena. Il percevait distinctement sa chaleur tandis qu'elle s'éloignait de sa cible. Damien quittait déjà le sol d'un bond lui aussi.

Le monde s'enflamma ; des hurlements de douleur, la mort et la stupéfaction emplirent l'atmosphère nocturne, ainsi que la fumée et l'odeur de chair brûlée. Mais les sorcières réussirent encore à s'en sortir. Elles commençaient à atterrir de l'autre côté du mur de feu, en face de Gideon, Legna et Noah. Elijah était parti chercher l'arrière-garde tandis que la sang-mêlé attendait en silence, prête à soutenir les démons.

Noah se mit à lancer de petits météores embrasés sur les femmes dépravées. Gideon tira un poignard d'un étui sur sa cuisse et l'envoya se planter dans une nécromancienne tandis qu'il en empoignait une autre par la gorge. Elle s'écroula aussitôt quand il plongea dans les rouages de son métabolisme pour ordonner à son cœur de s'arrêter.

Legna était apparue au côté de son compagnon peu de temps avant le début de ce nouvel assaut. Elle n'avait conscience que d'une chose : des transformés surgissaient de la nuit en trébuchant, la plupart en feu, tous insensibles à la douleur. Ils finiraient par mourir, ce qui pourrait prendre beaucoup de temps, et ne les empêcherait pas de causer bon nombre de dégâts dans l'intervalle. Legna déploya ses sens, projeta ses pensées sucrées dans la tête de l'un, puis celle d'un autre. Elle leur insuffla des idées réconfortantes au début, avant de s'apercevoir que cela ne retiendrait pas leur attention bien longtemps. Si elle parvenait à les faire rester immobiles, le feu les consumerait plus rapidement, sans leur laisser l'occasion de blesser qui que ce soit.

Elle modifia alors les impressions qu'elle leur communiquait pour leur donner un tour plus charnel.

Les transformés n'avaient que deux aspirations : la liberté et la luxure. Comme ils jouissaient déjà de la première, Legna ne pouvait plus les captiver que par la seconde. Ils se mirent à s'affaler par terre et à s'y vautrer avec une jubilation et un plaisir grotesques, alors qu'ils s'emparaient de partenaires imaginaires.

Affaiblie par le sang qu'elle avait perdu et ses téléportations, Legna ne pouvait en contrôler que trois à la fois, et était donc incapable d'empêcher les autres de se précipiter vers son frère et son bien-aimé.

Gideon sentit que Legna tombait à genoux. Elle était trop près des hostilités pour demeurer à sa place, et trop épuisée pour bouger. Mais s'il la touchait, il risquait de rompre l'emprise ténue qu'elle exerçait sur les trois transformés. Il n'avait d'autre choix que de continuer à se battre, et d'éliminer toute menace qui s'approcherait d'elle.

Gideon lançait son deuxième poignard alors qu'il récupérait le premier, virevoltant sur lui-même en se déplaçant à la vitesse de la lumière. Il vit Noah absorber l'énergie d'une femme jusqu'à ce qu'elle s'effondre, avant d'envoyer une boule de feu sur une autre. Nombre d'entre elles utilisaient un sort de protection ; les attaques élémentaires des démons rebondissaient sur certaines sorcières sans les atteindre.

Damien surgit soudain du brouillard qui s'étendait derrière les nécromanciennes. Il possédait la faculté de répandre la terreur autour de lui, tout comme Siena, bien qu'à un niveau différent, moins naturel. C'était un pouvoir constitué de ténèbres pures, de la malignité qui provoquait, sans qu'on puisse se l'expliquer, la peur du noir, des monstres tapis sous le lit ou du caractère inéluctable de la mort tandis que la Faucheuse venait réclamer son dû d'un coup de lame. Dans la mesure où cet effroi faisait partie de tout être vivant de la planète, aucun sort ne pouvait les en protéger. Les boucliers bloquaient le passage du pouvoir ou des armes : les ténèbres que manipulait Damien existaient déjà derrière le bouclier et au sein des personnes elles-mêmes.

Les sorcières se déconcentraient au fur et à mesure qu'il avançait parmi elles, toutes leurs protections et leurs artifices magiques détruits. Le vampire entreprit d'attraper les nécromanciennes une à une ; il tordait promptement leur cou délicat avant de se débarrasser de leur cadavre avec une désinvolture sinistre. Pour lui, c'était comme jeter les poubelles, et ça se voyait. Un nombre trop important de ces créatures avaient planté un pieu dans les siens sous le soleil de midi pour le plaisir de les regarder brûler et être réduits en cendres, et elles ne méritaient pas sa pitié.

Contrairement aux croyances répandues, un vampire ne s'enflammait pas d'un seul coup lorsqu'il était exposé à la lumière du jour. Le feu couvait en lui, comme sur de la mousse, pendant des heures et des heures, alors qu'il demandait certainement grâce en hurlant durant tout ce temps. Et qu'est-ce qui lui valait un tel châtiment ? Le fait de posséder un métabolisme différent qui aiguisait ses facultés mentales, lui permettait de voler et nécessitait du sang pour fonctionner ? Dans leur majorité, les siens ne tuaient pas quand ils s'alimentaient, et l'idée de transformer des humains en vampires était la plus ridicule de toute l'histoire des mortels. Tout comme n'importe quelle espèce, les vampires venaient au monde en naissant.

Ainsi, Damien n'éprouvait aucune culpabilité, aucun dilemme moral, à se débarrasser de ces femmes de cette façon. C'était un sort bien plus charitable que celui qu'elles lui auraient réservé si elles avaient réussi à mettre la main sur lui. Plus charitable encore que celui qu'elles avaient infligé à l'exécutrice et à l'enfant innocent qu'elle portait.

Brusquement, une nouvelle vague de terre s'éleva sous les pieds des démons en première ligne, les faisant basculer entre les mains adoucies de Mère Nature. La houle emporta leurs ennemies comme des bouts de bois jusqu'au bord de la falaise, et précipita une partie d'entre elles dans le vide.

Un afflux de pouvoir massif apparut derrière le front alors que les renforts arrivaient. C'était un soulagement. Les plus puissants de leur espèce avaient accompli leur œuvre, avaient détruit la majorité de la menace, mais y avaient laissé toute leur énergie. Il était temps qu'ils se retirent et s'en remettent à d'autres pour terminer le combat.

Jacob s'élança vers Legna, qui était étendue sur le matelas moelleux de terre meuble qu'il avait aménagé pour elle. Il la souleva dans ses bras et, les libérant de la pesanteur, les propulsa vers le ciel et derrière l'arrière-garde.

Gideon fut submergé par le besoin de la rejoindre, mais il savait qu'elle serait en sécurité avec Jacob pour le moment et qu'il devait continuer à se battre. Elijah levait le brouillard tandis que les nécromanciennes qui avaient survécu à la dernière attaque remontaient de nouveau au-dessus de la falaise. Elles surgirent comme un vol de rapaces furieux, hurlant d'une voix stridente des sorts et des incantations.

À partir de là, il ne fut guère plus question que de chaos et de magie. De la nature contre le dénaturé. Du Bien contre le Mal. Jacob confia Legna au puma qui avait contourné le champ de bataille. Il s'était allongé sur le bras de la démone et léchait avec indolence les blessures qui parsemaient son pelage doré. Son regard intelligent lui assura qu'il la protégerait.

L'exécuteur se retourna. Il devait s'occuper des transformés à présent qu'il avait recouvré ses forces. Il était convaincu que le contrôle de Legna sur leurs esprits dépravés ne pourrait pas durer encore bien longtemps, et doutait même que la démone à peine consciente les tienne toujours sous son emprise. C'était son devoir de punir les siens pour leurs perversions et leurs méfaits, même s'ils étaient une conséquence de la magie noire. Ils étaient définitivement perdus à présent. Il ne pouvait plus leur témoigner de clémence qu'en rendant leur mort rapide. Pour la première fois, il regretta que Bella ne soit pas avec lui. C'était en ce domaine qu'elle excellait ; qu'elle l'aurait soulagé. Elle était comme un ange de miséricorde pour ces pauvres âmes, et elle aurait balayé le champ de bataille de ses aptitudes innées pour leur apporter la paix. Ce qui, comprit-il, aurait été sa meilleure vengeance : priver ces ignobles femmes perverties du pouvoir des démons qu'elles avaient capturés, leur voler leurs trophées et leur accès à encore plus de noms de pouvoir qui leur permettraient de fabriquer d'autres malheureux monstres redoutables.

Les flèches de fer volaient avec plus de précision à présent que le brouillard était moins dense, et les démons se mirent à compter des blessés et des morts dans leurs rangs. Les nécromanciennes se jetaient à corps perdu dans le combat, entraînant avec elles de nouvelles chasseuses. Ce n'était pas la petite armée dont il avait été question à la réunion. Noah commençait à soupçonner une indiscrétion à un moment ou à un autre. Vu le nombre de personnes impliquées, cela restait une possibilité. Néanmoins, cette hausse des effectifs pouvait aussi s'expliquer par la libération de Corrine. Le roi pensait que, lorsque cette bataille serait terminée, l'espèce démoniaque aurait infligé un coup terrible dans le camp des nécromanciens. Dans celui des femmes, du moins. Mais Mary se doutait-elle qu'elle avait été démasquée ? Et Ruth ? Devraient-ils les traquer toutes les deux afin de les livrer à la justice de l'exécuteur ?

Les démons, suivant l'exemple des aînés parmi eux, étaient passés au corps à corps afin de contourner le bouclier magique conçu pour détourner les attaques élémentaires. La sang-mêlé fit son apparition à ce moment-là. Elle avait beau être, dans un sens, la plus faible d'eux tous, elle était une combattante remarquable. Il était manifeste que si elle avait été une lycanthrope pure, elle aurait été une sorte de renarde. Elle affichait des crocs acérés, de petites griffes noires et se déplaçait à une vitesse ondoyante qui la faisait ressembler à un flot de vêtements de cuir sombre et de cheveux auburn. Quand elle s'arrêtait, ses victimes se mettaient soudain à tomber comme des dominos, la gorge ouverte par ses minuscules mais redoutables griffes. Elle s'interrompit pour lécher l'une de ces petites lames de rasoir, puis sourit et se transforma de nouveau en une bannière indistincte.

L'issue devait toujours être en faveur des démons. C'étaient les combattants les plus doués et les plus expérimentés. Le seul bon côté de toutes les guerres qu'ils avaient traversées devait être l'habileté qu'ils y avaient gagnée, et dont ils se servaient à présent pour leur défense. Tout cela était une immense tragédie. Les chasseuses s'imaginaient pouvoir gagner grâce à des techniques de combat plutôt bonnes pour des humains, un enthousiasme aveugle, et une cause dont elles ignoraient sincèrement les véritables motivations. Personne ne se réjouissait à l'idée de s'en prendre à ces âmes fourvoyées, mais les Nocturnes auraient été stupides de les laisser partir pour risquer de revivre cette situation ignoble.

À mesure que les humaines tombaient et reculaient devant la supériorité des démons, ces derniers connaissaient une victoire amère. Comme toujours, cet affrontement ne serait pas sans conséquence. Il avait été protégé des regards curieux de la population humaine par l'isolement de la demeure de Jacob et par le brouillard et l'orage que le démon de vent avait déployés sur les alentours. Les corps seraient enterrés ou détruits. Le champ de bataille retrouverait son apparence antérieure, sans qu'une seule goutte de sang laisse deviner les événements de la nuit.

Et pourtant, toutes les âmes des survivants de cette bataille seraient perpétuellement entachées. Rien ne compenserait jamais ces vies gâchées, à la fois humaines et démoniaques, au nom d'une simple soif de vengeance.

Finalement, les hostilités prirent fin. Sans guère de cérémonie, et encore moins de réjouissance. Les seules humaines qui restaient étaient mortes ou blessées. Une petite poignée d'entre elles s'étaient enfuies jusqu'à la plage en contrebas, et ce n'était qu'une affaire de quelques minutes avant que des guerriers les rattrapent. Les démons commencèrent à rassembler les prisonnières. Gideon démontra ses aptitudes remarquables en jetant un puissant champ énergétique sur le lieu des affrontements pour limiter les pertes de sang des blessés en attendant l'arrivée de médecins. Il se mit alors en quête de sa compagne.

Un démon adulte lui avait administré quelques soins, de façon à contenir le sang qui jaillissait de sa blessure. Gideon s'agenouilla près d'elle, et ne jeta qu'un rapide coup d'œil au puma à ses côtés. Il caressa ses cheveux pleins de terre et sa joue blême qu'elle avait elle-même tachée de sang en se grattant ou en repoussant ses cheveux. Sa circulation sanguine était dangereusement faible et son cœur battait vaillamment pour l'accélérer autant que possible afin de maintenir son oxygénation.

Gideon posa la main sur sa cuisse blessée, et sentit les brûlures que le fer avait laissées. Le guérisseur qui s'était occupé d'elle avait eu la sagesse de ne pas tenter de la soigner. Il ne possédait pas les aptitudes requises et aurait pu causer plus de mal que de bien. Gideon pouvait s'en charger, en enlevant les limailles de fer. Elle garderait une cicatrice à vie, mais c'était bien peu de chose étant donné qu'elle aurait pu mourir.

Il s'insinua en elle, et ferma les yeux en caressant sa plaie sans y penser avec une incroyable douceur. Il reconstitua son os cassé et progressa vers l'extérieur. En même temps, il enveloppa son poignet de son autre main pour lui faire une transfusion. Il ne pouvait lui donner que le strict nécessaire, car il était faible et serait encore amené à dépenser d'énormes quantités d'énergie dans de trop nombreuses directions. Il ne s'était pas senti si éreinté depuis longtemps. La dernière fois, c'était également arrivé au cours d'une bataille. Il avait espéré ne plus jamais avoir à y prendre part, mais il semblait que les ignorants et les dépravés arrivent à leurs fins aux dépens de ses souhaits pour une vie paisible.

Legna bougea, et son nom fut le premier mot qu'elle prononça. Il sourit, puis la plongea dans un profond sommeil. Il s'assit, de plus en plus épuisé alors qu'il maintenait toujours le champ énergétique sur ceux qui n'avaient pas encore reçu de soins.

La reine des lycanthropes qui avait protégé Legna s'ébroua, les maillons de son collier d'or et de pierre de lune tintant. Son pelage commença à se détacher de son corps, devenant de plus en plus lâche jusqu'à retomber en larges rouleaux. Dans un tremblement majestueux, elle passa d'une musculature féline à celle d'une humaine athlétique. Ses cheveux dissimulaient sa nudité mieux qu'un maillot de bain, mais la sang-mêlé s'approcha de sa reine avec ses vêtements à cet instant précis. En une seconde, Anya avait fait glisser une robe minuscule par-dessus sa tête. Une fois que celle-ci eut recouvert ses rondeurs, les deux femmes libérèrent ses cheveux qui étaient coincés à l'intérieur.

Gideon ne prêta guère attention à ce qui se passait si près de lui. Il remarqua, en revanche, qu'Elijah observait la reine d'un air maussade. Voir la lycanthrope changer de forme l'avait troublé. Cela avait certainement réveillé de nombreux souvenirs de ses affrontements contre ce peuple. C'étaient des combattants féroces ; soit on les respectait, soit on était mort. Gideon n'était pas surpris que le démon de vent se méfie encore de Siena.

Elijah s'approcha de Gideon quand il oscilla sous le poids de ses efforts, alors même qu'il était déjà assis. Il parvint à son niveau un instant avant qu'il bascule dans l'inconscience. Il le rattrapa par la nuque et l'allongea sur le dos avec précaution. Le guerrier sentit les yeux dorés rivés sur lui et il releva le visage pour les rencontrer.

— Vous êtes d'une douceur inhabituelle pour un combattant, dit-elle d'une voix songeuse.

Elle plissa les yeux, semblant sonder son âme de son regard vif.

— Vous êtes d'un… pacifisme inhabituel pour une lycanthrope, répliqua-t-il.

— Et vous doutez de ma sincérité.

— N'en feriez-vous pas autant ?

— Je vous croirais particulièrement stupide si vous ne vous méfiiez pas de moi, guerrier. Au lieu de quoi, je suis obligée de respecter votre intelligence peu commune. Et maintenant, à votre avis, que devrais-je faire ?

Sur cette question, elle se leva et le quitta avant qu'il ait pu formuler une réponse. Il la regarda s'éloigner, posant un regard scrutateur intrigué sur la démarche ondoyante qu'elle avait héritée de son félin sous sa forme humaine.

Chapitre 15

Tous les démons perdus à part les transformés seraient pleurés la nuit avant la lune sacrée. Il y aurait des cœurs brisés, et des larmes pour mouiller le bois des bûchers funéraires. Et ces brasiers seraient entretenus jusqu'à ce qu'on puisse y enflammer les flambeaux et les feux de joie de Beltane. C'était le cycle de la vie – et malheureusement pas un simulacre –, de la mort à la renaissance. C'était la nature de cette fête, le sacre du printemps, dans sa plus pure définition.

Les transformés avaient déjà été détruits. Au moment de leur décès, ils s'embrasaient, formant des bûchers à eux seuls. Jacob s'était chargé de creuser une tombe commune pour leurs ennemies. C'était une fin impersonnelle pour des existences honteusement gâchées. Elijah avait préparé l'interrogatoire des prisonnières. Legna et Gideon se rétablissaient au presbytère de ce dernier.

Comme Noah s'y était attendu, Mary et Ruth restaient introuvables. Que cette trahison se soit déroulée juste sous son nez pendant des mois le rendait furieux. Ces deux démones avaient rassemblé et organisé ces troupes, comploté contre Jacob et Bella, alors même que Ruth siégeait semaine après semaine à la table du Conseil. Il en était profondément peiné, ce qui le laissait las et déprimé.

Cependant, il était l'hôte d'un prince vampire et d'une reine lycanthrope. Il devait faire abstraction de ses émotions pour aider à la préparation de la célébration à venir, à laquelle l'invitation et la participation des lycanthropes s'étaient étendues aux vampires. De petites délégations de ces deux espèces se joindraient au festival des démons, un événement sans précédent dans toute l'histoire connue. C'était la seule issue positive de cette triste affaire. Ce n'était pas une garantie de paix mondiale ni rien de si grandiose, mais c'était un début.

Lorsque Gideon s'éveilla enfin deux nuits plus tard, il ouvrit les yeux pour découvrir sa compagne devant sa coiffeuse, enveloppée uniquement d'une serviette et de ses longs cheveux humides. Elle remplissait le creux de sa paume d'une lotion parfumée qu'il lui avait offerte quelques nuits plus tôt. Elle lui avait rappelé son odeur, bien qu'elle ne puisse jamais être véritablement reproduite à la perfection. Il l'avait modifiée, pour que sa composition constitue un mariage satisfaisant entre la senteur de Legna et l'huile essentielle de ses épices préférées, qu'il avait demandé à Jacob de lui rapporter.

Elle l'étala sur ses mains et ses bras, et Gideon fut instantanément captivé. Ses longs doigts glissaient sur sa peau, la lotion laissant un scintillement luminescent dans leur sillage alors que les minéraux médicinaux qu'elle contenait réfléchissaient la lumière, bien qu'ils soient finement moulus. La regarder toucher sa propre peau de cette façon extrêmement sensuelle enflamma toutes les cellules de son corps en l'espace de quelques secondes. Elle caressa le creux de sa clavicule qui le fascinait toujours, la courbe de sa gorge dont il connaissait si bien la saveur, et le désir l'étreignit. Tel du granit, son érection provoqua la douleur d'un besoin brutal insupportable alors qu'il était serré dans les vêtements dans lesquels il s'était assoupi.

Il avait terriblement envie d'elle, son corps était comme affamé, comme s'il avait été privé de sa présence et de ses textures uniques alors même qu'ils avaient certainement dormi côte à côte pendant toute la durée de leur guérison. Elle ne s'était probablement pas réveillée longtemps avant lui. Peut-être n'avait-elle eu que le temps de prendre une douche.

Le parfum de la lotion lui parvenait par vagues odorantes, mais il demeura immobile, à la regarder alors qu'elle l'étalait sur ses épaules et son décolleté. Elle passa la main sous son bras pour détacher sa serviette, qu'elle jeta au loin, se retrouvant entièrement nue devant son miroir. Gideon sentit l'amour et le feu brûler en lui dans une association inexplicable. Elle était belle et désirable, douce et sexy. Elle était assise là, à prendre soin de son corps déjà parfait, et la pose qu'elle avait adoptée sans le vouloir resterait gravée dans sa mémoire pour l'éternité. Il prit conscience qu'elle était la femme qui lui était destinée. Il avait eu la chance de se voir offrir la perfection de sa beauté intérieure et extérieure, son âme virginale dénuée des taches que lui-même avait héritées de son passé impardonnable.

Impardonnable, mais pas pour elle. Cette créature magnifique emplie de générosité serait son absolution. Chaque fois qu'il prendrait du plaisir entre ses bras avides et accueillants, elle lui offrirait la paix et la réconciliation, l'enveloppant de son âme complémentaire, effaçant le péché par ses petits cris et ses mains qui l'agrippaient.

Gideon sentit une gratitude inattendue lui brûler les yeux, et il aurait voulu les détourner d'elle le temps que ce sentiment écrasant s'apaise. Mais il ne le pouvait pas. Il laissa simplement l'émotion le submerger, se mêler au désir qui vibrait en lui.

Legna continua ses soins, se tournant parfois un peu pour examiner ses traits et sa peau soyeuse. Elle fit descendre ses mains sur ses seins, les appliqua sur son ventre, puis se tourna pour poser la jambe sur la banquette où elle était assise. Ce fut à ce moment-là qu'elle remarqua qu'il la regardait. Elle sourit, et inclina légèrement la tête alors qu'elle tentait de déchiffrer ses pensées et ce qu'il éprouvait.

Avant qu'elle ait vraiment eu la possibilité d'y parvenir, Gideon bougea enfin, glissa hors du lit, sous ses yeux curieux. L'Ancien eut conscience qu'elle promenait son regard sur son érection sans le moindre repentir. Le sourire d'intérêt et d'admiration qu'elle esquissa lui fit l'effet d'un coup de couteau. Il lui prit la main en s'approchant, s'en servant pour la faire se détourner de la coiffeuse, dos au miroir, alors qu'il saisissait le flacon de lotion. Il en remplit sa paume en s'agenouillant devant elle. Il lui cala le pied sur sa cuisse et entreprit avec lenteur de lui enduire la jambe en la massant doucement.

Legna poussa un petit soupir. Elle ressentait le contact des doigts de Gideon comme le baume qu'ils étaient. Il avait, bien sûr, commencé par sa cuisse blessée. Comme elle l'élançait méchamment, elle était heureuse de ses soins appliqués. Ses mains étaient chaudes sur la zone toujours à vif. Il terminait la tâche qu'il n'avait pas pu achever en raison de son épuisement après la bataille. Il engourdit sa blessure avec ses endorphines naturelles, et elle lui en fut reconnaissante car il extirpa encore un peu de limaille de fer avant de continuer à la soigner. Le soulagement fut immédiat. Elle recommença à respirer avec joie alors qu'il supportait la brûlure du fer jusqu'à la poubelle dans laquelle il s'en débarrassa.

Legna tendit la main pour faire courir ses doigts dans ses cheveux, l'attira vers elle pour rapprocher son oreille de ses lèvres. Elle l'embrassa avec douceur juste en dessous.

— Laisse-moi terminer, mon amour. Prends une douche. Détends-toi. Je serai toujours là à ton retour, murmura-t-elle.

— Essaies-tu de me dire quelque chose ? demanda-t-il avec un humour tranquille, lui frôlant la joue de la bouche.

— L'un des avantages de la civilisation auquel je refuse de renoncer en faveur de mon côté instinctif, c'est l'utilité de l'eau et du savon pour laver l'odeur de la bataille.

— Je vois. Pour moi, l'éveil de la chasseresse dans ton sang était… magnifique. Tu es l'une des plus grandes créations de tous les temps, *Nelissuna*.

— Menteur. Tu avais envie de m'étrangler un instant après que j'avais quitté tes côtés la première fois.

— Ceci, mon amour, n'a aucun rapport.

Elle gloussa, s'écartant pour opposer l'argent à l'argent, et scruta son regard un long moment.

— Tu voudrais que je te lave moi-même, comme le faisaient autrefois les femmes aux hommes de la maison quand tu es né. Je lis cette pensée dans ton esprit, alors ne t'avise pas de la nier. Mais si je commence avec toi, ne devrais-je pas m'occuper de mes invités aussi ? Je ne suis pas certaine qu'Isabella apprécierait si je…

Legna eut le souffle coupé quand il l'arracha de la banquette et la hissa sur son épaule en se levant. Il l'emmena dans la salle de bains attenante tandis qu'elle poussait des cris perçants mêlés à des éclats de rire indignés et lui ordonnait de la reposer, mais sans grande conviction. Une main possessive sur ses fesses, il rejoignit la baignoire qui avait été creusée dans un énorme morceau de quartz rose avant d'être polie jusqu'à avoir une douce brillance. Il plaça Legna au centre et ouvrit l'eau alors que, jambes écartées, elle mettait les mains sur les hanches dans une pose rappelant son amie la petite druidesse.

— J'ai déjà pris un bain, déclara-t-elle, sans se soucier du fait qu'elle était nue. Ce n'est pas moi qui suis toute souillée de terre, de sang et de je ne sais quoi d'autre. Il va falloir désinfecter ce lit par fumigation, après notre passage à tous les deux.

— Il sera changé d'ici minuit, lui assura-t-il en se dévêtant.

Legna se rendit au bout opposé de la baignoire et s'assit sur le large rebord en frappant des pieds l'eau qui la remplissait. Gideon semblait ne pas se rendre compte que ses coups se faisaient chaque fois plus violents, et qu'il commençait à se faire asperger.

Du moins, il n'y prêta pas attention jusqu'à ce qu'elle pense à essayer quelque chose que personne, à sa connaissance, n'avait jamais fait. Elle se représenta un bol dans son esprit, au milieu de l'eau de plus en plus profonde. Puis elle téléporta le bol imaginaire et son contenu juste au-dessus de la tête de Gideon. L'eau conserva la forme du récipient l'espace d'une seconde, puis se déversa brusquement.

Legna poussa un cri, à mi-chemin entre un hurlement victorieux et un éclat de rire ravi. Gideon secoua ses cheveux trempés pour dégager ses yeux et, deux secondes plus tard, il avait contourné la baignoire pour l'attraper.

Lorsqu'elle apparut du côté opposé dans un petit bruit sec, elle riait encore plus fort. Si fort qu'elle se tint les côtes et roula sur le dos, en tapant le sol du pied dans sa joie irrépressible.

Sans se laisser démonter, Gideon traversa la baignoire pour s'emparer d'elle, et cette fois elle riait trop pour se concentrer et être en mesure de se téléporter. Il attira sa compagne hystérique dans l'eau et lui enfonça la tête dessous. Elle refit surface en toussant et crachotant, toujours hilare, et le gifla doucement, pour le punir, supposa-t-il. Elle avait plus l'air de flirter, cependant, venant se blottir entre ses bras et s'agrippant à ses épaules alors qu'il s'asseyait dans l'eau chaude et agréable.

— Tu m'as mis de l'eau dans les oreilles, se plaignit-elle.

Elle éternua violemment à cause de l'eau qui s'était aussi introduite dans son nez. Elle secoua la tête, l'arrosant avec ses cheveux.

Gideon se rembrunit soudain en s'apercevant que quelque chose clochait. Il la mit de dos, s'aidant de la densité de l'eau pour la déplacer, et lui prit les cheveux pour les faire glisser dans sa main.

— Tu les as coupés, dit-il, manifestement stupéfait. Tu ne t'es jamais volontairement coupé les cheveux. Noah devait toujours attendre que tu dormes avant de s'approcher avec des ciseaux. Pourquoi maintenant ?

Elle se retourna vers lui, et s'avança pour chevaucher ses cuisses et poser les mains sur ses épaules, tandis qu'elle soutenait son regard perplexe.

— Ce n'est rien. Si j'ai envie que tu les fasses repousser, je n'ai qu'un mot à dire.

— Tu ne réponds pas à ma question.

— Eh bien, je crains que tu n'aies pas d'autre réponse. Et ne fouille pas mon esprit à ce propos, si tu veux bien.

— Legna, l'avertit-il.

— Gideon, railla-t-elle.

Elle tendit le bras derrière son dos pour prendre une savonnette et une éponge de bain, qu'elle brandit en une invitation terriblement alléchante, haussant les sourcils plusieurs fois.

— Par où devrais-je commencer ? s'enquit-elle.

— Je ne te laisserai pas changer de sujet, la prévint-il. Je tiens à savoir pourquoi tu…

La démone plongea les mains sous l'eau alors qu'il parlait. Les mots moururent sur ses lèvres dans ce qu'elle estima être un soupir de satisfaction.

— Le sujet est clos, annonça-t-elle d'un air espiègle.

Une petite langue coquine apparut dans son sourire et vint toucher sa lèvre supérieure.

— Maintenant, susurra-t-elle en empoignant son membre rigide, nous allons devoir discuter du concept d'intimité. Si tu ne me permets pas d'avoir des pensées personnelles, je ne serai jamais en mesure de te surprendre. Alors que, corrige-moi si je me trompe, tu sembles apprécier les surprises.

Elle le caressa avec adresse de sa main savonneuse pour ponctuer ses paroles.

Gideon se retrouva en train de hocher la tête, laissé absolument sans voix, à moins de prendre en compte les grognements incessants qui lui échappaient. Il s'agrippait aux cuisses de Legna, et refermait et rouvrait les doigts en rythme tandis qu'elle continuait à l'explorer sous l'eau, à l'aveugle et néanmoins avec expertise.

— Tu sais, dit-elle d'un ton songeur, je te préfère quand tu es comme ça. Je crois qu'on va faire ça un peu plus souvent.

— Oh, je l'espère, répondit-il enfin, en l'attirant à lui pour accéder à sa bouche pulpeuse.

Il l'embrassa alors même qu'elle riait, et garda ses lèvres collées aux siennes jusqu'à ce que sa joie soit remplacée par une chaleur et un intérêt grandissants. Elle ne cessa pas de le caresser, mais commença à effleurer d'autres parties de son corps. Elle ne tarda pas à le laver pour de bon, sans jamais éloigner sa bouche de la sienne tandis qu'elle décrivait des cercles érotiques sur lui avec la savonnette et l'éponge. Quelque temps plus tard, elle les lui abandonna toutes deux, la poitrine pressée contre son torse, les jambes enroulées autour de ses hanches pendant qu'elle remplissait sa main de shampooing et se mettait à laver ses cheveux argentés avec une douceur sensuelle. Tandis que le contact incroyable des doigts de Legna lui envoyait des frissons dans tout le corps, Gideon étalait une couche généreuse de savon sur son dos et ses épaules, avant de glisser les mains entre eux pour se saisir de ses seins.

Legna ronronnait de plaisir dans sa bouche. Elle lui inclina la tête en arrière avec délicatesse et, se servant du creux formé par ses mains, entreprit de lui rincer méticuleusement les cheveux alors même qu'il continuait à lui prodiguer ses caresses enivrantes. Il secoua la tête quand elle eut fini, puis lui attrapa les mains pour les replonger sous l'eau, s'emparant de nouveau de ses lèvres dont il savait qu'il ne se lasserait jamais.

Ils échangèrent de brûlantes caresses jusqu'à ce qu'ils gémissent tous deux de plaisir en continu. Legna s'écarta soudain de lui, ce qui inquiéta Gideon. Il tenta de la retenir, mais elle lui échappa.

Puis il comprit qu'elle se retournait, avant de revenir entre ses bras. Elle lui prit les mains pour les remettre sur ses seins, et quand ses tétons durcis se nichèrent contre ses paumes, elle poussa un petit cri d'encouragement enthousiaste. Immédiatement, il posa les lèvres sur la courbe élégante de sa nuque, et elle frissonna en reculant vers lui. Il la saisit par la gorge, appuyant sur sa clavicule pour l'empêcher de flotter loin de lui tandis qu'il l'empoignait par la hanche de l'autre main, pour la pénétrer.

Legna se cambra quand il commença cette intrusion érotique, l'eau savonneuse les faisant glisser l'un contre l'autre d'une façon incroyablement stimulante. Il la tira vers lui tout en s'élançant en elle, s'enfonçant profondément dans ce havre chaud de féminité qu'il aimait et dont il avait tant besoin.

Au grognement de volupté que Gideon laissa échapper, Legna esquissa un sourire, et elle ferma les yeux quand il la déplaça avec aisance pour la pénétrer de nouveau.

C'était si différent ainsi, et encore meilleur. Sans la bouche de Legna pour le distraire, Gideon se retrouva face aux ondulations de son dos tandis qu'elle mouvait son corps soyeux au-dessus de lui. Cette vision sensuelle mise à part, il put se concentrer entièrement sur les sensations qu'elle lui procurait, l'étrange et merveilleux changement de température entre son corps et l'eau, le frottement qui s'intensifiait alors que ses lubrifiants naturels étaient lavés, puis remplacés, puis de nouveau lavés.

Elle l'enveloppait si étroitement qu'il y voyait à peine. Legna était perdue dans ces gémissements d'extase qu'il adorait l'entendre pousser. Il ne tarda pas à atteindre des sommets de plaisir, alors il lui agrippa le bassin pour l'immobiliser pendant qu'il respirait profondément, les dents serrées, s'efforçant de recouvrer la maîtrise du corps qu'il devrait avoir parfaitement dompté.

C'était stupéfiant qu'elle puisse lui faire un tel effet, stupéfiant et incroyablement merveilleux. Elle sourit, ayant en cet instant autant conscience des pensées de Gideon que des siennes. Elle était capable de prendre le contrôle sur-le-champ d'une façon à laquelle il ne se serait jamais attendu. Elle chercha à vérifier cette théorie, se resserrant autour de lui jusqu'à ce qu'il lâche ce juron coloré qu'il avait tendance à proférer quand il était particulièrement excité. Il referma la main sur sa gorge et lui renversa la tête en arrière pour coller son oreille contre sa bouche.

— Ne bouge pas. Ne t'avise seulement pas de tousser, Magdelegna.

— Mais je ne veux pas que tu t'arrêtes, murmura-t-elle d'une voix aux accents terriblement sensuels.

Elle dépassa les bornes, contractant une nouvelle fois ses muscles avec une redoutable dextérité.

Aussitôt, elle se retrouva en dehors de la baignoire, à quatre pattes sur le moelleux tapis blanc qui couvrait le sol. Il la tira par les hanches, leurs corps se rejoignant d'un seul mouvement.

Elle paya un joli prix pour son insolente séduction. Son compagnon était plus un animal qu'un homme à ce moment-là, alors qu'il se mouvait en elle avec une assurance brûlante, accédant à des profondeurs insoupçonnées. Elle cria, une série de gémissements qui allaient crescendo, et qui aiguillonnèrent Gideon au point qu'il lui enfonça les ongles dans la peau avant de la pénétrer d'un coup de reins primitif qui enflamma Legna. Il gronda, puis s'enfouit encore violemment en elle, un grognement interminable surgissant de sa gorge.

Ce son s'amplifia alors qu'ils atteignaient des sommets de plaisir tour à tour. Elle fut la première à accéder à la jouissance, son cri étouffé par ceux, rauques, de Gideon alors qu'il explosait en elle. Il rejeta la tête en arrière, poussa un hurlement de joie, un grondement d'avertissement. Elle était à lui. Rien qu'à lui. Si un autre osait la toucher ou tentait de la lui enlever, il en paierait le prix à la bête qui sommeillait derrière l'homme.

Une seule minute s'écoula avant qu'il soit capable de relâcher son étreinte possessive, pourtant il l'avait meurtrie. Il s'écarta d'elle, la fit se retourner, dans un mouvement de bras ballants et un délicieux gémissement de satisfaction féminine. Il s'était inquiété en s'apercevant qu'il l'avait couverte de bleus, mais ce son sembla tout arranger.

Il se leva, l'attira dans ses bras et la souleva du sol. Elle se laissa pendre mollement en une pose exprimant la plénitude de façon très théâtrale. Lorsqu'elle sourit et lui jeta un coup d'œil furtif par-dessous ses cils baissés, il rit. Il la porta dans leur chambre, laissant un filet d'eau dans leur sillage. Il la reposa sur ses jambes, et la maintint tout contre lui en prenant une couverture propre dans l'armoire pour les en envelopper tous les deux.

— Quelles chambres as-tu attribuées à nos invités ?

— Celles tout au bout… bout… bout de l'autre côté du presbytère.

Il éclata de rire, et la serra fort pour lui avoir donné la capacité de s'amuser.

— Dans ce cas, je pense que la chambre avec la vieille armoire que tu aimes bien devrait convenir.

— Oui, maître, se moqua-t-elle, les y envoyant d'un petit mouvement du poignet. Oups, un instant.

Elle lui adressa un clin d'œil et claqua des doigts, le flacon de lotion soudain dans les mains.

— Frimeuse. Tu sais, tu vas devoir me dire comment tu t'y prends.

— Eh bien, d'abord tu appuies sur ce petit truc sur le dessus, puis la lotion…

Legna poussa un cri perçant quand il lui donna une tape cinglante sur les fesses, que la couverture n'atténua guère.

— Gideon ! Ne t'avise jamais de recommencer ! le gronda-t-elle.

— Pas même si tu me supplies ? répliqua-t-il d'un air lascif.

Legna éclata de rire, incapable de s'en empêcher.

— Je te déteste !

— Non, c'est faux, affirma-t-il. Combien de fois devrais-je te le rappeler ?

Chapitre 16

Beltane arriva en une froide nuit de clair de lune. Des feux illuminaient les quatre coins de l'horizon. Les bûchers funéraires avaient été honorés la nuit précédente, et ce soir-là les démons jetaient des couronnes de fleurs sur ceux qui les avaient quittés, leur adressant un ultime adieu. Ils avaient perdu sept hommes et deux femmes en tout ; ce n'était rien comparé à ce qu'avait essuyé l'ennemi, mais c'était dramatique pour une civilisation qui estimait autant chacun de ses membres, même le plus faible.

Ces êtres du vieux monde, qu'ils soient vampires ou démons, avaient connu le temps des sociétés matriarcales et des cultes, ce que beaucoup appelaient à présent le paganisme ou la sorcellerie. Ils n'avaient jamais douté du pouvoir des femmes et n'en douteraient jamais. Cette triste bataille témoignait des raisons pour lesquelles ils ne devraient jamais en douter. Les démones qu'ils avaient perdues étaient mortes en protégeant les arrières de leurs compagnons, d'une manière qui s'était transmise de génération en génération.

— … et avec votre compagnon derrière vous, vous saurez qu'aucune force ne pourra jamais vous atteindre sans d'abord affronter son cœur à lui ou son âme à elle, dit Noah d'une voix puissante pour que tous les couples qui se mariaient cette nuit-là l'entendent.

Il ne présidait jamais la cérémonie collective annuelle, mais il regardait la main de sa petite sœur, enveloppée de rubans et attachée à celle de son compagnon ; les mains des exécuteurs, qui avaient une fois été séparées au beau milieu de la cérémonie ; et les mains de Kane et de Corrine, tous deux des membres adorés de la famille des exécuteurs ; ces derniers avaient beaucoup souffert simplement pour s'être acquittés de leur devoir envers lui. Il devait tant à ces trois couples, et son cœur débordait de gratitude d'être en mesure de leur donner ce lien de toute une vie.

Quatre autres démons se mariaient aussi, et ils inclinèrent la tête avec solennité, conscients d'avoir l'honneur d'être unis par le grand roi des démons. Dans les ténèbres éclairées par la lumière dansante des feux se tenait une assemblée de démons, de vampires et de lycanthropes ; tous regardaient avec un intérêt fervent.

Noah leva les mains au-dessus de lui.

— Vous êtes tous les bien-aimés les uns des autres, les bien-aimés de votre roi, les bien-aimés de cette généreuse planète et de tous ses éléments qu'elle nous accorde. Aucun de vous ne devrait jamais plus connaître la tristesse d'un foyer solitaire ou d'un cœur vide parce que vous serez emplis de toutes ces sources d'amour.

» La cérémonie de cette nuit s'inscrit dans la perpétuation de la vie et de son cycle. Vous serez les garants de cette continuité. Vous serez les gardiens de l'avenir. Les témoins dans votre dos vous attachent à cette promesse et vous vous y attachez les uns aux autres.

» Cette semaine, nous avons connu une profonde affliction et de terribles pertes. Mais tout cela s'efface sous les lumières des feux qui cette nuit éclairent votre chemin. Là, en elle (il indiqua Isabella et sourit), là réside notre avenir. Amenez-les à moi, chacun de vous, et je les aimerai comme je vous aime.

» Désormais vous êtes unis pour tous les temps.

Noah esquissa un signe de tête et les témoins lâchèrent leurs amis et s'éloignèrent des couples.

— Tournez-vous, maintenant, et adossez-vous à votre compagnon. C'est là qu'il sera pour le restant de ses jours.

Des mains liées par des rubans se tendirent vers le ciel alors que les couples se mettaient dos à dos.

Des acclamations s'élevèrent de la foule, et les jeunes mariés riaient lorsqu'ils se retournèrent pour embrasser leur conjoint avec chaleur.

La tradition voulait à présent que tout un chacun puisse tenter de séparer les couples. Ceux qui parviendraient à délier leurs rubans seraient autorisés à s'asseoir près d'eux pendant qu'ils festoyaient. Le champ se transforma en un joyeux désordre alors que les hommes essayaient de détacher les mariés et les femmes les mariées.

Jacob saisit sa jeune épouse tout juste guérie et flotta hors d'atteinte des candidats, un cri de protestation montant sous eux. Gideon et Legna furent laissés tranquilles, l'imposante réputation de l'Ancien faisant l'effet d'une douche froide à tous ceux qui auraient pu s'approcher.

Il embrassait la mariée lorsqu'il reçut une tape sur l'épaule. Il se retourna et vit Damien qui le défiait, les sourcils arqués. Legna éclata de rire, ravie quand Gideon décocha un regard noir au prince. Sa joie fut de courte durée. La complice de Damien lui tapota alors l'épaule.

Siena adressa un sourire félin à la jeune mariée.

— Oh, mais c'est que tu as mangé du lion, s'étrangla Legna en riant, malgré sa surprise, de l'excellent stratagème de la reine.

— Hé ! s'offusqua la reine, son collier scintillant à la lueur des feux. Ce n'est pas très diplomatique de ta part, ambassadrice.

— Tu as conscience que la guerre est déclarée, dit Legna d'un ton malicieux.

— Comme si je tolérerais rien de moins, répliqua Siena.

Legna et Gideon soupirèrent et se regardèrent en roulant des yeux. Puis mari et femme se saisirent par leurs bras unis et rassemblèrent leurs forces. Legna sentit des bras fins et musclés lui enserrer la taille et les épaules, tandis que Damien agrippait Gideon d'une manière similaire.

— Chéri ? dit Legna.

— Oui, mon amour.

— Oui ?

— Oui, absolument.

Le vampire et la lycanthrope tirèrent, et se retrouvèrent aussitôt à ne tenir que de l'air.

Ils tombèrent tous deux lourdement dans la terre, et observèrent d'un air médusé une paire de rubans flotter vers le sol.

— Oh, regarde, ils ont gagné, fit remarquer Legna de leur nouvelle position quelques mètres plus loin.

— Tiens donc, répondit Gideon d'un ton songeur. On se revoit au repas. Félicitations pour votre victoire.

Le couple disparut qui savait où, laissant derrière eux des têtes couronnées indignées et dubitatives quant à cette dernière affirmation.

Épilogue

— *Neliss*, pourquoi ce tapis est-il mouillé ?

Legna passa la tête dans la pièce pour jeter un coup d'œil au tapis en question, ayant l'air de ne l'avoir jamais vu auparavant.

— On a un tapis à cet endroit ?

— Tu m'as promis, oui ou non, que tu ne t'entraînerais pas dans cette maison à augmenter le temps durant lequel tu peux tenir tes bols d'eau imaginaires ? Et qu'est-ce que peut bien être ce bruit ?

— Très bien, j'avoue pour l'eau, mais c'était un accident, je te le jure. Pour ce qui est du bruit, je n'ai aucune idée de ce dont tu veux parler.

— Tu ne l'entends pas ? Il me rend fou depuis des nuits maintenant. Il ne fait que se répéter sans jamais s'arrêter, une sorte de martèlement.

— Eh bien, il aura fallu un millénaire, mais tu es finalement devenu complètement sénile. Écoute, c'est une maison qui a été construite par des lycanthropes. C'est plus une grotte, d'ailleurs. Il me reste encore à la décorer à mon goût. Il doit probablement y avoir un truc quelque part, et je finirai par tomber dessus, ou ça cessera de fonctionner à force d'être exposé à notre influence.

Même si je n'entends rien, je vais me mettre à chercher ce que c'est. Ça te va ?

— Je te le promets, Magdelegna, je ne te laisserai jamais plus rendre visite à cette druidesse.

— Oh, arrête. Tu ne me fais pas peur, quand bien même tu adorerais croire que si. Bon, je vais te rejoindre si tu me garantis de ne plus me crier après. Tu as été d'assez mauvaise humeur ces derniers temps.

— Mon humeur serait mille fois meilleure si je pouvais découvrir l'origine de ce satané bruit.

Legna entra dans la pièce et vint se serrer contre lui, les mains derrière le dos. Il tenta aussitôt de voir ce qu'elle y cachait.

— Qu'est-ce que c'est ?

— Tu te rappelles quand tu m'as demandé pourquoi je m'étais coupé les cheveux ?

— Ah oui. La surprise. Il t'aura fallu un moment pour y arriver.

— Si tu n'arrêtes pas, je ne te la donnerai pas.

— D'accord, j'arrête. Qu'est-ce que c'est ?

Elle lui tendit un écrin fermé d'un ruban, qu'il accepta avec un sourire en coin.

— Je ne crois pas me souvenir de la dernière fois où on m'a offert un présent, dit-il en se penchant pour lui embrasser la joue avec chaleur.

Il changea d'avis, cependant, et décida de se tourner vers sa bouche ensuite. Elle sourit sous ses lèvres et le repoussa.

— Ouvre-le.

Il tira sur le ruban et souleva le couvercle du coffret.

— Qu'est-ce que c'est ?

— Gideon, à quoi ça ressemble ?

Il prit l'objet d'un doigt et l'examina attentivement. C'était un collier minutieusement tressé, manifestement fabriqué mèche par mèche avec les cheveux couleur café de sa compagne. Il était orné en son centre d'un ovale en argent couvert de haut en bas de l'écriture la plus petite qu'il ait jamais vue.

— Qu'est-ce qui est écrit ?

— C'est le code déontologique des médecins, répondit-elle doucement.

Elle lui enleva le collier et passa derrière lui pour l'attacher autour de son cou, sous ses cheveux.

— Et il te va parfaitement, constata-t-elle.

Elle revint se placer devant lui pour le regarder, et sourit.

— J'étais sûre qu'il t'irait à merveille.

— Je n'ai pas l'habitude de porter des bijoux ou des ornements, mais… il a l'air bien. Comment a-t-on bien pu réussir à fabriquer un tel objet ?

— Eh bien, ça a pris des lustres, si tu veux savoir la vérité. Mais j'avais envie que tu aies quelque chose qui soit un peu de moi et un peu de toi.

— J'ai déjà quelque chose comme ça. C'est toi. Et… et moi, je suppose, estima-t-il en riant. Nous sommes un peu de l'un et de l'autre pour le reste de nos vies.

— Tu vois, ça en fait le parfait symbole de notre amour, déclara-t-elle avec élégance en se dressant sur la pointe des pieds pour l'embrasser.

— Eh bien, merci, ma douce. C'est un très beau cadeau et une excellente surprise. Maintenant, si tu veux vraiment me surprendre, aide-moi donc à trouver la source de ce bruit.

— Très bien… D'où est-ce qu'il vient ?

— De quelque part par ici.

— Toujours par là ?

— Non. Pas toujours. Tu vas me croire encore plus cinglé, mais je jurerais qu'il me suit partout.

— Ce sont peut-être mes nouveaux pouvoirs. Le pouvoir de te rendre fou.

Elle agita le doigt vers lui d'un air théâtral comme si elle lui jetait un sort.

— Tu me rends déjà fou, la taquina-t-il.

Il l'attira à lui et lui mordilla le cou en poussant un grognement espiègle.

— Bon sang ! explosa-t-il. Je deviens vraiment fou. Je n'arrive pas à croire que tu ne l'entendes pas. C'est comme un métronome réglé sur une allure ridiculement rapide.

Il se retourna et marcha jusqu'au salon, où il inspecta chaque étagère.

— Le dernier propriétaire de cet endroit devait probablement être fana de musique et il a oublié de l'arrêter. Écoute. Est-ce que tu l'entends ?

— Non, répondit-elle d'un air songeur, mais je t'entends l'entendre si je me concentre sur tes pensées. Qu'est-ce que ça… ?

Gideon se retourna, puis se tourna encore, focalisant son attention sur le bruit rythmique, qu'il suivit jusqu'à ce qu'il le conduise droit à sa femme.

— C'est toi ! s'écria-t-il. Pas étonnant qu'il ne me quitte pas d'une semelle. Tu portes une montre ?

Il lui saisit le poignet et elle roula des yeux.

— Un démon qui porte une montre ? Qu'est-ce qu'il ne faut pas entendre.

Soudain Gideon se figea, la vague froide de frissons qui le submergea si puissante qu'il trembla. Il tomba brusquement à genoux et lui enlaça les hanches.

— Oh, Legna, chuchota-t-il, je suis un parfait imbécile. C'est un bébé. Notre bébé. Je perçois les battements de son cœur !

— Quoi ? demanda-t-elle, si stupéfaite qu'elle parvenait à peine à parler. Je suis enceinte ?

— Oui. Oui, ma douce, tu l'es assurément. D'un peu plus d'un mois. Legna, il a probablement été conçu la première fois que nous avons fait l'amour. Ma belle, ma féconde, ma superbe femme.

Gideon lui embrassa le ventre à travers sa robe, puis il se redressa et la souleva dans ses bras en la serrant si fort qu'elle poussa un petit cri. Passée sa surprise, Legna fut envahie d'une joie inconcevable. Elle rit, sans plus se soucier d'être écrasée contre lui, percevant le bonheur de son compagnon sur mille plans différents.

— Je ne m'étais jamais imaginé connaître cette émotion, avoua-t-il d'une voix rauque. Même quand nous nous sommes mariés, je n'ai jamais pensé… Ça ne m'a même pas effleuré l'esprit !

Gideon la reposa par terre et la tint à bout de bras en l'examinant attentivement de la tête aux pieds.

— Je ne comprends pas pourquoi je ne m'en suis pas aperçu plus tôt. Les modifications physiologiques, les taux d'hormones à eux seuls…

— Peu importe. Nous savons, maintenant, dit-elle en se jetant de nouveau contre lui pour l'enlacer étroitement. Viens, il faut qu'on l'apprenne à Noah… et à Hannah ! Oh, et à Bella et à Jacob, bien sûr. Et à Elijah. Et nous devrions en informer Siena…

Elle débitait encore des noms à toute allure quand elle les téléporta au château du roi.

EN AVANT-PREMIÈRE

Découvrez la suite des aventures
du Clan des Nocturnes

(version non corrigée)

Traduit de l'anglais (États-Unis) par Sébastien Baert

Bientôt disponible chez Milady

Prologue

Elijah se laissa tomber à genoux en se tenant la poitrine, une vague de chaleur se diffusant entre ses doigts, leur donnant, ainsi qu'à sa chemise blanche, une teinte écarlate. Il baissa les yeux sur le sang qui se répandait sur l'étoffe, aussi fasciné que s'il s'agissait de petits cercles artistiques sur un tee-shirt teint à la main.

Le guerrier démon n'en croyait pas ses yeux.

Il avait été blessé plus d'une fois au cours des siècles précédents. Il s'y était habitué. Au fil du temps, il avait eu droit à tout, de l'électricité mystique aux redoutables lames en fer si dangereuses pour ceux de son espèce. Certaines de ses blessures avaient été suffisamment graves pour lui laisser des marques malgré son incroyable pouvoir de guérison. D'autres non. Mais jamais il ne s'était imaginé en danger de mort. Ce qui était mortel pour les autres ne l'était pas nécessairement pour lui. Ce qui l'était pour le démon moyen ne l'était pas forcément pour lui, ne serait-ce qu'en raison de son refus obstiné de succomber à quelque chose d'aussi démodé que la mort.

Toutefois, dans le cas présent, ce n'était pas parce qu'il avait un trou dans la poitrine à deux doigts de ses organes vitaux que son existence était menacée, mais parce qu'il se trouvait au milieu de nulle part, trop affaibli pour appeler à l'aide, cerné par ses ennemis. Même s'il parvenait par miracle à trouver la force de survivre à cette déchirante intrusion dans ses chairs, ses adversaires se chargeraient de lui.

Elijah était furieux de s'être laissé entraîner dans une situation si délicate. C'était le capitaine des guerriers, l'armée d'élite au service du grand roi démon. C'était le combattant le plus aguerri chez les démons, une espèce de Nocturnes réputée pour ses compétences martiales. Pendant des siècles, il avait affiné son art, assimilant tout ce qu'il était possible de savoir sur les techniques de combat, la guerre, les armes et les stratégies qui permettaient de surmonter de telles situations. Jacob l'exécuteur et son suzerain, Noah, le roi démon, étaient les seuls qu'il aurait pu considérer comme ses pairs en termes de combat. Il n'était pas censé être stupide au point de tomber dans le plus mauvais traquenard qu'on lui ait jamais tendu, et de se faire terrasser une fois pris au piège.

Même sans entraînement, les démons étaient au fond des machines de combat. Il en était persuadé, c'était sa théorie. Quel que soit le degré apparent de civilisation de ceux de son espèce, il était impossible de refouler l'ensemble de ses instincts. Bien sûr, les démons ressemblaient aux humains, même s'ils étaient plus grands qu'eux et avaient le teint plus hâlé, mais ces derniers les trouvaient incroyablement séduisants. Elijah savait que c'était à cause de leurs gènes élémentaires et animaux. Grâce à eux, ils émettaient d'intenses phéromones qui exerçaient une formidable attraction sur les individus du sexe opposé, un sixième sens qui les rendait irrésistibles malgré le danger qu'ils représentaient, avec leur vue hors du commun, leur ruse et leur intelligence. Toutes les qualités de chasseurs nés, toujours à l'affût, guettant leur proie. Les démons étaient capables d'une sauvagerie digne des éléments dont ils tiraient leurs pouvoirs, attitude qu'ils avaient acceptée et intégrée à chacune des compétences qu'ils avaient acquises tout au long de leur existence, ce qui faisait d'eux des adversaires redoutables.

Ainsi, même les plus jeunes de son espèce auraient su éviter de se mettre dans sa situation, dut-il reconnaître avec une certaine exaspération. Il était furieux et avait honte de s'être laissé prendre au piège comme une vulgaire souris. Comment le simple fait d'accomplir son devoir avait-il pu se retourner ainsi contre lui ? C'était le capitaine guerrier, celui qui traquait tous les Nocturnes dont la tête était mise à prix, ceux qui n'étaient pas des leurs, qui avaient commis des actes monstrueux ou qui avaient péché contre les démons, une provocation directe et une insulte au roi démon. C'était le spécialiste de toutes ces espèces, un stratège anthropologique. Si quelqu'un voulait connaître le meilleur moyen de se débarrasser de vampires, de lycanthropes ou de tout autre Nocturne, c'était auprès de lui qu'il lui fallait se renseigner. La guerre et la paix n'étaient malheureusement que des concepts éphémères, et il en allait de son devoir d'être paré à toute éventualité, au cas où des amis passeraient dans le camp adverse ou si des ennemis venaient à menacer des alliés.

Elijah s'efforça de ne pas perdre connaissance, ses environs immédiats ne cessant de tournoyer devant ses yeux. C'était lui seul qui commandait les armées de son monarque, quand la situation l'exigeait, et qui entraînait les espions et les assassins qui agiraient dans l'ombre en cas de menace de complot. Il savait par conséquent tout ce qu'il était possible de connaître sur les humains qui maniaient tant bien que mal l'art retors de la magie noire. Ceux-là mêmes qui se tenaient tout autour de lui à cet instant précis, l'encerclant comme des vautours qui attendraient que leur future proie veuille pousser son dernier soupir.

C'était l'utilisation de ce pouvoir immoral qui avait fait de ces idiots d'humains des nécromanciens, l'âme entachée d'un noir si nauséabond et la chair souillée d'une telle puanteur qu'aucun Nocturne à l'âme pure ne pouvait en supporter l'odeur. Ils étaient puissants, et capables de progresser davantage s'ils continuaient à étudier et à pratiquer leur art vil, mais pas suffisamment pour être en mesure de le capturer, et encore moins de le tuer. Non, seule sa bêtise leur avait offert cette occasion.

Il avait dû avoir l'air d'une dinde de Noël, en surgissant des arbres et en se jetant dans leur piège, au milieu de nécromanciens et de chasseurs qui passaient leur temps à traquer des mythes pour pouvoir les torturer et les tuer. Des mortels qui avaient non seulement pris l'initiative de révéler l'existence et la localisation des différentes races de Nocturnes, mais qui s'étaient également fixé pour objectif de les éradiquer de la planète, armés de leurs légendes et de leur ignorance.

Les démons faisaient partie des Nocturnes les moins exposés aux mythes humains, mais des espèces telles que les vampires et les lycanthropes n'avaient pas cette chance. Il y avait pléthore d'histoires les concernant, exactes ou non, ce qui poussait les chasseurs avides à les pourchasser, à chercher des preuves de leur existence. Leurs quêtes sanguinaires étaient parfois couronnées de succès. Pour le chasseur, c'était une victoire, un butin psychologique. Et uniquement psychologique. La dépouille d'un

Nocturne ressemblant trait pour trait à celle d'un humain, ce n'était pas vraiment le genre de trophée qu'un chasseur pouvait accrocher sur son mur avant d'en conter l'histoire à ses invités. En tout cas, pas à ceux qui ne faisaient pas partie de sa société secrète de héros désaxés.

Il commençait à devenir fréquent, ces derniers temps, de découvrir les cendres d'un vampire que l'on avait laissé en plein soleil après lui avoir planté un pieu dans le cœur, le corps d'un lycanthrope que l'on avait tué à l'aide de balles ou d'armes en argent, voire celui d'un démon empalé sur des piques en fer. Ce qui n'était naturellement pas le cas lorsque les nécromanciens les invoquaient dans leurs pentacles destructeurs. Les meurtres inutiles se succédaient et, entre ces deux groupes d'humains, la liste des victimes ne faisait que s'allonger.

C'était une trahison douloureuse. Les démons avaient toujours eu une précieuse estime pour les humains, un peu à la manière dont des parents protégeraient leurs jeunes enfants. Avec les autres Nocturnes civilisés, ils s'efforçaient farouchement d'assurer leur sécurité, sachant peut-être d'instinct que, même s'ils n'avaient pas encore de pouvoirs, eux que l'on laissait grandir et se développer, ils en auraient peut-être un jour. Ils pourraient en être fiers, dans les siècles à venir. Même si les démons comprenaient bien qu'ils n'étaient qu'une poignée à leur vouloir du mal, la douleur n'en était pas moins mordante. Et, à présent que les chasseurs et les nécromanciens avaient décidé de joindre leurs forces, ils couraient tous deux fois plus de risques.

Trois fois plus, songea sèchement le guerrier.

Elijah comprit alors qu'il était à l'article de la mort. Le combattant qu'il était n'aurait jamais cédé à la réflexion au beau milieu d'une bataille qui requérait toute son attention. Mais le combat était loin d'être terminé. Il avait encore quelques précieuses secondes devant lui pour remettre de l'ordre dans ses pensées. Il semblait paradoxal que ces humains mal informés, qui cherchaient à détruire les espèces qu'ils redoutaient tant, ne se sentent pas menacés par la magie noire avec laquelle ils frayaient désormais. *Quelle distinction peuvent-ils bien faire entre les deux ?* se demanda Elijah. Comment se faisait-il qu'un démon, né et investi de la pureté et de la beauté de la terre, soit si condamnable aux yeux de ces humains ? Et que la magie noire qui s'écoulait en eux soit soudain portée aux nues et acceptée par ces mêmes groupes de nécromanciens bien-pensants ?

Était-ce dû au simple fait que les humains étaient trop limités, surtout en ce qui concernait leur sixième sens, pour être en mesure de ressentir ce mal inné ? S'agissait-il d'une espèce si jeune qu'elle ne faisait pas encore d'instinct la différence entre le bien et le mal ? Lorsqu'ils avaient décidé d'emprunter cette voie, certainement avaient-ils été incapables de reconnaître leur erreur, tant ils avaient dû se sentir dépassés, mais n'étaient-ils vraiment pourvus d'aucun système d'alerte ?

Elijah n'avait pas les réponses à ces questions et ne les trouverait manifestement pas dans le peu de temps qu'il lui restait à vivre. Au bout de plus de cinq cents ans, de milliers de batailles et d'autant de victoires, sa prétendue immortalité semblait toucher à sa fin. Il était finalement tombé sur plus fort que lui.

Ou devrait-il dire « plus forte ».

Elijah leva vers ses assaillantes son regard vert aussi ténébreux que la forêt, plein de malice et de mépris. Elles semblaient toutes très fières de l'avoir vaincu. Les chasseurs et les nécromanciens qui le cernaient étaient toutes des femmes. Elles faisaient partie d'une secte dont les démons avaient récemment appris l'existence. Toutefois, ce qui lui brûlait les sens avec l'intensité d'un feu de forêt, c'était la présence de deux démones, en bonne place au milieu de ces meurtrières.

Les traîtresses.

Celle sur la droite, Ruth, était une puissante démone de l'esprit. En fait, c'était la première-née de ce jeune élément, qui n'existait dans la culture démoniaque que depuis un peu plus de cinq siècles. C'était une aînée, un ancien membre du Grand Conseil à l'origine de l'organisation de la société démoniaque et de ses lois. L'ampleur de sa défection était incommensurable. Elijah avait lui-même beaucoup de mal à se faire à cette idée.

Même si elle était la plus âgée des deux, elle avait l'air aussi jeune que sa fille, Mary, qui se tenait auprès d'elle. Les démons cessant de donner l'impression de vieillir à partir d'un certain âge, on aurait pu croire qu'elles étaient sœurs. Toutefois, Ruth avait passé un bras autour de la taille de sa progéniture et lui caressait les cheveux avec une tendresse toute maternelle qui semblait contredire le fait que Mary avait elle-même près de cent ans. La scène était étrangement surnaturelle et devait paraître, même aux yeux des humaines qui se trouvaient autour d'elles, passablement cauchemardesque. Cela aurait sans doute été le cas, si elles n'avaient été aveuglées par la haine et la peur.

C'était l'idée inconcevable que ces deux femmes puissent être de la même espèce que lui, des renégates qui avaient ouvertement rejoint les rangs de ces sorcières malfaisantes et de ces chasseuses bien-pensantes, qui le mettait à ce point en rage. Bien sûr, comprit-il avec une certaine dérision, aucune de ces humaines ne s'était rendu compte que ces deux femmes étaient de la même race que celle à laquelle ils venaient de déclarer la guerre en s'en prenant à lui. Aucune d'elles ne savait que les véritables motivations de Ruth étaient guidées par son désir de vengeance, si perverti et corrompu soit-il, et qu'elles n'étaient que de simples instruments, des armes qu'elle pouvait brandir contre son ancienne famille.

Aux yeux des mortels, elle n'était qu'une femme magnifique au savoir immense. Une sorcière très douée, peut-être, si elle avait eu l'occasion de leur révéler sa remarquable capacité à commander certains aspects de l'esprit en tant qu'élément. C'était cette démone perfide et sa fille qui poussaient ces humaines au combat contre des proies que ces dernières auraient été incapables de trouver avec tant de facilité. Chaque jour que Ruth passerait de l'autre côté de cette ligne tracée dans le sable par ces paranoïaques malavisées, elle leur révélerait de nouveaux secrets à propos des démons. Elle ne tarderait pas à leur enseigner le meilleur moyen de détruire ceux qu'elle avait autrefois considérés comme ses amis. Compte tenu des connaissances que Ruth avait accumulées au fil des siècles, ce serait ensuite au tour de toutes les autres espèces de Nocturnes, innocentes ou non, d'être menacées.

Tout ce qui comptait, pour les mortels, c'était leur peur de l'inconnu, la terreur qu'ils éprouvaient face à des créatures dont les pouvoirs dépassaient l'entendement, leur conviction qu'il ne s'agissait que d'une question de temps avant que ces espèces s'en prennent à la race humaine comme leurs mythes et leurs légendes l'avaient maintes fois prédit. Qu'importe si chacune d'elles aurait pu le faire des milliers de fois au cours du dernier millénaire, si elle en avait eu la volonté.

Amer, Elijah eut l'impression que, même si on leur révélait ce qu'il en était réellement, ils auraient continué à s'attendre au pire de la part des Nocturnes, tout simplement parce qu'ils étaient sous l'influence de leurs préjugés obstinés et de la peur. La seule chose qui réconfortait le démon, à cet instant précis, c'était que sa mort déclencherait des représailles de la part de ses congénères les plus anciens et les plus puissants, et qu'il était fort probable que cela mette un terme à cette insurrection maléfique.

— Rejeton du diable ! siffla Ruth avec une délectation perverse, alimentant la soif de sang des femmes qui l'entouraient. Démon à l'apparence humaine ! (Elle esquissa un sourire avant de poursuivre d'une voix douce.) Elijah, le puissant capitaine guerrier.

Elle se pencha pour le regarder en éclatant d'un rire diabolique, puis s'adressa à lui à voix basse pour que les autres ne puissent pas deviner sa proximité avec lui.

— Le petit pitbull de Noah, vaincu par de simples femmes… Je sais ce que tu es train de te dire, démon du vent. Mais personne ne te vengera. Quand nous en aurons terminé avec toi, ils ne retrouveront jamais ta trace.

Achevé d'imprimer en août 2012
Par CPI Brodard & Taupin - La Flèche (France)
N° d'impression : 69733
Dépôt légal : septembre 2012
Imprimé en France
81120836-1